imaginist

想象另一种可能

理想国
imaginist

Beginning

with

My Streets

在时间荒原上

米沃什自选集

Czesław Miłosz

［波］切斯瓦夫·米沃什 著

晓风 译

云南人民出版社

著作权合同登记图字：23-2023-098号

图书在版编目（CIP）数据

在时间荒原上 /（波）切斯瓦夫·米沃什著；晓风
译. -- 昆明：云南人民出版社, 2024.2
　　书名原文：Beginning With My Streets
　　ISBN 978-7-222-22595-4

　　Ⅰ.①在… Ⅱ.①切… ②晓… Ⅲ.①散文集－波兰
－现代 Ⅳ.①I513.65

中国国家版本馆CIP数据核字(2023)第238621号

策划编辑：雷　韵
责任编辑：柴　锐　张丽园
封面设计：陆智昌
内文制作：陈基胜
责任校对：柳云龙
责任印制：代隆参

在时间荒原上

[波] 切斯瓦夫·米沃什 著　晓风 译

出　　版　云南人民出版社
发　　行　云南人民出版社
社　　址　昆明市环城西路609号
邮　　编　650034
网　　址　www.ynpph.com.cn
E-mail　ynrms@sina.com
开　　本　787mm×1092mm　1/32
印　　张　14
字　　数　280千
版　　次　2024年2月第1版第1次印刷
印　　刷　山东韵杰文化科技有限公司
书　　号　ISBN 978-7-222-22595-4
定　　价　78.00元

英文版说明

本书中有两篇文章此前已被翻译发表。其一是《与托马斯·温茨洛瓦谈维尔诺》，它首次以英文版亮相，是玛利亚·奥斯塔芬翻译的《关于维尔诺的对话：切斯瓦夫·米沃什与托马斯·温茨洛瓦》，登载于《逆流》第5期（1986年），第143-172页；其二是莉莉安·瓦利翻译的《贡布罗维奇是谁？》，最早发表于《表演艺术期刊》第18期（1982年）：第4册第3篇，后被用作维托尔德·贡布罗维奇作品《费尔迪杜凯》（纽约：维京-企鹅出版社，1986年）的导言。我自己的翻译是独立完成，未参考此前的英文版，但不可避免——无论是由于英语词句选择的限制还是我记忆的顽固——它们在许多地方都和前人作品有相似之处。

感谢凯瑟琳·埃亨帮我找到了米沃什先生引用的许多作品的英语译文。

玛德琳·莱文

目 录

前 言   001

第一部分　从我的街道开始 007

维尔诺街道词典   009

与托马斯·温茨洛瓦谈维尔诺 040

献给N. N.的挽歌   098

《在记忆这一边》序言 106

寻觅中心：论中欧诗歌 117

民族主义   136

第二部分　知识乐园   147

狂热的代价   149

沙漏中的沙   156

现 实   169

七宗罪   183

人间乐土   215

与切斯瓦夫·米沃什的一次对谈 224

第三部分　文学与作家 　　　243

东西方之间的诗人 　　　245

斯威登堡与陀思妥耶夫斯基 　　　256

德怀特·麦克唐纳 　　　280

杰弗斯：一次揭秘的尝试 　　　295

论亚历山大·瓦特的诗 　　　317

贡布罗维奇是谁？ 　　　338

论创作者 　　　364

第四部分　两幅肖像 　　　385

齐格蒙特·赫兹 　　　387

约瑟夫·萨奇科神父 　　　405

第五部分　诺贝尔奖获奖致辞 　　　415

人名、地名译名对照 　　　432

前　言

　　直到本世纪[1]，"地理"一词还保留着它的光环，仿佛它是一幅幅由神秘未知的土地轮廓构成的斑斓地图。随着我们的这颗星球日益缩小，能称得上有异域风情的地方也越来越少了。我想，身为作家，我应该表现得像个正常人类，虽然在不久以前，我的出生地还足以为我打上永恒的陌生人记号。

　　托马斯·杰弗逊在为独立战争时的朋友、陆军准将塔德乌什·科斯丘什科作传时，称他出生于西里恰尼大公国（Grand Duchy of Silliciania）。这样一个国家从未存在过，和希罗多德笔下的神奇土地差不多。也许杰弗逊只是拼错了，或者写下了字迹模糊的"立陶宛"一词。我自己正是来自那个大公国

1　指米沃什写作此文的二十世纪。本书中提到的"本世纪"皆为二十世纪。——
　　本书脚注若非特别说明，均为译者、编者所加。

的，但一直以来我都很难解释欧洲那个角落的历史与地理造成的无数错综复杂的局面。哪怕对于波兰人而言，我也是外来者，讲述的是他们不熟悉的事——尽管我用波兰语写作。别的地方也见证了这一欧洲的谜题：比如同时说着三种语言（匈牙利语、罗马尼亚语和德语）的特兰西瓦尼亚[1]，或者同时说芬兰语和瑞典语的芬兰。

鉴于全球合一的趋势，人的出生国或许变得不那么重要了。毕竟，人类四处遭遇着存在危机，比起出生在同一国家，生于同一时代、成为同代人而结成的纽带更为牢固。作为侨民来到美国，我面临着一个选择：要么把只存在于我记忆中的事物抛诸脑后，在身边寻找思考的素材，要么在不弃绝当下的同时唤回那些来自往昔的街道、风景和人。我对地理和历史细节的了解源于亲身体验而非书本，这恰恰是我的财富。于是我选择了第二种解决方案，同时生活在此处与彼处，既在加利福尼亚，也在我童年和青年时代的维尔诺，也就是现在的维尔纽斯，一座刚刚随着立陶宛的独立斗争而为西方世界所知的城市。而又由于我首先是个诗人，我总是相信，我在使用母语的时候比用后来学会的英语和法语更为出色，所以我一直用波兰语写诗和大部分散文，不太介意它们是否被翻译成其他语言。我不后悔自己的选择。令人惊讶的是，我

1　Transylvania，旧地区名，位于今罗马尼亚中西部，中世纪时曾为公国。罗马尼亚境内近两百万匈牙利族人现居住于此。

发现自己能通过诗作的英文译本同美国读者交流，甚至跻身美国诗人之列。我的部分散文也在美国文学批评家那里获得了正面评价。

　　本书是我的散文选集，大部分来自同名波兰语文集。从某种角度说，它可以被当作一本旅行指南，通向由不知名的"另一个欧洲"所滋养的文学意识。我选择用立陶宛大公国古老首都那些街道的画面充作引子。随后的两篇对话需要几句注解：托马斯·温茨洛瓦是一位杰出的立陶宛语诗人，曾是持异见者，现在在耶鲁教书。不久以前，我们一起出现在波兰克拉科夫雅盖隆大学的大讲堂内，面对约两千名学生，讨论民族主义可能会成为波兰与立陶宛和谐共存的障碍。他站在了亲波兰的角度，而我是亲立陶宛的。

　　书中还特别提到了一位作家斯坦尼斯瓦夫·文岑茨[1]，一位从波兰迁居到法国的侨民，他写过一些关于他的家乡喀尔巴阡山脉[2]地区的传奇和故事。十七世纪，他的家族从普罗旺斯（Provence）迁到了那里，于是有了这个姓氏；文岑茨也是荷马、但丁学者和"欧洲祖国"的倡导者（使人产生归属感的是他们扎根生活的小省份，而不是某个国家）。关于亚历

1　斯坦尼斯瓦夫·文岑茨（Stanisław Vincenz，1888—1971），波兰散文家，古希腊文化专家。
2　Carpathians，欧洲中部山脉，位于多瑙河中游以北，西起奥地利与斯洛伐克边界的多瑙河峡谷，经波兰、乌克兰边境直至罗马尼亚西南的铁门峡谷，绵延约 1500 公里，是仅次于斯堪的纳维亚山脉的欧洲第二长的山脉。

山大·瓦特[1]诗作的文章，讲的是我这位已故的朋友，我将他的一些诗译成了英语，结集为《九死一生：亚历山大·瓦特的诗》（*With the Skin: Poems of Aleksander Wat*，切斯瓦夫·米沃什和莱昂纳德·内森译，亦柯出版社，1989 年），还和他一起用磁带录下了他的自传《我的世纪：一位波兰知识分子的漫长旅程》（*My Century: The Odyssey of a Polish Intellectual*，理查德·劳里翻译兼编辑，加州大学出版社，1988 年）。随后我探讨了维托尔德·贡布罗维奇[2]，实际上他在法国和德国的忠实读者比在美国多。他是之前几十年最重要的波兰作家之一，他的《日记》（西北大学出版社出版了莉莉安·瓦利的英译本）是公认的经典。

对波兰语和波兰文学的挚爱并未阻碍我对俄语的兴趣，我在幼年时就接触了这门语言，并通过一些俄国作家的作品学习它。实际上，我曾在伯克利教授过关于陀思妥耶夫斯基的课程。我甚至在一个已被陀思妥耶夫斯基学者过度探索的领域开创了"先河"：发现了《罪与罚》对斯威登堡《天堂与地狱》的借鉴。在本书中，我也收录了关于该话题的一篇对话体文章。在加州的这些年也使我对长久以来遭受不公平冷

1　亚历山大·瓦特（Aleksander Wat, 1900—1967），波兰诗人、文艺理论家，二十世纪二十年代波兰未来主义运动先驱。瓦特是一位同情共产党的活跃党外人士，深深卷入左翼政治中，1939 年被流放至哈萨克斯坦，返回波兰后主要从事外国文学的翻译工作，1959 年移居巴黎。
2　维托尔德·贡布罗维奇（Witold Gombrowicz, 1904—1969），波兰小说家，长期生活在阿根廷和法国。

遇的当地伟大诗人罗宾逊·杰弗斯有一些思考。

我乐于游走在文学、神学和哲学的边界，一度凑成了一个杂集，命名为"知识乐园"。这部分文章记录了我对属于西方世界共同遗产的许多作家的阅读，包括托马斯·特拉赫恩[1]这样如今已经几乎没有读者的人。对这些作者的讨论是个跳板，由此引出对翻译艺术、时间、现实、各类罪恶，以及对幸福的思考。采访一般很难揭露被访者的思想，然而，既然蕾切尔·伯加什通过她的提问做到了这点，我决定用我们的对话来给这杂录的一章收尾。

接下来的两个人出现在这本书中，不是因为他们的文学才能，而是因为他们友谊的馈赠。在我的巴黎——我流亡的第一座城市，也是后来经常到访的城市——他们和另一位挚友康斯坦丁·耶伦斯基（我还未来得及表达他应得的敬意）扮演着主角。齐格蒙特·赫兹[2]的生平，也同时是波兰"二战"及之后命运的缩影。

1939年，波兰被希特勒和斯大林一分为二，随后许多人从纳粹占领区艰难跋涉到了苏占区。齐格蒙特·赫兹在那里被捕，遣送至古拉格，但他却成功加入了由苏联派往中东的波兰军队，在意大利打过仗，随后定居巴黎，在那里开展了

1　托马斯·特拉赫恩（Thomas Traherne，1636 或 1637—1674），英国诗人、圣公会牧师、神学家和宗教作家。

2　齐格蒙特·赫兹（Zygmunt Hertz，1908—1979），波兰出版家、社会活动家，流亡巴黎，1946 年联合创办"文学协会"，出版波兰语《文化》杂志，是众多波兰流亡作家、艺术家的保护人。

一项不凡的出版事业，即《文化》(*Kultura*)杂志，一本自1947年至今从未中断发行的流亡者月刊，该刊物如今在波兰被视为一项崇高成就。他和我共同的密友约瑟夫·萨奇科[1]在任何方面都不符合罗马天主教神父的刻板印象——很不幸，这样的印象在信教和不信教的人当中都十分普遍。萨奇科思想开放，慷慨热忱，他有一个自己的波希米亚艺术家教区。那个小小的教区并未建立在任何土地之上，艺术家们不问教派，一心只是敬爱他。我要把我翻译的波兰语《圣经》归功于他的敦促和襄助。

书的末尾是我在瑞典文学院的演讲，因为我（希望）自己在其中说到了一些重要的事。在1980年，没人料到在那个十年期的结尾，局势会出现不可思议的转变，我很高兴有些话被证明是正确的。我从来不是个政治作家，然而在有的时候，对某些事情保持沉默就意味着故作天真。

切斯瓦夫·米沃什

1　约瑟夫·萨奇科（Józef Sadzik，1933—1980），天主教使徒协会神父，曾在巴黎创办对话出版社，长期支持出版波兰流亡作家的作品。

第一部分

从我的街道开始

维尔诺街道词典

那座城市，不设防而纯洁，如同被遗忘的部落的一条婚礼项链，何以不断向我呈现？

仿佛七个世纪前蓝色和红棕色的种子，嵌在图兹古特的红铜沙漠之间。

摩挲进岩石中的赭色等待着装点眉和颧骨，却始终等不来一个人。

我胸怀什么样的恶，什么样的怜悯，才配得上如此奉献？

待我穿过那条横亘在我们之间的河流，它伫立在我身前，一切已就绪，不遗一缕炊烟、一声回响。

也许安娜和多拉·德鲁日伊诺在朝我呼喊，在三百里外的亚利桑那州，因为除我以外无人知晓她们活过。

河堤街上，她们在我前面一路小跑，这两只出身高贵的萨莫吉提亚小鹦鹉；夜晚，她们为我解开老姑娘的灰白发辫。

这里不谈迟与早，年与日的时令同步。

黎明时长列粪车鱼贯出城，城门口的公务员用皮袋收取路费。

"信使"号和"速运"号逆流驶向维尔基[1]，掠过来往的英式小艇，船桨支成张开翅膀的鹰。

在圣彼得与保罗教堂，天使低垂眼帘，对一位思想粗鄙的修女微笑。

留胡须、戴假发的索拉·克沃克夫人坐在柜台前，指挥着十二位女售货员。

整条日耳曼街朝空中抛射出张开的布匹，准备赴死，也迎接着耶路撒冷的陷落。

在圣卡齐米日[2]的墓地之下，在壁炉半焦的橡木下，漆黑庄严的地下河拍打着大教堂的地窖。

身着丧服的芭芭拉挎着用人的篮子，望完了圣尼古拉斯教堂的立陶宛弥撒，返回巴克什塔街的罗默家族宅邸。

那样闪闪发光！三十字丘[3]和别基耶什丘上的雪，不为那短暂生命的呼吸所融化。

当我转入火器库街，再次睁眼面对这无用的世界尽头，

1　立陶宛城市，位于首府考纳斯西北约 25 公里的尼曼河右岸。
2　即卡齐米日三世（Kazimierz Ⅲ Wielki, 1310—1370），波兰国王（1333—1370），波兰史上唯一被称为"大帝"的统治者。在其治下，波兰曾从一个刚完成局部统一的弱小国家一跃成为十四世纪东欧强国。
3　维尔纽斯的一座山丘，因上面有三座木十字架而得名。

我又知道些什么呢？

我奔跑着，丝绸簌簌作响，跑过一个又一个房间，因为我相信最后一道门的存在。

但嘴唇的形状，一只苹果，一朵别在裙上的花，只有这些我获许认知，可能带走。

世界不仁不恶，不美也不残暴，始终天真地存在着，承受欲与痛。

要是在往后闪烁的遥远夜晚，苦涩不减反增，那礼物也将无用。

要是我不能穷尽我和他们的生命，直至过往的呼喊都被谱成和声。

正如斯特拉岑二手书店中高贵的扬·登博鲁格，我将夹在两个熟悉的名字间安息。

绿树掩映的古冢上方，城堡塔楼越来越小，传来几不可闻的乐声。那是莫扎特的《安魂曲》？

在静止的光中，我翕动嘴唇，也许还会为词不达意而快乐。[1]

---

1 《无名之城》第十二章。根据切斯瓦夫·米沃什、罗伯特·哈斯、罗伯特·平斯基和雷娜塔·格尔琴斯基的英译文转译。

安托科尔

　　最先路过的是码头。人行道边的铁栅栏被手摸得发亮；你可以斜倚在上面，或者索性坐下来看。现在要我说说能在那里看到什么，我就得先解释，在那里的我既是个小男孩，同时也是少年和青年，于是多年目睹的景象都凝聚在一瞬间。最先看到的，是一艘准备离港的小船，人们从跳板上登船，汽笛声一遍遍响起时，他们用手指塞住双耳，接着系绳松开了，约祖克朝安图克大喊，安图克也如此向约祖克回应；又或是一艘小船驶来，远远地看见了舵上的闪光。这些船名为"信使"号，也可能是"快艇"号（对此我不大确定了）；接下来还有第三艘"速运"号，那是条好船，有货真价实的甲板。很多事情都取决于学校组织到维尔基郊游时我们坐的是哪一艘。它们向维尔基逆流而上，甚至会驶向更远的涅门中——但从不顺流而下。还有个码头停泊着两侧有彩色条纹的小船，从略高的船头到船尾通体绘色。除了春天或深秋的涨水季节，船工让五六人入座后，就会撑着同样有彩色绘饰的长桨，渡向对岸的皮乌罗蒙区。河上也能看见"平底船"漂过，那是鱼贯而行的长长的木筏，主要是松木做成的，最末的小筏子上支着篷，生着火，装着又长又笨重的舵桨。将这些常常覆盖整条维利亚河的"平底船"捆扎成型的锯木厂在下游地带，就在绿桥后面的圣雅各布教堂对岸。

　　在前往考纳斯的水路上，我还见过更大的船——在涅门河而不是维利亚河上。它们几乎就跟旅行指南上画的一样，甲板上装满了柳条箱和木桶；有时上面还站着奶牛和马。它们驶向很远的去处，远及茹博克。实话说，我当时总坐的那种船并不大，因为它只在涅门河上行驶一段，到涅维阿热河口，然后沿着涅维阿热河驶向博迪城。涅维阿热河很深，但狭窄曲折；船只能通到那个地方，不能再往上游走了。出于某些原因，我把当地的船看作邮局一样的官方设施，让我颇为惊讶的是，那些船员私下里和"速运"号、"信使"号船员说的是同一种波兰语。

如果要去安托科尔，总会途经码头（这就是为何我现在要谈起它），之后是那座桥，也就是维伦卡河汇入维利亚河之处的跨河大桥。安托科尔本身只是一条乏味的、从未建成的长街，是两条腿对于它们"之间"那个空间的肌肉记忆：左边是维利亚河，右边是一座座小山丘。只在城堡山的斜坡上——它位于维利亚河和维伦卡河汇合的夹角——有一片落叶林，绿树成荫。三十字丘[1]和其他小山丘都只是些沙土坡，上面零星散布着松树；我们常去那儿爬山，享受山顶的视野和孤寂，但总的来说那里的风还是太大了。多山的安托科尔虽然更远，过了圣彼得与圣保罗堂，再往前走才能到，但却是个更有趣的地方。我从照片和立陶宛中部地区发行的邮票上见过那座教堂的巴洛克雕塑，但置身其中却令人感到幻灭：

1　得名自山丘上的"三十字架"，维尔纽斯地标之一。从此处可以俯瞰全城。

白涂料粉刷过后，许多细节都变得模糊了，那些细节本来就非常袖珍，在放大镜下才能看清。过了教堂，车辙深陷的砂石路曲折穿过森林；这些小径都有名字，比如"阳光""春日""森林"，灌木丛掩映着几间木屋，更像是达恰[1]而非别墅。其中一幢屋子里住着我的校友利奥波德·帕茨-波玛纳茨基，他和我一样对大自然充满研究的热情：在十四岁的年纪上，他已经像是一个性情平和、大腹便便的老绅士了。我对他那些稀有的鸟类学藏书和鸟类标本崇拜不已。他是一对年长夫妇的独生子，我想他还拥有自己的猎枪。和他一起远足，到乡下拜访一位姓诺维茨基的校友——我还记得他的脸，但已经忘了他的名字——这段经历像是记忆中的谜，一片折磨人的黑暗，从中只能找回一些旋即消失的碎片。那天是万灵节[2]，地点应该是鲁德尼茨卡荒原南部边界的某处，因为我们过了雅舒尼，在斯塔西维下的火车。冻结的大地，混着红与蓝的日出日落，白霜，一个小村庄，黎明时分的俄式薄煎饼，白俄罗斯语的交谈，打猎，还有独自待在一座我猜是某个大庄园遗骸的房子里。我们总共四个人，其中有个女孩，是维尔诺一所文理中学[3]或技校的学生——黝黑的眼睛，苍白的肤色，沙哑的笑声（但我想不起她的脸了）——帕茨和我在那

1　Dacha，俄式乡间邸宅。

2　天主教纪念已去世教徒的节日，在每年的11月2日（逢周日则移至11月3日），亦称"追思节"或"追思已亡节"。

3　Gymnasium，德国等欧洲国家为大学培养人才的高级中学。通过文理中学的毕业考试，才能进入大学继续深造。

里完全是局外人，诺维茨基倒是和她打情骂俏（不祥的预兆），但我这种傻小子当然被排除在外。就在那个学年的早春，她被发现死在扎克伦特的德军墓园——是自杀的，要么是服毒，要么是左轮手枪，但与诺维茨基无关。

在圣彼得与圣保罗堂附近，有几条路通往滑雪坡。所谓的滑雪坡，是一块尚未开发的高地，在地图上被称作"安托科尔林"和"阿尔塔利亚"，一直延伸到扎切奇和贝尔蒙特；滑雪道大多很短，俯冲直下。我滑起雪来笨得像头牛，但在刚上大学以及热心参加流浪汉俱乐部[1]那段时间，我顽固地坚持着这项运动。那些日子里我结识了罗伯斯庇尔，他滑雪时常常穿一件红色法兰绒的衬衣，于是对我而言，安托科尔山丘上的雪和那件衬衣融入了一幅画面。我到现在还记得安托科尔郊区，那里是城镇的终点和通向涅门申的高速公路的起点，就是在那里，童年的我目睹了 1920 年苏联撤军时的仓皇失措。

不过，对我来说，安托科尔仍然更像是航行时依傍的一道河岸，而非可以穿行其间的街道：在维伦卡河上那座桥的后面，不远处就是众多划船俱乐部，包括校园体育联盟的，我们会从它的码头划皮划艇或独木舟出发。维利亚河水流湍急，即便我们铆足劲逆流而上，也只能沿着安托科尔的河岸

---

1 维尔纽斯学术流浪汉俱乐部（简称 AKWW），1923 年在斯特凡·巴托里大学（今维尔纽斯大学）成立的男性学术团体。

慢吞吞地前行。校园体育联盟俱乐部的对岸耸立着普罗纳什科[1]的密茨凯维奇[2]雕像，一座庞大臃肿的立体派人像，被城里的神父们发配至此，因为他们不想把它摆在城中心的古老石块之间。他们很可能是对的。也是在那里，忽然之间，出现了第一片沙滩：图斯库拉尼。我们总是被更遥远的地方吸引，所以那片沙滩我只去过一次，那时我是个逃学的高中生。不知何故，或许只是出于偶然，我生命中某些特定时刻的细节被无比清晰地保存了下来，所以我现在还能看到那些赤裸地躺在我身边的人。其中一个是未来的电气工程师、皇家空军长官斯达希。许久之后（数年份太痛苦了），1967年，我们俩在加利福尼亚塞拉山的老鹰湖畔露营，一觉醒来从帐篷径直走到水里游泳，要么就沿着野林葱郁的湖岸划船。我们已不同于在图斯库拉尼时的样貌；但我很难意识到我们的身体发生了变化——也许只有他的沙皇式大胡子已经灰白了。

从维利亚河畔居民区的名字中，能看出土语和外来词的融合。我猜，"图斯库拉尼"是来自那些受拉丁语文学启发的读者，他们发现这里与罗马富人度假的图斯库鲁姆乡村有颇多相似之处。"沃沃库姆皮耶"就没这么文雅了。特里诺波尔

1　兹比格涅夫·普罗纳什科（Zbigniew Pronaszko，1885—1958），波兰画家、雕刻家、舞美设计，克里特前卫剧场联合创始人，曾是维尔诺大学艺术学院的教员。

2　亚当·密茨凯维奇（Adam Mickiewicz，1798—1855），波兰浪漫主义诗人，出生于立陶宛的诺伏格罗德克，毕业于维尔诺大学。他在长诗《塔杜施先生》、诗剧《先人祭》和其他诗歌、剧本和专著中对波兰民族性和波兰命运的洞见，迄今仍是波兰民族意识的构成部分。

实际上是陡岸上的一座白色教堂，对舟子而言是可以稍作歇息的标志，因为最凶猛的河段已被抛在了身后。这个地名让人想到拉丁语的"三位一体"（Trinitas），同附近的卡尔瓦里亚词源相似。迷人的、森林密布的维尔基（Werki）让人想到了德语的"工作"（Werk），但传说它源自"哭泣的雏鹰"——在立陶宛语中，verkti 的意思是哭泣。

维利亚河从安托科尔一直到维尔基的河段是我们这座城市的"免费高速路"（freeway），这个词我是很久之后才学到的，用来替代波兰语的 autostrada，虽然我更喜欢 gościniec 这个词——也是公路干线的意思。总之它是一条通途大道，维尔诺居民周日的远足之路。世世代代居住此地的人既非上流社会，也不是工人阶级，而是一些小资产者，大部分靠一门手艺为生。他们拖家带口乘坐大型客船或小船：衬衫，背带，轮流划桨，女人们五颜六色的裙子，还有当作零食的一罐腌菜。另一项颇受欢迎的娱乐活动是蒸桑拿。周末你会在那儿听到各种各样奇异的"土话"，对语言学家来说想必是座宝库，但我猜语言学家们不会经常光顾公共浴室。

从维尔基继续逆流而上，维利亚河的这一段是远足者不常造访的，因此它尚未被"文明"染指。保存在我记忆中的那段河道从热梅纳河汇入维利亚河开始，那里一片寂静，只有河水拍打船身的声音，阳光照射着陡峭的沙岸，明亮的白色，峭壁上崖燕筑巢的洞，悬荡的松须。偶尔有一长列圆木筏子漂过，上面的炉火生着烟。这些"平底船"在河湾处缓缓转向的样子颇有庄重的意味。前后各有一只舵桨，通常由一男一女两人摇动，长长的木筏缓缓滑入新的水流。偶尔有一只渔船闪现，从反方向驶向岸边；有时会有个赤膊的小伙子划着皮艇，也许他正在那一带过暑假，不知历史已经为自己设下了恶魔的圈套。

　　夏季，安托科尔正对的维利亚河段变得清浅；有时可以沿着河往下游晃荡几公里，时不时游一会儿泳，但几乎都能踩到底。我把维利亚河和安托科尔联系起来，是因为绿桥后的锯木厂标志着它作为一条水路干线的终点。再往下，这条河将会流向封闭的立陶宛边境；另外，考虑到那边至少有一处难以逾越的旋涡湍滩，通航也是不大可能的。从城里尤其是茨维日涅茨医院排出来的污水，也让人们不愿在茨维日涅茨和对岸扎克伦特森林附近的河里游泳。此外，如果出行时沿河而下，返程时就不得不费力逆流而上，所以很少有人组织乘船去那边。我们总是乘火车去雷加奇什基的学生联合会，它就坐落在立陶宛边境上。

火器库街

　　这是一条短街，从小船码头旁的堤岸街街角延伸到大教堂广场。昔日这里似乎只是安托科尔街的延续。一侧的人行道上有几间房屋；另一侧本该是人行道的地方，却是低矮的弧形铁栅栏，围着一个名叫"小牛棚"的花园（在大教堂后面）。堤岸街街角有一座巨大而且相当丑陋的建筑物蒂希基维茨宫，永远紧锁大门；后来我知道那是弗罗布莱夫斯基图书馆的所在地；有此功能是由于它已先行存在，我从来没有问过为什么。战争爆发前几年，这座房子被接管了，用作东欧研究院的驻地，那时我常有机会过去。升上文理中学后，我也经常拜访位于火器库街中段六号的一所房舍，因为我有亲戚住在那儿，确切地说是远亲：帕夫里科夫斯基一家。我想跟我有血缘关系的是切西娅·帕夫里科夫斯卡，娘家姓斯瓦维尼斯卡；她坚持让我叫她阿姨。男主人普热梅斯瓦夫·帕夫里科夫斯基是前沙皇军队上校；墙上挂着比萨拉比亚的照片，他们一家人曾生活在那里，还拥有一处庄园。他身材高大瘦削，皮肤黝黑，沉默寡言，常穿着一件印花睡袍四下走动，坐在阳台上注视着花园的绿茵，或者玩玩纸牌接龙。他还集邮，这迷住了我，显然我也热衷此道，而他会送我一些珍稀品。他的两个儿子中，我对早年自杀身亡的长子达内克已经没有印象了；次子瓦切克是位工程师，战后以专家（"斯佩茨"[1]）的身份去了苏维埃突厥斯坦[2]，带了一个俄罗斯妻子回来，买了辆车，成为维尔诺最早的一批出租车司机之一。这在当时是很先锋的职业——有谁听说过一个出身优渥的人从

---

1 Spets，即 Spetsnaz 的简称，指苏联特种部队。
2 即突厥斯坦苏维埃社会主义自治共和国。

客人手里收取小费呢？他的俄罗斯妻子在家穿东方式的灯笼裤，用长长的烟斗抽烟。瓦切克的姊妹玛丽西亚则是公司文员，于是那幅宁静的家庭群像（他们都住在一起）可以作为那个时代正在发生的社会变迁的图示。我很小的时候就认识玛丽西亚，她和我祖父母一起在立陶宛考纳斯的谢泰伊涅村[1]住过一段时间。正是她坐在餐厅窗边的油布沙发上为我朗读《火与剑》[2]，在那儿你得蜷成一团，守卫好自己焐热的一方领地，不要光脚碰到身旁冰冷的油布。我记得长辈们议论玛丽西亚有点"做作"；但在我看来，她只是神秘，内省，心事重重，她身材高挑，走路时腰肢摇摆，光洁的脖子上系着黑色天鹅绒丝带。她属于卡在"一战"门槛上成熟的一代人，这也是为何火器库街的房子里有很多那个时代的诗歌和文学杂志。假如我当年没有仔细查阅过书架上的内容，我可能永远不会知道1914年或1915年出版的一本《茹拉夫切》（Żórawce）年鉴，里面收录了"青年波兰派"[3]后期的大量诗歌和散文作品，诸如此类。总的来说，我的亲戚们那时已经是成熟的年轻女士，对我的童年产生了带有某种情色意味的影响，让我洞悉了一个自己无法记起的时代；她们的生活方式本身保留了那个时代的某些特点。把那些年称为另一个"时

1　谢泰伊涅（Szetejnie）也是米沃什的出生地。
2　《火与剑》（Ogniem I mieczem），初版于1884年的长篇小说，亨利克·显克维支的"历史三部曲"之一，讲述十七世纪波兰王国的历史。
3　约1890年至1918年间的波兰现代主义文学运动。

代"（epoch），今天看来可能会觉得可笑——大战毕竟才只过去十年而已。但我那时觉得，熟悉那个年代的人仿佛都是从混沌的黑暗中出现，这可能是一条普遍法则在作祟：对每一代人来说，那些刚刚过去的事件、风格和时尚反而显得遥不可及。不过也很难判断这条法则是否始终成立，就像我们很难揣测二十世纪五十年代对今天的年轻人来说是否已经属于另一个地质年代。可以肯定的是，"一战"和波兰的独立对玛丽西亚那代人来说是个分水岭，但不像我曾经以为的那么重要。

玛丽西亚过的是一种办公室文员的生活，这不仅体现在工作上，还有结交朋友，和同事野餐，甚至整个办公室一起出国旅行。在我时常拜访他们的那些年，一开始我还是高中生，后来成了大学生，而她已经开始衰老了，于是我就想没有结婚的女人老了会怎样。在火器库街六号我感觉非常自在，也因为很难在城里找到一处更中心的地带了，有时我上门只是为了在沙发上躺一躺。我在那里写了一些至今还喜欢的诗。1940年穿越绿色边境[1]前往华沙之前，我还在那套公寓里度过了在维尔诺的最后一晚——那趟旅行比我愿意承认的更加惊险。当时这座城市刚被苏军占领，但全家人对此几乎无暇关注，因为帕夫里科夫斯基叔叔已经病重，奄奄一息，他们满心想着买氧气瓶的事。

东欧研究院就栖身于那座街角大楼重建或者扩建的一

1　即苏德防线，分割了苏占波兰和德占波兰。

隅，是个现代风格的地方，光线充足，墙壁漆成了明亮的色彩，家具是用浅色木料做的。多雷克·布伊尼茨基在他的小窗口接待前来办事的学生，那时我通常会耐心等候，然后我们就会交换自己的诗，天马行空地想一些文学玩笑。还有个立陶宛人经常在那儿游荡——普拉纳斯·安切维丘斯[1]。我们曾是密友，有段时间每天都见面，因为我们都住在博法沃瓦丘上的学舍。提到他的名字我就忍不住要说，他是我认识的人当中少有的受尽毁谤的聪明人、好人。没人比我更清楚那些攻击都是无耻的谎言。

对我而言，研究院意味着我出发去巴黎之前和回国以后的一段时期，也就是 1934 年和 1935 年，充满了戏剧性的经历和陶醉，以及旅行。撇开纯粹的个人因素，从整个国家短暂的开放氛围中，在经济危机造成的混乱和二十世纪三十年代末聚拢的黑暗之间，人们或许能觉察出一种情绪的高涨，与此同时，对即将到来的恐怖也必然有预感。我获得了巴黎的文学研究员奖学金。妮卡，一个我在研究院结交的人，则拿到了苏联的奖学金。我读的第一本鲍利斯·帕斯捷尔纳克的书，诗集《第二次诞生》，就是她送给我的。大约就在那时，帕斯捷尔纳克到访巴黎，出席"保卫文化大会"[2]，那是他最后一次出国，当时他已经处于岌岌可危的境况中，不能再出书了。

1　普拉纳斯·安切维丘斯（Pranas Ancevičius，1905—1964），又名弗朗齐歇克·安切维奇（Franciszek Ancewicz），波兰-立陶宛律师、记者、苏联问题专家。
2　即 1935 年在巴黎举办的"世界作家保卫文化大会"。

小牛棚花园的入口就在火器库街对面。我在通往皇家路的林荫大道上有过种种经历，却没有与这个花园相关的情感回忆。它就像公共广场一样对路人开放，不适合执手倾谈。保姆和士兵们挤在长椅上的画面，会让人联想到这两种工作的重复乏味。或许我对在这个花园闲游的最细腻的记忆都来自童年，来自白日的嬉闹，那时它还无人问津，空荡荡的。

巴克什塔街

在维尔诺的那些年里，我从没想过这条街为什么会叫这个名字。街名看似与 Baszta（塔）有点联系，也确实如此。巴克什塔是一条古老、阴暗的狭窄街道，路面有讨厌的车辙，有些地方宽不过两三米，街边还有很深的露天排水沟。小时候我很怕闯入这条街，因为它名声不好。刚从大路上拐进巴克什塔街，就能看到一幢窗户漆成白色的多层大楼——那是一家性病医院。楼上的窗边坐着被送过来强制治疗的妓女，调戏着路人，尖声喊出污言秽语。维尔诺的情色交易尤其广布，但这不是它值得注意的原因；这个人类最古老的职业在世界各地都没有消失的迹象，只不过换了形式。而在维尔诺，卖淫行业完全保留了十九世纪的形式，准确地说是十九世纪俄国的形式，和陀思妥耶夫斯基小说中的一样。也就是说，军官和学生们在仅限男性的聚会上大喝一场，最后总是会去城中难以计数的小型妓院"找姑娘"，每个马车夫都知道地址。在某些街道上（尤其是巴克什塔街下方的维伦卡河沿岸地带，比如沃托奇基街、萨夫亚尼基），女人们会数小时站在门口，冬天为了御寒，她们会裹上羊毛披巾，穿厚厚的毡靴或高筒皮靴。和女佣一样，这一行的后备劳动力来自乡村或一片死寂的城郊，后者跟乡村也差不多了。

　　不过，最重要的是，巴克什塔街就是芭芭拉。时不时地，尤其是从维伦卡附近的丘陵和陡崖上，行人的视线可以透过大门看见一片宽阔的庭院和花园；在这些绵延的庞大地产中间，有一座罗默府。如果没记错，我第一次从涅维阿热去维尔诺就是在这里落脚，因为我们用了马，而罗默家的庭院里有马槽和马车房，非常适合稍事休整。那次旅途很漫长，足足一百二十公里，哪怕我后来学会了开车，开同样的距离只用一个小时，它的重要性也未曾减色。总之，这就是我们会在罗默府留宿的原因；我不知道我们两家之间存在什么样的社会关系。不管怎样，在我读高中期间，整个罗默府都是由芭芭拉、一个男总管和一个女管家操持。芭芭拉和我来自一个地区，在萨莫吉提亚更深处的克拉基努夫附近，她还当过我祖父的高级女管家；基于这层关系，我们保有某种亲近感，芭芭拉也经常来山麓街拜访我们。她生得修长笔挺，面容严肃，一对薄嘴唇，和众多乌发黑眼的立陶宛人别无二致。她是个老姑娘，非常虔诚，还是个狂热的立陶宛人——我家的年长者经常取笑她这些特点，但只是温和地调侃。在整个维尔诺只有一座圣尼古拉斯教堂举行立陶宛式弥撒（也就是说，用立陶宛语布道和吟诵），芭芭拉无疑只去圣尼古拉斯。说到底，那座教堂的大部分信徒都是仆佣。许多年后，我听到维也纳和巴黎的朋友们谈起哈布斯堡王朝治下的捷克城镇还忍俊不禁。那里当然是说德语的，而捷克语被认为是家里佣人的语言。对此我太熟悉了，只不过在我们东边，波兰语代替了德语的位置。

光看我对芭芭拉的描述，很难推测我对她的依恋有多深。但是，她的形象一直陪伴我漫游世界各地。一个人的形象能久久萦绕在我们的脑海中，一定有其原因。我还记得芭芭拉在谢泰伊涅的"宿舍"，就跟她本人一样严肃刻板。这个人自然早已过世，但她仍是我从小认识的最重要的人物之一。

由于巴克什塔街离大学实在很近，几乎是正对学校大庭院和圣若望街的路口，它在学生生活中占据着重要的地位，而且它还是"门萨"（Mensa）所在地——不是 dining room，不是实惠的 restaurant，不是 cafeteria，不是 canteen[1]，也不是"集体用餐的地方"，要用最准确的词：门萨。它是学生会负责的一项主要工作；免费或打折的晚餐券是政治权力的必争之地。那是一幢肮脏昏暗的建筑，一度被用作学员宿舍；很多年间它都是维尔诺唯一的宿舍，直到博法沃瓦丘上建起了第二所非常现代的宿舍楼。我从没在巴克什塔街住过，但不

1　这一系列英语词汇（dining room, restaurant, cafeteria, canteen）都是"餐厅""食堂"的意思。

时会钻进那些木地板陈旧发黑的走廊去找同学。碱液、石脑油、肥皂泡和烟草的气味。一楼有条这样的走廊通向门萨。我只朦胧记得那里的餐桌都盖着污渍斑斑的桌布，但我还能清晰地看见门口小小的收银台，大家在那里购买餐食。卖饭的几乎总是一位干瘪脸的守护精灵[1]，没有戴领带，只松松垮垮地系着一个奇异的黑色领结：加修里斯[2]。他是"永远的学生"，那时已经是个传奇人物，早在史前时期就活跃于学生组织，也许早至 1922 年或 1923 年。他在流浪汉俱乐部是受到尊敬的前辈，是其创始人之一；我们有些歌能追溯到他的时代，它们显然是受了当时备受推崇的吉卜林作品《丛林奇谭》的影响。（"在高高的山丘上，狒狒跳着野性的舞蹈。"）如今看来，加修里斯正如流浪汉俱乐部的所有人一样，非常像嬉皮士。我们缀着彩色流苏的黑色宽檐贝雷帽嘲弄着大众普遍接受的头饰。另一方面，他的阔领巾直接来自"青年波兰派"时期的文化界，披肩则来自人气很高的城市童军队长：精瘦、忧郁的普恰塔。尽管加修里斯有个纯正的立陶宛姓氏，但我认为他并不懂立陶宛语。他曾在偏远地区游历，可能还在克拉科夫或波兹南住过一段时间——我没能弄清具体是哪里，因为隔代的差距让我没法和这样一位名人熟络，哪怕是有点喜剧色彩的名人。

1　Gnome，神话故事中的地下宝藏守护神，形象矮小干瘦。

2　瓦迪斯瓦夫·加修里斯（Władysław Gasiulis），因撕毁政府海报被苏维埃官员处决。——原注

铸造街

铸造街意味着下坡路。许多年间我都住在最新的城区，比扎瓦尔纳和维伦斯卡更远，因此我曾无数次从铸造街一路步行，经过拿破仑广场，之后到达维尔诺大学和熙熙攘攘的格兰大街。那是意气风发的下坡，竭尽体力的狂喜，近乎舞蹈的大步流星，或者彻底的无所顾忌，或是别的什么，但更多的时候是年轻生命自发的喜悦，尽管它那饱受折磨的想象力会生出各种妄念。下坡从维伦斯卡街角的大楼开始，那是职业联盟之类组织的办公楼所在地，张贴着一堆五颜六色的告示，通知要举办讲座或拳击赛；这些活动的爱好者主要是犹太年轻人，他们曾经在这条人行道上聚集。再往下走——但没有到鞑靼街那么远——右手边是一排带有阳台的公寓房。它们本来于我毫无意义，直到我与斯坦尼斯瓦夫·斯托玛在其中一间屋子里度过了许多春天的傍晚，在玫瑰色日落下忘我地投入有关智识的争论。那是 1929 年，我在文理中学读八年级[1]；斯托玛则是法学院的大二学生，也是我们地方分会（秘密小团伙"佩特"）的老大哥。"地方分会"一说有点夸张，但我也想不出别的词来形容我们这个组织，以及我之后不久加入的流浪汉俱乐部，我只能认为它们是维尔诺这个共济会之城的独特发明。[2] 1830 年之前，在维尔诺大学的鼎盛时期，

1　米沃什 1921 年至 1929 年在西吉斯蒙德·奥古斯特国王中学上学。
2　"地方分会"（Lodge）一词，原义为共济会的地方分会、集会处。

我们这座城市的很多大人物都隶属于共济会的各个分会，传闻纷纭，多年后我才发现身边就有无数共济会员。不幸的是，右翼媒体错误地认为共济会对历史进程产生过决定性的影响。

　　和斯托玛坐在阳台上，下面的街道犹如一道沟壑，延伸至绿树成荫的广场。我们就莱昂·彼得拉日茨基[1]展开争论。斯托玛是经由一位年轻教授引导入门的，后者是狂热的彼得拉日茨基主义者，姓兰德。我之前听说过彼得拉日茨基，也开始阅读他的作品。我们还争论亨利·马西斯红极一时的《守卫西方》(La défense de l'Occident)。那时我正全心全意地学法语，以便将来能阅读法语原著。我可能是从斯托玛那儿借来的马西斯。三十年后，身在加利福尼亚，我依然感谢他借给我那本书。这不是说我曾经或现在受到法国民族主义者这类君主制继承人的吸引。不过必须得承认，是他们率先敲响警钟，让人警惕麦角症[2]的存在，即我们的思想和语言已经受到了污染。根据他们的说法，这一病症将会出现在亚洲，然后经由德国这个媒介传播到欧洲的思维方式中；1918 年后，是通过魏玛德国[3]——叔本华、

1　莱昂·彼得拉日茨基（Leon Petrazycki, 1867—1931），波兰著名哲学家、法学家，彼得堡大学教授，1917 年后，成为华沙大学教授，以其"国家与法"的理论著称。下文提到的兰德博士，曾先后在维尔诺的斯特凡·巴托里大学和克拉科夫雅盖隆大学教书，是"彼得拉日茨基学派"的追随者。
2　黑麦和其他谷物因为真菌引起的传染病。
3　即魏玛共和国，1918 年至 1933 年期间采用共和宪政政治体制的德国，于德意志帝国在"一战"中战败后成立，因希特勒及纳粹党上台执政而结束。

印度教、佛教、斯宾格勒[1]、凯泽林[2]之类。马西斯和其他笛卡尔战线的捍卫者无法抗拒法语在德国哲学的影响下日益晦涩的趋势，尽管这未必是从东方引进的。谁知道呢，也许正是由于十七岁时读过这些早期的警示，我才不屑于如今席卷加利福尼亚的"东方智慧"。

走过鞑靼街街角，右边是一片空旷的广场；左边是几间无人问津的商店，还有一家餐厅或是食堂，在我大学的后两年里一直营业，只用六十格罗希就可以在这里吃一顿可口的晚餐。老板是个华沙的犹太人，客人都是学生，不过大多数时候，他们跟在门萨看到的学生不是同一群。我会遇到法律系的犹太同学，大多来自华沙；立陶宛人和白俄罗斯人也在这儿聚集。不知为何我的记忆只保存了几张脸、几个名字。其中一个是我的同事莱纳。

再走几步会经过圣若望兄弟会教堂。这是维尔诺最低矮的教堂，教堂本身，加上同样低矮的修道院建筑，在绿树（我想是椴树）掩映的小广场仿佛构成了一座微型堡垒。兄弟会经营某种慈善项目；他们还有过一家精神病院，这就是为什么要是有人讲话疯疯癫癫的，我们就说他很适合去兄弟会。教堂有两座小塔楼，但与建筑的整体风格一致，它们只是两

---

1 奥斯瓦尔德·斯宾格勒（Oswald Spengler，1880—1936），德国历史哲学家、文化史学家，代表作有《西方的没落》。
2 赫尔曼·凯泽林（Hermann Keyserling，1880—1946），德国社会哲学家，以融通东西方哲学思想而知名。

道圆弧，房顶上的一对突起。教堂内部就像是巴洛克风格装饰的坟墓或石穴，在狭长的方形空间大致正中的位置有一个小小的泉眼。这里的泉水据说有奇迹般的疗愈作用；尽管它的名气未能传播到本城其他区域，在教区内却一直有效。圣若望兄弟会教堂的特别之处在于它予人安全感，让人对人神间的事务产生亲切的情怀，感到此地是他们坚不可摧的避难所。后来——离开波兰之后——我有几次参观东正教堂，它们就像一个个小金匣子或者蜂房，墙上温暖的亮色、焚香的气味和颂歌有种让人昏昏欲睡的效果。这无疑满足了人的需求：一个界线明确的封闭空间，遵守自身的律法，隔绝外面无穷的空间。这就是为何我爱那个兄弟会；尤其在复活节人们去"墓地"时，可不能过此教堂而不入。在其他教堂里，基督之墓无论展示方式有何巧思，都隐藏在高高的穹顶之下，被祭坛和廊柱反衬得渺小，然而在圣若望兄弟会它却是中心，因为那里几乎所有东西都和地面在同一层。我差点忘了补充，铸造街就在那个小广场的附近拐进兄弟会街。

日耳曼街

　　日耳曼街很窄，也不太长，却是维尔诺最世界主义的街道，因为本该是城里主街的那条街太不世界主义了。主街最初的官方名称是"圣乔治大道"，或就简称为"乔吉"。大道边缘笔直，两旁自十九世纪下半叶起砌起了一排排公寓房，但它们没能将维尔诺提升到外省城市以上的级别。我猜维尔诺跟雷恩或伊丽莎白格勒[1]应该别无二致，那些城市里肯定也有为军官和学生提供古里阿涅[2]场所的林荫大道。相比之下，日耳曼街的世界主义气质并未因其鹅卵石路面而减损半分，这条路直到二十世纪三十年代才铺上砖（当时城内所有主要街道都做了如此处理）。一靠近日耳曼街，人们就突然将那些荒凉的街区抛在身后，闯入一片人烟稠密的繁华街肆。一张张面孔从人行道和大小门扉间钻出，好像还要从人群中鼓胀出来一样。日耳曼街上的每一幢房屋仿佛都藏着无数居民，他们从事着几乎所有行当。巨大的彩绘招牌下是鳞次栉比的小商店，那些狮脸、尺寸巨大的长筒袜、手套和紧身衣的招贴画为庭院内的商店招徕顾客，而院门里的招牌则提供了牙医、女裁缝、袜商、打褶师傅和鞋匠之类的信息。买卖从铺子里溢到了街面上：沿着人行道，手推车经营得红红火火，店面之间的空地上见缝插针地摆满了热闹的货摊。马拉着满载的运货车轰隆隆地碾过。捎客周旋于路人之中，任务是发现潜在顾客，吹嘘他们的商品，将成功捕获的顾客引到位于某个遥远庭院内的商店。我很确定自己那时从未把日耳曼街跟法语课本中描绘的十九世纪巴黎联系到一起，这种联想过

1　雷恩是法国布列塔尼大区和伊勒-维莱讷省首府，伊丽莎白格勒是乌克兰基诺沃格勒州的旧称。

2　Gulianie，俄语，有"巡游闹饮"之意。——原注

了很久才慢慢浮现，在我成为法国居民之后。在本世纪的后半叶，日耳曼街已不复存在，我经常想到它，尤其当我漫步于玛雷区[1]，注视着街边那些招牌。其中有几块注定会给人留下深刻的印象，比如蒂雷纳街上的那块，沙坦先生至今还用它来为自己的男装裁缝店招徕生意。

日耳曼街上住的全是犹太人，但它迥异于其他犹太街道，比如华沙的纳莱夫基街。它更老式，也更古板，是中世纪蜿蜒曲折的羊肠小道组成的迷宫，我从未在华沙感受过这种隐匿的底色。因为这些被时间打磨出光泽的石块，维尔诺世界主义的碎片可能更接近巴黎而非华沙。

我在人生的几个不同阶段都来过日耳曼街，其中最重要的是小时候陪祖母一起来。我们住在山麓街五号的公寓房，于是我们会沿着山麓街往下走，来到谢拉科夫斯基街的路口，再沿着港口街去往维伦斯卡街。在谢拉科夫斯基街需要转弯。那时人们还能见到1863年起义[2]的老兵；他们穿着制服，戴着有角的、紫红色镶边的海军蓝帽子。他们领一份微薄的养老金，老兵的遗孀也包括在内，不过她们只能领到几个子儿。我祖母也领了这样一份养老金。以谢拉科夫斯基[3]命名的街道

1　巴黎的一个区域，横跨巴黎第三区和第四区，拥有大量珍贵的博物馆和历史建筑，艺术气氛浓厚。这里也曾是犹太人的聚居区。

2　波兰近代史上规模最大、影响最深远的反对俄国民族压迫和反对封建的民族大起义，也称为"一月起义"。

3　齐格蒙特·谢拉科夫斯基（Zygmunt Sierakowski，1827—1863），波兰军官，1863年"一月起义"的领导人之一。

通向伍基什奇街，一直到这位立陶宛起义的领袖被绞死的广场。1863 年，我的祖父在谢拉科夫斯基麾下作战，担任他的人事行政参谋，也可能是特别委员会的什么官员，我不太清楚。总之，我的祖父算是共犯，但他获救了，因为在他家位于文兹亚戈瓦（考纳斯以北）附近的瑟比尼庄园，附近有个笃信旧礼仪派的村子，村民们非常喜欢他。那些长老们聚在一起就一个重大问题争论了一整夜：基督徒能否为了救人一命而发假誓。然后他们赌咒发誓说祖父 1863 年没有离开过家。

从山麓街出发，穿过谢拉科夫斯基街，顺着港口街到维伦斯卡街和日耳曼街路口——最后总是来到索拉·克沃克的商店。商店也藏在庭院里，但无需招牌或掮客；它在全城声名赫赫，有非常忠实的顾客群体。它出名在扣子、内衬、衬垫，诸如此类的物品，别家没有的，总能在这里找到。索拉·克沃克夫人让我觉得不可思议——她的样子叫人害怕，胖乎乎的，褪色的红发上套着假发，甲状腺肿大，下巴上明显刮过毛。她在那儿说一不二地指挥着一支女销售员队伍。从她的商店可以买来为我做正装用的所谓裁缝辅料。我的正装总是修修改改，或者用手工纺织呢来做，还要为长身体留下空间，我该在此揭露自己童年养成的隐秘习惯吗？直到今日，每次我购买正装时，仍有一种条件反射在作祟：应该买大一码，万一以后穿不下了呢？

少年时光逝去后，我和日耳曼街的关系也有了隔阂；我仍然时不时路过那儿，但仅此而已。一直到大学生活末期，我才开始和它重建联系，去那里看意第绪语剧场的演出，或是和普拉纳斯·安切维丘斯一起去街边的小餐馆吃饭。冰伏特加和鲜美鲱鱼的味道，对人情温暖的感触，都在记忆中影影绰绰，让我一直喜爱犹太餐厅。日耳曼街两旁乱哄哄的小巷也值得一提，因为正是在那里，我不辱使命，找到了一位犹太拉比。那是在 1933 年至 1934 年间，奥斯卡·米沃什[1] 从巴黎给我寄了三本他的小书；他采用了私人出版的形式，印量很小。考虑到书的内容，他没想过要正式发售也毫不令人意外。我说的这本书就是《被破译的圣让启示录》(L'Apocalypse de St. Jean déchiffrée)，它预言了 1944 年人类将遭受毁天灭地的灾难。实际上他可能写了两本小册子而非一本——另一篇长文（可能与第一篇合订为一本，也可能单独成册）提出了一个猜想：犹太人祖国最古老的土地位于伊比利亚半岛；人们只能在那里而不是别处寻找伊甸园。根据这篇《犹太人的伊比利亚起源》(Les origines ibériques du peuple juif) 的说法，犹太人很可能是欧洲最古老的土著民族。总之，一本书是留给我的，而另外两本则需要转交给（我心目中）最合适的人——一个基督徒，和一个犹太人，后者最好是一位"声名赫赫的拉比"。一开始我选择的是马里安·兹杰霍夫斯基[2] 教

1　奥斯卡·米沃什（Oskar Miłosz, 1877—1939），立陶宛裔法国诗人，切斯瓦夫·米沃什的远房亲戚，对其思想产生过重要影响。

2　马里安·兹杰霍夫斯基（Marian Zdziechowski, 1861—1938），波兰哲学家、斯拉夫学者、宗教作家。

授，因为他对欧洲前景的悲观主义思想让他更有可能接受阴郁的预言。但我跟兹杰霍夫斯基没有私交。有一次，机会来了，我在大学图书馆的台阶上找到他，结结巴巴，脸涨得通红，也没人事先引荐，他的反应冷淡至极，所以我最后似乎并没有把书交给他。而那位声名赫赫的拉比是谁，我又是基于什么理由选择了他，我已经不记得了。我把书交给了他的秘书。最终我也不知道他有没有读过这本书，作者的意图——警醒世人——是否实现了。

《被破译的圣让启示录》现在成了书蠹们的珍稀藏品，而我与这一文献相关的下一次经历发生在奥斯卡·米沃什过世多年后。那是在1952年，地点是我居住的沃日拉尔路附近。当时，我在一个小餐馆碰见了亨利·米勒。听说他四下搜寻这本书已经很久，我惊讶极了。我承诺会给他一本，这并不难，因为杜塞[1]收藏馆藏有奥斯卡·米沃什文集。但我没有信守诺言，米勒为此指责了我。为什么我没能做到？我彻底忘了这事（我怀疑这有更深层次的原因），米勒感觉受到了冒犯也是合情合理的。当初交谈时，他那套来自加利福尼亚的"灾祸论"让我非常反感：我们要的就是这个？难道还没受够欧洲灾祸论的种种问题吗？我在他的言论中发现了思想的混乱，

1　雅克·杜塞（Jacque Doucet，1853—1929），著名时装设计师、艺术赞助人，最早发掘并收藏马蒂斯、杜尚、毕加索等现代艺术大师的收藏家之一。杜塞收藏的图书和手稿主要捐赠给了巴黎大学等机构。

从他寻找天启学说[1]的饥渴中，我还看出了哗众取宠的欲望。所以也不排除我的抗拒中有对待圣事的郑重：我不认为米勒是奥斯卡·米沃什曾经想要警示的人之一。

维伦斯卡

一条名称古怪的街，形态参差，每十几步一变，还有天主教–犹太教大融合的氛围。在绿桥附近的街口，它是宽阔的，没有什么独特之处，只有几幢公寓楼坐落在横街路口；过了与圣乔治（或密茨凯维奇）大道的交会处，它便缩小成了一个狭口。在我小时候，那儿有很长一段时间都是一栋未竣工大楼的地基，后来大厦终于平地而起，成了雅布科夫斯基兄弟百货大楼，那是维尔诺第一个称得上"综合型"商场的地方，有好几层楼高。

距雅布科夫斯基商场不远处，正对赫利俄斯电影院的是一家奇妙的男士服饰用品店，这类商店在本城绝无仅有。它的老板不是犹太人，而是来自遥远的加利西亚[2]的波兰人，说话的方式和夸张的礼节与常人迥异。老板是一家人：看上去是由两女一男构成的三口之家。男人身上有股古龙水味，微

---

1 一种宗教信仰，认为神明已经降下启示：世界末日临近，人类将会遭遇大劫。
2 中欧历史上的一个地区，其名称来自中世纪欧洲城市加利奇。该地区现在分属于乌克兰西部和波兰东南部。

鬈的头发向两边分开，梳得很顺滑，一双手白白胖胖的。他们会说："请允许我吻你的手。"这家店完全不像是一间"店铺"通常的模样。它的镶木地板擦得光滑锃亮，纤尘不染，商品都陈列在玻璃柜里。

这间商店隔壁是一家小型书店，每年的9月1日，我在这里都会心潮起伏，与别的学生摩肩接踵地购买新教材。毫无疑问，在还不知道那些彩色护封下藏着什么内容时，仅仅是去看一看、摸一摸，就是最激动人心的体验了。

如前文所说，街对面是赫利俄斯电影院，我还记得当时在那里看过的很多电影，尤其是普多夫金的《亚洲风暴》，它给我留下了非常深刻的印象。不过，在我的记忆中，这间电影院却同样象征着隐隐的恶心和羞耻，它们被深深压抑在意识之下的层面。我的叔叔维托尔德三十六岁时死于肺结核，在那之前他经历过诸多失败的事业——如在边防卫队服役，加入犹太皮毛交易合作社——其中有一次，他办了一个卡巴莱[1]歌舞团。首演就在赫利俄斯的大厅里举行，我当时只有十四岁，没法拿起理性的武器来保护自己不受这场演出的庸俗下流荼毒；于是，因为维托尔德（不管我喜不喜欢，他总归是家人），也因为我那还在开怀大笑的父母，那份羞赧从未褪去，像油腻腻的污迹一样扩散开来。

1　一种包含歌舞和滑稽短剧元素的娱乐表演，盛行于欧洲。表演场地主要为设有舞台的餐馆和夜总会。

很久以后，在街道的同一侧，电影院的正后方，鲁茨基书店会成为一股与之抗衡的力量。鲁茨基先生庄重而严厉，他的儿子是我在大学的同事，还娶了希特卡·达内茨卡为妻。在他们结婚之前，我和希特卡的交往乐观地证明了人类关系的多样性，以及偶尔存在的、不受条条框框约束的自由。从前我们经常出去划船，相处得自在极了，全不顾男女有别。我们可不只是"同事"：我们相互关怀，情真意切。不过，没有任何规则迫使我们发展成情人。友谊是更为可贵的。

哈尔佩恩（我记得老板叫这个名字）商店黑魆魆、灰扑扑的，贩卖令人眼花缭乱的颜料、铅笔、各色纸张和笔记本。过了这家店，再往前走，维伦斯卡街变得更窄了，成了一条信基督教的马具师傅、鞋匠和裁缝聚集的街道；那儿甚至还有一家土耳其烘焙坊。我的高中同学切比·奥格雷就来自那里（不然就是另一家烘焙坊），他是个穆斯林。接下来，建筑的外墙被分割成了许多家犹太小商店。在凯瑟琳教堂附近的小广场对面（那儿有一家卖猎枪的漂亮老店），维伦斯卡街的气派一度有所提升，但再往后，一直到特罗茨卡街、多明我会街和日耳曼街交会处，就都是一些穷苦的行当了。

在维伦斯卡的"手艺人"聚居区有一个庭院，人们可以从那里进入一家提供外借服务的图书馆，我祖母曾用微薄的养老金在此订阅书刊。我十二三岁的时候常到那里去，要么是受她差遣，要么是我自己去借书。借的大多是热罗姆斯基、罗杰维楚芙娜、什佩尔科夫娜的书，也就是劣质文学。在我看来，一个受过这类文学作品熏陶的人还能有马马虎虎的智识水平，这可是不容小觑的，那些必须跨越的障碍为他赢得了一点加分。在任何语言中，所谓美文学（belles lettres）[1]基本都是些夸张、刻奇[2]的作品；然而，由于波兰历史上遭遇的种种变故，小说注定会给波兰人的心灵带来格外强烈的触动：它是一种语言，也是一种感知力，让我怀疑在所谓的波兰灵魂中潜藏着无比深厚的刻奇根基。至于我——实话说，从图书馆借来的书里有一些场景令我痴迷，比如在《灰烬》[3]中，海伦纵身跳下深谷而死；也许更让我着迷的是一个从法语翻译的舒昂党（旺代省的反革命者）故事[4]的结局。那个主人公在断头台上身首异处，但这并未给他那激情澎湃的冒险画上句号。我至今记得故事的最后一句话："但这颗头颅，滚啊滚啊，还在低语着，'阿梅莉！'"

1967 年于伯克利

---

1 法语，原义为"优美的文字"，在现代文学批评语境中常常贬义地指代那些注重语言的美学品质而非其内容实质的写作，有别于严肃的纯文学。
2 Kitsch，通常用于形容那种迎合大众口味、流于表面模仿、庸俗拙劣的艺术品或审美品味，刻奇作品强调夸张手法和情感浓度，但缺乏真实性和深度。
3 《灰烬》（Popioły），斯特凡·热罗姆斯基 1904 年出版的新浪漫主义历史小说，故事发生在拿破仑时代。
4 指大仲马的小说《双雄记》。舒昂党是法国大革命时期的保皇党组织。

与托马斯·温茨洛瓦[1]谈维尔诺

亲爱的托马斯：

　　两个诗人——一个立陶宛人，还有一个波兰人——在同一座城市长大。这个理由就足以让他们谈一谈，甚至公开谈一谈自己的城市了。诚然，我了解的那座城市属于波兰，名叫维尔诺；我的中学和大学都用波兰语授课。你的城市是立陶宛苏维埃社会主义共和国的首都，名叫维尔纽斯；你在另一个时期度过了中学和大学时光，在"二战"之后。然而它还是同一座城市：它的建筑、周边地区的风光和它的天空塑造了我们俩。可以说，我们不能排除地理因素对人的影响。

1　托马斯·温茨洛瓦（Tomas Venclova，1937— ），立陶宛诗人、作家、学者、翻译家，耶鲁大学斯拉夫语言文学系教授。

除此之外，我还认为城市或许都有着自己的精神或光环，穿行于维尔诺的街头巷尾时，我似乎还能通过感官捕捉到那个光环。

最近，一个朋友问我为何如此不懈地追忆维尔诺和立陶宛，我的诗歌和散文作品显露了这一点。我回答说，在我看来，这跟侨民的多愁善感无关，因为我根本就不想回去。我所探寻的其实是被时间净化过的真实，就像在普鲁斯特的作品中一样，这是毋庸置疑的。不过还有另一种解释。我在维尔诺度过了少年时光，当时我以为自己的人生将顺着平淡的轨迹展开；而在那之后，生活发生了翻天覆地的变化。于是维尔诺成了我的参考标记——它意味着可能性，常态（normalcy）的可能性。也是在维尔诺，我阅读了波兰浪漫主义文学作品，还对未来偏离常态的命运有了朦胧的揣测，但即便那时最狂野的想象力，也无法设想出我个人或历史的未来。

在此，我要介绍一位与维尔诺无关的人物，但是他对所有来自"那边"（即来自语言、宗教和文化边界那边）的欧洲人都至关重要。他就是斯坦尼斯瓦夫·文岑茨，来自喀尔巴阡山脉的恰尔诺古拉山[1]一带；自十七世纪从普罗旺斯迁走后，他的家族就在那里定居。1951年，我在法国的格勒诺布尔[2]附近遇见他，那时我的维尔诺已不复存在了。作为侨民，他也钟情于山居生活，就仿佛文岑茨家族兜了一大圈，又回到

1　在今乌克兰境内。
2　法国东南部城市，临近阿尔卑斯山。

了原点。我很听得进他的教诲。因为除了留下文字作品，他还是个周游各地的智者、谈话家、导师，对于各国人民来说几乎都算是圣贤（tzaddik）。他是二十世纪的反面，不过（或者说正是由于）"一战"前，他在维也纳完成了关于黑格尔的博士论文。对文岑茨而言，最重要的是西蒙娜·薇依[1]所说的"扎根"（enracinement），没有祖国就不能实现这一点。但是"祖国"又太大了，所以当文岑茨梦想着一个"欧洲祖国"（Europe of fatherlands）时，他设想的是许多小的领土单位，比如他挚爱的胡楚尔地区[2]，那里杂居着乌克兰人、犹太人和波兰人，因犹太教哈西德派的创始人巴尔·谢姆-托夫曾居于此而闻名。我们刚开始来往时，我还郁郁寡欢，是文岑茨帮助我重新找到了"祖国"这个词的意义。要不是跟他那些交谈，几年后我可能就写不出用于自我疗愈的《伊萨谷》。正如文岑茨一辈子都扎根在喀尔巴阡山，我（或者说我的想象力）也忠于立陶宛。

说回我们的那座城市。它历经沧桑，但也许依然能从中发现某种历史的延续。我们大概还会想到我们共同的母校，它眼下正在庆祝自己的四百年诞辰。这也是个对波兰-立陶宛关系发表看法的好机会——让我们不带外交遁词地坦率直言吧。

1　西蒙娜·薇依（Simone Weil, 1909—1943），犹太裔法国哲学家、神秘主义者、宗教思想家、社会活动家，对战后欧洲思潮有深刻的影响，著有《扎根》《源于期待》等。

2　大致为今乌克兰外喀尔巴阡州的区域，位于喀尔巴阡山脉西南。

即便仅仅因为密茨凯维奇、爱学社[1]、斯沃瓦茨基[2]和毕苏斯基[3]，维尔诺也不应被排除在波兰文化史之外。[4]我常常思忖，我青年时代的那个维尔诺与它之前一个世纪的维尔诺有何相似之处，彼时蒙沙皇亚历山大一世施恩，这座城市有着全帝国最好的大学。那时它还是一座共济会之城；实际上，爱学社覆灭时，亚历山大恰好在全境清剿共济会。爱学社与共济会产生交集，是通过一位大学图书管理员康特里姆。我从前就意识到在我那个更加晚近的维尔诺仍有共济会分部存在，我作为高中生加入的秘密组织"佩特"，一个在政治上反对波兰民族民主运动[5]的组织，也跟它们有联系。不久前，我碰见了从前的教授斯坦尼斯瓦夫·施瓦涅维奇，他曾是我们最年轻的法学教授之一。他告诉我，曾经存在过很多共济会分会，几乎每位教授都是某个分会的成员。他描述之下的维尔诺与共济会关联之深（他是个非常诚实的人），令我深为震惊。我

1 爱学社是十九世纪二十年代的秘密学生文学团体，密茨凯维奇是其成员。
2 尤利乌什·斯沃瓦茨基（Juliusz Słowacki，1809—1949），波兰浪漫主义诗人、剧作家，晚期神秘主义作品是世纪末象征主义的先驱。他是波兰浪漫主义时期"三大诗圣"之一，另外两位是齐格蒙特·克拉辛斯基和亚当·密茨凯维奇。
3 约瑟夫·克莱门斯·毕苏斯基（Józef Klemens Piłsudski，1867—1935），波兰革命家、政治家，"一战"后新生的波兰共和国的领导者（1918—1922）。他将波兰看作一个多民族国家，被普遍认为是现代波兰国家的奠基人。
4 密茨凯维奇、斯沃瓦茨基和毕苏斯基都在维尔诺及其周边地区度过他们的青少年时期。
5 波兰民族民主运动（波兰语为 Narodowa Demokracja，因其缩写 ND 而被称为 Endecja），两次世界大战之间的狂热民族主义政治运动，终结于 1939 年德苏入侵。其右翼分支有反犹倾向。

不清楚是否能从中看出维尔诺的某种长期倾向。无论如何，早在上高中时，我就涉足过类似的"地方分会"；我指的不是这个词的本义，而是一个个获得允许才能入会的精英集团的密谋小团体。那群精英蔑视林林总总的"思想正确"之人：波兰民族主义，显克维支[1]，戴着特制无边便帽的学生兄弟会，诸如此类。学术流浪汉俱乐部，即我进大学后立即加入的那个组织，也类似于地方分会；知识分子俱乐部（稍晚一些，活跃于三十年代初短暂而汹涌的左翼浪潮中）也是如此，它是一种基层组织，负责四方协调、筹划活动，还要组织律师联合会（实际上是法学生联合会）办公室的讨论会。我在这些地方分会中看到了浪漫主义的遗产：梦想着"博学明理"之人"自上而下"救赎人类。

那么，那些右翼分子、"上帝与祖国"口号的拥护者、支持"百分之百纯净波兰"的人呢？波兰的发言人们大多属于右翼。从语言的角度说，老维尔诺，即爱学社时期的维尔诺，肯定比我的维尔诺更具波兰色彩，但我不清楚从前附近的乡村是和我那个年代一样说波兰语，还是说白俄罗斯语。又或者，那时说立陶宛语的地区距维尔诺更近（如我们所知，立陶宛语在那个地区逐渐被白俄罗斯语取代）。俄国统治下的十九世纪在这座城市留下了印迹，这就是为什么我说，更早

1　亨利克·显克维支（Henryk Sienkiewicz，1846—1916），波兰十九世纪作家。代表作有通讯集《旅美书简》，历史小说三部曲《火与剑》《洪流》《伏沃迪约夫斯基先生》，历史小说《十字军骑士》等。

的时候维尔诺很可能更具波兰风情。毕竟，在我的维尔诺，接近一半的居民都是犹太人，而他们中很大一部分使用俄语，或者至少能理解俄语。这就是为何在我的维尔诺，用波兰语授课的文理中学与俄语的文理中学并肩而立。如果我没记错，还有一所希伯来语的文理中学和几所意第绪语学校。（你肯定知道城里还有一所白俄罗斯语文理中学，以及一所以维托尔德大帝[1]命名的立陶宛语文理中学。）俄语学校会从热爱俄罗斯文化的犹太知识分子社区吸收生源：说到底，维尔诺没有多少俄罗斯人，只有沙皇时代的遗老和少数侨民。此外还有别的俄国遗迹：俄国要塞城镇特有的丑陋建筑，与老维尔诺狭窄的街巷形成了鲜明的对比。主街曾经名为圣乔治大道，在我的学生时代，它在口语中仍被叫作"乔吉"。"乔吉"是一条步道，常有军官和学生在此漫步。后来，人们渐渐习惯了它的新名字：密茨凯维奇街。

　　与其他城市一比，维尔诺的特点就变得鲜明了。《诗篇》的作者说耶路撒冷是"连络整齐的一座城"[2]，在某种程度上维尔诺也符合这点。与华沙那种从平原上拔地而起的城市大不相同，维尔诺的紧凑有致让人联想到克拉科夫，只是两座城市的布局不同，维尔诺的市中心并非一个市场。我对多尔

1　即维陶塔斯大帝（Vytautas Didysis，约1350—1430），中世纪立陶宛大公国统治者（1401—1430），享有与国王同等的权利，常被称为"大帝"。从二十世纪早期开始，维陶塔斯作为立陶宛国家复兴的象征和民族英雄受到崇敬。
2　出自《圣经·诗篇》122：3。译文引自"和合本"。

帕特（或称为塔尔图）的童年记忆相当模糊；我还记得它跟维尔诺有些相似之处，但兴许是我弄错了。我还觉得布拉格也比华沙更"维尔诺"。不过，由于历史上维尔诺曾数度毁于大火，或许给城市增加"紧凑感"的就只有两河交汇、群山环抱的地理位置了。

我曾十分强烈地感觉到维尔诺是座外省小城，不是首都。要是当初立陶宛族和白俄罗斯族聚居的整块疆域都被波兰化了，它可能仍是座外省小城。想想法国吧。卢瓦尔河以南的土地原本不是法国的。那里的人说奥克语[1]，但是到了十三世纪，他们被打着讨伐阿尔比派[2]旗号的十字军征服了，也逐渐法国化。在十九世纪，那里的整个乡村地区都还在说土语，也就是奥克语，但几年前，在洛特地区，我却发现只有四十岁以上的村民会说这种语言了。战争期间，它成了抗德游击队的语言——非常有用，因为城里人（也就是法国人）听不明白。让我们不加讳饰地说：倘若波兰没有输掉历史上的关键赌局，它本可能将第聂伯河以西的区域全部波兰化，就像法国将自己的语言一路向南传播到地中海沿岸一样。（当年但丁还想过用吟游诗人的语言，也就是奥克语，

---

1 印欧语系罗曼语族的一种语言，主要通行于法国南部（普罗旺斯及卢瓦尔河以南）、意大利的阿尔卑斯山谷地区以及西班牙的加泰罗尼亚。
2 法国阿尔比的基督教派别，认为人的肉体是由魔鬼控制的，主张克己禁欲，攻击法国南部神职人员的放荡生活方式，在十三世纪时遭到教皇和法国国王组织的十字军讨伐。

写作《神曲》呢！）那么，维尔诺就会成为卡尔卡松[1]一样的大区中心。不过，我们还是不要沉迷于历史的"如果论"了。二十世纪波兰民族主义者针对非波兰民族聚居地提出的方案非常愚蠢，因为无论如何，维尔诺和利沃夫[2]是两块孤立的飞地。我想，如今年轻人已经很难理解战前维尔诺作为飞地的特征了：既不是波兰也不是非波兰，既不是立陶宛也不是非立陶宛，既非外省小城又非首都，但它还是最像一座外省小城。显然，现如今远远看来，维尔诺是特立独行的，一座由杂七杂八、错落交叠的层面构成的城市，类似于的里雅斯特或赫尔诺维茨[3]。

在那里长大不同于在单一民族地区长大，我们对语言的感觉是不同的。不管是城里还是乡间，都没有基于波兰语的民间谚语；这里的口语是"乡谈"（hereabouts）——一种有趣的语言，精神上更接近白俄罗斯语而非波兰语，却保留了一些盛行于十六七世纪、在波兰本土早已过时的波兰语措辞。当然，"乡谈"与士绅阶层的语言（密茨凯维奇童年时听闻、身居巴黎时也铭记于心的语言）之间的界限是流动的，正如小贵族与庄园主，以及与出身庄园的知识分子之间的语言界限也是流动的。但这些都迥异于波兰贫农的方言。"乡谈"是维尔诺无产阶级的语言，它也迥异于华沙平民的口头语；在

1　法国奥克西塔尼区奥德省的省会城市。
2　乌克兰西部城市。
3　现乌克兰的切尔诺夫策。

华沙，还有一些贫农语言的基底得以留存。举个例子，对我来说，米龙·比亚沃谢夫斯基[1]就颇具异域风情，我没有汲取过他那种语言的源泉。我敢说我们的语言更讲究准确和节奏的表现力，这就是为何十八世纪诗人那种明白晓畅的波兰语，如克拉西茨基[2]、特伦贝茨基[3]的语言，感觉就是"属于我们的"。要对此展开分析是很难的。个人而言，我抵御着以俄语为首的东斯拉夫语言的诱惑，寻找着能让自己与东斯拉夫元素（至少在错落有致的节奏方面）抗衡的语域——这种心理影响了我的语言。我不清楚对俄语的抵触会如何影响到你的立陶宛语。但我确实知道，对于我自己，就像对于其他对俄语的声调敏感的人，屈从于俄语抑扬格的强拍是有害的；波兰语的主流不会向那一方向去。

维尔诺的外省特质。我曾为此沮丧万分，渴望离开它，走向世界。因此我不应该将它神化成一座我挚爱的失落之城，因为我那时根本不能忍受在那里生活下去了。当州长博恰尼斯基命令维尔诺的波兰语广播电台以政治倾向可疑为由解雇我时，我被迫出走华沙，心里却如释重负。维尔诺是一潭死水：撇去那些用意第绪语或俄语交谈、阅读的犹太人，以及

---

1 米龙·比亚沃谢夫斯基（Miron Białoszewski，1922—1983），波兰华沙诗人、小说家、剧作家和演员，著有《华沙起义回忆录》等。

2 伊格纳齐·克拉西茨基（Ignacy Krasicki，1735—1801），波兰启蒙时期诗人、小说家、剧作家、记者、百科全书编撰者和翻译。

3 斯坦尼斯瓦夫·特伦贝茨基（Stanisław Trembecki，1739—1812），波兰启蒙时期诗人。

操着"乡谈"、从不读书的本地人，它的人口基础单一得出奇。还剩下什么？一个士绅家庭出身的知识分子小圈子，他们大多非常迟钝。这也和民族问题有关。要是我们把自己当成立陶宛人，维尔诺就成了我们的首都和中心地。如你所知，这是一大难题。芬兰的解决方案可能是合理的；我不熟悉具体细节，不知道说瑞典语的芬兰人是怎样做到的，但他们的中心地似乎是赫尔辛基，而非斯德哥尔摩。原则上说，我们本应该把自己当成说波兰语的立陶宛人，在新形势下继续同密茨凯维奇一样呼唤"立陶宛，我的祖国"[1]，而这可能意味着要开创一种波兰语的立陶宛文学，与立陶宛语的立陶宛文学并驾齐驱。但是没人想要它——立陶宛人怒发冲冠地抵制着波兰文化，因为它让他们"去民族化"；说波兰语的人也不想要，因为他们就是把自己当成波兰人，鄙夷所谓的"立陶宛小子"——一个贫农的民族。不这么想的人寥寥无几，不过他们有趣又可贵，充满了活力。在我的维尔诺，他们被称为"地方主义者"，梦想着维护立陶宛大公国[2]的传统，把它当作唯一可能与俄国抗衡的力量——也就是说，一个由立陶宛大公国曾经的小成员国组成的联邦。这些圈子与维尔诺的共济会圈子大致重合。这种特别的意识形态将会载入史册，但如

---

1 亚当·密茨凯维奇《塔杜施先生》的开篇之语。
2 存在于十二至十六世纪的欧洲君主制国家，国土一度涵盖现今的白俄罗斯、拉脱维亚、立陶宛、乌克兰以及爱沙尼亚、摩尔多瓦、波兰和俄罗斯的西部地区，领土于十五世纪达到顶端，为当时欧洲的最大国家。立陶宛大公国是多民族国家，在语言、宗教和文化传统上体现出很大的多样性。

果我说它是有趣乃至迷人的，那也是事后回顾才有的感受。
当时我还是个满脑子先锋诉求的青年，沉迷于现代诗歌和法
国思潮，几乎不关心在自己眼前发生的一切。无论如何；这
场运动早已失败，只是这类思潮最后的回响。在立陶宛一方，
它不能指望获得一丁点支持，因为它表现得像是"雅盖隆王
朝[1]思想"的延伸。毫无疑问，在这些自耕农的后代中，有很
多人神往大公国这一概念，它的背后潜藏着四方来朝的美梦。
话虽如此，以卢德维克·阿布拉莫维奇[2]为首的某些地方主义
者是深谋远虑的人，真诚地反对着波兰民族主义。他们是拓
展性思维传统的继承者，可类比于十八世纪共和国时期的开
明人士。我不认为立陶宛一方有类似的圈子；在那儿，好像
一切都受到新型民族主义的影响，因此必然是极度敏感的。
某种程度上说，在维尔诺的波兰语居民中，只有地方主义者
才把这座城市当作首都，而非外省小城。我现在认为，任何
真心为了维尔诺好的人都应该希望它成为首都，这就自动排
除了任何宣称它是"波兰的维尔诺"的波兰人。

在这里，我不得不提出叛国的问题。你知道，人们在感
情受伤时容易这样指控他人，你自己肯定也有类似遭遇。地

---

1 源自立陶宛大公国格季米纳斯王朝的中欧王朝，在 1386 年至 1572 年期间曾
统治今立陶宛、波兰、白俄罗斯、乌克兰、拉脱维亚、爱沙尼亚、加里宁
格勒和部分俄罗斯、匈牙利、捷克和斯洛伐克的王朝。中世纪后期的波兰
和立陶宛同时由该王朝管治，因此合称为"波兰立陶宛联邦"。
2 卢德维克·阿布拉莫维奇（Ludwik Abramowicz，1897—1939），波兰-立陶宛
社会活动家，波兰语报纸《维尔诺评论》的编辑。他反对民族主义者用单
一语言、民族区分，主张保有波兰人-立陶宛人双重身份。

方主义者的观点受到了来自两边（即波兰和立陶宛各自的民族主义者）的"叛国"指控。1967年，我和亚当·瓦日克到蒙特利尔参加世界诗歌大会，发现身边围绕着一群有狂热法兰西情结的魁北克知识分子，于是诸多往事蓦然涌现在眼前。几年后，我又参加了一场在鹿特丹举行的诗歌大会，碰上了许多说弗拉芒语[1]的比利时人。他们宁愿说英语，也不肯说法语；实际上，他们的英语也比法语更好。战前在巴黎学习期间，我和奥斯卡·米沃什一同造访过立陶宛公使馆，这一行为就很像是"叛国"。对波兰人来说，他就是"叛徒"，我能观察到在无言之间，那种敌意怎样如电流一般传输开来。在那样的情况下，一个集体中会有一些相互沟通理解的神秘方式。不过，奥斯卡·米沃什写给克里斯蒂安·高斯[2]的信回答了他如何以及为何称自己为立陶宛人的问题，那些信件是我在普林斯顿大学图书馆发现的，后来在巴黎出版了单行本。他走出这一步是在1918年，当时还对立陶宛民族运动一无所知；他只是愤恨波兰人拒绝承认立陶宛独立——他很可能指的是支持民族主义的波兰人，他们是德莫夫斯基[3]的追随者，而且在巴黎和会期间活跃于外交事务。接下来，他就在国际舞台上为立陶宛的事业奋斗。时隔多年看来，他在维尔诺问题上的

1　一种带有比利时口音的荷兰语，主要通行于比利时北部弗拉芒地区。

2　克里斯蒂安·高斯（Christian Gauss，1878—1951），美国文学评论家、教授。

3　罗曼·德莫夫斯基（Roman Dmowski，1864—1939），波兰民族民主政治运动（Endecja）的发起人之一，反对毕苏斯基的多民族波兰联邦设想，"一战"后其政治姿态越来越仇外。

立场是正确的。然而，立陶宛人尽管尊敬他，却还是对他心怀疑虑，因为他说波兰语而非立陶宛语。实际上，他说的是法语——这就是为什么他能够选择。试想，要是我宣称自己是立陶宛人，又用波兰语写作，我会成为什么样的立陶宛人呢？这种信任的缺失导致他自愿放弃了外交生涯，屈居下僚，在公使馆担任参赞。要知道波兰人的记性有多好啊——那是另一方面。不久前，阿图尔·明齐热茨基将奥斯卡·米沃什的小说《爱的启蒙》（*L'Amoureuse initiation*）译介到波兰并评论了他的作品，《世界周刊》还刊登了一封读者来信，提醒人们奥斯卡·米沃什和波兰民族性毫不相关，因为他早就宣布放弃它了。

尽管我是奥斯卡·米沃什的亲属，立陶宛侨民媒体上还是有人抨击我是波兰人，不是立陶宛人。另一方面，波兰人却经常怀疑我的波兰民族性不够纯粹。得承认，他们说的有一丝道理。但幼年时我曾在俄国慷慨激昂地朗诵："你是谁？一个波兰小子。你的标志是什么？一只白鹰。"身在俄国或与俄罗斯人相比时，我一直感觉自己是百分之百纯正的波兰人，这并不难。然而跟本地民族，跟那些"来自波兰王国"的波兰人接触时，就完全是另一回事了。我和波兰的关系非常令人痛苦，其程度可能不亚于（甚至超过了）贡布罗维奇和波兰的关系，但要说从中可以看出我对立陶宛的向往，就是夸大其词了。真正起决定性作用的是我个人的命运，是我对附属于任何人类社群的逃避——换句话说，是我的障碍，我的缺陷。然而从中一定能看出我和战前波兰知识阶层的冲突，因为我的心态更国际化，更世界主义。

如今是很难再现这段过往了。就连上学时，我也受到很多因素的共同影响，其中就包括我读的文学期刊，它们与其说是波兰知识阶层的刊物，倒不如说是波兰-犹太知识阶层的；我指的是在华沙出版的那些期刊，比如《文学新闻》（*Wiadomości Literackie*）。也许那就是我最初反叛显克维支以及波兰灵魂（表现为"天然的民族民主党人灵魂"，即 anima naturaliter endeciana[1]）的根源。之后的大学时期，我又受到了奥斯卡·米沃什的影响，你能从他身后发表的那些政治文章中看出他对形势清醒的判断。他在 1927 年写道，波兰有必要和周围的波罗的海诸国、芬兰以及捷克斯洛伐克结盟，以抗衡来自德国的压力，但为此波兰只能放弃"傲慢而不切实际的民族救世主义思想"（messianisme national outrecuidant et chimérique[2]），而她无法做到，所以十年之内必遭大难。

这里我还要谈到一个影响因素，这个故事说来话长。你不是我的第一位立陶宛友人。在大学期间，我曾受一位立陶宛朋友影响至深，他不是维尔诺人，而是人们说的"考夫诺[3]立陶宛"人。他怎么会成为我们中的一员？你知道，在我上

---

1 拉丁语，可能化自基督教早期神学家特尔图良（Tertullian，150—230）笔下的"anima naturaliter christiana"（天然的基督徒灵魂）。
2 法语，引自奥斯卡·米沃什。"民族救世主义"具有强烈的民族主义和宗教色彩，认为某个民族将会拯救全世界和全人类。
3 即立陶宛的考纳斯，米沃什提到立陶宛地名时都采用了波兰语的说法。

大学的 1929 年至 1934 年间，波兰和立陶宛没有邦交；边境关闭了，两国都在玩弄花招：波兰出资促进立陶宛境内的波兰化，而立陶宛以彼之道还施彼身，也在维尔诺地区支持立陶宛化。1929 年，我在助理教授埃伊尼克小姐的法哲学研修班与他相识。突然之间，一个身材魁梧、长着一头蓬乱的亚麻色头发、戴一副牛角框眼镜的家伙开始发言了；他好像想说波兰语，实际上说的却是混着德语的俄语。他名叫普拉纳斯·安切维丘斯，波兰语名为弗朗齐歇克·安切维奇。下面是他的悲惨经历。他来自一个贫穷的农民家庭；他被文理中学录取，爱上了俄国革命文学（高尔基之类），成了一位革命者。1926 年，他参加了普莱齐凯蒂斯 [1] 那场失败的社会主义政变，不得不逃离立陶宛。他逃到了维也纳，住在一处以卡尔·马克思命名的工人宿舍里，受到社会主义者帮助。总的来说，这位被我称为"同志" [2] 的普拉纳斯终生都是激进社会主义者，保持着维也纳马克思主义的做派，这正是他的悲剧之处，因为他渴望参与政治，却命中注定成为流亡者。他与维尔诺当地的立陶宛圈子合不来，因为他们都忠于考纳斯政府，而那个政府把他当作政治犯。另一方面，立陶宛共产主义者对他怀有异常的恨意，原因是他对苏联国情的了解和直言不讳让他们不胜其烦；于是他们采取了损毁名誉的一贯手段，说他

---

1 耶罗尼玛斯·普莱齐凯蒂斯（Jeronimas Plečkaitis，1887—1963），立陶宛政治活动家。
2 Draugas，立陶宛语，意为"朋友"，被立陶宛共产主义者用以称呼"同志"。

是波兰间谍，是教唆违法行为的政府密探，如此种种。他们散布谣言，说他被收买了，有人付钱让他办事；不然他上学的钱是从哪儿来的呢？但我和他住在博法沃瓦丘学生宿舍的同一层楼，知道他那点微薄的收入（在维尔诺这个生活成本非常低的城市也不算多）来自美国，我想是来自他供稿的反教权主义（他是狂热的无神论者）和左翼立陶宛语媒体。有时钱汇得慢了，"同志"就得举债为生。我还见证了他几段漫长的重度抑郁期，因为与他非凡的才华相伴的是严重的神经官能症。搬到华沙时，我对共产主义的了解比文学系的同事们加起来还多十倍，就源于我和普拉纳斯的交谈——注意，它们发生在我的成长期——普拉纳斯会密切关注东面边境的另一侧发生的所有事。显然，我受过这类熏陶，对波兰，对先天就带有地方主义和民族主义特点的"波兰民族性"的看法，必定是不同的。

我不想夸大自己的政治觉醒。我与任何政治信仰或行动都不相投合，为此还谴责过自己，但我始终没法牺牲个人主义，服从组织纪律。普拉纳斯是学校独立社会主义青年联合会的主席，但我没有加入那个组织；换句话说，友谊是一回事，他的革命信仰是另一回事。

普拉纳斯取得了法学博士学位，开始在东欧研究院教书。这是个好时机，可以提出一个在今天看来相当费解的问题：波兰对立陶宛、白俄罗斯和乌克兰政策的反复无常。事实上，就像在美国内部一样，波兰国内也有多股势力交锋，只不过在三十年代，右翼力量逐年增强，随之壮大的是他们的"波兰化"计划，其策略从政治手段到对乌克兰村庄的血腥镇压，一应俱全。在维尔诺，州长沃耶沃达·博恰尼斯基负责骚扰立陶宛人；这是毕苏斯基去世之后的事了。然而与此同时，东欧研究院成立了，它背后是几股完全不同的势力，并且都受到极端的武装民族主义[1]排挤。那些势力可以说是自由派的，和共济会有联系，忠于毕苏斯基的联邦梦。他们不一定是社会主义者或共济会员——举个例子，施瓦涅维奇就和斯特凡·巴托里大学的许多教授一样加入了研究院，但他终生都是虔诚的天主教徒。有段时间，州政府开始强制遣返立陶宛人，把他们粗暴地赶出边境，送回立陶宛；他们也想遣返普拉纳斯，但他要是回到考纳斯，必然会被逮捕入狱。是东欧研究院的人保护了他。建立研究院是个绝妙的点子；也许在别的地方情况会有所不同，但在波兰，人们本该好好研究自己的邻居，至少那些准备从事行政和外交工作的人应该如此。早在美国建立起类似的学术分支的多年以前，研究院就开设了现在名为"苏维埃学"的科目。换言之，当时那里就有关于苏联经济、地理和政治，以及本地区（立陶宛、拉脱维亚、爱沙尼亚、白俄罗斯）历史和语言的课程。有一件事很有代表性：我们那个"灾祸派"小团体[2]的前成

---

1 十九世纪下半叶兴起于欧洲的思想潮流，主张用激进的武装手段，通过对外战争、对内军事统治的方式实现目的，也被译为"军事民族主义"。
2 Zagary，1931年的波兰先锋诗歌团体，曾出版同名文学杂志，受"欧洲灾祸论"浪潮影响，关注两次世界大战之间的文化剧变。

员亨里克·登宾斯基和斯特凡·延德里霍夫斯基[1]曾在维尔诺被指控为共产主义者，之后又被告上了法庭，但研究院的管理方坦坦荡荡地雇用了他们。研究院的干事是我的一位同事，诗人特奥多尔·布伊尼茨基；斯坦尼斯瓦夫·巴琴斯基（未来的诗人克日什托夫·巴琴斯基的父亲）常常从华沙过来做讲座，他有很强的左翼倾向，心态也颇为典型：他是毕苏斯基的支持者、退伍军人、西里西亚起义的参与者；波兰知识阶层的一员，以其激进思想之名为独立波兰而战。普拉纳斯·安切维丘斯和巴琴斯基似乎十分投契，正是巴琴斯基说服了普拉纳斯搬去华沙，远离本地政府的威胁，还帮他找了份工作（我不记得是在哪家研究所或是图书馆了）。那件事发生在战争前夕。

学生时代，维尔诺对我而言就是大教堂广场的周边地带：一边是我的大学，另一边是密茨凯维奇街角的鲁德尼茨基咖啡厅以及隔壁的东欧研究院。除了克拉科夫的雅盖隆大学，我们学校的历史延续感比别的波兰大学都强。1831年起义后曾一度封校，那个时期似乎被压缩了，消失了，人们依然活在爱学社的光环中。[2]在维尔诺长大，意味着你只在一定程度上是属于二十世纪的，而且主要是在电影院里。如今，我还时常感觉学术流浪汉俱乐部（尤其是高年级流浪汉俱乐部）

1　斯特凡·延德里霍夫斯基（Stefan Jędrychowski，1910—1996），与莫斯科联系紧密的共产主义者，二十世纪六七十年代在政府担任要职。

2　雅盖隆大学始建于1364年，只在"二战"期间关闭过。米沃什就读的学校建于1579年，原名维尔纽斯学院，1831年起义后被关闭，到1919年才重新作为斯特凡·巴托里大学开放，1940年后更名为"维尔纽斯大学"。

像是十九世纪二十年代的社团，也就是青年密茨凯维奇的教授们从属的团体。我相信在我的学生时代，连"热忱立陶宛（共济）分会"也还在活跃着。

与维尔诺相比，华沙是个丑陋的城市，其中心地带和偏远郊区到处是因贫穷而溃烂的疮口（犹太人是家庭手工业和小商店的穷法，波兰人则是无产阶级的穷法）。但华沙还是属于二十世纪的，尽管它和布拉格这样美丽的文明都市完全无法相提并论。刚从华沙来的人，例如 K. I. 高钦斯基，会将维尔诺视作纯粹的异邦风景。但华沙把我吓坏了。我在华沙大学学过一年法律，那是一段糟糕的经历。我没通过考试（那里的教学水平和维尔诺的不可同日而语），之后回到了维尔诺。

至今我也无法回答这个问题：我为什么要浪费那么多年时间学习法律？实际情况是这样：我一开始学的是波兰语言文学，两周后当了逃兵，而自从我注册成为法学生，就有一种愚蠢的（立陶宛式的？）固执，一种羞于放弃的心理，迫使我一路忍受下来，直至取得学位。当时，法学提供的是一种博雅教育，有点像美国今天的人类学和社会学；不确定自己要学什么的人，就会去学法律。要学人文学科，你就得告诉自己："好吧，我会成为一名教师。"人在青年时代都会有一些虚无缥缈的梦想，很难务实到去选择教师这样低调的职业。要是今天再选一次，有了如今的认识，我就不会选择波兰研究或哲学（我参加了哲学讲座和研讨班），而会选古典语文学，还会学习希伯来语和《圣经》。只不过当年的拉丁语和希腊语课程都采用传统的教学大纲，学的主要是古典诗人，而我读过的那些希腊悲剧的专业译本乏味得令人难以置信。我中学时就受够了维吉尔。总之，那时的古典语文学无聊透顶。如今，拉丁语和希腊语（我在花甲之年开始学习它们）对我的意义是全然不同的：它们让我得以进入希腊化时代的世界，追溯基督教的滥觞。要是当年遇上可以引导我的智者，也许我就可以熬过无聊，艰难前行了。其实曾有一位杰出的希腊语教授斯特凡·斯瑞布日尼，我应该跟随他学习的。要是还学过希伯来语，我就能跻身极少数受过良好教育的作家之列了。不过，在我看来，维尔诺的法学还是比其他波兰大学的要好，在我攻读学位的四年中，每年起码有一门出色的课程。这些课程包括法律理论（助理教授埃伊尼克）、立陶宛大公国政治史（伊沃·亚沃尔斯基）、刑法（布罗尼斯瓦夫·弗罗布莱夫斯基，表面是法学，实际上是人类学课）和法律哲学史（维克托·苏凯尼茨基）。所以不论高中还是大学，我在维尔诺都接受了像样的教育，只是它原本还可以更好。需要指出，1918年以后，教育系统是临时拼凑而成的，不乏有人意外当上了教授。但无论如何，整个维尔诺都没有比华沙的亚拉先生更不称职的教授了，他命令学生整本背诵他写的法律理论手册（完全是一堆胡扯）来备考，但凡学生"用自己的话作答"，他就不让他们及格。

提到维尔诺，我们也别忘了：它在很大程度上是座犹太之城。但它和华沙截然不同。维尔诺的犹太区是一片迷宫，遍布狭窄的中世纪街巷，由拱廊连接的一座座房屋，和坑坑洼洼、宽不过两三米的人行道。在华沙，犹太区是十九世纪留下的丑陋廉租房，维尔诺的犹太穷人没有那么显眼，但这不意味着他们不存在。但这还不能解释两座城市的差异所在。维尔诺是一个生机勃勃的犹太文化中心，拥有一些传统。我想提醒你，正是在这里，在"一战"前，以一群说意第绪语的犹太工人阶级为基础的联盟党[1]成立了。它的领袖阿尔特和埃尔利希[2]最后都被斯大林下令枪决。维尔诺还有一家犹太历史研究所，后来搬去了纽约。我认为维尔诺为希伯来语在以色列复兴做出了一定贡献。生活在这样的城市，我本应对此略知一二，但习俗惯例构成了认知道路上的障碍。在维尔诺，犹太人和非犹太人各自为生，他们说的、写的都是不同的语言。在学生时代我就有强烈的国际化倾向，但这种倾向还很浅薄。我对犹太人在波兰和立陶宛的历史，对他们的宗教思想、犹太神秘主义和"卡巴拉"教义一无所知。后来到了美国，我才开始了解它们。由此可见这两个群体间有着怎样的隔阂。连我这种被犹太邻居环绕的人都懵懂无知，更何况战前波兰的其他城市呢？据我所知，波兰没有一个人敢提出：学校应该把希伯来语作为一种"古典"语言来教授，应该研

1　全称"立陶宛、波兰和俄罗斯犹太工人总联盟"，是一个犹太社会主义政党，于 1897 年在维尔纽斯成立。

2　维克托·阿尔特（1890—1943）和亨里克·埃尔利希（1882—1942）同为波兰犹太社会主义活动家，第二国际执行委员会成员。

究波兰犹太人的思想史，至少应该阅读和讨论《旧约》。敢说这话的人想必会被处以石刑吧。让人又气恼又痛苦的是，犹太人憎恨波兰人，却出乎意料地原谅了日耳曼人和俄罗斯人；虽然我得承认，零零碎碎的反犹主义让人不胜其扰，其程度可能不亚于犯罪，因为那些零零碎碎是人们每天都在遭遇的事。

希望我这封信能提供一些值得思考的内容。你和我都希望波兰-立陶宛的关系发展不同于以往。两个国家都有过可怕的经历，曾遭受战败、羞辱和践踏。新一代人会用不同于战前的方式去展开对话。不过，我们得考虑到惯性的力量和这样一个事实：在意识形态的真空形成后，不论是在波兰还是在立陶宛，民族主义都会回归老路，因为每个国家的历史中都存在着重蹈覆辙。在十八世纪末的波兰，改革阵营和萨尔玛提亚[1]阵营分道扬镳，这种分裂打着各种各样的幌子延续至今，只是处在无意识或半意识状态下，难以界定。亚当·米奇尼克[2]在巴黎《文化》杂志上刊登的《教会与"左派"，一场对话》一文也许预告了这种分裂的终结。毕竟在我们的国家，至少直到 1939 年，萨尔玛提亚思想的主要支柱是教会，而这

---

1 萨尔玛提亚主义，盛行于十五至十八世纪的波兰贵族阶层，认为波兰人是古伊朗游牧部落萨尔玛提亚人的后代，赞颂波兰过往的军事辉煌，提倡贵族之间的人人平等，推行与西方不同的生活方式。十八世纪后，萨尔玛提亚主义受到启蒙主义思想冲击，又在波兰浪漫主义中得以复兴。

2 亚当·米奇尼克（Adam Michnik, 1946— ），波兰历史学家、散文家，波兰《选举报》联合创始人和主编，著有《通往公民社会》。

种思想又孕育了现代民族主义。如今，新的同盟正在建立；波兰教会内部正在汇聚进步的能量，而且在那个体系中，进步只可能意味着对人类的成功捍卫。不过这些都是错综复杂的变化，不是一日之功；它们也没有预示民族主义倾向会在大量神职人员间突然消失。

在 1918 年至 1939 年间，立陶宛人不喜欢我所珍视的维尔诺的一切：地方主义者、联邦梦、地区主义 [1]，还有曾追随毕苏斯基的自由派共济会员。显然，他们更乐于接受天然的民族民主党人灵魂（anima naturaliter endeciana），因为这样至少可以清楚地看到敌人。或许他们是对的；我不会对他们说三道四。然而，现在正是那条路线而非萨尔玛提亚路线，给波兰和立陶宛人带来了友谊的希望。说到底，这是那条路线上的耶日·盖德罗伊奇 [2] 留下的政治遗产，他是巴黎《文化》杂志的编辑，我和这本期刊长期保持着密切的联系。

切斯瓦夫·米沃什

1　这里的地区（region）是比前文提到的地方（locality）更大的区域，地区主义和地方主义的差别也在于此。

2　耶日·盖德罗伊奇（Jerzy Giedroyć，1906—2000），波兰作家、政治活动家。

*

切斯瓦夫：

我于一年半前离开维尔纽斯，谁知道还会不会回去呢；不管怎么说，近期内是不会了。我的一个朋友是初来乍到的流亡者，也是雄心勃勃的苏维埃学学者，他坚称就在未来几年内，东欧很可能会有剧变。如果是那样，我们的流亡会自然终结。尽管我通常是个乐观主义者，但对他的判断我还是不敢苟同；这件事无疑会拖下去，我们必须要习惯自己在西方的第二段人生。某种意义上，它让人联想到死后的来生。我们遇见了这辈子本来没指望会遇见的人，也差不多与老友故交永远分别了。和他们的联系带有一点通灵的意味。过去的风景消逝在远方，取代它们的眼前景象是我们曾经只有模糊概念的事物。此刻我正在威尼斯的一家宾馆写这封信，距离圣马可广场几步之遥。要是五年前有人说，我会在这里与你书信交谈，我一定会回答说他的想象力可真够无稽的。

我还记得维尔纽斯的每一条暗巷；闭上眼就能在那座城市里漫游，想着我自己的事，同时还能找到那里的一切。事实上，我有时会在梦里这么做。但它也在无可挽回地离我而去；我知道它在改变，而我不会参与其中了。我开始用一种简化的、笼统的方式去看这座城市——也许还带有更多历史的眼光。我没有体会到乡愁。当我决定流亡时，很多人告诉我乡愁可怕极了，而我诚实地回答：法国、意大利这些地方才会引起我的乡愁。我很高兴能听到威尼斯的钟声，知道只需五分钟我就能再次见到圣乔治-马焦雷教堂，它有世上最美的建筑立面。我不希望回到今日的维尔纽斯；我不能忍受待在那里。不过，我爱那座城市，而且现在逐渐开始明白它也是欧洲的一部分。

我们所熟悉的不是同一个维尔纽斯，甚至可以说它们是两座截然不同的城市——如此这般彻底的变迁并不常有。华沙尽管被彻底摧毁过，恐怕也不曾有这么大的变化。可能格但斯克[1]或弗罗茨瓦夫[2]的命运更接近维尔纽斯（柯尼斯堡[3]经受的命运还要悲惨得多），在那里，人口、语言和文化模式也尽数改变了。此外，可以这么说吧，战前的格但斯克就有几块波兰腹地和一定的波兰根基，正如那个维尔纽斯既属于历史意义上的立陶宛，也与民族志意义上的立陶宛共存。不过，如今什么都成了新的。当然了，天空，维利亚河（现在叫作内里斯河），甚至维伦卡河（或称为维尔内尔河）汇入维利亚河的河口沙岸都还在；有些树还在，很多树，但此外还有什么呢？当然，那些建筑还维持原样。这是很重要的。

1　波兰波美拉尼亚省省会，德语称为"但泽"。几百年来，这座城市在德意志和斯拉夫民族政权间反复易手，居民一度以德意志新教徒为主，"二战"后在《雅尔塔协议》的影响下，成了一座波兰化的城市。

2　波兰下西里西亚省省会，波兰第四大城市，德语称"布雷斯劳"。与格但斯克命运类似。

3　1255 年由条顿骑士团建立。曾为德意志帝国东普鲁士首府、文化中心之一。1945 年根据《波茨坦协议》被划归苏联，现为俄罗斯的加里宁格勒，是被波兰和立陶宛环绕的一块飞地。

我相信是建筑给城市创造了光环；别的一切——生活方式，乃至风景和气候——某种意义上说都是次要的。维尔纽斯是一座巴洛克之城。巴洛克通常需要空间、距离和立体感。在那个时期，城市布局已经接近现代了；但维尔纽斯的巴洛克却是一种中世纪背景下的巴洛克。街巷网络是中世纪的：一切都曲折、拥挤、纵横交错；在这迷宫之上矗立着属于另一个世纪的雄伟穹顶和塔楼。这里没有什么是一览无余的：街角隐约可见教堂的局部，歪歪斜斜的墙，被分割成两半的轮廓；在那些潮湿肮脏的过道之间，圣若望教堂壮观的白色钟塔直入云霄，或是一个古典的小广场映入眼帘。这座城市的历史和人情也同样盘根错节。但这些不必由我来告诉你。我上学的时候，半个维尔纽斯城都是废墟，但所有教堂都奇迹般幸存了下来。圣凯瑟琳教堂的两座尖塔之一毁于战火，之后不久就修复了。当然，苏联当局关闭了大部分教堂，将其用作储存纸张和伏特加的仓库，后来又将其中一些改造为展览馆，成效不一。无论如何，它们的外观维持了原样。城市和背景融为一体：天晴时，能看见山墙的线条呼应着附近茂林群山的曲线，也可以说是群山呼应着山墙。你曾写过，连这座城市上空的云都是巴洛克的，它们的确如此。

我不想无休止地谈论这种巴洛克风格。维尔纽斯拥有所有的欧洲风格（除了罗曼式），而且质量都很高。这样的混合很奇异，但那些风格一直充满活力地共存着。上学时，我对此相当感兴趣。我熟悉维尔纽斯的所有历史遗迹，了解其中几乎每一扇窗、每一根立柱。我对建筑艺术有所了解，或者至少可以说，我对它的了解胜过了其他艺术形式；我尽力培养了自己的视觉和空间想象力。（遗憾的是，我缺乏音乐想象力。）我有几个对建筑同样狂热的朋友：我们可以花上几个小时来自娱，推断某个建筑的风格、时代，甚至具体到某个十年期，或是凭记忆罗列出维尔纽斯的众多建筑珍品。米卡洛尤斯·弗洛布约瓦斯 1940 年出版的那本书对我们帮助很大。弗洛布约瓦斯教授战后移居美国，在那里自杀了。（他可爱的女儿住在纽约，我到达那座城市的当天曾与她不期而遇。）弗洛布约瓦斯的书只有立陶宛语的版本，他有点像维尔纽斯的罗斯金[1]或穆拉托夫[2]。后来，在我去过许多城市之后，我的"维尔纽斯病"才有所缓和。不过我要承认，在生活的低谷期，已成年的我还是会径直走向斯卡尔加庭院，走到圣安妮或圣特蕾莎教堂前的小广场，静静驻足观赏，而且这么做总是有效的。

现在我在意大利找到了类似的景象；从地形上说，维尔纽斯和罗马非常相似，就连它的地下也有一层异教遗迹，像罗马一样。说到这里，我要讲述一件逸事。战前，有个立陶宛学生旅行团到欧洲游览，其中一个人精辟地描述了这次远行。这是他写下的一句话："我们到了佛罗伦萨；这座城市挺

1　约翰·罗斯金（John Ruskin，1819—1900），英国维多利亚时期赫赫有名的艺术评论家。
2　帕维尔·穆拉托夫（Pavel Muratov，1881—1950），俄罗斯作家、艺术史学家、评论家。

漂亮，就像维尔纽斯，只是比维尔纽斯差一点。"可笑的是我差点就要赞同他的观点了。不管怎么看，佛罗伦萨和维尔纽斯的文化氛围都是一模一样的，它们属于同一个世界。俄罗斯就完全不同了，或许圣彼得堡是个例外，但圣彼得堡是个复杂的问题。至于塔尔图和塔林[1]——在我看来，它们和维尔纽斯的相似点极少（除了共同的悲惨命运）；它们是欧洲，但属于斯堪的纳维亚[2]的范畴。

所以，年轻时我就把维尔纽斯的建筑当作一个符号。它对我诉说，向我索求。它是高高在上的过去，俯视着陌生而不可靠的当下，是一个骤然丧失传统的世界中的传统，一个没有文化的世界中的文化。那大体上是一种波兰文化——何必掩盖这一点呢？不过也有意大利、德国和法国文化；最重要的是，那是基督教文化（我后来才意识到这点）。你在信里说，维尔诺对于你是一种常态的可能性。而对我来说，它从来就不是常态。小时候我就懵懂而强烈地感觉到世界乱套了，残缺不全，里外颠倒。后来我开始认为——迄今为止仍然这么想——我们是活在世界末日之后，但那不意味着我们能被豁免责任。在我的维尔纽斯，只有一些孤立的飞地能让我看

---

1 塔尔图是爱沙尼亚第二大城市，塔林是爱沙尼亚首都。
2 作为波罗的海国家的爱沙尼亚曾受维京人统治，又一度从属于瑞典帝国，而爱沙尼亚人的血缘、语言也接近芬兰人。由于这种斯堪的纳维亚文化根基，在民族意识觉醒和独立战争的浪潮中，爱沙尼亚内部出现了把本国定位为北欧国家的声音。苏联解体后，该国政治领导人更是多次强调这种北欧身份。

到那个失落的正常世界。当然，总的来说"常态"是相对的，人类生活或许从来就没有以平常的方式展开过；每个人都梦想过平常的生活，不过那只是一种理想化的平均状态，与现实无关。在我们的时代，最令人难以置信的命运却出现得最为频繁，也就是说，最为平常。

不久前，我阅读了托马斯·曼的文章《吕贝克[1]，精神生活的一种形式》("Lübeck as a Form of the Spiritual Life")。他提到一个和平、庄严的世界，永远寻求着中间道路；在那个世界中，理性、责任、家庭等方面至关重要。现在，情况肯定已经变了。那些价值范畴不再是"从一开始"就由传统赋予我们的；它们是一项艰巨任务。换句话说，我们得培养出责任感，让自己努力过上一种理性、有价值的生活，以及，若非在空间维度上，那就在时间维度上找到自己的一席之地（个人的，不麻木呆板的），为之竭尽全力，并且永远要考虑到失败的可能性。这首先是二十世纪极权主义的后果，其中一种极权就出现在托马斯·曼温良的祖国，但那是另一个问题了。

我不是土生土长的维尔纽斯人。我出生在克莱佩达；1939年希特勒占领这座城市和周边地区后，我的父母只得离开那里。那时我两岁。我在考纳斯度过了童年，也就是德占时期。之后，我成为维尔纽斯的居民，是成千上万战时和战后迁居立陶宛古都的立陶宛人之一。对我们来说，它完全是

---

1 德国北部波罗的海沿岸城市，始建于1143年。

一座陌生的城市。众所周知，战前维尔诺和独立的立陶宛共和国之间几乎没有往来。但是，维尔纽斯身上存在一个对立陶宛人的想象来说极为重要的神话（下文会谈到）——那又是另一个层面了。当时也有维尔纽斯本地出身的立陶宛人，至今还有；他们是一群有趣的人，但人数不多，而且也正在消亡。因此，在维尔纽斯的生活起初意味着在新的土壤里艰难扎根。总的来说，那是一片混乱。

如我之前所说，半座维尔纽斯城沦为废墟。在原来的"乔吉"大道上，一半的房屋都被烧毁了。不过，木结构的赫利俄斯电影院却赫然屹立在原地。（如今，大致在电影院原址上建起了浮华的新维尔纽斯歌剧院。）那条街名称变化的历史，值得单独叙述一番。立陶宛当局将它改名为格季米纳斯[1]大道，但在它的延线上保留了密茨凯维奇的名字。1950年前后，当局宣布将响应劳动群众的诉求，为这条街更名：它将成为斯大林同志大道。在苏共二十大之前，它一直顶着这个光荣的名字。那时我认识的一位青年画家向政府写了一封请愿信，提议将它改回原名。他立即被大学开除了；遵照一项古老的惯例，他被征入红军，退伍后便彻底灰了心。的确，他后来还能在自己的专业领域里找到工作，但他病恹恹的，而且根据人们私下的说法，他是死于在某个北方基地遭受的过量辐

1　格季米纳斯（Gediminas，约1275—约1341），约1316年成为立陶宛大公，统治立陶宛二十多年，曾与波兰结成同盟对抗条顿骑士团。

射。最后，那条街自然变成了列宁大道。不过，我那一代人一直叫它"格季明克"，现在依然如此。我得说，格季米纳斯大公也在官方的命名中幸存下来[1]，因为原来的大教堂广场被冠上了他的名字。这样一来，宗教就从地图上被抹去了，而立陶宛民族主义尽管没有被彻底清洗，却恰如其分地降至了第二位。

整个犹太区（包括日耳曼街，它很快更名为博物馆街）都死气沉沉的，可能接近华沙战后不久的景象。老犹太会堂的墙那时还在，后来却被拆毁了。其他不完全符合新制度要求的事物也通通遭了难。一天早晨，我们发现"三十字架"不翼而飞；它们一夜之间就被拆掉了。大教堂经过修葺，山墙上的三圣人像被移除了，新闻报刊解释说这是因为它们并非斯图奥卡·古切维丘斯原稿中的设计（这是真的。但十字架是原画稿中的，却也被移除了）。传说会修建一条高速公路，连接维尔纽斯火车站和安塔卡尔尼斯[2]站，而两座教堂（多明我会教堂和圣凯瑟琳教堂）以及黎明门[3]正好挡住了未来的这条公路。也有流言说在圣雅各布教堂的位置上，会建一座真正的苏式摩天大楼（里加就修了一幢类似的高楼）。斯大林死后，不知怎的，那些漂亮的工程都被抛诸脑后。然而整座城

1　在温茨洛瓦写作此文的十年后，这条路再次更名为"格季米纳斯大道"。

2　即波兰语的安托科沃，维尔纽斯市区东部的郊县，历史悠久。本书第一篇文章中提及此地。

3　维尔纽斯古城门，附有一座礼拜堂和圣坛。

市还是被整齐划一的灰色建筑包围，和它们相比，沙皇时期的堡垒都显得体面了；事实上，这类建筑毁掉了安塔卡尔尼斯，而且已经零零星星地出现在历史中心城区——比如，最远已经波及博物馆街。

我的高中，也就是原来的耶稣会文理中学，就在这条街的尽头，看上去像是废墟中的一座孤岛。校园面积很大，阴森森的，我对它的回忆可不怎么美好。少年时代，正当我遭遇种种危机时，之前提到的那种反常感，那种世界的扭曲感，也出现了。第一天放学，我就在废墟间迷了路，找路的过程令人筋疲力尽，无助极了，将近四个小时之后我才回到家（找不到人问路，因为我遇见的寥寥几人都不会说立陶宛语）——这段寻家之旅最终成了我的个人象征。在那个阶段，维尔纽斯的人口非常少，而且还是一锅不寻常的大杂烩。几乎所有犹太人都消失了；波兰人大举迁往波兰（或西伯利亚）；留下的都是无产阶级，也可以说是缺乏阶级觉悟的无产阶级。立陶宛人要么属于新兴的苏维埃精英阶层，要么就是残余的知识分子，后者不是被打垮就是被吓坏了。出现了很多俄罗斯人和别的侨民：官僚，驻军军官和他们漂亮的女儿们，还有过着乞丐般的生活，甚至连乞丐都不如的普通人。当年的"乡谈"、俄语以及零碎的立陶宛语相互糅合，形成了一种新的混杂语。它是一座亡命之徒的城市，四处潜伏着危机。口角和小规模的打斗频繁发生，背景通常是各个民族间清算旧债。最重要的是，人们在当权者的高压管制下如履薄冰。

对此，我的感受肯定和大多数人不同，因为我的家庭属于苏维埃精英，但是我能意识到这点。我可以享用父亲的大量藏书，培养出广泛的兴趣。但我很快就发现它们都是无关紧要的小事，因为有些名字成了禁忌，或者压根就不存在了，而有些问题属于禁区。我感到恼恨和耻辱。有几本书（其中包括希腊文学作品），译者的名字被刮掉了。我问父亲为什么，他回答说那是他从莫斯科的二手书店买来的，没有关于译者的信息。很久以后，我得知译者就是在大清洗中丧生的阿德里安·彼得罗夫斯基（塔德乌什·杰林斯基[1]之子）。还有一位将希腊古典文学译成立陶宛语的译者，他的名字也是不能提的，因为他曾是独立的立陶宛共和国的总统——斯梅托纳[2]。不过，既然一半以上的立陶宛语文学都不能公开存在（因为它们是敌人的，坏的），又何必专门提到斯梅托纳呢？后来我发现俄语文学也是如此。民族和宗教的问题是不存在的，于是二者自然都引起了我强烈的兴趣。世上大部分的国家也是不存在的。法国和英国对我而言是纯文学概念，类似于儒勒·凡尔纳笔下的海岛；波兰也是一样。它们只存在于想象

1　塔德乌什·杰林斯基（Tadeusz Zieliński，1859—1944），古典学家，圣彼得堡和华沙大学教授，有关于古希腊的著作传世。

2　安塔纳斯·斯梅托纳（Antanas Smetona，1874—1944），立陶宛民族解放运动领袖，1919 年至 1920 年出任独立的立陶宛共和国（临时首都为考纳斯）第一任总统，1926 年通过政变再任总统。1940 年，在《苏德互不侵犯条约》的影响下，苏联入侵立陶宛，斯梅托纳主张武装抵抗，遭到国内反对后将总统职权移交给总理，经德国、瑞士逃往美国。

中，或者至少是属于过去的；在当下，它们只是一片特征模糊的广袤区域，我们绝不会涉足（因为那是敌人的）。大学毕业后，我读到过一本《维尔诺百科，1913》(*Everything about Wilno in 1913*)，开篇的几页中有一个长长的清单，列出了可以从维尔诺坐火车直达的外国城市。当时我很好奇，不知这样的城市如今还剩多少。我找到了两座：柯尼斯堡和利沃夫。

为了根除过去，植入新的思想，当局无所不用其极。不难理解，他们做的肯定不止拆毁十字架，或突然将赌场电影院和阿德里亚电影院分别更名为莫斯科电影院和十月电影院（它们至今保留着这两个名字）。他们想尽一切办法灌输新的意识形态。老一代的中学教师和大学教授瞋目切齿，却也无可奈何，说着自己不相信且任何人都不该说的话。这时普季纳斯[1]已经不年轻了，是广受爱戴的诗人，他保持了一段时间沉默，然后就开始发表自己"应该"发表的东西。在一本关于1863年起义的小说中，他夹带了这样一句话，给很多人留下了深刻印象：一个民族必须成熟起来，不仅要成熟到追求自由，也要成熟到面对奴役。我把这句话当作投降。人不应该把自己训练成奴隶。不过，普季纳斯也写了很多"抽屉诗"，如今在流亡者刊物上逐渐得见天日。他翻译了密茨凯维奇，进入了立陶宛科学院，但还是活得郁郁寡欢。直至去世，他过了很多年这样的日子。当局为他举行了公葬。

1　普季纳斯（Putinas，1893—1967），本名文卡斯·米科莱季斯（Vincas Mykolaitis），立陶宛诗人、作家。

另一位诗人斯罗加[1]从一所德国集中营回到了维尔纽斯。他写了一本讲述自身经历的书——挺有意思，满纸愤世嫉俗，有点像博罗夫斯基[2]的口吻。在一次作家座谈会中，一个党内活动家竟然说出了这样的话：也许德国人把这些废物关进集中营的做法是正确的。斯罗加在那次会议后不久就离世了。

也有一些勇士，但他们是那种本来就了无牵挂的人，比如俄罗斯流亡者列夫·卡尔萨文，他是一位宗教哲学家；当然，这类人都死了。但其他人也会死。最终人们习惯了一切：义务游行，经审批才能发展的友谊，以及一种真实含义与字面意思截然相反的特殊语言。此后，是顺从和相对的和平。人们（尤其是受教育阶层）觉得日常的谎言是为了过上尚可忍受的生活而必须向恺撒缴纳的贡金[3]，并不认为其中存在道德问题。也许这正是当局想要的。

这是一个现代的、后斯大林时期的现象。但我们得记住，斯大林主义在立陶宛从未真正终结：到了六十年代，它变得温和了，可以说温和多了，但它的本质没变。我想波兰的情况是不同的。就连在俄罗斯共和国，情形也略有不同。一种

1　巴里斯·斯罗加（Balys Sruoga，1896—1947），立陶宛诗人、作家、评论家、文学理论家。1943年，他和另外四十七位立陶宛知识分子一起被纳粹送进了集中营，后来基于这段经历创作了小说《众神的森林》。

2　塔德乌什·博罗夫斯基（Tadeusz Borowski，1922—1951），波兰诗人、小说家，其战时诗歌和短篇小说讲述了他在奥斯维辛集中营的经历。

3　此处影射《圣经》（《马太福音》22:17-21,《马可福音》12:14-17,《路加福音》20:22-25）：面对犹太人是否应向罗马政府缴纳人头税的问题，耶稣回答说："恺撒之物归于恺撒，上帝之物当归还于上帝。"

无力感、萎靡感笼罩着立陶宛知识阶层。尽管肯定有人在心底深处仰慕萨哈罗夫[1]，我还是无法想象立陶宛科学院的人会支持他。他们对此有一套便利的说辞：萨哈罗夫是俄罗斯人的问题；立陶宛是被占领国，有我们自己的问题，现在应该致力于拯救立陶宛语言和文化。意思就是要保持低调。只不过，没人知道以这种形式保留下来的文化还有什么价值。

立陶宛的反对派中心是在别处。现在，我要回过头来谈谈战后的立陶宛和我个人的往事。我常常听说在立陶宛的森林中曾发生过游击战。这本是个禁忌话题；然而，它的影响如此之大，人们不可能彻底保持缄默。当局自然不仅要彻底镇压这场游击运动，更要想办法诋毁它。他们今天仍然在这么做：在立陶宛，显流文学和电影想要取得成功，最保险的方式就是将这场运动描绘成一件可恨至极的事；它们的刻画方式颇有欺骗性，其中掺杂了一些经仔细斟酌而披露的真相。这场战争是悲剧的，野蛮得超乎想象。我还听说过大规模的驱逐行动：这个话题受到严令禁止，但我知道他们把人（主要是村民）遣送到了西伯利亚，那里的生活十分艰苦。对此毫不知情是根本不可能的。我班上的几个同学消失了；我到他们家去，得知因为他们的父亲是前立陶宛军队的官员，一

---

1 安德烈·萨哈罗夫（Andrei Sakharov，1921—1989），苏联原子物理学家，被称为"苏联氢弹之父"，也多次参与人道主义活动。二十世纪六十年代起，他积极反对核武器扩散，也签署了反对为斯大林翻案的《二十五人公开信》，1975年获诺贝尔和平奖。1980年，他又因为抗议苏联入侵阿富汗而被当局流放。

家人都被遣送走了。我父亲的兄弟也被遣往西伯利亚；家人千方百计想把他弄回来，但没能成功。没过多久他就去世了，他的妻子和女儿很多年之后才回来。知识圈的一些老熟人也消失了。有些人回来了；大部分现在写的都是规规矩矩的东西。

你提到了1940年的罪恶。我们都知道这一罪恶在战后才达到巅峰。据说每六个立陶宛人中就有一个被流放。这跟农业集体化[1]有关，但不仅如此：尤为重要的是，他们试图使这个民族改掉决定乃至思考自身命运的习惯。它从来没有完全成功过，如今，我们可以说它彻底失败了。但当局并非没有尝试过。

游击运动是一项注定失败的事业。众所周知，西方并不关心波罗的海国家的情况。每个立陶宛人都应该感谢你在书中道出这一点，不幸的是，过去你的声音并未得到应有的重视。即便现在，我也会在西方媒体上读到关于波罗的海三国愚不可及的探讨。不知怎的，人们已经习惯了一种观念，即为了和平，俄国或苏联一直干涉那片疆域的事务是理所应当的，于是别的一切都成了无足挂齿的小事。诚然，也存在更明智的观点，现在可能比当年更常见，这是索尔仁尼琴等人挽救之功。"二战"后立陶宛比其他波罗的海国家流的血更多；但也许正因为此，它也是几国中最顽强的。森林游击战

1　苏联政府为了强制推行农业集体化等苏维埃化政策，曾强制流配拒不服从的立陶宛人。

一直打到斯大林去世，此后也仍在继续[1]；最后一批游击队员几乎算是撑到了现在。

这场战争没有留下多少史料文献，如果真有，基本也只能在几所知名档案馆最隐秘的深处才看得到了。当局十分恐惧这类信息的传播。几个月前，前游击队员巴里斯·加尧斯卡斯在维尔纽斯受审；仅仅因为搜集森林游击战的档案材料，他就被判处十五年徒刑。（补充一点：他之前已经服过二十五年刑了。）战后，我们曾听说游击队员控制了维尔纽斯西南的那片地区，临近德鲁斯基宁凯[2]。维尔纽斯本城附近倒没有游击运动，或者说规模小得多，因为本地人对于立陶宛民族性缺乏共鸣；另一方面，有段时间，这个地区还有一些波兰家乡军[3]的小分队，他们和立陶宛人的关系似乎不太友好。不过，这座城市里还是有一个秘密运作的立陶宛地下组织。我到现在才开始有所了解，那时候自然是一无所知；不过，我曾隐隐感觉到类似的事正在发生。我父亲的密友，诗人卡济斯·博鲁塔，因为知道一些消息却不肯告密，被送进了监狱。这个名字你应该不陌生，我记得你很早以前就把博鲁塔的诗译成了波兰语。尽管在斯大林的监狱待过，博鲁塔始终是个正直的人；当帕斯捷尔纳克在一场立陶宛作家座谈会上受到抨击

---

1 立陶宛的森林游击战争在 1953 年基本宣告结束，但个别游击队员一直坚持到了二十世纪六十年代。
2 距离维尔纽斯中心城区约一百一十公里。
3 也被译为"波兰救国军"，"二战"期间波兰人为抵抗纳粹德国而成立的军队，听命于伦敦的波兰流亡政府，1945 年解散。

时，他是唯一一个起身离场的人。博鲁塔的朋友奥娜·卢考斯凯特和他一起受审，判了十年。她在斯大林死后重获自由，近年又以古稀高龄加入了立陶宛赫尔辛基集团[1]。

地下组织当然被敌方渗透了。某个名叫马尔库里斯的人，其实是克格勃间谍，手上掌握了许多线索；如今，他专攻法医学，准确地说是"解剖用尸体"的准备工作。我知道这听起来太像文学的虚构了，但这是真事。最终，一切抵抗都被粉碎了。在我的大学时代，它已经是属于过去的事。那些人要么在古拉格，要么已经埋在地下；留下的人与当局达成了和解，形势趋于稳定，尤其是在政府——用阿赫玛托娃的话来说——"趋向素食"[2]之后。不过，我想是在1959年，在一次学生集会上，我们获悉在语文学系查出了参与敌对活动的组织。那个组织的成员曾讨论过立陶宛的问题，似乎还写了几份宣言。我和那些人没有联系，面熟都算不上，但在那时，我的政治观点已经发生了转变，所以对他们我是抱有同情的。抵抗的余烬闷燃了许多年——不再是武装抵抗，而是精神上的抗争。我认为那是从道义上讲唯一可行的抵抗方式，也是唯一奏效的。一个民族不可能默默接受自己国破家亡，受唾面之辱，还要奉命对这番待遇欣然感激。他们不可能根除正

---

1 活跃于1975年至1981年，其宗旨是监督欧洲安全与合作会议《最终法案》（又称《赫尔辛基协议》）的执行。

2 阿赫玛托娃用这句话来形容二十世纪三十年代早期，因为比起之后的"肉食时期"，这个阶段的苏联政府采取了相对温和的统治手段。

常的人类反应，何况立陶宛人是出了名的顽固和坚毅——那是一个有着约七百年历史的传统。近年来立陶宛的地下出版市场（samizdat）繁荣得超乎想象，意味着抵抗已经到达了一个新的重要层面。不知怎的，人们很难不关注这个国家的命运。我知道立陶宛的知识阶层在其中毫无功劳——至少那些活在明处的知识分子是这样。有大量资产阶级化的苏维埃人（homo sovieticus），他们正在谨慎（或肆意）地聚敛财富，（情真意挚地）招待国外来的亲戚，有的甚至开始出国旅行。他们对俄罗斯人怀着无声的憎恨（它将来会产生重大影响），但只恨他们是俄罗斯人；这些人在体制内过得很舒适，离了它倒不知道该怎么办了，至少一时半会儿是这样。也有跟他们不同的人，大部分是普通人。

　　我认识这样的一个人，名叫维克托拉斯·佩特库斯[1]。他是我这辈子认识的最不寻常的人之一。这个冷静的萨莫吉提亚[2]大块头在古拉格待了十五年。第一次被送进去的时候，他还是个未成年人，和地下组织有联系，但从来没举过枪。他在斯大林死后获释，但很快又遭到逮捕，这次是因为家中藏有所谓的反动文学作品，其中包括塞尔玛·拉格洛夫[3]和一本

1　维克托拉斯·佩特库斯（Viktoras Petkus，1928—2012），立陶宛政治活动家，赫尔辛基集团的发起人之一。
2　立陶宛西北部的一个地区。
3　塞尔玛·拉格洛夫（Selma Lagerlöf，1858—1940），瑞典小说家，1909 年诺贝尔文学奖获得者，著名儿童文学作品《尼尔斯骑鹅历险记》（1907）作者。

1911年出版的立陶宛俄语诗人巴尔特鲁沙蒂斯[1]的书。他坐了八年牢。（在此期间，巴尔特鲁沙蒂斯和拉格洛夫被解除了禁令。）出狱之后，他当然没法找到正常的工作，但他在维尔纽斯收集了一批质量绝佳的立陶宛相关书籍。他加入了立陶宛赫尔辛基集团，仿佛那是世上最自然的事情，但他肯定同别人一样清楚他会是第一个被送进监狱的人。他被捕了。他的审判和金茨堡、夏兰斯基[2]的同时进行，这两人都是他的朋友；他也是萨哈罗夫的朋友，而且完全没有恐俄情绪。那时我已身在西方，在法国；我几乎什么忙也帮不上，只能每天早晨读遍我能弄到手的所有报纸，感受佩特库斯的声望是如何与日俱增的。他没有回答法庭的任何问题。他在用这种方式表示，在他看来这是个侵略者的非法法庭，他不会配合，不会跟这样的法庭扯上任何关系。那时他不是沉默地坐着就是睡觉。他又被判了十五年。

在维尔纽斯，我常常痛苦地感到此时的居民不像是属于这里的。他们配不上这座城市。我曾感觉世界变得畸形了，部分原因就在于此。结果证明我是错的。我们要记住，如今

1　尤尔吉斯·巴尔特鲁沙蒂斯（Jurgis Baltrušaitis，1873—1944），立陶宛诗人、翻译家。以俄语象征主义诗人的身份开启文学生涯，五十多岁时开始用立陶宛语写作。他热心参与立陶宛独立运动，在两次世界大战之间曾担任立陶宛驻俄大使，1939年被任命为驻法参赞，1944年在巴黎逝世。

2　指亚历山大·金茨堡（Alexander Ginzburg，1936—2002）和纳坦·夏兰斯基（Natan Sharansky，1948—　），两人在1977年分别被判煽动宣传反苏联罪和间谍罪。

的维尔纽斯是立陶宛抵抗运动的中心，而我可以毫不迟疑地宣布这场抵抗是伟大的。我个人与它的联系微不足道（尽管我自己和当局之间有过一场战争，为此押上了全部筹码），但我能感觉到它的存在。

当权者对立陶宛民族主义的态度一直是两面的。他们当然试图扼杀它，但另一方面，他们也滋养了它。他们会做出惊人的暂时妥协，就连在斯大林时代也是这样。我之前提过格季米纳斯广场的事。1940年，民族主义是个绝对禁忌；然而战争期间，他们不仅开始容忍俄罗斯爱国主义的豪言壮语，也允许较低限度的立陶宛民族主义发展。忽然之间，人们便可以赞美伟大的立陶宛大公了（因为他们英勇抵抗过日耳曼人）。这些都是公开透明的（但我得说，也是很矛盾的）；战后，一切又变得暧昧了。有些妥协其实是击败这个民族的大局之中的一步棋，还有一些则是立陶宛苏维埃精英阶层的策略：为了自己的利益，他们会默默阻挠立陶宛俄化（如我此前所说，这些精英内心深处是反俄的，但只需施加一点压力，他们就会乖乖就范，甚至超额完成任务）。再者，想让统治变得简单一点，当然要让立陶宛人恨波兰人，波兰人恨立陶宛人，每个人都恨犹太人，以此类推。（他们也向维尔纽斯地区的波兰人做出了妥协，但那是微不足道的。）好吧，俄罗斯人扮演吓唬人的角色正合适：别做这样，别做那样，否则就会被镇压。"歌唱与舞蹈"看来会蓬勃发展，甚至以高雅演出的形式出现，供小众欣赏；"歌咏节"和五一劳动节的庆祝游行一样，成了这个政权的特色。人们不该对那些大公念念不忘。然而特拉凯的城堡[1]还是重建了，这惹怒了赫鲁晓夫，他火冒三丈的样子真令人难忘。现在还流行一种历史剧，其中含有种种朦胧的影射，它们肯定得到了宽容的审查者和党内批评家的允准。简而言之，在立陶宛，他们也将民族主义作为额外的控制手段（以及安全阀）；程度没有在波兰那么严重，但他们还是在利用它。而对于天主教，他们的态度则要僵化得多：天主教没有用武之地，他们只是一味试图摧毁它。但我认为在那些地区，除了民族主义，天主教也是一股真实存在的力量。

我还记得所谓的民族政治中令人啼笑皆非、极为难堪却又频繁出现的政策摇摆。尤其是涉及象征物的时候（当局对象征物特别敏感）。他们将格季米纳斯广场上的红旗换成了三色旗——不是战前的立陶宛国旗，而是新的版本，上面有一大摊显眼的红色。不久后市徽恢复使用，但对于代表圣克里斯托弗的维尔纽斯盾徽，这项政策就不适用了。战后，在维尔纽斯的游行中，苏联第一次占领时期[2]遭到严令禁止的国歌再次奏响，局势最紧张时也是一样；不过随后它又被一首新

---

1 十四世纪由科斯图提斯公爵兴建于立陶宛特拉凯省的一座湖心岛城堡。1430年，维陶塔斯本人在这座城堡中逝世。1960年12月21日，赫鲁晓夫发表演讲斥责这座城堡的重建是对立陶宛封建历史的美化，这次事件直接导致了城堡的下半部分重建工程暂停，二十世纪八十年代才恢复。
2 指1940年至1941年间。之后的1941年至1944年，立陶宛被纳粹德国占领，直到1944年再次由苏联占领。

的国歌取代了，词作者是我的父亲。

在这里我得谈谈我的父亲。我做不到对他说三道四，现在也不会这么做。我知道他曾过得十分艰苦。青年时代，他是个左翼知识分子，有点像卡济斯·博鲁塔和奥娜·卢考斯凯特。在普拉纳斯·安切维丘斯逃到波兰之前，他曾与之交好。考纳斯-维尔纽斯知识圈非常小，其中的一切都是相互关联的。因此我小时候就听说过安切维丘斯，但只能通过自己的视角来观察他的性格。不同于他的朋友们，我的父亲后来就跟随官方正统思想了。我很难说清他在四十年代经历了什么，那时他和延德里霍夫斯基都就职于傀儡议会。战争似乎对他产生了决定性影响；此后他再也没变过，他认为现状是不可变更的。他不是个愤世嫉俗的人。他还继续和博鲁塔做朋友，立陶宛对他而言也不只是一个空洞的词。最后，他个人（以及我）的境遇中掺入了一些朝不保夕的意味，因为自斯大林死后，他发现对一些前左翼人士（包括他自己）的审判就要开始了，而他没有及时做好准备。这些都是严重的大事。我承认我更愿意原谅那一代人，而不是今天的政治野心家；至少那代人面对的是今人不会面临的问题。

维尔纽斯大学。如之前所说，我入学是在一段相对稳定的时期。当然，我的大学和你的大学之间的差别之大，更甚于你的大学和密茨凯维奇的大学之间。1939年后，考纳斯大学（那也是一所相当不错的学校）的教授们调职到了维尔纽斯，但我上学的时候，他们已经不再授课。他们或是移民了，或是在西伯利亚，或已不在人世。还有几位活到了退休，比如我之前提到的普季纳斯。战争刚结束时，大学的水平（学术能力以及其余各方面）一落千丈。授课的语言的确还是立陶宛语，然而内容已经仅限于平庸的意识形态和军训操练了。变化是慢慢发生的。有几位教授给我留下了美好的回忆。比如教立陶宛语的巴尔齐科尼斯教授，他是个老派的词汇学家，一个十足的怪人，也十分勇敢：我相信他几乎将自己所有的薪水都给了那些受到压迫的家庭。他本人也是来自考纳斯的。还有一位莱别吉斯教授，是十六至十七世纪立陶宛历史的专家。泽塞曼教授[1]考核过我的逻辑学，他曾是流亡者，又从斯大林的劳改营幸存归来（据说他在那儿坚持练瑜伽，并把亚里士多德的作品译成了立陶宛语）。我有意只写了逝者。波罗的海地区研究系是在我毕业后才组织成立的。它吸引了很多人入学，因为它是一项爱国事业，与此同时又较为中立；当然也不是完全中立的，因为系主任卡兹劳斯卡斯教授没过多久就在维利亚河中神秘溺亡了。

只有围墙、美丽的图书馆阅览室和比它还要美的庭院保留了昔日那所大学的光环。学校里有九个庭院，也可能是十三个。当时，据说那片迷宫里还有一些人迹未至之处。博

---

[1] 瓦西里·泽塞曼（Vasily Sesemann，1884—1963），新康德主义哲学家。他在圣彼得堡长大，1923年到达立陶宛后先后在考纳斯大学和维尔纽斯大学任教，1950年以"参与反苏维埃活动"和"勾结犹太复国主义组织"的罪名被判十五年劳改，1958年平反。

法沃瓦丘（或称为陶罗丘）上的学生宿舍也维持了原样，我在那儿度过了大把时光。也许它并不是唯一幸存下来的建筑，因为图书馆也还在。图书馆里绝大多数是波兰语书籍（后来就变了）。里面很多书都被归入了"特别藏书库"，意思就是实际上无法读到；不管怎样，我还是发现了一些有趣的内容。尽管我的大部分同事都对波兰语不感兴趣，我还是很快学会了那门语言。（这对我来说很容易，因为我的外祖母是波兰人，她是显克维支的忠实仰慕者。我的父亲也能阅读波兰语，还能说一些。）我甚至还以"在维尔诺大学的密茨凯维奇"为题写了一篇长论文。写作期间，相关主题的书，只要是能找到的，我差不多读了一半，因此我也了解过维尔诺的共济会运动（当然，两次世界大战之间的共济会是我的知识盲区）、恶棍社[1]和图书管理员康特里姆。完成论文后，我和朋友们甚至参照这个模式结成了一个小圈子。考虑到克格勃无处不在的监视，这真是一项危险的事业，但它最终化为学生恶作剧和酒精。不管怎么说，我了解那个维尔诺的传统。与此同时，我却感觉自己的传统与那个恶棍社成员们嘲弄的怪人波什卡[2]（帕什基耶维奇）有关联；还有那位道坎塔斯[3]（道夫孔特），他和爱学社有联系，但选择了另一条路，成了首位立陶宛历

1　成立于十九世纪初的开明爱国社团，常以嘲弄、讽喻的方式启发民众。

2　迪奥尼扎斯·波什卡（Dionizas Poška，1757—1830），立陶宛诗人、历史学家，编纂立陶宛语-波兰语-拉丁语词典（未完成），著有立陶宛农民研究的专著。

3　西莫纳斯·道坎塔斯（Simonas Daukantas，1793—1864），立陶宛作家、历史学家、民俗学家，立陶宛民族复兴运动发起人之一。

史学家。这位富有喜剧色彩的圣人有着动人的命运。十八世纪诗人多涅莱蒂斯[1]在我心中可以与欧洲最伟大的诗人并称，不论过去还是现在，他对我都有重大意义。现在我得谈谈语言了。维尔纽斯如今是半个立陶宛城市，居民说着一口别样的通用语（koine），因为这里汇集了操着立陶宛各地方言的人，斯拉夫语（和苏联的）特殊用词也产生了影响。于是，立陶宛语新诗部分是对这种通用语的反叛（老一辈作家在其中推动），部分是它的精妙变形。请注意，俄语的抑扬格并未在我心中激起过反感，因为在立陶宛语中也有悠久的抑扬格传统，它与立陶宛语的精神契合（这大概是个重音体系的问题，但我不会就此主题展开，那是语言学的范畴了）。不管怎样，我的专长是立陶宛文学——它和维尔纽斯紧密相连；不过，我大学毕业时也培养出了对波兰文学的爱。还有对俄罗斯文学的，而且那是一种深切的爱。

当然，没人教过我这些。现在我要回顾自己最初的政治经历了。高中时，我加入了苏联共青团，认为那正是改造世界的途径。几乎每个人都深受共青团吸引，大学里有各种各样的共青团员——他们不全是愚钝的斯大林主义者，但那类人占大多数，而且最有发言权。我属于所谓的"信徒"，在我看来，我们这类人不算很多。对我和几个友人来说，苏共

1　克里斯蒂约纳斯·多涅莱蒂斯（Kristijonas Donelaitis，1714—1780），普鲁士裔立陶宛诗人，以古典立陶宛语写作六音步田园叙事诗《四季》，被认为是立陶宛诗歌最高成就之一。

二十大是一次剧烈的冲击（尽管我们那时已经了解了一些事情）；但是，我能指出我真正发生转变的确切日期——那是1956年11月4日，匈牙利起义被镇压的那天。然后就到了帕斯捷尔纳克事件。我们有四个人给他写过一封狂热的信。我读完了他的诗，能背下来至少一半。我们想制作一本学生文学年鉴，但是它被禁止发行，还打上了"反动作品"的标签。我被迫休学一年。我把它当作幸运的一年。我没日没夜地阅读。那时我才读懂了俄罗斯文学是什么，以及泛泛而言，文学是什么。

娜杰日达·曼德尔施塔姆喜欢玩一个她自己发明的游戏：她请每个人说出十个真正受过良好教育（而且年轻）的苏联人。结果只有两个：一个语言学家，一个拜占庭文化专家。接下来曼德尔施塔姆夫人解释了原因：他们俩幼年时都体弱多病，没去学校上过学。我就没那么幸运了。但要说我或多或少接受过一些教育，那都是发生在那一年的。大学只给了我一些立陶宛研究的基本知识（其中还有很大一部分领域是我无法接触到的）；在那里我熟悉了马克思——我没有为此感到遗憾——还学习了一些古典语文学。我和一个朋友甚至想去找一个拉比，请教他希伯来语是什么样子的，但在战后的维尔纽斯，该上哪儿去找这样一位拉比？不管怎么说，我们还是能学到一点东西。你可以在谎言和无用信息汇成的尼亚加拉大瀑布下逆流而上，甚至逃出生天，可是你无法拉着其他人同行；每个人都需要独立经历这个过程。坦白说，莫斯科和维尔纽斯都塑造了我——莫斯科，一座有趣的城市，因为如季诺维也夫所说，那里有灵魂渴望的一切：天主教徒、佛教徒、先锋派、异见者、数学家，以及比巴黎女郎还好的女孩们。当然，如今她们大部分都在巴黎。不然就在伦敦。不过，抛开玩笑话，莫斯科依然意味着一段美好的经历。

我有一个典型的苏联式缺陷：不会说外语（除了俄语和波兰语）。就连现在，身在美国，我也觉得英语很难。是的，我能阅读几门语言，然而在这个领域，我似乎已注定是被动的，也为此而感到痛苦。究其原因，外语对苏联人来说有什么用处？能读到的西方书籍少得可怜，期刊根本接触不到，讨论旅行也毫无意义。因此波兰语对我要重要得多，而且不仅仅是对我而言。我认识十几个人，对他们来说，波兰语同样是通向世界的窗口。数年间，我们在格季明克大道的波兰语书店会面，还能弄到一些那家书店没有的书——比如你的作品。我们用波兰语争论，开玩笑，一方面是想要迷惑不速之客，一方面是出于虚荣，但同样也是出于对波兰语的热爱，毕竟我们都从中获益匪浅。

这又要说回立陶宛-波兰双边关系的问题了。对我个人而言，我们两个民族之间的相互仇视简直愚不可及，我倒是希望能把它当成一个已经了结的问题。我认为现在很大比例的立陶宛年轻人，也许是大多数，已经不再对波兰人怀有敌意了。我猜波兰人对立陶宛人也是如此；或许时不时地，波兰人还会自视高人一等，又或许这种优越感也已经消失了。我们被那样的时代巨轮碾轧过，过去的争吵好像都不重要了。然而，双边关系的问题可能是更为复杂的。

在相当晚近的时期，以波兰为对立参照，立陶宛好不容易才产生了民族意识。波兰文化影响甚巨，特别是在卢布林合并[1]（1569年）后；我认为它总的来说是正面的，不过几乎没有立陶宛人会同意我的观点。要不是波兰，我们也不会知道包括政治权利概念在内的许多事物。我们的民族复兴也带着典型的波兰色彩，萨尔玛提亚主义和弥赛亚主义皆有。吊诡的是，那些模式最后被用来反抗波兰的文化统治了。一切都被颠覆了：约盖拉[2]（雅盖沃）是个叛徒，雅努什·拉齐维乌[3]成了英雄，等等。这个民族必须自力更生。有时，受到一些婴幼儿综合征的影响，它的动作非常笨拙，这点很容易获得谅解，因为它在每个民族发展的前期都会出现。然而当病症年深日久，它们就会变成沉重的负担。你提到了波兰人的记性；我认为立陶宛人记性更好，能往回追溯好几百年前的事。我们甚至引以为豪呢，但没人知道这么做是否值得。我们记得十八世纪波兰的文化（和社会）压迫差点让立陶宛人失去自己的语言和历史道路。除此之外，还有一种令人痛苦

---

1 为对抗崛起的莫斯科公国，由国王西吉斯蒙德·奥古斯特主导，将波兰王国领地和立陶宛大公国合并成一个单一政治体，称为"联邦"。

2 约盖拉（Jogaila，1348—1434），立陶宛大公，1386年加冕波兰国王，在两国之间建立了联盟。

3 雅努什·拉齐维乌（Janusz Radziwiłł，1612—1655），立陶宛军事指挥官，站在瑞典一方，被波兰人视作叛徒。

的民族自卑感，经过数个世纪的累积，导致了妄自尊大和疑神疑鬼。嘲笑它是很容易的，然而它也催生了一些健康的抱负。我个人完全没有民族自卑感。立陶宛的年轻一代也正从中解脱出来，因为如今的立陶宛方方面面都不比其他东欧国家逊色。不过，某些刻板印象仍然存在，而且还可能获得新生，尤其是因为在极权体制下生存的经历并不利于明智、宽容的立场形成。这里的确存在一种将波兰人妖魔化的习惯。这种观念认为（尽管已只是残余，但它仍具备一定影响力），几个世纪以来波兰人就只想着一件事：怎样把立陶宛变成波兰的附庸，让这个民族不复存在，以及，一言以蔽之——压迫它；波兰人比俄罗斯人更危险（毕竟他们是天主教徒，是欧洲人）。有一种诱人的刻板印象：波兰人是马基雅维利主义者，总想着为所欲为，所倚仗的不是武力就是背信弃义。在流亡期间，我时常遇到这种思想观念，而且深深为此感到惭愧，因为这种不成熟像极了贡布罗维奇书中的描绘。不管某些人的愿望有多强烈，他们根本不可能让一个已经成熟的民族（立陶宛现在无疑就是）解体。这整个刻板印象是一种惯性，是在开倒车。它只会对当局有利。因此，它是不容忽视的；我们（也包括波兰人）要避免开展会煽动、重燃那种情绪的活动。

自然，一切都是围绕维尔纽斯展开的。维尔纽斯身上存在着一个立陶宛神话；我相信，这个神话在这座城市的历史中扮演的角色，比经济关系之类的更大。对波兰人而言，维尔诺是东部边境的文化中心；它意义重大，但始终是外省地区。对立陶宛人来说，它却如同耶路撒冷，是历史延续和历史身份的象征。从十九至二十世纪，尊贵神圣的维尔纽斯横遭劫掠的神话极大程度上塑造了立陶宛人的民族想象。这个神话完全不能打动我，尤其是关于王族和大公国的那一部分，但我们得承认它有其意义。例如，维尔纽斯迥异于里加或塔林，它不是汉萨同盟城市，但却是一座首都、圣城和一所优秀大学的所在地。它也不是个殖民中心，而是依据自身地形自然发展起来的。因此，你已经注意到了，关于维尔纽斯的争论实则是关于这座城市历史地位的争论：它究竟应该成为地区中心，还是加入传统东欧首都之列？它也是关于立陶宛地位和国祚的问题。因为没有维尔纽斯的立陶宛是个缥缈之国；有了维尔纽斯，它又能重拾一切过往，重新承担起它所有的历史责任。

立陶宛和波兰之间没有爆发过大战，但维尔纽斯的问题仍然很严重。这座城市逐渐变成了立陶宛领土上的一块波兰（也是犹太）飞地。在我之前提到的《维尔诺百科，1913》中只出现了两个立陶宛姓氏：斯梅托纳和巴萨纳维丘斯（他们当然不是普通人，后者是《立陶宛独立法案》的第一个签署人）。最晚到十九世纪，立陶宛语还是周边地区的主要语言（我在研究密茨凯维奇时发现了这点）。解开这个历史、民族和社会的结，可能需要所罗门的智慧，而历史在这方面对我们并不慷慨；不管怎么说，我们没有充足的时间。于是，人们采取了不明智的行动。立陶宛人至今无法原谅热里戈夫斯基那段往事[1]和沃耶沃达·博恰尼斯基一伙人的波兰化狂热；他们也不能理解毕苏斯基的联邦思想，他们是正确的，因为即使联邦制可能实现——对此我表示怀疑——它也不会是那样建立的。但从另一个方面看，他们不愿理解因为波兰人口和文化在当地占优，波兰人也对维尔纽斯享有权利。和强制波兰化一样，强制立陶宛化若得以实施，也会是一桩不可饶恕的罪行。不幸的是，"背信弃义的波兰人"形象在那个年代相当流行。考纳斯的立陶宛政权被当成了皮埃蒙特[2]，其存在的意义就是占领"罗马"，也就是维尔纽斯。它不仅是政府的议题，更属于群众感情的范畴。于是立陶宛寸步不让，但立陶宛式的固执在最悲惨的情形下胜出了，真是历史的讽刺。

如今，我们似乎都认为这场争端已经得到解决。经历过二十世纪，维尔纽斯已是一座新的城市。是的，它还是一座外省城市，因为整个苏联就是一个外省。它还是一块飞地，只不过现在是被波兰文化主导的周边环境孤立的立陶宛-俄罗斯飞地。然而，我希望它能成为民主的立陶宛的首都。在艰难的形势下，立陶宛人已经为此创造出种种条件。

---

1 指 1920 年 10 月武力创建的"中立立陶宛共和国"。卢茨扬·热里戈夫斯基（1865—1947）指挥占领维尔诺的波兰军队实施了毕苏斯基的密令。"中立立陶宛共和国"最终被波兰吞并。
2 意大利西北部大区，首府为都灵，十九世纪中期是撒丁王国的一部分。1861年意大利统一战争期间，撒丁国王在都灵召开第一届全意议会，宣布成立意大利王国，将这时还在教皇控制下的罗马定为正式首都。1870 年，王国的军队攻下罗马，意大利完全实现统一。

谈论这个民主的立陶宛还为时过早。不过，我认为我们应该把它作为一种可能性和责任牢记于心。我们也必须从这个角度来思考新的波兰-立陶宛关系。我们务必要着眼于当下而非未来，毕竟在不久的将来，那场与极权体制的古老斗争还会继续，只是斗争会触及更深远的地方，对此我们在波兰已有所体会。永恒的飞地维尔纽斯将获得新的机遇。作为一座各民族交融杂居的城市，它也是全东欧的参照模板。共生和相互滋养必须取代过往的争吵。就拿犹太人的例子来说吧。你说得对：没有了犹太区——德国人毁了一部分，苏联人又毁了一部分——维尔纽斯就不再是当初那座城市了。不过，仍然留在维尔纽斯的犹太人是一个相当重要的群体。他们和立陶宛人的关系不算融洽，因为和部分波兰人、俄罗斯人及其他族群一样，立陶宛人战时确实在煽动之下犯下了罪行。其中原因不一而足，我就不细说了；同时也得承认，战时有许许多多立陶宛人冒着生命危险拯救了犹太人。不过罪行就是罪行，我们无法否认。最近，一部刻画立陶宛党卫队分队参与华沙犹太区清洗的电视电影《大屠杀》上映了，立陶宛流亡者圈子里一片哗然。严格说来当时并不存在这样的分队：其实都是个人行为。但人们想要"恢复民族名誉"，仿佛能通过沉默、回避，把责任推到德国人乃至犹太人自己头上来挽回什么。整件事情只能证明立陶宛人有某些情结和不太清晰的良知。对我这个来自阵营另一边的人而言，这真是难以理解。看上去我们已经克服那种情结了。我们知道几条原则。

首先，人们不应对任何罪行保持沉默。第二，通敌分子曾经确实存在，现在也依然存在，他们的数量时大时小，具体取决于历史因素；但所谓通敌的民族是不存在的。第三，反犹主义和苏联化如出一辙。维尔纽斯的所有犹太痕迹，包括那些本可以抢救下来的，都被抹去了，这是立陶宛文化的巨大损失。官方从来没有为被杀戮的犹太人正名，只提及过"无辜的苏联公民"，这是莫大的耻辱。理解这些简单原则，有助于我们解开立陶宛人和犹太人之间的矛盾，也有利于日常的合作。除了官方的反犹主义，立陶宛的反犹主义如今已经式微，也许就快彻底消失了。显然犹太人自己能看得更明白，而我从犹太人那里也听到了同样的结论。

同样的模式也可以改善立陶宛-波兰之间以及立陶宛-俄罗斯之间的关系，但它们之间还有不少差异。历史上，立陶宛和波兰的民族性就是个尤为棘手的问题，因为"立陶宛人"的概念和"波兰人"一样，经过了几个世纪的变迁。根据其中一种定义，密茨凯维奇和西洛科姆拉[1]都是立陶宛人；而根据另一套标准，这张名单内还须包括维特基耶维奇[2]、贡布罗维奇和切斯瓦夫·米沃什；还有第三种定义，囊括了波什卡和道坎塔斯；第四种，加上了今天的立陶宛语作家；奥斯卡·米

1　维沃迪斯瓦夫·西洛科姆拉（Władysław Syrokomla，1823—1863），生于立陶宛的诗人，既书写东部省份的小资产阶级生活，也描绘白俄罗斯贫农生活的不幸。他的部分诗作是用农民方言写成。

2　斯坦尼斯瓦夫·维特基耶维奇（Stanisław Witkiewicz，1885—1939），剧作家、小说家、画家和哲学家，二十世纪波兰文学的重要人物。

沃什则需要单独定义。但有一件事是肯定的：我们的民族之间紧密相连，唇齿相依。为了成长为一个民族、一个现代国家，立陶宛曾不得不强调自己与波兰的差异。然而，今天这点已经无须再强调了，因为它是不言自明的。我们也千万不能再打嘴仗，因为如我此前所说，这样只会被当局利用。你说新型的立陶宛民族主义必然是极度敏感而狭隘的。也许过去并非如此，当时立陶宛也多次尝试和波兰对话，得到的回复是一句掷地有声的"绝不"！不论是个人还是家庭层面，都有一些出人意料的重修旧好的个案，但我承认其中也有许多狂热，许多平庸而不加伪饰的愚蠢，可以说一切民族主义都是如此——法兰西、弗拉芒，谁知道呢，没准还有罗曼什[1]呢。表面看来，我们更容易原谅小国，但不论是否如此，我们一定不能原谅自己。但那些都是较早以前的事了。我们可以这么说，中立立陶宛共和国自身是"过去完成时"[2]。地方主义者的联邦梦也是过去的事了，现在立陶宛已经没有地方主义者。我其实是第一次听说他们存在过，这可能会破坏你对我的印象；不过，我承认那个计划中有一些有价值的想法，值得我们铭记。芬兰-瑞典式的解决方案本来是个好主意，可我们恐怕已错失了良机。同样的话也可以用在波兰语的立陶宛文学上（尽管这样的文学在某种意义上是存在的，比如我

1　瑞士东部的民族，语言为罗曼什语。
2　原文 plusquamperfectum 是拉丁语时态名，表示"在一个明确的过去时间点前已完成的事"，这里泛指遥远的过去。

会列入《伊萨谷》）。但最重要的是，我们得专注于现实。而现实是维尔纽斯地区的二十万波兰人和苏瓦乌基附近的两万立陶宛人。迄今为止，他们中间没有显贵，也几乎没有知识分子；他们是农民、劳动者、被当局压迫的人，他们拥有生存权。立陶宛人在塞伊内遭受的待遇让我愤怒不已，特别是因为应该对此负责的正是做过许多善事的波兰教会。要是现在维尔纽斯地区开始强制立陶宛化（现在没有这样的事，是因为俄罗斯化正在进行），我会是第一个站出来反对的人。希望我不是唯一一个。

你说得对，纵观整个东欧，在官方谎言的表象之下，民族主义的兴起是显而易见的。它是一股矛盾的力量，非常危险。世界文化的全部价值在于传统和语言的多样性；但要是语言和传统成了杀戮发生时的护身符，我宁愿做那个受戮之人。最重要的是将民族情绪人性化，我们得为此倾尽所能。立陶宛的地下出版物中有一些非常积极的迹象，我此前提到过了。我们不时还会听到传统的声音，类似于波兰民族民主运动中的呼声，只是方向反了过来。不过它在国内出现的频率远低于在侨民中间，令人稍感安慰。立陶宛地下出版物大多不是知识圈的产物，但它得出了一些聪明的结论。说到我个人，在立陶宛时有大约十年，当然还有在外流亡的这段时期，我都面临过叛国罪的指控。我是个世界主义者、犹太迷、波兰迷，甚至还是个俄罗斯迷，而立陶宛人经常惹恼我，恰恰因为他们是我的族人。举例来说，立陶宛赫尔辛基集团[1]并不是作为立陶宛异见人士，而是作为全苏联的异见人士获罪的。可是难道还有别的可能吗？如果没有共同的努力，这种情况简直毫无希望；此外，我们都会惦念那边发生的所有事。"那边"不仅仅是苏联，而是整个东欧。我们是东欧的异见人士。或者简单说来我们就是东欧人，它的意义也是一样的。维尔纽斯是一个中心，那里正在形成新的东欧体系；也许这就是它的历史使命。而你也属于这个体系：你常常书写它，写得比别人都好。

托马斯·温茨洛瓦

1979 年

---

1 赫尔辛基集团致力于揭露人权暴行，关注对象不只是立陶宛人，也包括其他族裔受害者。温茨洛瓦本人是其中一员。

献给 N．N．的挽歌

献给 N．N．的挽歌 [1]

告诉我它对你是否太过遥远。

你也许曾乘着波罗的海的细浪，

经过丹麦的田野和一片山毛榉林，

再转向汪洋，那儿很快就是

拉布拉多半岛，这时节已洁白一片。

而如果你，这样梦想过孤岛的人，

惧怕过城市和高速路上闪烁的灯，

你曾有一条小径直穿过荒野，

1　诗作原为波兰语，本文根据米沃什本人和洛伦斯·戴维斯的英译文转译。

横跨正在融化的蓝黑色水塘，麂和驯鹿的足迹
一直延伸到内华达山脉和废弃的金矿。
也许萨克拉门托河曾在
遍布多刺橡树的山丘间为你引路。
之后只有一片桉树林，而你找到了我。

这是真的，当熊果树开花，
春日清晨的海湾清晰可见，
我不情不愿地想起湖间的房屋
和立陶宛天空下收起的网。
你留下长裙的浴室
已永久变成了一块抽象的水晶。
靠近走廊，是蜜一般的黑暗，
可笑的小猫头鹰，还有皮革的气味。

那时的人怎能活着，我着实说不出。
格调与长裙摇曳，朦朦胧胧
而不自傲，向着一个结局。
我们渴望事物本质的模样，这有什么关系？
对那灼热岁月的认识烧焦了
铁匠铺前站立的马，市场里的小圆柱，
木质楼梯和弗里格尔陶妈妈的假发。

我们学到了很多，这点你十分明了：
原本不能被带走的东西，怎样逐渐
被带走了。人也好，乡村也好。
人以为心该死去了，可它没有，
我们微笑，桌上是茶和面包。
只是懊悔我们没有爱过
萨克森豪森集中营的可怜骨灰，
全心全意，逾越人类力量的极限。

你习惯了新的潮湿的冬天，
习惯了那幢别墅，它那位德国主人的血
已从墙上洗净，他从未归来。
我也只是接受了可能的一切，众多城市和国家。
人不能两次踏进同一片湖泊
在腐败的桤树叶上
折断一条狭窄的光带。

你和我的罪责？不是重大罪责。
你和我的秘密？不是重大秘密。
不是那时，他们用头巾裹住下颚，将一座小十字架放在指尖，
狗在某处吠叫，天空中亮起了第一颗星。

不，不是因为太远了

你那一日或那一夜没来看我。

年复一年，它在我们体内滋长，直到扎根，

我和你一样理解：它是漠然。

1962 年于伯克利

　　《献给 N. N. 的挽歌》写于 1962 年，但长久以来它只是一份手稿，因为我很犹豫是否要发表它。对我来说，这首诗的自传性之强堪称厚颜无耻。实际上，它相当忠实地讲述了一段个人往事。这是好的，因为诗歌应该尽可能捕捉现实，但必要的艺术加工程度却是个微妙的问题。幸而我没有对提及的人指名道姓；尽管如此，这种戏剧化的情形却只能在生活中出现：我住在伯克利，从一封波兰来信中，我得知曾与自己关系亲密的一位女士最近去世了。阅读本诗波兰语原文的读者会注意到几处重要细节。诗中提到的湖畔小屋是在"立陶宛的天空下"，它足以让人想起"二战"末期大量人口的流徙，那时立陶宛已经并入了苏联。"铁匠铺前站立的马""市场里的小圆柱""弗里格里陶妈妈的假发"写的是附近一个小镇，1939 年之前有许多犹太人在那里居住。希特勒的部队进入该地区后，他们都身遭厄运。

　　这里还提到了诗中女主人公的一个亲近之人（丈夫？兄

弟？儿子？），他成了"萨克森豪森集中营的骨灰"，此处需要对一些历史事实有所了解：位于奥拉宁堡的萨克森豪森是柏林附近的一处大型集中营。由于纳粹把波兰人列入与犹太人相近的"劣等民族"，很多人被遣送到了那里，生存机会渺茫。"你习惯了新的潮湿的冬天"一句明确指出我的女主人公战后从她的那个省搬到了西边曾属于德国人的领土，那是斯大林划走波兰东部领土后对波兰的补偿。

本诗就是这样游走在二十世纪历史事件的边缘。对美国读者来说，那不过是中东欧的历史。对我而言，那却是我们这个星球的历史——并非因为我是波兰诗人，而是因为早在"二战"期间，就可以预见世界上那一地区发生的事件会有什么后果了。不过在写诗时，我当然不想谈论历史或传达任何信息。我记录了真实的个人经历，现在却发现它需要丰富的历史注解。

诗中出现了两所房屋。第一所是在湖畔；另一所大概是在波罗的海沿岸（"潮湿的冬天"），一幢别墅，它的德国主人被杀死了，显然是在1945年进军柏林的苏维埃军队攻占该地区之时。我问自己，现在是否应该多提供一些这两所房屋的信息？诗中没有提到我是怎么知道它们的，是否去拜访或居住过，诸如此类。与那些地方相关的画面在我的脑海中栩栩如生，对这个话题我有那么多想说的，以至于我的记忆能即刻杜撰出一个长篇小说体量的故事。然而，尽管我写过两部长篇小说，却从来没有摆脱过对这种文学体裁的不适。毕竟小说家要利用自己生活中最隐秘的细节，目的是编造出内容真假难辨的混合物。在这类厚脸皮的做法上，陀思妥耶夫斯基堪称大师。比如在《罪与罚》中，他以刚去世的妻子玛莎为原型塑造了疯狂的马尔梅拉多娃夫人，更糟的是，在《白痴》中，他让可笑的伊沃尔金将军极尽浮夸地描述了自己一条腿的葬礼以及它墓碑上的一段铭文，我们今天知道，那段铭文和陀思妥耶夫斯基母亲墓碑上的一模一样。[1] 为了艺术创作能够牺牲一切，哪怕是心中最神圣的东西也在所不惜，这看上去像是天才小说家的一个特征。但是诗歌不追求对个人生活秘闻式的再现。每一首诗很大程度上都有其创作原委，熟悉那背后的原委会对读者有所助益，只要某些界限还在，还保留着足够的明暗对比，足够的神秘感。

在我看来，诗中包含的湖畔小屋的信息已经够多了。它不能满足我对于真实的迫切需要，但我很清楚捕捉它的过程是障碍重重的。社会、政治和心理因素诱惑着我们，似乎要冲淡使诗歌有别于散文的那种精练。我对女主人公新家的评注就更平淡无奇了。1945 年，我亲身来到波兰的"西部领土"，不料却得到了一所曾属于德国人的房屋：或许要写一整篇专题论文，才能解释当时为什么这么容易得到房产——尤其是身为作家，身为作协成员——以及为什么当时房产几乎一文不值。

1　实际上是列别杰夫说为自己的断腿立了这样的一块碑，伊沃尔金将军只是转述者。

诗中没有解释 N. N. 和我是哪一类关系。男女之间的情事种类繁多,我们能用于表达的修辞却很不够用,尤其是在这个领域。语言总是倾向于将个例简化为特定时代的普遍共性。十六世纪的抒情诗咏叹的爱情,和我们的大相径庭;十八世纪抒情短诗中洋溢的那种感性,今日的我们也只能远观。同样,本世纪诗作中的爱情主题也无法令后人感同身受。我们甚至可以猜想,随着时代精神的变迁,使人类在性行为上有别于动物的灵与肉的复杂互动也在不断发生变化。当然,每个诗人都接受了厄洛斯的指引:在柏拉图看来,这位爱神是诸神和人类之间的媒介。然而,考虑到本世纪的纷繁复杂,如今要写情诗已经很难了。我写过几首情欲意味很强的诗,但几乎没有献给某位特定女士。无论好坏,《献给 N. N. 的挽歌》采用了相当克制的写法。如今,多年后回顾这首诗,我无意间发现了它作为纪念物的价值。我似乎通过某种方式让她复活,现在又能感受到她的存在了。

我还发现它是一首悲伤的诗。想想其中有多少逝去的人吧:N. N. 本人;弗里格尔陶妈妈,她是镇上唯一一家旅店的店主,代表了那里所有的犹太居民——据我所知,德国人甚至懒得遣送他们,将他们就地处死了;一个与 N. N. 关系亲密的人,死在了萨克森豪森;别墅的德国主人。逝者那么多,仅仅是因为我描述了事实。不过最悲伤的是结尾,我不清楚自己对它是否满意。大概不算满意吧,看来自从写成这首诗以来,我已经变了。漠然,与人世间的疏离感,曾被认为属于那些地下世界的鬼影,冥府的居民。1960 年,我从欧洲径直来到伯克利,此后很长时间内,我都有一个念头,即横亘在我和故乡之间的距离带着一丝诡异色彩,仿佛我即便不是身在冥府,也是在某片不属于人间的土地上,与食莲人 [1] 为伍;也就是说,我过上了某种来世生活。这一点在本诗最后一个诗节中有所反映。但它又被其他部分抵消了。因为 N. N. 毕竟来看过我。而通过书写她,我证明了自己并非漠然。[2]

---

1 《奥德赛》中会让人忘记尘世烦恼的食物为 lotus,通常译为莲花,以它为生的人就是食莲人。它具体是哪一种植物还有待争议,还有"落拓枣""忘忧果"等其他译名。
2 本文由切斯瓦夫·米沃什用英语写成。——原注

《在记忆这一边》[1] 序言

    如果我在这部散文集的序言中赞美斯坦尼斯瓦夫·文岑茨[2]，提高读者的期待，结果却让他们失望而归，那我就是在帮倒忙了。我们没理由隐瞒这个事实：多数捧起《在记忆这一边》的人会在扫过几页或十几页之后就将它弃置一旁，"谁会有耐心读这些呢"。这是必然出现的情形，因为每个时代都有自己的阅读方式，而我们习惯的那种方式，或者应该说节奏，在阅读本书的时候全无用处。当代作家有的浅显，有的艰涩，但文岑茨的"艰涩"是一种几乎不为人知的特别类型，因为它既不在于论证的复杂，也不在于走了太多智识的捷径。

---

1 Stanisław Vincenz, *Po stronie pamięci. Wybór esejów* (Paris: Instytut Literacki, 1965).——原注

2 斯坦尼斯瓦夫·文岑茨（Stanisław Vincenz，1888—1971），波兰散文家。

要攻克这种难度很容易，但为此我们必须彻底摆脱急躁，稍稍放慢脉搏，任自己接受这种枝蔓横生的文字引导，而非致力于得出激动人心的结论。在阅读许多古典作家时，如果我们真的想要从中获益，也会需要类似的预先调整，或称为呼吸练习；同样的预备工作在阅读十六七世纪作家时也是必需的。文岑茨是老派的，但不是区区几十年前的那种老派。这是挑衅二十世纪的写作，拒绝这个世纪的一切香辛刺激，也就是说，他不会用五花八门的鞭子抽打读者，迫使他们保持注意力高度集中。

显而易见，这是一种闲谈式的文风。波兰文学在长篇小说上一贯不太成功，这是众所周知的，但它的回忆录、叙谈[1]和书信体散文都非常出彩。这项传统要是继续开花结果，应该还有尚待发掘的潜力。二十世纪的波兰文学史不可能划分为诗歌、小说、戏剧、批评等几个章节，而忽略那些更难定义但趣味横生的体裁。有两个人，他们的青年时代碰巧赶上了"一战"前的岁月，他们就像是杂交了不同植物品种的园丁：用古老的士绅叙谈结合人文主义的博学，创作出了我们习惯于称之为散文（essay）的作品，不过这个含义宽泛的外来词无法精准描述这种新文体独有的地方特色。我想到的

1　Gawęda，波兰传统文学形式，是以口头语写成的故事，多讲述贵族士绅生活，形式自由，结构松散。

是帕维乌·霍斯托维茨[1]和文岑茨，后者的"散文式写作"在
《高地之上》(*In the Upper Highlands*)的许多章节中已经清
晰可见，又在这本书中以时间顺序徐徐展开，从上一场战争
期间他对匈牙利风景的思考开始。生造出某种体裁类别，再
把各不相似的几位作家塞进其中，这可不是高明的做法。但
文岑茨和霍斯托维茨都会使人联想到在欧洲极少有人能达到
的一些综合条件，亦即这种新体裁形成的必要先决条件。两
人都来自一个数世纪间不同文明、宗教和语言相互交流的地
区，那里与阿尔戈勇士的科尔基斯[2]和小亚细亚半岛的爱奥尼
亚诸城吹拂着同样的海风。那个地区产生了"乌克兰派"诗
歌，为斯沃瓦茨基的作品注入了别样的色彩，也塑造了年轻
的约瑟夫·康拉德。我们很难否认，考虑到该地区作家的惨痛
经历，他们虽然承载着历史的记忆，却依然能对变幻莫测的
人类事务做出善意的回应，那片故土可谓影响巨大。但将文
岑茨和霍斯托维茨联系起来的还有一段欧式教育时期，也是
最后一个会教高中生阅读古希腊和古罗马原著的时期。要是
科沃米亚[3]没有文理中学，文岑茨就不会与荷马、柏拉图相伴
多年。不过，初识希腊后，他一定会日益确信自己与它似曾
相识：和所有巴尔干半岛的山区一样，他的家乡喀尔巴阡山

---

1 帕维乌·霍斯托维茨（Paweł Hostowiec, 1893—1969），波兰散文家、文学评
  论家，本名耶日·斯坦鲍夫斯基（Jerzy Stempowski）。
2 格鲁吉亚西部地名。在希腊神话中，阿尔戈勇士曾到此寻找金羊毛。
3 这座城市在文岑茨就读时属于波兰，战争期间几经易手，现为乌克兰城市，
  称为科罗米亚或科罗亚。

区的放牧文明所保留的一些社会特征，在世界上其他地区都已经消失了。哪怕在今天，那些想了解古希腊诗人怎样吟诵荷马的研究者，不也会携带录音机到黑山和马其顿的村庄一游？然而，若不是被一种古老的乡绅情怀中和，这些元素本可能会组合成不同的产物。这种情怀无法定义，但我们能从科哈诺夫斯基[1]的诗中，从圣诞颂歌中，从歌谣和意大利风格的情诗中，以及从巴洛克式的田园诗中，感受到它的实际存在。将贵族阶级刻画为一切邪恶的代名词未免有失公允，无视了它温和、正直和热情的另一面，在波立联邦的悠久历史中，这些特征曾促进宗教和语言宽容。文岑茨和霍斯托维茨那些博学的叙谈就是那种腔调，它是难以捉摸的，但一直存在着，是一种近乎庄严的腔调加上一点友善而出人意料的幽默感。

那么，我们应该怎样阅读文岑茨的书呢？我想，应该想象自己坐在一个灯光昏暗的房间里，看着壁炉里的火焰吞没厚厚的圆木，听人讲述着远方，讲述着那里的山川和神祇，还有那些与古代诗人、哲人的邂逅。讲故事的人似乎乐在叙述本身，忘记了自己为何如此频繁地从琐碎的细节中编织出一段新的奇谈。他不想证明任何事，每当我们以为他要提出什么观点时，他似乎就失去了线索，不清楚自己目的何在了。

---

1 扬·科哈诺夫斯基（Jan Kochanowski，1530—1584），波兰文艺复兴时期的诗人、剧作家，用拉丁语和波兰语写作，并建立了波兰文学语言不可或缺的诗歌范式。他被认为是亚当·密茨凯维奇之前最伟大的波兰诗人。

不知不觉间，当我们渐渐放弃从包裹着主题和结论的外壳中提取它们，那被顽皮地隐藏起来的、苏格拉底式的含蓄意图才得以从故事的并置对照中显现。

不论表面看来是怎样的，文岑茨参与的其实是典型的当代论争，但他不用议论文体发表反对意见。他掌控着听众-读者，将他们带去相反的方向，然后说："别看那边，看这边。"那就是他用来治愈他们的方式。治愈什么病症？治愈被我们每个人看作当今人类命运的东西，治愈焦虑、绝望和荒谬感，它们的真名无疑是"不信神"和"虚无主义"。不信神的人能日行千万里路，却看不见任何可以打动他的东西，而正如空间对他失去了特定的价值，时间也失去了价值；对他而言，过去隐匿在一团灰蒙蒙的尘埃中，被降格成了动作的矢量，"发展的线"；没有一座可供休憩的怡人旅店能吸引他。他的虚无主义是这样一种感觉：他失去了天上和人间两个祖国。祖国是我们爱的寄托。如果天堂失去了人类对它的一切幻想，人还能爱它吗？如果地球的疆域已变成一个抽象概念，人还能爱它吗？

文岑茨力求用心说服我们，这主要是我们自己的过错。他是前往那个祖国的虔诚朝圣者。他一生经历的重大事件倒不一定是这背后的主因，虽然它们也见证了他不懈的努力。文岑茨从科沃米亚附近与世隔绝的喀尔巴阡山区出发，穿越白雪覆盖的山间小径，历经千辛万苦，于1940年到达匈牙利。战后，他也没有远离那段山脉——那条欧洲地理的背脊东起喀尔巴阡山脉，西至法国境内的阿尔卑斯山坡——他先是在格勒诺布尔，后来又在它附近的村庄定居，几个世纪前，他那些来自普罗旺斯省的祖先正是从距此不远处东迁，成为波兰乡绅。若说文岑茨的山民习性赋予了他观察自然风光细腻纹理的天分，想必不无道理：在同样大小的空间内，山上发生的事总是比山谷里更多。实际上，文岑茨为不信神和虚无主义（委婉而秘密地）开出的解药正是去丰富空间和时间：让某件事发生在其间，让我们的想象力对它敞开大门。

如今，对世界的抨击通常会采取这种形式：抨击文明及其徒劳的循环往复，或将矛头对准我们被带进的死胡同，其罪魁是文明狂妄的变异。个体被连根拔起，也就被剥夺了共同的记忆；他唯一的身份证明是自己的身体，它与仿佛被海绵擦去整个人类历史的世界形成对峙。如今四处蔓延的原始主义崇拜，相当于对一个瞬间的崇拜：在那一刻，个体经验被剥离了一切集体的过去和集体的未来，希望就是这样从无意义中诞生的。对"垮掉的一代"而言，"瞬间"是个关键词；垮掉派文学在美国崛起绝非偶然，在这里，人类之间一向脆弱的纽带正在进一步削弱。他们进入了迷幻药实验带来的人造天堂，徒劳地试图说服自己他们是亚当，尚未从知识树上摘下那颗果子。这种天真背后隐藏着对神灵和野兽的意识，有太多局限了。

在这样一个年代阅读文岑茨是与之相对的反原始主

义的尝试。人文主义者们普遍不相信白板理论[1]，他们是对的。因为不论承认与否，我们时时刻刻都活在先人的影响下。在没有记忆的地方，时间与空间都成了荒原；树木与岩石对我们倾诉，我们却听不懂。只有通过记忆，我们才能学会理解它们的话语。文岑茨不是平白无故赞美保萨尼阿斯[2]的。公元二世纪，在游历饱经蹂躏、荒无人烟的希腊时，保萨尼阿斯就能预言到很久以后一代代人共同关心的问题。作为一个波兰诗人，我被夹在两场大火之间：一边是被降格为庸俗大纲的历史，一边是人们对历史日益普遍的反感。要不是这份经历，我或许就不会为保萨尼阿斯式的文岑茨所著的这本书作序了——因为历史正在解体，变得残缺不全，没有兑现它许下的任何诺言。然而，如果一个人希望保有对生命的尊重，不把周围的一切都视作一团无意义的稀糊，他还是可以通过寻宗问祖找到一些积极信号。在我看来，波兰文学虽然有无数缺点，论丰富璀璨远不如西欧文学，却能提供更好的解药来治愈当今的绝望。与历史事件无望的纠葛（并对此牢骚满腹）让波兰文学有了一种对历史特性的感知，这是"更幸运的"民族不需要的。换句话说，这一文学的每一位传人都收到了一份礼物，

1　Tabula rasa，起源于古希腊的一种认识论，即人生来如一张没有字迹的空白岩板，并没有任何先验认识，所有的知识都依靠后天经验和感知的积累。

2　保萨尼阿斯（Pausanias，110—180），古罗马时代的希腊地理学家、旅行家，著有十卷《希腊志》。

即表意的时间（signifying time）；即便无法破解它的多重意义，他仍对它们充满好奇，不会陷入冷漠这一无聊和灰暗之源。要是他像诺尔维特[1]或布若佐夫斯基[2]一样意识到了这份馈赠，他的作品就能鼓励人们去积极地解读意义。文岑茨那样的感知力，不太可能出现在其他文学传统中。我敢说，他代表了另一极，时常对抗着那种对现实过于功利的钻研。

　　人固有一死，而我们无法甘心接受这点。战时文岑茨记录下了自己对匈牙利风光的诸多思考，当他这样做的时候，他追求的是我们许多人都不会感到全然陌生的东西：在由人类之手捏塑成形的泥土中，有一种蔑视死亡的永恒。世界末日会到来，但对于二十年后仍然手牵着手的爱侣而言，那不是世界末日。神明也许会消亡，但实际上他们只是从我们的眼前消失，有了新的化身，新的形式，让我们不能立即辨认出其神圣的原形。文岑茨的书首先是一次希腊和意大利之旅，这没什么可惊讶的，毕竟这两个国家是许多神灵化身之地。读者也许会猜测，这本书的写作目的是让我们对自己的知识产生乐观的怀疑：若灵魂永生的真相比我们想象的还要丰富，

1　齐普里安·诺尔维特（Cyprian Norwid，1821—1883），波兰诗人、剧作家、画家，生前默默无闻，后被视为波兰现代诗歌的先驱。诺尔维特是思想性极强的作家，致力于用艺术探索历史哲学。
2　斯坦尼斯瓦夫·布若佐夫斯基（Stanisław Brzozowski，1878—1911），波兰诗人、评论家，被认为是塑造二十世纪波兰文学语言的主要作家之一。

若什么也不曾毁灭，若希腊的依洛西斯秘密仪式[1]还在进行，又会怎样呢？

在文岑茨的书中出现最频繁的两个名字是荷马和但丁。他们的人格形象代表了欧洲文明的两个时期，那时人类还拥有祖国。我们并不知道荷马最后的命运如何，但丁也是在流放中度过了大半生，但在这两位诗人眼中，天国中充满了地球上丰富的图形和色彩，而且地球也并不空旷，因为上面流淌着神力的涓涓细流，拂过了神力的喁喁私语。在预言斯拉夫戏剧的未来时，密茨凯维奇将斯拉夫人看作古希腊和中世纪共同的后裔，因为他们在一切人类事务中织入了超自然和奇迹之感。在文岑茨年轻时，胡楚尔农民身上肯定还具有这一特征；在解读荷马和但丁时，文岑茨的方式不同于工业化地区的学者乃至诗人，这也是其中一个原因。"奇迹"解放了一向受空间限制的想象力。诸神拥有人的面孔；在林间小路上，一头动物朝我们走来，但它既是自己，也是别人——在物与象征之间是不存在距离的。通过对比，我们便会理解它的意义：自茨温利[2]问出耶稣在圣餐礼中是实际存在还是只有象征性存在的那一刻起，人们就一直在衡量事物抽象化的进

---

1 古希腊时期依洛西斯城秘密教派的年度入会仪式。整个教派的信仰是基于农业崇拜而产生的，仪式再现了农事与丰产女神得墨忒耳之女珀耳塞福涅被冥王拐入冥府，在母亲苦苦搜寻之后母女复得相见一事，重点表现珀耳塞福涅的重生和她与母亲的团聚。

2 乌利希·茨温利（Huldrych Zwingli，1484—1531），瑞士宗教改革家，提出了《六十七条论纲》。

程。那就是为何在阅读文岑茨时，我们脑中总是萦绕着一个问题：这场将我们带向缺乏，带向丧失，导致想象力或多或少脱离肉体存在的运动，它是不可逆转的吗？

按照他的惯常做法，文岑茨没有给出答案。他至多允许我们从那些母题的沉浮中，从民间故事内含的古代宗教痕迹中，从各种"形式"（forms）的漫游中，在沧桑变幻的外表之下寻觅一种原型的永恒（archetypal permanence）。再提一些让人过度焦虑的问题可能也无济于事，我们似乎更应该任由自己被那些看上去天真稚拙的仪式和咒语吸引。在他的影响下，各种各样的设想浮现在我脑海中；比如，我们这个时代特有的强烈的"历史真实性"（historicity），让我们脑中充满了"阶段""时期"等简化的、缩略的概念，后果是每个人都把责任推给他所处的"时期"，从而继续滔滔不绝地谈论技术、失落和异化。还有一个想法：虽然针对我们身上世纪病或厌世[1]的诊断（绝不是历史上首次）切中肯綮，但与此同时，一些合适的解决方案也由此提了出来，不是通过回归已不可能存在的哲学体系，而是通过历史真实性的进一步强化，直到它不再冰冷、简略而使人贫瘠，而是温暖、复杂而使人充实。在那些人类学的思考中，文岑茨有些类似弗罗贝纽斯，后者发现"文明人"因为相信天真的进化主义，完全误解了

1　世纪病（mal du siècle）是指法国十九世纪浪漫主义时期年轻人的幻灭厌世情绪，厌世（Weltschmerz）一词在德语中亦指理想在客观现实中幻灭造成的悲观厌世状态。

所谓"低级""土著"文明；通过这一发现，他指出了人类学的新方向。这种天真的进化主义已经存在很长时间了，我们从某位名叫安妮（非常真实）的人身上就能看出来。她是个没怎么受过教育的小女孩，但她已经熟谙所谓的科学成果。安妮曾说："在我看来，浪漫主义的诗人们肯定很野蛮。""为什么？""因为人是猿的后代，而它们活在很久以前。"比起笑话这个女孩，我们更应该审视自己的内心。想想那场使我们超越一切前人的高度、将我们置于贫瘠高原之上的革命，在我们对它的痴迷中，是否潜藏着同一个幼稚的道理？只要有主观意愿，我们的想象力就能把宇宙空间分成但丁的天堂、炼狱和地狱三个层次——若这样断言，未免不太礼貌。然而，在对我们境遇独特性的持续抱怨之中，也有许多自我折磨和自怨自艾的成分。我们并不孤独，奇迹还没有彻底消失，因为人类就是一种奇迹的存在；如果我们需要寻找主题，那么这可能就是文岑茨最重要的一个主题。

　　我毫不怀疑，在这样一本层次丰富而厚重的书中，每位读者都会找到自己的解读方法，欣赏其中不同的风景。那么，就请将我的这些评论看作一位读者个人的趣味吧。

1965 年

于伯克利

寻觅中心：论中欧诗歌

　　我的标题也许会让人联想到某种深刻的内容，比如对现代人心理的隐喻。然而我想说的是一个更为基本的、世俗的问题，那就是地理。不论是谁说出"中心"一词，都会暗示另一个词"边缘"，以及两者之间或是离心，或是向心的关系。"中心"还暗示存在垂直和水平相交的两条线。当我们考虑欧洲整体，尤其是东欧的地理和历史时，脑子里应该有这几个基本的空间概念。长期以来，有一个地区被视作以罗马为中心的基督教世界的东部边境，来自那边的人或许会对重心的转移更为敏感。这种转移恰恰体现在东方和西方等术语的流动性中。虽然我讨论的主题是这类转移加速发展的二十世纪，我还是感觉得先做一个简短的历史考察。我会从自己最熟悉的波兰文学史中选取例证，但我相信捷克、匈牙利和波罗的海文学的学者会很容易找到类似案例。

　　人类的想象力一贯热衷于安排地理空间。我们居住的乡村或城镇是"这边"，而许多重大事件是在"那边"发生的，在一个遥远的、大致确定的地点。对一个中世纪文书而言，东西方向的轴也许没有南北方向的轴那么明显，因为阿尔卑斯山以北的国家都向往着意大利和基督教世界的首都：罗马。在波兰，几个世纪间，中世纪拉丁语是唯一的书面语，与口语的方言相对，因此文学范式是从外面引进的。甚至波兰音节诗[1]也是在模仿中世纪拉丁语音节诗的基础上创造的。几乎与此同时，十五世纪的意大利文艺奇迹开始染上一层传奇色彩。1500 年左右公费留学意大利期间，用拉丁语写作的波兰诗人雅尼修斯就歌颂了那个国家的美，但他小心地控制着自己"意大利化"的程度，以免无法继续领取奖学金。十九世纪前最重要的斯拉夫诗人扬·科哈诺夫斯基在意大利当了十年的人文学生。关于他的时代，也就是十六世纪，有一则有趣的逸闻。法国七星诗社的读者们都熟悉约阿希姆·杜·贝莱[2]的《罗马废墟上》。然而，有人从同时期的波兰人米科瓦伊·森普-沙钦斯基的作品中发现了一首一模一样的诗。更有甚者，这首诗也出现在西班牙语中，归在著名西班牙诗人弗

1　即每行有规定音节数的诗歌形式。
2　约阿希姆·杜·贝莱（Joachim du Bellay，约 1522—1560），法国文艺复兴诗人，第一个用法语发表彼特拉克体十四行诗的人。

朗西斯科·克韦多名下。在其他欧洲语言中大概也有这首诗，各自以原创作品的面貌出现。据我所知，只有一位波兰的士绅学者（已逝的耶日·斯特姆鲍斯基）解开了这个谜题，他曾在一封私人信件中告诉我自己的侦查成果。他发现了所有那些诗的来源——它们的拉丁语版原作者是一位意大利人文学者，巴勒莫的亚努斯·维塔利斯，如今已被人遗忘了。在诗歌、绘画、建筑和音乐领域，都能找到许多受意大利影响的类似案例。

十七世纪不仅兴起了一场科学革命，更逐渐将欧洲大陆的文化中心从罗马转移到了巴黎。巴洛克建筑、意大利歌剧和意大利舞曲同法国古典悲剧竞争了一段时间，但勒内·笛卡尔这个名字解释了巴黎获胜的原因。法语成了文学和科学的语言；在世界主义影响愈来愈深的欧洲，它也是文学沙龙的语言。直到"一战"前，它还保有这一地位。

我的文章也可以打上这一标题："作为诗人与画家曾经的圣地，巴黎在二十世纪发生了什么？"不论学习哪种语言的现代诗，都一定会追溯到夏尔·波德莱尔、阿蒂尔·兰波和斯特凡·马拉美。世纪之交，他们也同样是游荡在克拉科夫、华沙、布拉格和布达佩斯的波希米亚诗人团体的主保圣人。"青年斯堪的纳维亚"和"青年波兰派"之类的团体曾在德国会面、交流，尽管有这一类纽带，柏林、慕尼黑和维也纳作为欧洲文化之都的地位却还是昙花一现。说诗人和画家"跟得上潮流"的意思就是"住在艺术的巴黎"。波兰成就最高的

"现代"诗人博莱斯瓦夫·莱什米安[1]也在巴黎当了几年学徒。1910 年，活跃于巴黎的波兰艺术家协会有一部名册，读起来就像是当年最卓越的波兰文艺界人士名单。伟大的波兰浪漫主义诗作是在那里写成的，现代波兰诗歌的十九世纪先行者诺尔维特[2]也曾在那里居住，这一切让巴黎的神话色彩得以增强，它作为一切新鲜大胆之物发祥地的地位得以巩固。

围绕一个魅力中心的种种传奇传播得时快时慢，一颗恒星的光芒最为耀眼的一刹那，或许它的原料也开始燃尽。"一战"之后的巴黎，即格特鲁德·斯坦、海明威、菲茨杰拉德和其他美国旅居者的巴黎仍在发着光，但已显示出衰败的迹象。也许巴黎的一个地点可以代表它最后的高峰和衰落，它就是蒙巴纳斯大道上的圆顶餐厅，它和多摩餐厅一样在 1926 年名声极盛，1930 年后开始走下坡路，而且再也没有重现辉煌，或者说它的客人与以往不同，不那么引人注目了，等同于衰败。二十世纪二三十年代的巴黎还在向国外输出发明：超现实主义，乃至新时期的毕加索，保罗·瓦莱里的《海滨墓园》，雅克·马里坦的新经院哲学。然而对华沙或布拉格的诗人来说，"光之城"主要还是十九世纪的天才，尤其是象征主义诗学的家园；与之类似，对他们同时代的画家而言，一切都因为塞

---

1 博莱斯瓦夫·莱什米安（Bolesław Leśmian，1877—1937），最早将象征主义和表现主义引入波兰诗歌的诗人之一，他的诗被米沃什认为是"不可译"的。
2 他和罗伯特·勃朗宁一样向往意大利。十九世纪最有趣的波兰长诗之一，诺维尔特的《无名之辈》（Quidam），讲的是哈德良皇帝时期的罗马。——原注

尚的画而有了崭新的开始。两次战争期间，波兰两大诗歌流派"斯卡曼德派"[1]和"先锋派"虽然互相充满敌意，却以各自的方式延续了斯特凡·马拉美诗作、随笔和信件中的诗学。过往波兰诗歌中的乡土元素对研究那个时代的学生而言是不容忽视的，它与俄罗斯阿克梅主义的密切关系也是如此，但法国的贡献大概是最为主要的。

　　文艺复兴时期诗人，不论是法国人、波兰人还是克罗地亚人，他们之间的共通之处都源于从意大利学来的范式。不同语言的现代诗人之间的共同点却是源于法国的影响。然而，把这点简单归于时尚和模仿却是错误的。实际上，这是由于法国文人成功向四面八方传播了他们的信念，即法国的就是世界的，是整个文明世界的规范，而每个国家不同的具体情况却成了众多的偏差。此类观点可以追溯到法国大革命向全人类传达信息的野心。毫无疑问，关于自由和拿破仑的政治神话接踵而来，有助于在我这边的欧洲维护法国思想和文学的权威。要说十九世纪的俄国人对法国爱憎交加，那么位于俄国和德国之间的国家则代表了另一种微妙的情愫，近似于不快乐的爱。

　　只有像我这样见证过 1940 年法国沦陷的新闻在波兰民众

1　成立于 1918 年的波兰诗歌实验团体，名称来自小亚细亚的斯卡曼德河。创始人是包括尤利安·图维姆、安托尼·斯沃尼姆斯基在内的五名诗人。他们的纲领包括剥离波兰诗歌的爱国主义和民族主义意义，回归经典意象和传统文学形式，用更口语化的语言写作大众能看得懂的诗作，以及描述日常生活、普遍生命之美等。

中引发的反响，才能认识到那种震惊和绝望的程度。出于本能，人们把它看得比希特勒战胜波兰还要重——事实上，把它当成了欧洲的末日。它也的确是。在《苏德互不侵犯条约》试探性地把欧洲一分为二后，雅尔塔会议上的第二次分割彻底为欧洲的命运盖章定论。对当时被正式降格为"东方"的几亿欧洲人（也包括他们的诗人）来说，一个谜样的新时代诞生了。

现在，"帝国"首都莫斯科有志于成为共产主义的中心，如果可能的话，还要成为地球的中心。它作为一种未来模式地位超然，这一前提必须得到全世界承认。战后的十年内，该前提得以落实，最早在莫斯科精心设计出来的政治制度、经济体制、哲学、艺术和文学被复制到了新近臣服的国家。接着就发生了咄咄怪事：一边是传统的地中海文明及法国，另一边是位于莫斯科的新政治中心，两股力量相互碰撞。没有哪里的碰撞比文学尤其是诗歌中的更为明显。结果，莫斯科建立文化霸主地位的努力宣告失败；相反，它被认为是落后而野蛮的。然而又因为它在政治上具有绝对的控制力，一种奇特而不祥的二元对立出现了，表现在执政党并未征服人民的心灵和思想。只要西方潮流和思想还受到严格禁止，被打上堕落和资产阶级的烙印，这种二元对立就还是可控的。在动荡的 1956 年后，波兰和匈牙利当局放松了控制，结果是一次真正的西方事物的全面入侵：思想、艺术、文学、音乐乃至女士衣裙……足以证明这里存在一片亟待填满的真空。那一刻起，波兰诗歌，以及我知道的匈牙利或捷克诗歌，在形式上都达到了"西式"（或者也可以说是"后现代"）的极致。

这些事通常是人们带着幸灾乐祸或沾沾自喜的笑容讲出来的，被看作自由的一场胜利。在我看来，西欧这一相当虚幻的存在把整件事复杂化了。在繁荣和技术进步的同时，它已经失去了启迪艺术和文学的力量，而且它那曾经著名的中心巴黎也日益失去活力。

不知怎的，西欧军事上的无能与精神上的衰弱同时出现，也可以说是前者紧随后者出现。欧洲东部的人渴望着西方模式，却一直在发现西方许诺的那种美好前景的虚幻性质。要是为过去二十年的波兰诗歌修一部小史，这部书会记录的，就是人们如何逐渐意识到过去的魅力中心能提供的价值观实在不多，而来自东方的诗人们不得不自力更生。

兹比格涅夫·赫贝特写过一首有趣的诗《蒙娜丽莎》。卢浮宫内的莱昂纳多·达·芬奇画作象征着那个文化成就至高无上的欧洲，然而许多年来，对铁幕背后的居民而言，那个欧洲却是一片禁区。在这有朝一日造访巴黎的愿景中，背景却是战争和毁灭的画面。叙事者显然是一位留下了强迫性记忆的战争幸存者。正是这些记忆使他与蒙娜丽莎这无生命之物的相遇形同儿戏。让我来引用几个片段：

跨越七条山界
河流的铁丝网

还有被处决的森林
还有被吊死的桥梁
我一直——
通过层层阶梯的瀑布
大海之翼的急旋
还有巴洛克的天堂
到处是快活热情的天使
——在向你走来
画框中的耶路撒冷

……

于是我在这里
你看，我在这里
我本来不抱希望
但我在这里

辛苦地笑着
松脂色的无声凸面

仿佛由镜片搭出
背景里凹陷的风光

在她背部的黑暗
那背就像云中月

和周围的第一棵树之间
是大片的空白光之白沫

于是我在这里
有时曾是如此
有时曾像是如此

连想也别想了

只有她那调整过的笑容
她的头犹如静止的钟摆

她的眼睛梦想着无穷
但在她的目光中蜗牛已然熟睡

于是我在这里
他们曾经都是要来的
如今只我一人

当他已

不能转动头颅

他说过

等这一切都结束了

我会去巴黎

在右手的

中指和无名指之间

一处空间

我在这条犁沟中

放入命运的空壳

于是我在这里

是我在这里

被那有生命的鞋跟

踩进地板中 [1]

　　假使有一本谈论波兰战后诗歌的书，其中一章应该用来
谈论它们对西欧尤其是法国知识分子的反讽和嘲笑。二十世
纪五十年代，通过存在主义者的作品，巴黎输出了一种关于
人类境况的十分严峻的设想。阿尔贝·加缪不想被称为存在主
义者，但他比自己任何一位同人都更能激发波兰诗人的想象，
让他们用诗文同他展开论争。加缪的小说《堕落》引得雅罗
斯瓦夫·伊瓦什凯维奇用一个名为"上升"的短篇小说做回

1　由彼得·戴尔·斯科特的英译文转译。

应。叙事者是个普通波兰人，经历过纳粹占领的恐怖和后来斯大林的统治。小说含蓄地指责了加缪在一个已经充满真实苦难的世纪为他的主人公设计苦难。也就是说，一个真实的地狱，与文学的地狱相对。然而在我看来，伊瓦什凯维奇对加缪的嘲讽毫无道理，他的故事只是在自怨自艾。不过它仍然值得一提，因为它非常典型。

有些波兰批评家将塔德乌什·鲁热维奇[1]当作"二战"后登上文学舞台的诗人中最重要的代言人。若果真如此，那么他那种讥诮的语气（特别是在谈到西方思想家和艺术家时），就尤其值得注意了。鲁热维奇的虚无主义诗作看上去像是基于重重愤怒和厌憎而创作的，也许令他反感的是西欧明明已辉煌不再，却仍然傲慢地存在着。无论如何，在与阿尔贝·加缪《堕落》的论争中，可以读出这层隐晦的意味。我要引用鲁热维奇那首名为《正在堕落》的诗：

加缪
《堕落》

噢，我亲爱的同伴，对一个既无
上帝也无主人的孤独者而言，时日的重量太可怕了

1　塔德乌什·鲁热维奇（Tadeusz Różewicz，1921—2014），波兰诗人、作家、剧作家。他在"二战"期间曾加入波兰家乡军，长兄雅努什被盖世太保处决。

那位有着童心的战士

曾想象

阿姆斯特丹同心圆式的运河网

是一层地狱

可靠公民的地狱

当然

"现在我们在最后一层"[1]

法国文学

最后的道德家

在某个相遇点

对邂逅的人说

他从童年继承了

对渊底的信仰

他肯定深爱过陀思妥耶夫斯基

他肯定受了苦，因为

没有地狱，也没有天堂

没有羔羊

没有谎言

1　出自加缪《堕落》。

他似乎觉得自己找到了渊底

他躺在渊底

他堕落了

然而

再也没有渊底了

这点被一位年轻的巴黎女士

凭直觉发现

她写了一部作品

关于性交你好忧愁[1]

关于死亡你好忧愁

过去所谓的

铁幕

两端

心怀感激的读者

都在买她……

为了它的不菲价值

年轻的小姐那位女士

那位年轻的小姐那位女士

懂得没有渊底

1　影射弗朗索瓦丝·萨冈（Françoise Sagan，1935—2004）十八岁时出版的《你好，忧愁》。

没有地狱的层

没有上升

也没有堕落

每件事都发生在

熟悉的

不太大的区域……[1]

　　我和鲁热维奇的理念不同。我认为他的错误在于夸大了当代人类的困境。诚然，我们的世纪并非风平浪静。但我们祖先面对的问题也不比现在的简单，尽管今日我们已经见证了尼采对"欧洲虚无主义"兴起的预言成真。像鲁热维奇那样为人类境遇恸哭没有多大益处。他的诗作在思想上很粗糙，只有把它们当成某种政治强迫症的密码——我会称其为"西方的背叛"情结——他才显得有趣。那种情结有时会表现为对价值观的普遍失落感到欣喜。

　　要是低估诗歌与政治间微妙而隐秘的联系，那就大错特错了。五六十年代的巴黎知识圈充满期待地转向东方，受虐狂般地赋予了自己莫斯科外围地带的角色。当时，希腊诗人卡瓦菲斯几十年前的作品《等待蛮族人》有了一层新的辛辣意味，尤其受到波兰诗人们喜爱，被他们当作对西欧同行的控诉。这首诗很有名，想必很多人都知道它，但请允许我在

1　根据马格努斯·J. 克伦斯基和罗伯特·马圭尔的英译文转译。

此稍做回顾。它讲的是一个中心在失去对自身的信仰之后变
为外围地带的故事。

我们在等待什么，集结在广场？
蛮族人今天就要到来。

为什么元老院不作为？
为什么元老们干坐着，不通过法律？

因为蛮族人今天就要到来。
元老们还能通过什么法律？
等蛮族人到了，他们会制定法律。

我们的皇帝为何醒得那么早，
在本城的主城门前，
端坐在宝座上，戴着皇冠？

因为蛮族人今天就要到来。
皇帝等待着接见
他们的统领。实际上他已准备
给他一卷诏令。那里他刻下了
许多光荣的头衔和名字。

为什么今天我们的两位执政官和司法官出来了
穿着刺绣镶边的红色托加袍；
戴着光彩熠熠的翡翠戒指；
为什么他们拄着昂贵的手杖，
上面用金银雕刻着精美的图案？

因为蛮族人今天就要到来，
这些东西会让他们目眩神迷。

为什么可敬的雄辩家不像往常那样
作一番演讲，发表自己的观点？

因为蛮族人今天就要到来；
他们厌倦雄辩和演说。

为何突然骚动，突然困惑？
（他们的脸色变得多么庄严。）
为何街道和广场这么快清空，
所有人回到家中，状若深思？

因为夜色已至，但蛮族人还未到来。
有人从边境回来，
说那儿再没有蛮族人了。

没有蛮族人，我们会变成什么？

那些人就是一种解答。[1]

最近几十年，是美国而非法国诗歌进入东欧国家，成为
一股活跃的力量。然而，它很大程度上还是被那些心向欧洲
的美国旅居者，如埃兹拉·庞德和 T. S. 艾略特塑造的。于是，
可以说本世纪的美国诗歌经历着一场姗姗来迟的转变，从依
附性的存在变为自主的有机体——如果还不是"中心"的话。
有迹象表明，类似的进程也在我们所处的这片欧洲地区展开。
它的诗歌被视为国际文学界一个独特的组成部分。六十年代，
我翻译了一些波兰诗作，以"战后波兰诗歌"为题将它们结
集出版后，反响相当热烈，尤其是在美国年轻诗人之间，他
们中的很多人后来说我的诗选影响了他们的写作。在这些
诗中，他们找到了与此前通过译文阅读的西欧诗人不同的
感觉，大概是更有活力，更清晰，对历史处境更为敏锐。不
过，我翻译的部分诗人，如赫贝特、鲁热维奇等，还处在对
西欧的怨恨阶段，恨它不能再作为历史的主体继续存在，沦
为了客体。

七十年代，一桩肉眼可见的变化发生了，新的一代人好
像把西方中心的衰落和坍塌当成不言自明的事，决定用自己

1　由蕾·达文的英译文转译。

的方式来解决自身的问题，在诗歌方面，这意味着更加重视过去的波兰诗人，尤其关注共产体制下个人的道德选择。举例而言，那就是巴兰察克、克里尼茨基、科恩豪泽、扎加耶夫斯基的诗作——内心坚定，不指望任何外来之物，培育新的力量：民意。

欧洲的文化现状着实奇怪，未来也扑朔迷离。莫斯科不大可能成为魅力中心。相反，它在哲学、艺术和文学上的硬化症逐年加重，只有军事力量在增强。帝国的居民如果要从外界寻找灵感，可能会追随偏向美国的潮流；当然，以法语失势为代价，英语在整个欧洲都非常强势。然而，政治和经济制度的差异如此巨大，那种相似性只是浮于表面，通常还是建立在误解之上的，如波兰独立商会和美国商会除名称之外几乎没有共同之处。可能有人会提出，我们如今正在走向一个多元化、多中心的世界，没有清晰的南北向轴和东西向轴。那么"东中欧"这个称谓就找到了新的合理性；它是一个被武力和超级大国间的协议摆在东方轨道内，但还保有自己身份的文化单位。世界那一隅的诗歌总是通过盘根错节的暗示与典故表达某国的精神状态，在这方面也许能提供许多深刻的见解。

假设这就是大概率会出现的结果吧，但我们还是会遭遇种种未知。自己站起来，从对西方不快乐的爱的残余中解放出来，这是件好事，只要它别让人陷入病态的民族主义。东中欧若是由相互敌对或自扫门前雪的一个个封闭民族组成，就会妨害这些民族的根本利益。想消除这种隔阂，就要清晰地理解历史：除开民族的差异，这历史依然是被南北向轴和东西向轴划分的中东欧各地所共有的。现阶段，在这些国家寻求文化身份的斗争中，是什么让它们团结起来？想挖掘这点谈何容易。这一使命也在等待自己的诗人，无论他们是波兰人、立陶宛人、捷克人，还是匈牙利人。历史意识是我们这个地理区域对世界文学的特殊贡献；若一位诗人为了忠于自己的历史想象，有时不得不反对同胞的民族主义，他迟早会被证明是正确的。[1]

1982 年

---

1 本文由米沃什用英语写成。

民族主义

　　有一则 1848 年的著名宣言这样开头："一个幽灵，共产主义的幽灵，在欧洲游荡。"如今，在二十世纪末回顾几十年来的历史，我们认识到马克思和恩格斯这句话成真了。然而从我们的角度看来，另一句话可能也成真了："一个幽灵，民族主义的幽灵，在欧洲游荡。"这两个幽灵谁更可能成为现实还有待讨论。然而，尽管关于共产主义的论述已连帙累牍，民族主义却始终令人难以参透（从未受到过公开质疑），甚至不堪提及。想到以民族对抗的名义犯下的罪恶之大，再想到种种自诩天选之族的荒诞信条，也就可以理解为何人们不愿承认这个现象的重要性了。然而，如今放眼世界的任何角落，我们总能看到各种民族主义的极端活力，让人类甘愿奉献生命，为民族捐躯。

十八世纪末，民族一词开始引人注目，因为法兰西民族是那段历史时期的重大驱动力。法兰西民族又与人权理想及法国大革命理想密切相关；做一个法兰西人意味着做出一个选择，而实际上很多外国人都会宣称自己是法兰西人，因为他们拥有相同的革命理想。大革命在某种程度上受法国启蒙主义哲学家的影响，播撒了对博爱、平等、自由等普世价值的信仰，以此在属于国民（la nation）的所有人之间建立纽带。所有像我一样治学于文学史而非历史本身的人，都清楚浪漫主义思潮曾在欧洲（尤其是中东欧）扮演的关键角色。浪漫主义的民族和法兰西的国民很不一样。浪漫主义起源于德意志地区，最早的浪漫主义者是学生和青年诗人——他们因德意志[1]败给拿破仑而深感耻辱。我好奇是否会有人写一写那些名为"青年德意志"[2]的反叛团体，他们狂热至极，烧过书，还杀害过被怀疑为卖国贼的同僚，可以类比于本世纪六十年代西德的左翼和恐怖主义活动。浪漫主义引入了一个观念，即不可磨灭的民族灵魂能决定一个人对民族的归属。它的决定因素不是个人的自由选择，而是出身。只要一个人生在这

1　德意志第一帝国，即神圣罗马帝国（962—1806）。

2　原文如此。可能影射一个事件：1819年，狂热民族主义者卡尔·路德维克·桑德（Karl Ludwig Sand，1785—1820）以戏剧家奥古斯特·冯·科策布"卖国"为由将其杀害，此事造成了极大的社会影响，但桑德并非以海涅为代表的"青年德意志"文学团体的一员，而属于大学兄弟会（Burschenschaft）组织。1817年，兄弟会的年轻人在瓦特堡举行了一场仪式，当场焚毁他们认为反动的、"不具备德意志精神"的书籍。不过，有兄弟会的成员后来也成了"青年德意志"团体的作家，如海因里希·劳贝（1806—1884）。

片土地上，父母和祖先说着同样的语言，和某个部落、种族有相同的命运——或称为共同的历史命运——他就是这个民族的一员。从政治角度看，浪漫主义就是民族主义。浪漫主义由一些特殊群体推动，他们的身份不仅揭露了民族主义的起源，也展现了它延续至本世纪的悠久历史。那些年轻的狂热分子大多是学生和青年知识分子。无疑，这里可以用上厄内斯特·盖尔纳[1]对两种文化的界定：所谓高雅的书面文化和所谓低俗的口头文化。正是在欧洲由口头文化过渡到书面文化的时期，民族主义诞生了。而且有一点至关重要：中学生和大学生成了口头文化的拥护者，而广大群众才是浸淫其中的人。在热心人士看来，普通民众一方面通过民间传说保全了民族灵魂，另一方面又是被动的群体，需要通过教育来提升自己，来达到实现民族尊严和民族独立的共同目标。

许多个世纪以来，书面文化局限于教士和上层阶级，大多数人处在口头文化的层面上。在很多国家，高雅文化圈使用的语言不同于大众的语言，于是德语成了波希米亚、拉脱维亚、爱沙尼亚的强势语言，而波兰语也在立陶宛占据了同样的地位。在这些国家，推动民族主义运动的是新兴知识阶层，他们来自社会下层，说着祖辈农民的语言。

若说受过教育的青年群体的屈辱感常常成为民族主义和

1　厄内斯特·盖尔纳（Ernst Gellner，1925—1995），捷克裔英国哲学家、社会人类学家。

政治浪漫主义的根源，我们就可以在各国知识阶层的运动中找出共性了，它对于暂时顺从于大国的小国和大国本身都成立，所以不仅是在德国、波兰、匈牙利、波希米亚，在俄国也是如此。毕竟那个时期出现的民族诗人，那些我们称为语言英雄的人，密茨凯维奇、裴多菲、普希金等，都有相似之处。有人曾说过，波兰自十八世纪末期从欧洲地图上消失后，是由几位诗人重新创造出来的。

　　让我们想想文学在所谓民族意识崛起的过程中扮演的重大角色吧。它证实了民族主义与学校的存在息息相关。饱受推崇的大作家们为一个极为感性的传统担任信使，而年轻人在上学时受他们的文字熏陶，接受了一种特定的信条。这一点适用于想争取独立的国家，也适用于它们的压迫者。举例而言，十九世纪俄占波兰地区的俄语学校就把伟大的俄语作家（普希金、果戈理、屠格涅夫）当作俄罗斯化计划的支柱。说到书面文化的角色，我们也注意到它在二十世纪的胜利带来的后果。一百年前，社会下层民众大多无法接触到民族文学，而今天每个儿童都会学习了解本国的杰出人物，这大大增强了民族情怀。假使出现一艘名为"陀思妥耶夫斯基"号的核潜艇，或一艘名为"普希金"号的航空母舰，也没什么不妥。波兰有一艘船是根据现代诗人高钦斯基命名的。它实际上是一艘商船。

　　我们可能会好奇，西欧的巴斯克、弗拉芒或加泰罗尼亚民族主义有多大机会成功？它们出现得有点迟了，为自己当初没有及时反叛法兰西和西班牙书面文化付出了代价。至少有一个潜在的民族运动是毫无胜算的，那就是重建奥克西塔尼亚，即覆盖如今整个法国南方的朗格多克地区。那里的居民直到近年还说着被法国人当作方言的奥克语。奥克语在中世纪是一门复杂的书面语，但这无法阻止它消亡，寥寥几个用它来写小说的知识分子也不足以使它复兴。

在我们这边的欧洲能看见类似于西欧的现象，只是规模更大。虽然波罗的海语言的书面文化受益于这些语言未被斯拉夫化，但在某些地区，与俄语占绝对优势的学校和俄语书面文化相对，有几百万人在家里说着另一门斯拉夫语，如白俄罗斯语或乌克兰语，这些语言的命运就没那么明朗了。在法国，尽管存在用布列塔尼凯尔特语授课的学校，布列塔尼的父母们也不想送孩子去那里上学。推动他们的显然是现实理由。苏联在白俄罗斯和乌克兰实行的"胡萝卜加大棒"政策（即一方面压制用当地语言授课的学校，另一方面则为接受了强势书面语言文化教育的人提供优待）是否较之更为有效，还很难说。

如你所见，尽管民族主义要对很多民族间的仇恨负责，我在谈论它时并没有为它预设贬义内涵。它应该被视作一个重要因素，虽然进步思想家们——如十九世纪的社会主义者——将它归为一时形势的产物，而且希望那些形势会消失在历史长河中。

也许如今我们正在面临民族运动的新变化。它被赋予了近似宗教的感染力，在这一点上，我们可以引用几句"大民族主义"（arch-nationalist）作家陀思妥耶夫斯基的话。他的宣言可能会让今日苏联的观察者们坐立不安："每个民族在每个生存阶段的每次民族运动的目标都是寻找神明，他必须是属于它自己的神明，是它唯一真正的信仰。"再引用另一句："如果一个伟大的民族不相信真理只存在于自己身上（在自己身上，而且只在这里）；如果它不相信只有它能够，并且注定要用自己的真理提升和拯救其他民族，它就会立即沦为人种学的材料，而不再是伟大的民族了。"[1]

这些宣言中含有十足的弥赛亚主义，这种思潮赋予某个集体一种救世主的职能：本民族和其他民族的救世主。由《圣经》的个体弥赛亚到集体弥赛亚的转换是渎神的，却被陀思妥耶夫斯基这自认是基督徒的人视若珍宝。在波兰，一个被自己的诗人称为"众国之基督"的国家，我们也发现了类似的弥赛亚主义，与俄罗斯人的针锋相对。现今存在着利于这类梦想重生的因素。我猜第一大因素就是社会分化，而促成它的是技术发展，以及所谓的社会萎缩和（包揽一切的）国家的壮大。人们想从中找到加强凝聚力的原则，从有机社群的废墟中找到残存的纽带。由学校灌输的国家意识形态至少提供了一种一体化的错觉，虽然在波兰这一类国家，官方的马克思主义与教会和家庭秉持的另一套价值观产生了冲突。

---

1 出自陀思妥耶夫斯基《群魔》。

在意识形态信条受到侵蚀后，一个亟待填充的真空产生了。波兰的团结工会运动有若干个组成部分，其中民族主义的成分肯定是非常突出的。也许在某些西方民族（例如巴斯克人）的运动中，我们也能看到人们在拥有大型工业中心的现代化国家中寻找新的纽带。

弥赛亚主义的元素似乎仍存在于当代民族的抱负之中，但它们可能变得比较温和了，没有从前那么过激。十九世纪，俄罗斯弥赛亚主义在与"堕落的"、可怕的西欧的对抗中壮大，我们可能还会看到这种思想多次复苏。在波兰，它兴盛的根基曾是具有骑士精神、忠于荣誉的天主教国家对野蛮的俄国独裁体制的反抗。如今，波兰境内强大的教会与无神论的东方邻居划清界限，从中我们尤其能看出此类精神的延续。不好说由几个知识分子创造出的"中欧"概念是否也有弥赛亚主义色彩，毕竟它是打着"最小疆域内最大的多样性"的旗号来对抗俄罗斯这一单体巨石。另一方面，它又以思想的强度、艺术的严肃性和活力对抗着西欧的散漫和乏味。在这里，我要引用拙作《大地之王》的前言，权作自嘲："现在我们就像是罗马帝国倾覆之际的达尔马提亚[1]人。彼时他们忧心忡忡，而别人漠不关心。"一个来自波兰的朋友正是这样描述所谓东欧人和西欧人的差异。他可能还要补充一句，虽然我

---

1 达尔马提亚是一个古罗马行省，曾占据今阿尔巴尼亚北部及克罗地亚、波黑、黑山、科索沃和塞尔维亚部分地区。

们一代代受到西欧学术与艺术中心的吸引，我们的仰慕之情从来不是毫无保留的。不过，过去几十年间确实发生了一些新事。在欧洲政治分裂的背景下，我们变成了局外人，于是比以往更清楚地看见沉浸在日常生活中的西方人不愿承认的那些事，而眼前的景象是不容乐观的。我要为这段文字中可悲的优越感辩护——而且由于它从不幸和政治奴役中汲取了力量——它能让人想到什么呢？也许就只有一件事：把我们这边的欧洲当成一个独立实体，这种设想没有把这一实体局限在一个民族之内，却涉及了好几个由共同命运联结的民族。它们正日益成熟，发展出友好的邻里关系，在过去，这可不是它们的长处。

没有经历过"二战"后头十年的人很难想象，马克思主义的锐气当时怎样吸引了分裂的欧洲两边最为聪明的头脑。那个时代在记忆中湮没得太快，以至于问题变成了为什么当时会有这么多知识分子自愿失明；其实更合理的问题是，为什么有人抵挡住了那种诱惑，以及出于什么理由。考虑到人类的感情需求，我们也应该认识到，归属于一个民族，受其约束，对于个人来说具有巨大的吸引力。我是在读俄国犹太历史专家西蒙·杜布诺夫的时候意识到这点的，他在书中描述了自己上个世纪末皈依犹太民族运动的事。让我引用一句他的原话："我已经失去了对个人不朽的信仰，但历史教导我集体的不朽是存在的，而犹太民族可以称得上相对不朽，因为它的历史与整部世界史等长。于是，对犹太民族历史的研究也使我沉浸在永生的光辉中。这种历史主义使我获得了进入民族集体的资格，将我带出了个人问题的圈子，引向了社会问题的大道；这些问题没那么深刻，却更合乎时宜。对我而言，民族的忧伤变得比世界的忧伤更珍贵。"杜布诺夫失去了宗教信仰，但吊诡的是这却促使他信仰集体的不朽。

尤其是在宗教信仰受到削弱和侵蚀时，对于民族的忠诚可能会被赋予某种宗教色彩。反思当代波兰文学，我有种异常的感觉，好像不论罗马天主教会在这个国家多么重要、多有能耐，它的宗教信仰也仍然在遭受更深层次的侵蚀，程度不亚于在西方以及在邻国匈牙利或捷克斯洛伐克那种明面上的侵蚀。我问自己，波兰文学在转向爱国主义的过程中，是否出现了不可知论或无神论的征兆？神圣的中心地已从宗教领域转移到民族争取独立的政治领域。在那种文学中，彻底的怀疑论、对价值观相对性的意识，结合了对一件绝对之物的忠诚：对所属民族无条件的忠诚。我这么说，并不是想强调波兰群众对宗教仪式和朝圣之旅的参与本质上是个政治现象。不过，对神圣之物的忠诚在这里具有双重性：既是对基督教信仰，也是对曾终生持有相同信仰的父母、祖父母和先人。

在我们这边的欧洲，宗教问题与民族问题是紧密相连的，实际上有时也很难将宗教和强烈的民族情绪分开。这个话题复杂无比，如果我们从纯粹宗教的角度来看待它，有些谜团就变得不可解了。当然，基督教会主要关注的是拯救个体的灵魂，由此目标出发，确立了效忠的先后顺序。个人生活在家庭中，家庭属于某个社群，而后者由于共同的语言，又是一个民族社群。民族纽带经常能保护在主权国家的影响下很难留存下来的价值观。在这种情况下，教会必须要同人民结盟，保卫他们的民族不受压迫者侵犯。但是教士和民族主义运动的关系就不是那么有规律可循了。在有些国家，贫农出身的教士树起平民文化的旗帜，反抗上层阶级文化，在"民族复兴"中贡献良多。例如在乌克兰西部，希腊天主教会促进了乌克兰民族意识觉醒；在立陶宛，最早用立陶宛语写作的诗人出自罗马天主教神学院。十九世纪，罗马天主教信仰与波兰民族性实际上是一体的，因为波兰被东正教的俄国和新教的普鲁士瓜分。那时，波兰人和罗马天主教徒是同义词，这种民族和教会的结合在两次大战之间那些年造成了戏剧化的场面，因为教会习惯了将自己当作一股政治力量。它施加影响的方式是支持右翼的民族民主党，反对社会主义者和众多少数族裔。当然，战后几十年间，当地教士的立场发生了极大改变，但民族理想仍处在天主教的庇护之下。

这种宗教和民族情绪的碰撞一定会引起许多天主教徒的担忧，因为其中危机四伏。天主教的克罗地亚在上一次战争中发生的事令人难忘，那时人们打着宗教的旗号犯下了种族屠杀的罪行，宗教成了用来区分克罗地亚人和信仰东正教的塞尔维亚人的唯一明显标志。就不必铭记那类被公然歪曲的基督教义了吧。即便披上了基督教和仁慈的外衣，有宗教导向的民族主义仍然可能威胁到上帝之域和恺撒之域清晰的界限[1]。恺撒不一定是指国家统治者，也可能是指整个社会，一种集体的施压。在我看来，在当今的波兰，已经有天主教知识分子和部分神职人员看清了它的危险。

请让我用一段以赛亚·伯林的话来结尾：

在我看来，不管一个人在其他方面多么富有洞察力，如果他无视未愈合的心灵创伤（不论它是怎么造成的）与一个民族的意象（它被想象为连绵不绝的生者、死者与后代构成的社会）相结合而产生的爆炸性力量（如果演变为病态的愤怒，这股力量就是灾难性的），那么这样的人对社会现实的理解是不足的。[2]

---

1 即宗教事务和世俗政治的边界。
2 本文由米沃什用英语写成。

第二部分

知识乐园

狂热的代价

虚荣在人心中是如此根深蒂固，一个士兵、杂役、厨师或门房也会自吹自擂，而且还可能拥有仰慕者。连哲学家也渴望受人仰慕。那些写文章反对虚荣的人希望能享有飞扬文采的荣光；读他们作品的人则希望拥有阅读的荣光；写下这些文字的我也许有同样的贪欲；或许那些读我笔下文字的人……

——帕斯卡《思想录》

我们是如此自负，想要名扬四海，甚至想在死后流芳百世；我们又是如此虚荣，五六个邻居的尊敬就足以令自己心满意足。

——帕斯卡《思想录》

论骄傲，人们也许天赋不一。为什么有人在生命早期，在童年时就出现了这种感受，这个问题属于遗传学和深层心理学，是我很陌生的领域。一个自尊心很强的孩子想在所有事情上都很快脱颖而出。因为想要立刻在游戏和体育方面胜过他人很难，那种对于无法取得优胜的恐惧使他气馁不已，而沦为最后一名。之后那个孩子会退缩，为自己构造出第二个世界，一个封闭的世界，一个"替代世界"。就我个人而言，被送进学校后，我的快乐就结束了。在那之前，我极少与同龄人为伴，很少受到他者凝视的影响。在十至十五岁，一生的创伤模式形成期间，我的内心活动之复杂，现在回想起来还心有余悸。虽然有学业、童子军和"大自然爱好者小组"（也就是博览生物学课外书籍），我肯定还是显露出了近似于自闭症的特征，这一倾向与某种不寻常的掩盖自我、佯装正常的训练有关。从任何方面看来，我的成长（如果配得上这个词的话）轨迹都与同学的迥然不同。这无关于我的文学才能——那是后来才出现的。我倾向于从多个层面思考问题，对环境抱着一种反讽的疏离态度（ironic distancing），这是我后来意识形态冲突的源头。

我的"替代世界"不算特别以自我为中心，也就是说，它没有建立在扮演英雄的梦想之上。不过那个世界里有不变的律法，没有痛苦，十分安全。我的想象力没有虚构出任何故事情节，也没有试图在语言中寻求释放，但它填满了一片秩序井然的空间，用一幅幅奇妙的无何有之乡的素描和地图来表达自我。我将这类逃避视为一种必需，同时也是一种缺陷；我也许宁愿放弃自己拥有的一切来成为普通人，度过平凡的一生。大概到了十六岁，在密茨凯维奇和斯沃瓦茨基的影响下，我才发现自己退守个人空间的表现像个浪漫主义诗人。虽然在那之前我就写过一点诗，但让人难堪的是，它们只能说是我的空间想象力的副产品；我不是那类从童年起就去模仿刚读过的小说和诗歌的人。当我偶然契合了浪漫主义的行为模式，我没有告诉自己我是个诗人，而是说我会成为诗人，于是我开始练习作诗，都是古典流的作品（模仿了约阿希姆·杜·贝莱），以我如今记得的那些诗句来判断，它们还不错。

帕斯卡说得对极了，尤其是牵涉那些接受了浪漫主义（在波兰还有别的模式吗？）诗人形象的人，就更加正确了。受伤的自尊几乎起着同等重要的作用，可以追溯到遥远的童年期，而且我们有必要认清一个人未来的命运在多大程度上是由某种特定生活方式的局限造成的。我们的路已经被划定，要么选择持续的智力活动、日复一日的辛劳，要么就只能毁灭——哪怕我们被遗弃在无人岛上也是一样。这当然只是个推测，因为我的虚荣心只需要"五六个邻居"的尊敬就能满足了。

> 矛盾。骄傲，胜过了一切苦难。人要么隐藏自己的不幸，要么——如果暴露了它——就以自己知道这些不幸为荣。
>
> ——帕斯卡《思想录》

我们不满自己生活本身的模样；我们渴望过别人想象中的那种生活，为了这个目标而努力发光。我们一刻不停地劳动，来装点、维系自己虚幻的存在，忽视了现实。

——帕斯卡《思想录》

一件礼物：除了"我"，我们什么也给不出，而所谓礼物只是一张标签，其下隐藏着"我"的报复。

——西蒙娜·薇依

除了世俗"自我"的力量，你不受制于别的敌人，没有别的束缚，也不想要别的解脱。这是你内在神性的谋杀者之一。是你自己的该隐谋杀了你的亚伯。现在，你世俗的天性所做的一切，都是受了自我意志、自爱和自利心的影响，不论它使你做出值得称许还是备受责难的行为，一切都出自该隐的天性和精神，只会让你拥有与该隐弑弟如出一辙的德行。因为每一种自我的行动和意向，都含有敌基督精神，都在杀死你自身的神性。

——威廉·劳（1686—1761）《爱的精神》

我当然清楚用这些引言里的素材可以写出足足十五卷哲学专著。出于现实考虑，这里只谈几个我的观点。生而有愧的感觉，已经大致由弗洛伊德博士及其弟子阐释过了，但我一直对本世纪的这类神话不太感兴趣，所以当我不得不从自身经验中学会如何处理自己的负罪感时，我还对它们一无所知。我们意识到了自己生命最深处的恶，那就是我们身处一个恶性循环之中——所做的一切好事，都只不过是在为我服务。

在我十四岁左右曾有个过渡期，那时，借助读过的生物类书籍，我开始转而思考无情的生命结构。我不记得那时候是否涉猎了叔本华，很有可能是的。重要的是我身上肯定有些摩尼教徒的气质，很容易被痛苦的抱负折磨，同时又对那个抱负充满敌意；再者，人并非不可能将恶的法则扩展到普遍生命上，从而获得解脱。对于基督教中异端的崛起及其长久存在，这种气质的作用比印度和波斯的影响还大。我当然不是说所有具有这种气质的人都算异端。圣奥古斯丁早年属于摩尼教，后来成为正统基督徒，但他还是同一个人。这类人的共同特点是对"自然"（Nature）的不信任——既不信人类的自然天性，也不信自然世界。我把以下人名独列出来只是出于经验判断，因为我已经接二连三地发现了一些作家，他们之间有许多共通之处。他们是：圣奥古斯丁（《忏悔录》）、帕斯卡（很难相信詹森派教徒[1]会对自然持友好态度）、西蒙娜·薇依（她的思想很接近清洁派或称为阿尔比派教徒，而且

1　十七至十八世纪神学运动，起源于荷兰神学家科内留斯·詹森死后出版的著作内容，主要兴盛于法国。信徒自称是圣奥古斯汀的追随者，其信条强调原罪、人类堕落、圣恩和命定论，被天主教会尤其是耶稣会视作异端。布莱兹·帕斯卡正是其中一员。

她对此毫不掩饰）、威廉·布莱克（很多人说他是诺斯底教徒，这种说法不无道理）、列夫·舍斯托夫（虽然他不喜欢诺斯底教，他的整套哲学却是建立在对自然法则的反抗之上）。这里采用了简略的表达方式，可能不太合适，但我恳请读者海涵，因为我实在不愿落入掉书袋的境地。

我们的道路在生命早期就被开辟出来了，这就是为何我总是回想起上学的那些年。负罪感本身并不能说明某个人会变成什么样子，因为它是西蒙娜·薇依这样纯洁的人和许多不那么纯洁的人共有的情感，也就是说，那些道德能力方面一塌糊涂的人也会有。对后一类人而言，负罪感只是他们借以避开应尽之责的一个托词。要是"我"那狡猾的虚荣让我们内心郁结，那就索性去压制"我"好了，牺牲它，这样会让我们减少一些负罪感。然而，不，这类事从未发生过；相反，那种无形无影、很大程度上只是眼下想象出来的负罪感，还会为某种自发行为铺路，那些行为将充分证明：负罪感情有可原。我们越是深入那片幽林——生命之林，如但丁笔下描绘的那样[1]——这种象征"我"的丑陋胜利的自发行为就越多——负罪感肯定就越能主宰我们。唯一可行的就是用另一种东西收买它。于是，那个原本是孤岛的"替代世界"，却在我们的内心开疆拓土，它所榨取的狂热（写书比为"无何有

---

1 《神曲·地狱篇》第一首《森林》："我走过我们人生的半程 / 来到一片幽暗的森林 / 在此我已迷失了正路……"

之乡"绘制地图更耗费时间）会使我们放弃更多日常的人情义务。总之，狂热生于负罪感，又繁殖出更多负罪感；更因为它在不断逃避自己，在向前逃，我们便再也无法餍足：我们只会在意自己有望实现的目标。

尽管上述历程不一定很有代表性，我的观点对一些人来说或许还是有用的。再者，狂热这一主题也有不同的变体。它不时需要得到认可，需要世界对我们表达敬意；它好不容易才显现出来，一旦爆发便难以收拾，只能靠理性勉强加以抑制。接下来，出现了对这种所谓命运的反抗：人不可能只是"写了这本那本书的作者"吧？那秘密滋生的"成为一个真真正正的人"的理想，依然是绝不可能实现的吗？一定存在一股无名力量，驱使我们去悔罪吗？我那些"真实人性"的迸发都很短暂。只有始于生命晚期（五十岁左右）的教学生涯给予了我持久的满足。在讲堂中，面对那些我能为之奉献的年轻人，我忘记了自己的可悲，感觉到自己有权利活着。

1974 年

沙漏中的沙

对时间的思索对于人类的生命至关重要。时间是一个谜题，不可能被简化为任一事物，也没有科学可以解释。当我们发现自己并不清楚未来应该怎样行事，就不可避免会变得谦卑。只有抛弃受时间摆布的、无常的我，我们才能获得安稳。

这两样事物绝不可能被理性化：时间和美。人必得从这里溯源。

——西蒙娜·薇依《选集》

神秘之物应该受到尊重。一个人，要是意识不到自己的生命乃至万千人事都不过弹指一瞬，他就不能成其为人。他也无法领悟美，因为美的真谛既是无常，也是对抗时间流逝的"一刹那"的力量。《传道书》中的话语可以作为所有抒情诗的范本，因为说出那些话的人宣称，自己和其他人一样终有一死，但与此同时，通过语言抑扬顿挫的节奏，他也使得自己克服了肉体凡胎的脆弱易逝。类似地，线条和色彩将我们从"自我"中解救出来，并且，不论什么样的污秽曾滋养过创造行为，它们也都被转移到了"非我"的领域。

频繁思考时间的问题是不可能的，因为那会使我们的行动陷入瘫痪，它会悄声耳语：一切都是徒劳。人们必须去渴望，去爱，去恨，去组建家庭、赚钱糊口、奋斗挣扎。他们的生命受制于为了眼前目标而必须遵守的准则。所谓的艺术气质有一个特征，即对时间流逝及其迷惑作用（类似于蛇迷惑兔子）的敏感。有的人从艺术和宗教冥思中看到了对"意志"（生命意志[1]）的疏远，对生死的超脱——关于这个，你没法和他们理论。这就是为什么永远可以把人分为两种类型，意志型和沉思型。但这不是说二者都非常纯粹、不掺丝毫杂质，也不是说它们不会偶尔在同一具肉体凡胎里交锋。

小时候，没有人引导我去探索"人生如蜉蝣"这个可怕的谜团；是我自己偶然发现了它，犹如收到了大自然的馈赠。我读过一本青少年读物，阅读方式值得在此处一提。那是一本费尼莫尔·库柏的书。现在去读英文版的库柏几乎是不可能的，他太啰唆了。但如果我没有记错的话，那是个缩略版，一个全集的精选本，也许是由法语或俄语的节本翻译过来的。

---

1 可能影射叔本华的"生命意志论"。

在第一卷中，主人公纳蒂·班波[1]是个小伙子，一个探路人、猎鹿人；到了最后一卷，他成了一名老者，名叫"皮袜子"。我对这本书的阅读体验是如此尖锐刺骨，如此五味杂陈，至今仍铭记在心，仿佛昨天那位英雄还陪伴在我身旁。那时的体验是赤裸裸的，没有言语可以形容，而现在我却能评估它那相当广阔的维度，赋予它一个名称。探路人在空间中旅行，因为他在逃离文明世界的过程中一路向西，进入只有印第安人居住的荒野；他也在时间中旅行，因为他从一个精力旺盛、无忧无虑的年轻人成长，成熟，最后迈入了暮年。正是在那时，他邂逅了一种被另一个时代统治的文明。他度过青年时期的那个地区现在人口稠密，他的印第安朋友们都死于战场或别的原因；对于后来的一代代殖民者，他那个真实存在过的林间祖国只是一个传说，而他自己则成了背着旧式火绳枪的老古董。他孤独无依，没有任何人会说他的语言，于是他再次离开，进入到意味着流亡的疆域，因为那里已经不再是森林，而是荒野——空旷无垠的大草原。

当时我把库柏的小说当作人类命运的寓言来读。我还是个小男孩，却与那位感觉一切都已经属于往昔的捕兽人产生了共鸣。说不定我二十三岁时写的一首诗里，藏着库

---

1 美国小说家詹姆斯·费尼莫尔·库柏（James Fenimore Cooper，1789—1851）五卷本系列小说《皮袜子故事集》中的角色，是一位由印第安人抚养长大的白人孩子。"猎鹿人""探路人"和"捕兽人"都是他的绰号，他也被称为"鹰眼"和"最后的莫西干人"。

柏的声音：

> 山谷用它的手指
> 梳理花白的头发，终于重复起
> 真实的话语，为那些凝视着
> 张开的记忆深渊的人。

顺便一提，如同单个晶粒就能帮助溶液结晶一样，库柏作品中的一幅画面就能为我的白日梦提供种子，那些梦都与空间布置有关。让我们想象有一个湖泊，四面围绕着原始森林，而在那波光粼粼的湖面上停泊着一艘方舟，一座漂浮水上的房屋。探路人年轻时，殖民者还未到达纽约州北部的奥齐戈湖。方舟之内住着金盆洗手的海盗和两个女儿，他们不与人为善，与原始森林中暴躁的印第安人一水相隔。对孩童的想象力而言，那难道不是绝对安全、万无一失的典范吗？

因此，浪漫的美国人库柏比波兰的浪漫主义者更早引起了我的共鸣。后来，当我接触了后者，我对古斯塔夫[1]的为爱疯魔没什么感触，却被他对消逝过往的伤怀深深触动——他回到童年的家，却看到了"破败、空旷、荒芜"。我彻底迷上了斯沃瓦茨基的《思想的时刻》，它令人心碎的语调在依旧古典的克制中愈发凸显——我后来得知，那种热泪盈眶的追

1　密茨凯维奇诗剧《先人祭》中的主角。

忆语调，在埃德加·爱伦·坡眼中最接近诗歌的真谛。与其他作品不同的是，《思想的时刻》为我走过的街道赋予了神话色彩——圣若望教堂，多明我会街，还有二十公里以外的雅舒尼庄园周围的公园，也就是斯沃瓦茨基和卢德维卡·施尼亚黛茨卡一起骑马的地方。

"举世如蜉蝣"之悲也发生在中国古代诗人身上，以及一首对斯拉夫民族国家的浪漫主义影响深远的诗中，这首诗就是托马斯·格雷的《墓园挽歌》。作为一个幼年起就对悲叹生命无常上瘾的人，我忍不住思考（很难确定具体始于何时）这种审美性情背后的道德缺陷。如果我们将此刻发生在自己身上或身边的一切都当成已经过去的事，当作一种素材——此刻被交到我们手上，仅仅是为了让我们将它传送到过去，并像对待回忆一样来观察它——那么，我们就会以相当疏离的眼光看待"现在"，以至于在最恶劣的情况下（我们的时代不乏此类情形），我们内心的那个旁观者依然会无动于衷；这无疑是非人道的。也许还不仅是冷漠和无动于衷，因为那个旁观者并不缺乏施虐倾向。毕竟，审美态度并不是艺术家独享的特权。（一点也算不上特权！）每一种高度兴奋和敏锐的意识都会仓皇求助于类似的解决方案，而通过分离主体（旁观的我）和客体（被观察的我），它会对客体产生怜悯，甚至从它不正当的行为（例如花天酒地、插科打诨和精神虐待）中获得满足。

关于人生苦短的思考一直与人相伴，以后也绝不会消失；

然而它的调性在变化，比如中世纪的"死亡之舞"[1]就迥异于文艺复兴时期开出的处方——及时行乐，因为青春易逝、生命短暂。科哈诺夫斯基曾翻译、模仿贺拉斯的诗歌，其中有"把握今朝"（carpe diem）的主题，我一直觉得只是一种相当枯燥的修辞，但我明白它和"死亡之舞"一样，关键在于强调了一则老生常谈：这样的命运，你不是第一个经历的，也不会是最后一个。

即使我们不去理会关于特定历史时期的其他资料，对时间流逝的态度也足以表明那个时期的症结所在。在我阅读库柏时，弗里德里希·尼采的预言已经大致实现了，从那时起我只能要么顺从，要么抵抗"欧洲虚无主义"的影响。从当代艺术和文学的角度看来，虚无主义的时间是毫无价值的；无论是特定的瞬间还是一段时间，都没有任何意义。它只是一种破坏性的、荒诞的力量；贺拉斯再也帮不上忙了，因为连异教对"伟大节律"（Great Rhythm）的尊重也消失殆尽了。这也解释了人们面对时间流逝的态度：要么"淡化"（它曾经是，它过去了，它消失了），要么报复（生命那可憎的荒诞性）。尼采不是唯一一个发现时间（和人类生命）贬值迹象的人；猛烈抨击西欧的俄罗斯作家也感觉到了这点。

1　一种中世纪讽喻题材，在文学、绘画、木刻、音乐等领域都有展现，常赋予死亡拟人化的形象（例如骷髅），表达生命脆弱、人终有一死的主题。

完全的虚无主义者——虚无主义者的眼睛将事物观念化而使之丑陋不堪，它不忠于自己的记忆：它任由记忆失落、凋零；它无法防止记忆褪色，变为死尸般的苍白，犹如记忆把虚弱泼在遥远和过去之物上。虚无主义者不为自己做的事，也不会为人类的整个历史而做：他任由记忆凋落。

——尼采《权力意志》1887 年第二十一条 [1]

谟涅摩叙涅 [2] 是缪斯女神之母。在"欧洲虚无主义"的环境中，我们需要重新思考她的角色。过去，诗人会献诗给一位漂亮女孩，预言将来的某个晚上，垂垂老矣的她在织布时会心花怒放："想当年我年青貌美，还曾得到过龙沙的赞美。" [3] 也就是说她的美是客观存在的，并且在龙沙的诗中找到了镜像般的倒影，只不过镜中影像不可再得，而诗歌却经得起时间的侵蚀。这曾是所有具象艺术的基础，不论它描摹的是人物还是风景。记忆也许不够忠实，却可以依赖属于现世之物的线条和色彩；这些线条和色彩为我们提供了线索，告诉我

1　原文中的本段引用自瓦尔特·考夫曼和 R. J. 霍林戴尔翻译的英文版。中译文参考孙周兴翻译的《权力意志》，商务印书馆，2008 年。

2　Mnemosyne，希腊神话中的记忆女神。

3　引自皮埃尔·德·龙沙（Pierre de Ronsard，1524—1585）1574 年所写组诗《致埃莱娜十四行诗》（*Sonnets pour Hélène*），其中第四十三首有诗句："当你到了老年，晚上，烛光摇曳，／你坐在炉火边，纺着纱、缠着线，／像唱歌一样背诵着我的诗句，并且还惊讶地说，／'想当年我年青貌美，还曾得到过龙沙的赞美。'"（远方译）龙沙是法国第一位近代抒情诗人，1547 年组织七星诗社。

们记忆何时是忠实的，何时又是错误的。如果想知道发生了什么，我们可以想一想具象绘画的衰落，也可以分析自己观看五十年前的老电影时的印象。艳绝一时的明星现在看起来是如此可怜，用滑稽的破布装点自己，做出可笑的姿态；她们被禁锢在一种风格里，禁锢在她们那个时代的习性中，因而现在来看，虽然可以理解她们的确迷住了同自己一样囿于时代的人，却很难理解她们那时为什么迷人。于是，电影给了我们一面糟糕的哈哈镜，证实了社会学和心理学教会我们的内容。因为电影是无限延展的时间中的一个片段，所以它其实对美并不友善，美必须是静止的（诗歌、音乐中的运动与之迥异，可以说也受了不能静止之害）。

根据我们所受的教导，记忆是有欺骗性的，还具有梦境的自洽。既然人的一切都会不断变化（因为我们内心的阴暗角落需要一个以某种方式被审查、删减的过往，还因为我们受"时代精神"蛊惑，将它的度量标准投射到往昔之上），我们就很难相信记忆的真实性。不过，尼采区分了忠实于记忆的目光和不忠实的目光，将后者称为完全的虚无主义；再者，又因为他揭露了自己内心的虚无主义，他无疑很清楚自己在说什么。要说他的阐述含有对现代心理学阐释的谴责，那么我肯定是站在他这边的。顺便一提，这种阐释方式并不起源于弗洛伊德。

那些将谟涅摩叙涅当作缪斯之母来供奉的人会发现自己掉进了一个奇特的陷阱。比如说，他们讲述起自己多年前与一头狮子狭路相逢，就得急忙给自己的叙述加上注释，告诉我们从某种程度上说那是一头狮子，某种程度上说又不是，因为它只存在于他们自己不可靠的大脑中。这就是为何现实在他们的笔下频繁"淡化"，而且，尽管色彩大致保留了下来，那些线条也会像水波倒映的云的轮廓一般淡去（说印象主义宣告了具象绘画的终结是有原因的）。这种情况下，普鲁斯特的事业，他那拯救逝去时光的欲望，就显得英勇而无望。他的作品让人想起那些五彩斑斓的东方地毯：由"心理时间"的碎片组成的博纳尔和维亚尔[1]的画作。和这些画作一样，它在被构想的一瞬间就已经是过去时了。因为有人已经宣称，如果记忆没有"将事物观念化而使之丑陋不堪"，它就是在欺骗我们。在某个未来世界的博物馆内，普鲁斯特的长篇巨著将和贝克特的剧本《克拉普的最后一卷录音带》并排陈列。在贝克特的作品中，年迈的叙事者听着自己在遥远的过去录下的磁带，用嘲弄的哼哼和咕噜声回应自身生命荒诞的虚无。

　　我不是书写欧洲文化史的人，自有别人来承担这个任务。对我而言这是高度个人化的问题，因为我的诗作和散文都会求助于记忆中的细节。这些细节既非"印象"也非"经历"；它们的层次是如此丰富，难以转化为语言，以至于人们想尽了办法来捕捉：模仿"意识流"的语言，甚至到了要消灭标

1　皮埃尔·博纳尔（Pierre Bonnard，1867—1947），法国画家，后印象派先锋画家团体"纳比派"创始人之一。爱德华·维亚尔（Édouard Vuillard，1868—1940）也是"纳比派"成员。

点符号的地步，变成一团胡言乱语的稀糊。在我看来，记忆的细节，例如被很多只手磨光的一个门把手上的木质纹理，值得从印象和经验的混沌中被萃取出来，以某种方式清洗干净，最后只剩那只眼睛在毫无偏见地审视着此物。我坚持对之区别以待，我知道，要从这种做法中挑刺是很容易的——引入几个心理学手册上的概念即可，但我对它们毫无兴趣，因为指出区别至少能让我们更接近那条根本的分界线，实践也证实了这点。

在我的书《故土》（*Native Realm*）的英译本问世后，我有过一次有趣而颇具启发意义的冒险经历。在它的引言部分，有一段对于所有自传写作来说都不甚悦耳的观点，批评它们试图突破所谓自我的意识层次；因为这是徒劳的，过去的时间在其中被篡改了——这也是为何我偏好那种事先筹划的文选，而非未经筹划的。我听说有人在读到这段后惊呼："要是作者自己都承认他说的不是真相了，我为什么还要读下去呢？"这位天真的知识分子相信存在一种"真相"，借由各式各样的方法，就能打开记忆的内容，如果他的逻辑自洽，他会发现在这种情况下，只有像《克拉普的最后一卷录音带》里的咕噜、哼哼和断断续续的音节才不会显得"虚假"，才能算得上真诚。

尼采预言"死尸般的苍白"将覆盖过往时，在想些什么呢？他于同年（1887年）写下的另一句隽语阐明了这点："虚无主义的极端形式或许是：一切信仰，一切'信以为真'，都必然是假的，因为根本就没有一个真实的世界。"[1] 在此之前大约十年，陀思妥耶夫斯基写下了《一个荒唐人的梦》，其中的主人公兼叙事者决定自杀。在他看来，既然世界只存在于他的脑海内，一旦他死了，世界也将不复存在。

这个问题很难避开。比如，1215 年 5 月某个清晨地中海沿岸某处的日出，以及那一刹那绽放的花，飞掠过的海鸥，正从井里汲水的女子的手臂，究竟是什么样的存在呢？有没有可能，因为没人再看见它，它就不存在了呢？欧洲文明留下的智慧与技艺的杰作浩如烟海，丰富到超出了我们的理解范围——但只有当上面那个问题的答案是否定的，这一切才可能实现。世界，这个绝对真实的世界在分分秒秒中延续，不以某个主体[2]一生的意识为转移。但有些不被任何人看见的事物就是不存在的。人们默认了这一假定，但做了根本性的修正——有一个至高的主体上帝——他是主体性最强的主体，因为虽然他本身是不能被别人看见的，但他却能看见——而且用他的视野容纳了像一沓卡片般摊开的所有瞬间，它们在他眼前同时发生，超越了任何"过去、现在和将来"。（爱因斯坦）物理学那时还未诞生，无力襄助；然而，宗教却成功维护了对时间和空间（它们在上帝创世前并不存在）相对性

---

1 《权力意志》1887 年第十五条。中译文参考孙周兴翻译的《权力意志》，商务印书馆，2008 年。
2 本段话中的几个"主体"都有强烈的哲学意味，即具有独立意识、独立经历的存在，是观察行为的主动方，与客体相对。

的本能信念。将时空视为"绝对"的科学概念的形成，加上它给人文学科带来的虚无主义的影响，都是后来的成果，是科技革命的一部分，或者说是革命的一个阶段，因为它和牛顿物理学的命运是相同的。显而易见，人类思想的某些领域遵循不均衡发展规律，因为我们至今还未能理解新阶段意味着什么。

多亏了宗教，许多个世纪以来，基于上帝视野的真实世界为艺术家提供了各种范本，而他们对待这些范本的方式与其说是模仿，不如说是类比。在整个过程中，记忆扮演的角色很重要，不过是第二位的——因为照人们的理解，"观念化"（idealization），即提炼一件事物的精髓，是不可避免的。在那以基督教冠名的文明中，预言家们对谟涅摩叙涅的印象不佳，称她为"堕落的自然缪斯女神之母"。他们说的似乎有些道理，因为当她发现自己正在独自对抗一个失去价值观的世界时，她也就成了不可靠的向导。

一个人吃着蛋糕，就认出了它的味道。此刻，当我在纸上写下这些文字，我终究是在抵制记忆的种种诱惑，做出选择。比如，记忆此刻正在为我提供大学学业的内容——在讲堂里反复探讨的关于世界存在的论争，与此同时还有关于价值观基础的论争——甚至还对我把两套推理混在一起表示愤怒。无疑，我们最好清楚这一点：这个概念的迷宫已经形成了，但它是个贫瘠的迷宫，因为它没有为我们自身的悲痛留出空间。要是在那些幸福、胜利和狂喜的瞬间，我们对天堂和人间说"好"，而一旦遇上不幸、病痛和体力衰退，就尖声说"不"，这意味着我们的所有判断明天就可能被推翻，而且很容易错把自己的遭遇当成整个世界。然而，为什么软弱（无论是某一个人还是整个时代的）反而成了优势，为什么贝克特作品《克拉普的最后一卷录音带》中那个老迈的虚无主义者比他自己二十岁时更接近真理，其中的道理尚不明确。

对时间的思考是人类生命的密钥——但人只能迂回地接近，无法触碰它。有一点是确凿无疑的：不是所有对时间的思考都一样好；然而，既然它是不可言传的，我们倒可以通过一个人能将它派上什么用场来判断这种思考的质量。

"我在受苦。"这种说法就比"这里的风景真丑"高明。

——西蒙娜·薇依《选集》

1974 年

现 实

在家中辛勤劳作时，你会忘记这些事，
在炉火旁唠叨时，你会想起它们，
当年岁和健忘甘甜了记忆，
它们常常只如梦境一般被人讲述，
又在讲述中一再修改。它们似乎会失真。
人类受不了多少现实。

——T. S. 艾略特《大教堂凶杀案》

来了个法西斯分子。杀掉法西斯分子！砰！砰！
······

噢，现实！圣母啊！

为了你杀掉蜘蛛只是小事一桩。

——K. I. 高钦斯基

根据记忆引用，可能来自《所罗门的舞会》

（*Solomon's Ball*，战前版）

这个词的发音很可怕；它由法语词 réalité 直译而来，有时可以用来表示"事物的本质"（la réalité des choses）。法语区分了"现实"（la réalité）和"真实"（le réel）；波兰语缺乏这种区分，但又需要它。Reality。Wirklichkeit。[1] 俄语既有 deitstvitel'nost 这一表达——不是源自"事物"一词，而是取"采取行动"之意（在波兰语中，rzecz 是"事物"，rzeczysistość 就是"现实"），也有 realnost' 的说法。

这个词是什么意思？为什么每个人都要尊重现实情况[2]？普遍的说法是，这个词指代所有遵照自身法则行事的事物，而且如果我们螳臂当车，结局就是自取灭亡。因为我们是脆弱的生命，山崩、飓风、细菌、病毒和体内细胞的化学物质改变都可能摧毁我们。然而，我们现在已经学会了抗击自然的力量；尽管很大一部分人类仍然受到旱涝灾害和水土流失的威胁，我们遇到的自然灾难主要还是衰老和一些尚未被科学征服的疾病。对我们威胁最大的是别的人类，要么是因为

1　两个词在英语和德语中均表达"现实"之意。
2　前文中使用了"事物"（thing）的复数形式 things，这里根据上下文，指现实情况、形势等。

他拥有武器，而我们手无寸铁或装备落后，要么就是（最后的结局都一样）他有权力让我们得不到钱，也就意味着得不到食物。人类社会的根基仍然是"死刑"，不论是中弹身亡、死于狱中还是死于饥馑，而人道主义的呼吁对此是无效的。

那么，对我们而言，现实首先是社会性的；也就是说，人与事遵守着别人强加给自己的秩序，这些"别人"看上去可以掌控自己和他人的命运，但实际上却被"生活所需"改造成了现实环境的一部分。我们还不太理解这一切是怎样环环相扣的，而面对社科领域自封的专家，那些研究病毒或者把火箭送上其他星球的科学家总是心怀合理的优越感。

我很早就开始关注现实的这一性质，那时我相信，拒绝承认其重要性的诗人只是活在愚人的天堂中。早在1930年至1939年——这段时期如今几乎无人知晓——在我试图解决这个问题时，已经有过不少相关的亲身经历。不幸的是，如果有读者想知道那时的波兰和欧洲是什么样，我也没法指出任何可以查阅的资料，因为不论是文学还是历史都没能做出勉强算得上准确的描绘。社会现实是晦涩难解的，很有欺骗性，用无数的伪装骗过了所有局内人。而且在那个年代，人们还有额外的理由感到困惑，就像是一个人遭遇当头一棒的反应。我们得考虑到，在"一战"结束仅仅几年后，这种困惑还在持续，而且虽然人们说了很多空话，他们这么做却只是为了避免思考现实意味着什么。学生时代，我认识了一个来自波兹南的小文员，他一直深陷于这段并不遥远的历史。他曾作为德国陆军士兵参加了凡尔登战役，写了一本关于它的书，徒劳地为它寻找过出版商。我读过它的打印稿。这份在地狱第五六层逗留的记录，也许比雷马克[1]蜚声四海的小说《西线无战事》细节更丰富，因此也更加可怖。战争期间，我曾有老一辈族人在沙皇的军队中服役，连我那漂亮的表姐埃拉（亚诺夫斯基为她画的肖像是 1914 年前后波兰绘画的一幅杰作）也当过随军护士。对我们国家的大量居民而言，现实仍然意味着沙皇俄国或哈布斯堡王朝治下的加利西亚王国[2]，以及最重要的是，现实是世界大战和 1920 年的华沙战役——可能比独立的波兰本身更为现实。1914 年揭露了欧洲所有的缺陷，宣布了它的终结，而这场梦寐以求的民族之战唤醒了波兰，仿佛欧洲在死后创造了它——对此，时人能有多么透彻的理解？"重获敝帚"的自豪感鼓励人们假装一切都好，然而，还是有地下暗流侵蚀着官方思想的根基。正当每个成年人都深陷于自己的凡尔登之时，人们又遇上了迎头一击：1929 年纽约证券交易所崩溃，大规模失业，还有由德国"一战"老兵精心策划的希特勒主义。不久之后，1914 年曾在毕苏斯基军团服役的一位诗人写道："母亲，把我的靴子给我 / 二十年前的那双。"那双靴子还来不及变老，但"历史的加速"已经让

1　埃里希·玛利亚·雷马克（Erich Maria Remarque，1898—1970），德国小说家，参加过"一战"，先后迁居瑞士和美国。

2　全称加利西亚及洛多梅里亚王国，存在于 1772 年至 1918 年间，疆域囊括今波兰南部和乌克兰西部，由奥地利皇帝兼任国王。

波兰周边的世界产生了变化。

如果在许多年后，有人声称他当时清楚地认识到"大难临头"，我们可不应该相信他，因为几乎没人能有这么清晰的认识。在作家中间，也许这样的人只有兹杰霍夫斯基和斯坦尼斯瓦夫·伊格纳齐·维特基耶维奇。作为"灾祸派"（catastrophism）的发起人之一，我实际上也可以算一个，而且我手上也有书面证据，但那只能表明一种出自直觉的、诗性的认识。

让我对"灾祸派"的来历稍做说明。首先得讲讲大的背景，不仅限于波兰。十九世纪的社会现实压在文学和艺术创作者心头，于是他们将反抗它当成自己活动的主要目标，只是各自选择了不同的道路。然而，就连最抽象的美学理论，其基础都是对由压迫者和被压迫者构成的旋涡的反抗；艺术家作为唯一的自由人，必须抵抗这个旋涡。通过躲进波希米亚文化圈子，摆脱可恶的小资产阶级道德，并与社会梦想家缔结数不清的同盟，作家或艺术家见证了自己的传统：数个世纪以来对耶稣再临的渴盼。然而，世俗化正在飞速进行，而且即使耶稣还是乌托邦社会主义[1]的中心人物，这个耶稣也只是一个道德理想和一位改革者。不久就该有人宣称是人–神

1　在国内通常译作"空想社会主义"。词语源自英国作家托马斯·莫尔的《乌托邦》一书，译者选择了保留原词内涵。

而非神–人[1]来修复堕落的人性了。

在我看来，不同于我所了解的"美好时代"轻浮的巴黎，二十世纪之初的色彩是阴郁的，形状则可以说是俄罗斯–盎格鲁–撒克逊式的。1905年。俄国的"暴风海燕"[2]。写阶级斗争的美国作家：厄普顿·辛克莱尔的《丛林》（1906），然后是杰克·伦敦的《铁蹄》（1907）。联系到自己对纽约的认识，我不认为高尔基在《黄鬼之城》（1906）中描绘的景象是一种夸张。此外，阴郁的现实不只出现在革命作家笔下。它也存在于约瑟夫·康拉德的《黑暗之心》（1902年，一本被托马斯·曼称为"二十世纪文学开端"的小说）和《密探》（1907）中。多么有象征意味的书名！让我们一一列举出来：丛林、铁蹄、黄鬼之城、黑暗之心、密探。既然其中描写的恐怖力量曾导致第一次世界大战的屠戮，那些听着美国独立战争和法国大革命留下的传奇成长的西方各国作家会衷心欢迎俄国革命，把它当作巴士底狱（最终？）毁灭的标志，也就毫不令人惊讶了。

不考虑其中的具体情况，波兰作为一个刚刚获得并捍卫了独立的国家，属于一个"连通容器"系统；举例而言，恰好在1930年至1933年间，美国和德国的左翼浪潮在波兰涌起。我要抛开所谓信仰问题，因为它在这里完全不是重点，

1　"神–人"（God-Man）指耶稣，"人–神"（Man-God）指人自身的神化，尼采的"超人"就是一个例子。在《群魔》中，陀思妥耶夫斯基区分了这两种概念。

2　影射高尔基诗作《海燕之歌》，这首诗隐喻了1905年俄国革命之前的社会形势。

知识圈中只有少数几个人拥有某种"信仰"。更重要的问题是对现实的把握。在一段写作社会诗的短暂时间内，我的内心充满了厌烦。因为很显然，在各种各样的集体运动中，参与者互相鼓噪，诗人出于自尊心和获得认可的需求，原形毕露。他们可能与一首好诗擦身而过也辨识不出，但只要出一个"主题"，他们会立马连声称赞。那时一个谜题已经出现了，而且随着二十世纪的深入，它变得越来越令人痛苦。如果一个人被社会现实剥夺了人性、削弱了意义，那么将他仅仅当作那个社会现实的一小部分时，他的渺小岂非得到了证实？那些关于"社会不公"的作品明明意图高尚，却为何这么沉闷单调？那时在波兰和其他地方出现了许多疾呼呐喊的诗作和不少类似的散文，但似乎都没有流传下来。"灾祸派"是一次旨在恢复诗歌标尺的尝试。作为一种文学观，在这样的背景下，比起对斯卡曼德派或先锋派的反对，"灾祸派"诗人对社会诗的鄙弃倒是更能说明问题；他们那从未形成理论的批判可以归纳如下：你总是想着现实，但它是完全不现实的，因为当周围发生的一切都呈现出全球性规模，末世就在眼前，你却依然沉浸在自己的外省小世界里；你试图把人类贬低为经济人（homo oeconomicus），但在历史的末世之中，有一些隐藏的内容是我们无法理解的。也许耶日·扎古尔斯基[1]的《英镑

1　耶日·扎古尔斯基（Jerzy Zagórski，1907—1986），诗人、散文家、翻译家，与二十世纪三十年代的"灾祸派"诗歌小组关系颇深。

陷落颂》仍属于社会诗，但在预言大英帝国的崩溃之外，它还有更丰富的内涵。这位诗人的《敌人的到来》是一个关于敌基督者来临的超现实主义童话；故事发生在亚欧大陆的平原上，就在毗邻北冰洋的大高加索山脉之间。

1939 年之后，年轻的华沙地下诗人们再也无法对前人如此精准的预感无动于衷了。不过，战前的灾祸派对这些年轻人却是个威胁，因为它的思想依据是国际化的，而他们想不惜一切代价将自己封闭在民族的维度之内。无独有偶，邂逅了另一类灾祸派，即维特基耶维奇那一类后，他们只从他的剧本中借鉴了怪诞元素，不像我们——至少从我当时的反应来看——是受他的小说中历史哲学前提的影响。不过我们却不至于那么悲观，没有像维特基耶维奇那样不顾一切地装疯卖傻和飞蛾扑火。谁知道全然悲观的诗歌是否可能存在呢？或者说，诗歌是否不必予人希望就能具有价值呢？在灾祸派的诗作中，时不时就能听出一种针对自身命运的反讽口气，但其中也有对和谐、对美的渴望，而它们应是得救者的归宿。

那今天又如何呢，当那些可怕的预言成真（或者说部分成真）俱成往事？我们这个世界的现实被分裂成了所谓西方和所谓东方的两半，而我从这两口毒井中都啜饮过井水。我也确信三十年代的那个谜题仍然亟待解决。

难道十九世纪关于自己的梦想是一个谎言吗？不排除这种可能。但至少它的大都市（麦克白的女巫搅动了其中的

176

毒液）通过巴尔扎克、狄更斯、陀思妥耶夫斯基的作品在我们心中引起了共鸣；它像波德莱尔诗中的地狱之城，是人间喜剧的舞台；它望向我们的脸既像杜米埃[1]版画中那些堕落腐败的法官和记者，又仿佛马奈《奥林匹亚》中的妓女。那时的某些东西可以被称为现实主义的意志。那种意志在二十世纪之初还是明显存在的，但坚持不了多久了。它在文学和艺术领域的消失，与新闻短片和纪录片的广泛传播几乎是同时发生的，这也是为什么人们会将其归咎于对这些新鲜表达方式的模仿。然而，真正的原因可能是更深层次的。人类必须要有所支撑，否则就会烟消云散。十九世纪，基督教给予的动力仍然可以支撑人类，也就是说，个体的命运是有意义的。二十世纪三十年代那些主张"人类即群众"（Man as the Masses）的人勤勤恳恳地拼凑着社会文学，骗得自己都相信尼采的大笑[2]与他们无关了。因为无论我们有多么愤怒，多么同情被压迫者的命运，只要我们依然认为我们所关心的人并不是独一无二的，只是历史"进程"洪流中的泡沫，我们就很难获得哪怕一丁点关注，而失去了关注，文学就只是纸上的东西。对未来的恐惧贯穿了第二位预言"虚无主义"的先知陀思妥耶夫斯基的作品，这是有原因的。陀思妥耶夫斯基不是心理学家；根据人们对他的正确称呼，他应该是圣灵学

1　奥诺雷·杜米埃（Honoré Daumier，1808—1879），法国著名讽刺漫画家和版画家。
2　尼采在著作中多次提到大笑，将它作为对抗世间恐怖和荒诞的态度。

家[1]，这两者之间有巨大的差别。灵（pneuma）不同于那种用来刻写印象的工具，也就是过去所称的魂（soul）；尽管有人魂（homo psychikos）的诱惑，人灵（homo pneumatikos）为得救所付出的努力依然配得上最高奖赏。陀思妥耶夫斯基自诩为真正的现实主义者，他曾经确实是，现在依然算得上，这就是原因。

在法国和美国生活了很长一段时间后，我为自己的发现震惊不已：那些环伺在我身边的艰苦现实，在这些国家的文学里完全不存在。并不是说应该提供什么描写现实的范式，那是不可能的。那些号称只会忠实描述真实发生过的事情、忠于"事实"的作家会运用很多范式，但每次最好的结果不过是自然主义。然而自然主义是彻头彻尾的不真实——只是带着伪装。重重倒影戏弄着重重倒影，重重倒影与重重倒影交媾，重重倒影杀死了重重倒影。一个蚊蝇的世界，而非人的世界。人类若只是蚊蝇，又何必为自己的不幸福而沮丧呢？只有作者和读者同时信以为真的主人公才能成为现实的准绳。那些十九世纪的主人公，例如拉斯第涅阿克、拉斯柯尔尼科夫、伊万·卡拉马佐夫[2]和《帕尔马修道院》中的法布里奇

1　圣灵学（pneumatology）也是心理学（psychology）的旧称，这层含义现已不再使用。Pneuma 和 Psyche 在希腊语和古典哲学中意义不同，前者为"气体、空气"，是万物起源的几大元素之一，在基督教神学中被翻译为 Spirit/灵/圣灵；而 psyche 在希腊语中指为生命提供动力的能量及构成人类的深层本质，翻译成英语的过程中变成 soul，即"魂"。在《圣经》中，上帝将自己的灵（spirit）吹到人类身上，因此人类也有一部分灵。

2　三位人物分别出自《人间喜剧》《罪与罚》和《卡拉马佐夫兄弟》。

奥·德尔·东戈，至今仍然活着。过去几十年，西方作家成功塑造了一些极有魅力的主人公。无疑，其中最杰出的是漫画作品中的青年侦探[1]丁丁；还有一位侦探远不如他，是一位成年人，即西姆农笔下的迈格雷[2]。这就是法语国家的情况。相比之下，在英语国家，只有一位角色似乎成功地抓住了读者。他就是弗洛多·巴金斯，出自托尔金的《指环王》，一部关于光明与黑暗力量之争的讽喻小说，内涵丰富，而且叙事方式其实类似于显克维支的历史三部曲。只不过年轻的弗洛多连人类之子都不是；他是一个奇幻世界的造物，霍比特人，一个精灵，是英国人白日梦中的自己：住在安逸的小窝中，喝着下午茶，能成就一番英勇事迹——但只在绝对必要时行动。

要捕捉现实，我们就需要一位主人公，也需要提纲挈领的主题。这个主题无须存在于作者的脑海中，因为它已渗透了他的时代。在十九世纪，人类的重生仍然被寄予厚望。我提到乌托邦社会主义绝非偶然，它是极其重要的。如今，社会公平的概念承诺给予每个人一切他想要的东西，但没有保证会将受压迫者从人-物的权力系统之下解放出来；于是它们不够让人亢奋，它们半瘫痪的状态使得那些描述尚未成形就已变味了，因为它们摆脱不了一种方向感和斗争意识。在这

1　《丁丁历险记》中的主角实际上不是侦探，而是记者。他的年龄应该在十四岁至十九岁之间，但书中未明确证实。

2　乔治·西姆农（1903—1989），比利时法语作家，一生写过五百多部长篇和大量短篇小说，因成功塑造儒勒·迈格雷探长的形象而知名。

里，现象背后的隐形法则到头来比无数西方革命拥护者的心愿更为强大，后者的现实感越来越弱，因为他们获得的认可甚至还不如三十年代的先驱。

　　这些作品中都弥漫着世界末日的氛围：尤其是《尤利西斯》，它对欧洲传统调侃的、爱恨交织（odi-et-amo）的一锅乱炖，它昭然若揭而又痛苦的玩世不恭，还有它那无可解读的象征体系——哪怕是最细致的分析也仅止于欣赏它那多重母题的穿插缠绕，却理解不了作品自身的意图和意义。其他运用"意识的多重映射"的小说大多也给人留下一种无望的印象。这类书常常是令人困惑的，朦朦胧胧，似乎对它们描绘的现实怀有敌意。我们会频繁发现这类作品在抗拒实际的生存意志，抑或是乐于刻画它最残酷的形态。其中存在对文化和文明的憎恨，不过它是通过文化和文明创造的精妙修辞手法来呈现的；往往还存在一种极端狂热的毁灭欲。所有这类小说的共同点就是朦胧，即意义的不确定性：正是同时代其他艺术形式中也会出现的那种无解的象征主义。

　　　　　　　　　　　　　——埃里希·奥尔巴赫《摹仿论》[1]

　　奥尔巴赫在书中论述了自希腊时代以来欧洲文学中的"摹仿"（mimesis），也就是对现实的反映。此书 1942 年至 1945

1　由维拉德·R. 特拉斯克的英译文转译。

年间在伊斯坦布尔完稿，作者身为德国流亡者，那时碰巧在此地居住。以上引用片段讨论的是"二战"前的情况。它同样也能用于描述战后迄今的文学特点（只不过如今这些特点变得更加明显了），所以在奥尔巴赫及其同侪将二十世纪归纳为一场旷日持久的毁灭性运动时，我们决不能轻视他们的判断。

我们在地球上只活一世，只拥有一段特定的历史时间。如果意识到自己命中注定活在一个堕落的时代，我们就会面临生存策略的选择。人类有别于动物，我们与自己这个物种的完整历史保持着联系，而历史正变得比以往任何时候都更容易接近，连失落的文明也不断被重新发现了。但我们并未努力取得过去那般辉煌的成就，而是臣服于低等的哲学，就因为它们是当代的——每念及此，我们就难免沮丧。要找到合适的抵抗策略很难，而我相信，我们的发展——如果称得上发展的话——必须建立在由无意识策略到有意识策略的进步之上。不幸的是，由于和周围所有人吸纳了同样的信息，个体总是虚弱的，总担心他自己才是犯错的那个人。

说人类能彻底洗心革面就太夸张了。人独有的能量之源——姑且称之为天命（predestination）吧——无论遭遇善恶、真理还是谬误，都不会改变；他也有某些局限，比如他正确理解事物的能力是有一定限度的。他生命中最基本的构成物会反复重现，但可能会呈现新的形态。"二战"之后，我也仍是"灾祸派"，也就是说，我依然认为要是失去对现实的感知，人就活该受到惩罚。但我开始越来越有意识地选择自己的向导，并且避开了那些当代美文学的代表作，因为它们都染上了现实感缺失的毛病。我也有意识地与那种哀怨的哭诉保持距离，如今它几乎和"写作"是同义互换的。很不幸，在某条边界内，万物本性主宰了我们；一旦越过它，人就开始将这种哭诉——还有整个荒诞派戏剧和注定失败的回归传统"现实主义"的尝试——都当成属于过去的东西。当代力量的无能也好，无意识间屈从于这种力量的文学艺术也好，对它们的悲观估计并不等同于对个人成就缺乏信心，也不等于怀疑人类不能战胜"现实"。毕竟，处于时代掌控之中的意识永远是不完备的，等它成长起来，我们最多也就是能清晰描述出我们不想要什么。本来就该是这样，因为我们的热忱就源于能对时代摆在自己眼前的东西说不。

"什么是真理？"庇拉特问。"什么是现实？"人们问。这样的问题，人应该拒绝回答。

1974 年

七宗罪

傲慢（**S**uperbia）

贪婪（**A**varitia）

色欲（**L**uxuria）

嫉妒（**I**nvidia）

暴食（**G**ula）

愤怒（**I**ra）

怠惰（**A**cedia）

在中世纪，七宗罪的首字母组成了 saligia 这个词，当时据说有两种用途，既让人容易记住七宗罪或严重缺陷（vitia capitalia）的名称，又强调了它们的整体性。这些我以前就知道，但不久前我翻查了几本百科全书，想找到关于 saligia 的说法。没有一本提到了这个词。另外，天主教的众多百科和神学术语词典也不谈这个词。神父们已经对罪恶表现不出任何兴趣了，仿佛在请求世界原谅他们多少个世纪以来一直将此作为自己最重要的职责之一。提到罪恶这个概念时，他们甚至会口齿不清，于是自然不愿意在自己编辑的教义手册和《教理问答》中提到这种分类。

为了找到一本探讨七宗罪历史的书，我去了一趟神学山。伯克利拥有一所各方面都出类拔萃的综合大学，此外还有几所分属于不同教派的神学研究生院，它们毗邻而居，俯瞰旧金山湾区，视野极佳。它们本着世界宗教联合的精神合作，分享自己丰富的藏书。这些学校中最著名的是一所跨教派的太平洋宗教学院。已故的厄尔·摩尔斯·威尔伯曾是它的教员；他为写作两卷《一位论[1]史》而学了波兰语，理由不可谓不充分，因为他的书里至少有一半内容都是有关波兰亚流派人士的旅居和论争。

我找到了那本关于七宗罪的书，但它藏在库房里，那里存放的都是极少被借阅的书籍，于是我得出一个结论：这个话题在未来的神父和他们的导师之间都不受欢迎。实际上，这些由四世纪的埃及修士编纂的罪行名称一直都有点像是历史遗迹，因为虽然罪名一直保持不变，它们的意思却一

1　与基督教主流神学思想"三位一体论"相对。三位一体论认为圣父、圣子、圣灵是上帝的三个位格，一位神论则强调上帝只有一位，否认耶稣具有完全神性。后文的亚流派属一位论派。

直在变。我从这本著作中知道 saligia 一词是十三世纪时被奥斯蒂亚的亨利推广开来的，但长久以来还有一个版本与之分庭抗礼：siiaagl（superbia, invidia, ira, acedia, avaritia, gula, luxuria），用不同的顺序排列了同样的罪名。不过，即便只是为了好记，最后还是 saligia 胜利了，而且在天主教改革期间被耶稣会采用。

孩提时代，我没有从教义问答课上获得多少道德启示。也许儿童普遍没有准备好理解这样错综复杂的知识，此外，在那些课上，七宗罪的波兰语说法在我的脑海里引起了太多奇怪的联想。

1. Pycha（傲慢），而不是 superbia。Pych（撑船）、puch（绒毛）还是 pyza（圆脸或是圆盘）？ Pyszałkowaty-pyzaty（自负的胖墩）？超出自身承受能力的自我膨胀？那是别人，某个绅士，一个 pyza-pycha w kryzie（一个绉领环绕、得意洋洋的圆脸），肯定不是我——换句话说，这条不适用于我。Pycha 光从发音上就能被即刻归类，但 superbia 是路西法的特质，也有微妙的庄严色彩，像英语的 pride，法语的 orgueil，德语的 Stolz，教会斯拉夫语的 gordost'。

2. Łakomstwo（贪婪），而非 avarita。我能想到的罪行包括把果酱罐舔得一干二净、纵容自己对甜品的无限渴求，虽然今天这些事都不足挂齿，但在我的孩提时代，我们的餐桌上其实很少出现甜品。在当时，有谁会对我解释，嗜甜曾是人类文明这段残酷历史的主要推动力？它刺激了人们发放高利贷、兴建工厂、征服美洲、压迫波兰农民，并提出一个高明的点子——它在虔诚的阿姆斯特丹居民手下得以完善——用他们的船来运输奴隶。毫无疑问，世上的大人物们一直需要甜食。然而不管怎么说，他们要是一群饕餮，即追求感官享受的人，情况也不至于这么糟糕了。如法语词 avarice 和德语词 Geiz 所暗示，贪婪是一种禁欲者的渴望。难道莫里哀的《吝啬鬼》应该被翻译成《饕餮》吗？英语的 covetousness 比较接近贪婪而非吝啬，但它仍然是一种只针对金钱的强烈欲望。教会斯拉夫语的 screbrolub'e 是希腊语 filarguria 的直译，能同时表达吝啬和贪婪两层意思。

3. Nieczystość（不洁）用来替代 luxuria。这也许和不洗澡有关？再加上对"羞耻部位"的暗示？但这个拉丁语单词的意思是茂盛、丰饶、富足，主要用来形容植被；然后是不加节制的热情洋溢，比如人们表达自己观点的方式；还有过度、高傲自大和放荡。法语的 luxure 保留了其中的一些内涵，但是它和波兰语的 rozwiązłość（放荡）意思相同，更恰当的同义词是 rozwiązłość 而非 nieczystość。英语抛弃了拉丁语的说法而采用古德语的 Lust（色欲），虽然它的形容词形式 lusty 偏向于精力充沛、强壮有力的意思，而且也曾被用来表示俏皮、喜气洋洋，但还是未免过分偏离原意。英语的 lust 一词显示出相近概念在语言和习俗的作用下会产生的变化，在我们将它和教会斯拉夫语的同一罪名对比时更加明显：

blud（意思就是通奸），这个词越过拉丁语，直接取自希腊语的 porneia。相比之下，nieczystość 更像是德语 Unkeuschheit 的直译。

4. Zazdrość（嫉妒），而非 invidia。那时我完全不清楚这个词的意思。现在，我知道它的拉丁词源是 in-videre；za-źrzeć，也就是说和 za-widzieć（教会斯拉夫语是 zavist'）意思完全一样。其他语言更强调意愿、渴望，但我很难说法语的 envie、英语的 envy、德语的 Neid 是否能传达出这个拉丁术语中包含的憎恨和毁谤两层意思。

5. Obżarstwo（暴食）和 pijaństwo（醉酒），而非 gula。在拉丁语中它的本意是喉咙，后来又加入了贪吃的含义。暴食和醉酒让人联想到大腹便便的男人们在一桌佳肴面前狂吞大嚼的画面，显然这是一桩成年人的罪行。现在我才开始好奇波兰语为何用了两个词来翻译 gula。在我所知的其他语言中，醉酒从来没有被列入七宗罪。教会斯拉夫语的 chrevougod'e 意指满足口腹之欲，是在希腊语词 gastrimargia 的基础上造出来的；在波兰语中与饮、食都有关而最接近的词应该是 popuszczanie sobie pasa（松开衣带）。在历史进程中，这项罪名遭遇了某些意想不到的事，也许是因为在某段时期有更多的人可以纵情吃喝，后面几个世纪却不行了。各类营养不良的人舔着骨头幻想哪怕吃饱一次也好，甚至还出现了一类描写熏鹅、蒜香熏肠、熏火腿和桶装啤酒的诗歌。它本该是一项罪行，但除了暴饮暴食，还有什么可以用来奖励大斋节[1]的自制行为呢？法语词 gourmandise 真的含有贬义吗？相反，称一个人为 gourmand（美食爱好者）是一种肯定，意味着他面色红润，颏下系着餐巾，对美酒佳肴颇为了解，意味着他不是一个贫民。他还没到 gourmet（老饕）的程度，但也接近了。德语词 unmässig 可没有享受这般优待，英语的 glutton 也有所不同，是指无法满足的食管，倾向于暴食和杂食。

6. Gniew（暴怒），而非 ira。"怒气爆发"——不难想象它是什么。它是一种短暂的、通过暴力行动释放出来的生理状态（"勇敢者"博莱斯瓦夫一世冲进教堂，在一阵雷霆震怒中杀死了主教）。Ira 的翻译也毫无难度。英语的 anger、法语的 colère、德语的 Zorn，以及教会斯拉夫语的 gnev。

7. Lenistwo（怠惰），而非 acedia。波兰语不应该对这种可笑的误会负责。这个词不是拉丁语，而是经由拉丁语直接借鉴的希腊词 akedia，本来应该被翻译为 obojętność（冷漠）。但对四世纪的隐士而言，akedia 是主要威胁，是魔鬼的诱惑，在正午时分万籁俱寂、太阳下的一切都静止不动时最为严重。那是一个修士会受到忧伤和无聊侵袭的时分。他试图用祈祷驱散它，但却深受一切努力克制都徒劳无功的感觉折磨。如果放任自己被挫败，他就会离开自己的洞穴，跑到邻近的洞

1　为纪念耶稣在荒野禁食，复活节前有为期四十天的斋戒日。按照教义传统，斋戒日期间有禁止肉食、每日只吃一顿正餐等习俗。

穴中，只是为了不必独处。如果他经常屈服，他就必须回到城市，融入人群。于是，对于那些献身于严肃精神生活的人，akedia 就成了一个危险的障碍。之后，中世纪的僧侣训词也十分关注这个问题。它常常与 tristitia 和 lupe，也就是悲伤，联系起来；更简单的表达是 nothing matters（一切都不重要）。慢慢地，akedia 的语义才变成了困倦、懒散这一（生理）弱点。不论法语的 paresse、英语的 sloth，还是德语的 Trägheit 都不能传达它的原意。只有教会斯拉夫语的 unyn'e 才能完美地表达出这个意思。显然，小时候我对"怠惰"的认识仅限于它的一种变体，也就是我那对"绝对必要之事"（即做作业）情有可原的厌恶。

可以理解如今的教士不愿意再为这些罪行分门别类了，因为由差异、概念和三段论逻辑构成的庞大体系是在相当晚近的时期才得以确立的，在耶稣会士的决疑法 [1] 中达到了它的终极形态。科学研究的声望无疑也产生了影响。科研的一个目标是把毛绒熊剖开，查看里面的结构。人类作为这种毛绒熊，没有被心理学家看作善恶或价值观的缠结，而是被当成某种"现象"来研究。与此同时，比起从自己内心发现的盎然生机，人类的可怜罪行就成了流亡政府、流亡君主之类的抽象概念。

1　是一种道德神学。在伦理学的讨论中，它反对基于原则的严格论证方法，是一系列基于个案的论证方式。

但是。如托马斯·阿奎那所说：与此相反[1]。在我们每个人身上都能找到许多有趣的因果链条，但还是让别人去考虑这个问题吧。独处时，困扰我们的是自己的善恶，而不是那些神秘的问题：我们来自哪里，为什么会身处此地？如果我弄清楚童年时概念模糊的七宗罪如今对我意味着什么，又会怎样呢？这肯定不是一件稀松平常的任务，因为它暗示着要对旧的七宗罪做出新的阐释，也就是说通过在自己身上找到它那庄严的形式，找回它那可悲的尊严。

　　让我们坦率一点。七宗罪顶多是引发那些让人堕入地狱的罪行，但无论是其中任何一条还是整个七宗罪都不一定会导致被罚下地狱。因为它们或多或少是堕落人性的普遍体现，而这种人性还没有恶到不给希望留有余地。于是在《神曲》中，但丁和他的向导维吉尔在地球中心的地狱逗留后，来到地球的另一端，开始攀登炼狱之山，这时他们接连经过七层阶梯，每一层都是正在为自己的七宗罪忏悔的魂魄。阶梯的顺序按 siiaagl 而非 saligia 排列，而且我觉得但丁的逻辑是很有说服力的。《第十七篇》中有几组三行韵句在这里尤为重要，非常值得引用。到了第四层后，维吉尔说：

　　　"吾儿，天下造物主和造物

1　原文为拉丁语：sed contra。阿奎那在《神学大全》中大量使用这个衔接句来引出自己对前文中问题的另一种解答。

无一没有爱——无论出于自然

或是心灵；对此你已知晓。"他说。

"那自然之爱永不犯错，

但心灵之爱却可能选择邪恶的对象，

抑或投入过多或不足的精力，导致错误。

只要它向往至善，

克制人间次要的享乐，

就不会使人甘于堕落；

但要是它误入歧途，或

不够勤谨地追求良善，

上帝的造物就忤逆了天父意旨。

由此你可以看出——必然如此——

爱是你身上每一样美德的种子，

也种出了会招致惩罚的恶行。"[1]

那么，"动太阳而移群星的爱"[2]就成了一切事物、一切
生命的核心。在自然的秩序中它（天性之爱[3]）不会受到道德
评判。手放开后，一块石头坠落，是因为这是地球引力所需
要的；一头动物猎食另一头动物，是因为它受了所谓本能的

1　本部分节选由亚伦·曼德尔鲍姆的英文版转译。

2　出自但丁《神曲·天堂篇》。

3　自此处起连续三个括号内容都是直接摘自但丁原文的意大利语：amore
　　naturale（天性之爱），amore d'animo（心灵之爱）和 primo ben diretto（至善）。

驱使。但在神灵的秩序中，使人和天使有别于其他物种的爱（心灵之爱）却可能是错误的。它召唤人们去追求天堂的福祉，即找到大善之源，也就是上帝（至善）。如果它将与这个主要目的相冲突的事物当成了良善，又或是它本身太强或太弱，那就错了。《炼狱》的七层阶梯就是这种错误的例证。最低的三层象征着堕落的爱；就是说，追求错误目标的爱。但丁和维吉尔在那里遇到的灵魂都很痛苦，因为在他们的一生中，他们的爱（或"意志"）的磁针已经转向了他们自己：傲慢、嫉妒、愤怒。第四层是怠惰，或者说不充分的、疲软的爱，这种爱让凡人无法恰当地利用他们被赐予的时间。位于炼狱山的最高处，离人间天堂最近的三层，被指定为那些爱得不知节制的灵魂忏悔的地方，因为贪婪、暴食和色欲都源于无度的放纵。这是相当神秘费解的，因为尽管存在这些弱点，贪婪、贪吃和放荡的人倒比其他人显得更好。他们强大的生命意志似乎是离心而非向心的，指向外在世界，指向它的附着物。它或多或少忽视了他们本人：对贪婪者或吝啬鬼来说，金钱象征性地概括了人间所有的幸福；烤肉使暴食者目不转睛，因为他其实没有考虑自己的口味——口味是在烤肉之中的；一位漂亮的女孩迷住了花花公子，用的是她身上某种神秘的、未知的可能性。若真是这样，若离心的生命意志正是沉醉于生命存在本身，那么超过一定的限度后，它就只能在至善，即上帝中得到满足；但是在那种情况下，由于生命意志是如此丰富，它应该会带来虔诚。然而虔诚又谈何容易，这就是为什么这最高的三层会存在。这里的意思是说，既然外向的爱——指向那些被感官领会的事物——不是一个错误，那么在最坏的情况下，对于其贪得无厌，人们也只会提出这样的建议：要么变得虔诚，要么减少一点这种爱。陀思妥耶夫斯基在《卡拉马佐夫兄弟》中忠实遵循了但丁的教诲：老卡拉马佐夫和德米特里的贪婪、暴食和色欲在一项真正严重的缺陷，即伊万的傲慢面前，就显得微不足道了。斯乜尔加科夫的怠惰可以与之相提并论。[1]

傲　慢

　　如果你是活跃在你那个时代的千千万万诗人之一，你会忍不住想象自己的作品一两百年后的结局。要么你们所有的名字都只会成为时代思想史的注脚，要么其中一个将从时代风尚和习俗间脱颖而出，而其余的尽管看似独立的个体，却会服从指挥的手势加入合唱，任何一个太过独立（独立于时代风格之外）的声音，都会被指挥消声。那个诗人就是你，因为只有你是正确的。但诗歌和正确之间有什么共同点呢？

1　塞尔盖·格森（Sergei Gessen）是最早用七宗罪解读陀思妥耶夫斯基的人。他 1928 年的《〈卡拉马佐夫兄弟〉中善的悲剧》（"Tragediia dobra v 'Brat'iakh Karamazovykh'"）重印后被收入《陀思妥耶夫斯基研究：文集》（*O Dostoevskom: Stat'i*）（普罗维登斯：布朗大学出版社，1966 年），第 199–229 页。——原注

很多。词语的排列中暗含选择，选择中暗含思考，在你的文字背后潜藏着你对自己笔下诸多人类事务的无声评判。如果判断——有意识、半意识或无意识地——自己是正确的，你就会冲破那个时代主流观点的茧壳；不过，其他人却会受困其中，因为判断力并不是平等的，仅仅在一段很短的时间内，错误会和真理享有同等殊荣。那么，在想象力和语言的创造中存在绝对标准吗？毫无疑问。那怎么可能呢？毕竟一个人喜欢的是某物，另一个人喜欢的又是别物，品味问题不堪论争[1]。然而所有的人类精神之作都会落入严格的等级体系之中。我们对当代作品的看法尚在摇摆试探，因为只有时间能掀开这一等级体系的面纱，暴露金玉外表下的垃圾。不过，在你握笔作诗时，你倒是异常相信自己的正确——这往往意味着所有竞争对手所作假设的错误。那些个性不同但互相尊重的诗人之间难道没有博爱之情吗？当然是有的。不过，你的胜利就蕴含在写作行为之中，而你非常清楚，你只相信自己身上那个守护神（daimonion）的声音。

不排除这就是迄今为止的自然规律，因为"永恒的荣耀"一贯只为寥寥可数的伟大人物加冕。考虑到如今获得声望的是艺术活动（写作、绘画、雕塑等）而非其结果，也许几百万个名噪一时的艺术创作者会取代那少数几个天选之人。不过，我是在传统理念下长大的，因此我倾向于将傲慢之罪

1　原文为拉丁语：de gustibus non est disputandum。

看作职业病。要是仅仅将它理解为自负，我们就会忽视它带来的后果是多么不明确。对于想要有所成就、不甘放弃自身道路的诗人而言，骄傲和自信密不可分。

在生命的不同阶段，我对诗歌和文学有不同的见解，所以我可能会犯下错误，把现在的观点投射到过去。现在，我在"作家"这个职业身上看到了一种令人尴尬的滑稽。读到如今许多文字工匠发表的日记，我们不禁产生怜悯之情：他们真觉得自己"伟大"呢。他们中有多少人，只凭几场咖啡馆见面会和几张剪报，就崇拜起自己的声名这类干腐之物？现实情况就是这样，不过我对自己的职业不太友善的态度在久远的青少年时期就已形成。在那时诗歌已经很渺小，更勿论一般性的文学了。假设你比你的竞争对手更优秀（对此我从不怀疑）。所以呢？在一群盲人中间，独眼龙成了国王，而你却引以为豪？毫无疑问，我想成为杰出的诗人。但那对我来说似乎还不够。要是我畅想过写作几首绝妙的诗，那只能证明一点轻微的傲慢；然而，我内心的傲慢的确足够深重，让我的眼光跳出了纯粹的作者身份。

我不认为自己具备任何不寻常的才能和天赋，只有一项除外，但即使是现在，我也没法定义它。那是一种能在别人不认为有关联的事物之间发现联系的才智。那也是一种对习俗和制度尤为敏感的想象力。不管怎么说，我总是能听到内心这样的告诫：这不会长久。若周围的一切都有种不真实感，在这样的不真实中间写成的作品还能真实吗？特别是这一点不仅适用于波兰，还有整个欧洲，只不过是出于不同的原因。奥特佳·伊·加塞特[1] 曾在某个地方将生于坏时代的艺术家比作肌肉强健、带着利斧的伐木人，但却发现自己身处荒漠之中。年轻时，我对这个类比并不熟悉；要是我听说过它，我的自嘲就可以用这句话来表达："你可选了个好时代，你的力气够用了，因为周围没有木头。"

人必须努力达到一个维度，在那里，作为一个整体的现实和诗歌的命运一并接受着裁决。然而，在那时，这却不是言辞可以实现的。另外，当时也没有人懂我的诗，或者，更重要的是，也许我相信没人能读懂，因为我感觉自己被完全孤立了，越是临近1939年，这种感受就越深。今天，我是这么理解的：波兰社会的崇圣意识很强，这解释了波兰在一个高度世俗化的世纪所遭受的某些命运。不过，我们在这里谈论的是一位女神——波兰民族性——将神圣地位如此彻底地据为己有，别的一切都不能满足她。我的眼睛在三十年代模糊感知到的维度不属于波兰的维度，所以我只能和"外人"站在一边，他们是犹太人、共产党或同情共产党的人。不过，无论转向何方，我始终找不到归属感。对"至高之物"的向往为我的整个生命提供了方向，但是由于所处地理空间和心理的各种特质，波兰-天主教的调性并未主导我的这一宗教。

---

1 奥特佳·伊·加塞特（Ortega y Gasset，1883—1955），西班牙哲学家、媒体人和评论家。

那时我的想象力警告了我这一切不可能长久，它是否正确？在这里我要稍做区分。我的想象力理解到现实的"黑暗"面，促成了我悲观的判断，但我想尽量淡化一种观点（虽然它听着让人很受用），即这是诗人未卜先知的天赋在起作用。谁知道更具决定性意义的是不是我对生活整体的排斥——为它的不合理而惩罚它？这种不合理在生活中的个体、生物和集体层面上都存在，而且程度不同，从那些叫得出名字的（比如经济的荒唐局面、不成功的政治体制之类）到完全无法归纳的，但它们都与我对绝对和谐的需求相抵触。于是，不论现行制度是否真的会被推翻，我已经预感到它的倒台是合理的。

我的傲慢应该受到惩罚，最终它也确实招致了惩罚。因为现在，在成熟的年岁上，当我张开嘴，用别人倾听我说话的耳朵来倾听自己，我会听见什么？难以理解的咕哝，这应该被算作惩罚。经历过许多次暴怒（毕竟我要求不高），我却只能接受在孤独中封闭自我，承认它是公平的，而且对我很有教育意义。用波兰语写作的人不应该心存幻想。要是波兰将文学摆上民族圣坛的传统没有结合对精神领域事务的极端鄙视，那么对于我们的短暂栖息而言，地球就太美了。

礼貌一点说：这才刚刚拉开序幕呢，我很清楚自己忽视了许多复杂的情况，因为我遵守语言的纪律。我将讨论局限在傲慢的正负双重后果之间。它难道没有被用作道德的替代品吗？比如由于我们认为自己只应做出最高尚的举动，它便会阻止我们采取某些行动吗？那些一意孤行的人，离了傲慢还能成事吗？孤独迟早会让我们陷入危机，只有通过某种重生，蜕变，摆脱至今困扰我们的事物，它才得以解决。实话说，我宁愿相信自己的傲慢就像带来新生的产婆，不过抛开这一点，更多高尚的性格特征也起了作用。

嫉 妒

他拥有我本该拥有的东西；我才配拥有，他不配——这是嫉妒的一种模式。不是我想要变得像他一样，而是相反：他不如我，却获得了不公平的奖赏，并且毫无疑问，因为自身的低劣，他甚至无法理解它（我这个更高明的人却可以）。嫉妒这骄傲之女在知识分子和作家间泛滥到可笑的地步。例如，每一则其他作家获奖的新闻都能或多或少在他们心中激发起隐藏至深的阵阵妒火。要揣测自己心中嫉妒的深度和强度确实很难，因为它很善于伪装。来自与世隔绝的欧洲偏远地区，先后三次移居，先到华沙，然后到巴黎，之后再到美国（背包里总是装着元帅杖？[1]），我肯定在内心培养出了相当多的嫉妒。对此，我们得公正一点；这种嫉妒被我崇拜偶像的非凡天赋中和了，于是虽然对有些（大多数）人评价严苛，我却能谦卑地匍匐在天选之人身前，无比确信自己低人一等

1　影射拿破仑名言："每个法国士兵背包里都有一根元帅杖。"

（但他们中极少有"作家"）。

　　还是让我们先放下文学和艺术领域吧。本世纪应该被称作嫉妒的时代，我马上会解释为什么。当大量人口在短时间内突然改换职业、服装和习俗，这种社会流动性对模仿行为是有利的。森严的阶级壁垒（比如一个装扮成乡绅的资本家会受到嘲笑）曾让模仿非常困难。模仿意味着仔细观察另一个人，渴望拥有他的所有物（钱、服装、自由等）。一个散布恐慌的人格于是出现了——它是每个人心中都有的那个"为他人存在的自己"，折磨着"为自己存在的自己"。我们可以想象一个人对他人行为相对漠然的状态，哪怕只是因为他们的地位太高（例如穿民俗服饰，因为只有城里人才穿工厂流水线生产的衣服），或是由于他接纳了自身的独特性，可以平静地告诉自己："那不适合我。"然而，在二十世纪，我们却被迫为自己的不同寻常感到羞愧。毕竟，"为自己存在的自己"始终是耻辱、罪过，只不过不同的人能应对的程度不同。当一个人反复听闻别人正享受着自己理所应得的生活，他就不会停下来思考这个外人描述的人物形象有多虚幻，这样一来，每个人都是"为他人存在的自己"。他环顾四周，开始了嫉妒：那边那个人，他是个可怜虫，但看看他都得到了什么吧，他简直快被馈赠淹没了——低于常态的不是他，是我。这种"常态"或"为他人存在的自己"实则是"新道德"（"包容社会"的典型特征）传播的秘诀。每个人都有一项"使命"，那意味着一种让他偏离常态的追求，一种只针对他散发的吸引力。嫉妒的对象不会伪装成查尔斯、彼得或伊格内修斯，而是伪装成外人眼中的"常态"——据说，这是我们自己极少拥有的东西。"抽象概念实体化"、模仿和嫉妒，三者的内在紧密相连。

然而，想变得"和别人一样"的愿望真的意味着人在嫉妒吗？似乎是这样的。我没有他拥有的东西，我受了亏欠，因为我应该拥有它，之后我还要拥有更多（当然是要做自己，拥有自己的个性）。"常态"会成为我个性的附加物，而在我看来，那个"别人"的本质已经消隐其中了。

如果我们根据嫉妒的目标将其分类——比如针对某种职业的一小群人，或者针对"一般人"的，后者会更危险。当我们不愿接受专属于自己的命运，不能平静地接受有些生活方式是自己力所不能及的，甚至还会令自己痛苦，我们就很容易犯错。而一旦我们努力去随大流，"泯然众人"的种种痛苦就会显现出来。

愤　怒

呸，这要是我们曾体会过的那种老派的愤怒就好了。气得脸色发紫可就坏了，更糟的是盛怒之下一拳冲着头去，将人击倒致死。即便没有随身携带一柄小斧，人们也非常清楚那种一时脑热之后于事无补的悔意。但除了这种古老的愤怒，当我们作为社会和历史的参与者感到需要对恶行负责时，一种新的、现代的愤怒诞生了。你任怒气盈怀，咬牙切齿，攥紧拳头——不过，闭上嘴吧，你无足轻重，什么都改变不了。你质问自己："是我疯了还是他们疯了？也许是我吧，因为他们好好地活着，面对自己的责任，没有愤慈，也没有恐惧。"如果我们生来就容易被激怒，而且还生在这么个迷人的世纪，我们该怎么做，怎么应对这一切？显然，每个人都接受过某种教养；单单群居生活就会塑造他。他注意到大喊大叫和以头抢地基本无济于事；如果他是个诗人，他会意识到制造噪音也没什么用。于是他的愤怒潜入地下，只会带着冷嘲热讽或冷眼旁观的伪装出现，通常很难推断出它背后隐藏了怒火。

　　从开始懂事起，我这一生都用这种策略应对自己的愤怒，直到现在，也没有参透它是如何与我（真正）孤僻的天性相调和的。我们到底怎样才能理解身上相互矛盾的冲动与习惯的共存？不论在 1939 年以前、战争期间还是之后，我内心都时常翻涌着怒火。有人会问（这么问不无道理）：怎么可能将不可比的事物相比，将不那么恶贯满盈的历史时期和制度拿来与恶行集中爆发的那些相提并论？一个不幸的真相，是每个人类社会都有多个层面和多元地理空间。冒犯我们道德观的事不会同时发生在每个层面、每个地方。尽管某地的大多数人口正死于饥荒，也会有些社区里住着吃饱喝足、享受美妙音乐、对（比如？）数理逻辑感兴趣的人。我们不应假想已被巨龙吞没的人不会经历一些心满意足的时刻。比如我有一段快乐的记忆就是 1941 年夏天，到平丘夫附近的赫罗贝日拜访了农民作家约瑟夫·莫顿（我们经由一条别致的窄轨铁路，在绿茵遍野的山丘间蜿蜒穿行，到达那里），返程的时候耶日·安杰耶夫斯基和我在克拉科夫郊外的一个小站下车，从那里开始，我们只能步行进城。我们在路旁一家小酒馆歇脚，在它的花园里，走乡串镇的吉卜赛乐队正在演奏。那之后，我们步履蹒跚地走进那些偏僻的街道，与华沙相比，那里的一切都像是另一个国度、另一个时代的景象。沃布佐夫斯卡街上的艺术家咖啡馆内喧嚷的说话声和绚丽多彩的人群让人想起全盛时期的蒙巴纳斯[1]。上前招待我们的女侍者是犹太人，她是我们一位同事的妻子，也是一位华沙诗人。所以说幸福那时还没有消失——但十天后，一次大型围捕行动证明了这些慰藉是多么不可靠。

人类社会中的层面和地理空间的多元性还不是唯一的普遍法则。另一条法则是我们的注意力有意向性，于是我们的头脑会改造、重组所有类型的"既定事实"。一个人看到一件不公之事在等待昭雪，另一个人却什么也看不见；一个人无意反叛，另一个却会诉诸火枪和炸弹。我对愤怒的思考受到了在美经历的深刻影响；欧洲和美国，这两个不同的时空区域形成了互补。美国的恐怖主义者与三十年代末某位在华沙咖啡馆颇受追捧的女诗人没有太大的不同。那个年代的波兰

1　巴黎地名，位于塞纳河左岸，曾深受文艺界人士青睐，有很多知名咖啡馆。

存在许多让人愤怒的原因，但这位诗人（她来自知识分子家庭）的恨意是如此强烈，在她看来，这个体制是万恶之源——要对波兰那些应该被摧毁却无法被摧毁的事物负责，也要对每一种集体生命中一切免于摧毁的事物负责。是她写下了这句鲁莽的诗："我们用俄国的占领换来了波兰的占领"（仿佛1918年后独立的波兰和沙皇俄国一样坏），但她后来也为诗中的鲁莽承受了太多的苦难，如今就不必再为此谴责她了。但这首讨厌的诗却值得一提，因为在其中，我们自己身上那种常见的、二十世纪的愤怒不仅直接指向了制度，恐怕还指向了任何事物的存在本身。那些来自富有白人家庭的美国年轻人，如俄国虚无主义者[1]为贫农的命运深感不安一般，大受贫民窟的黑人触动，在用革命修辞为自己打气方面展现出了无限潜能，但如果我们对此不以为然，那可就错了。这里我公然用陀思妥耶夫斯基的《群魔》来作类比，其依据可能在比社会关系更深的层面上——最重要的也许是在基里洛夫这个角色身上，这个人（如他所说）因为世间没有它应有的上帝，宣判了自己的死亡。愤怒，我们这个时代的大恶魔，到底是以对人民的热爱为名义喷涌而出的普罗米修斯式叛逆，还是在针对一个对生命太过不公，乃至不值得生活的世界，

---

1 虚无主义在俄国逐渐被等同于革命，尤其与1881年沙皇亚历山大二世被刺杀一事联系起来，"虚无主义者"就成了十九世纪下半叶俄罗斯革命恐怖主义者的代名词。启发陀思妥耶夫斯基创作《群魔》的谢尔盖·涅恰耶夫就是这样一个臭名昭著的恐怖分子。

发出怨恨的宣言？我想二者皆有，尽管在这里它们的占比是不明确的。

理解受压迫者的、奴隶的愤怒并不难，尤其是如果你自己就在"次等人类"的躯壳下生活过几年。不过，在我这个世纪，那些为自身特权感到羞愧的特权阶级发出了越来越响亮的怒吼。我非常熟悉这种愤怒。年轻时，我虽然很穷，却仍然知道口袋里的几个兹罗提对波兰的大多数人来说已经是一大笔钱了；此外，在三十年代末期，我赚了不少钱，足以让我摆出自命不凡的高雅派头。在美国，我还可以为经典资本主义捍卫者的"优胜劣汰"理论提供（可疑的）依据，因为我的作品赢得了不少称赞。我承认，在我的伯克利，和我的加州，我和自己的同类厮混在一起，他们都已是成功人士。"我们应该恩将仇报。"他们中有人对我说。也许吧。但要真是这样，我们也要永远牢记，当饱食无忧、满面红光的人假装自己正在受苦，他们往往陷入虚伪的境地。

怠 惰

再没人可以把这种缺陷简单归纳为懒惰了；不管原来叫什么，现在它已经回归了原义：面对空虚、漠然和沮丧时产生的恐惧。但是现在体验到这种刺痛的不再是与世隔绝的隐士，而是千千万万的人。一个极端保守派可能会说，这些人就该一辈子穷困潦倒、目不识丁，这是为了他们自己好，因为生活的基本需求会让他们疲于奔命，只余下短暂的时间来休息而无暇思考，也就免于受到那些舞文弄墨的半吊子知识分子误导了。结果却与此大相径庭，而且虽然其模式会随着国家和体制发生变化，它们的轮廓大体还是一样的；也就是说，会读写、会骑摩托或开汽车的普通人出现了，他还没有做好付出精神努力的准备，容易受那些往他的头脑里填塞伪价值观的半吊子知识分子操纵。

别期盼回到美好的旧时光了；它们并不美好。无疑，中世纪城市中虔诚的日常生活不是凭空臆造，因为它们在建筑和艺术中留下了痕迹；不过，它最多也就是为遥远的将来提供了一条线索——也就是在现在的过渡期之后，精神的上升运动成为可能之时——这种上升与过去的那种相似，但可以说是次一等的。

眼下，我们身处头脑惨遭亵渎的时代，这可能是当大量的人（而不只是过去那些特权阶级）拥有“渠道”时我们不可避免要付出的代价。获取什么的渠道？不是“文化”——文化最多让人想起一只紧锁的铁箱，但无人记得提供它的钥匙。这些渠道将会通向人格面具的“独立战斗”。以前的人类个体浸淫在部落风俗中，不需要它，但今天每个人都成了埃及沙漠中的隐士，受自然选择法则支配——要么上升，要么堕入某种 skotstvo 之中。这个俄语词的字面意思是“野蛮”，但不论语言学家怎么看，我们都倾向于将它和希腊语的

skotos，即"黑暗"联系起来。

　　如今，价值观的混乱使得人们不能明察秋毫，于是那些虚假的伟人受到尊崇，他们之所以赢得了名声，是因为他们绚丽夺目，强劲地代表了时尚潮流。此外，这也是一个怪兽的时代——是人类历史中罕见的——然而，仿佛是为了平衡一般，也出现了一些巨人，对他们表达恭敬不是什么羞耻之事。他们和机械呆板的众生之间的思想差距，很可能大于中世纪神学家和酒类商会成员之间的差距。准确地说，这不是一个基于受教育程度的判断，因为在自己的专业之外，很多科学领域的诺贝尔奖获得者在智识上与目不识丁的人也没什么不同。雅克·马里坦[1]曾说，定下这个时代基调的要么是头脑孱弱、内心敏感的人，要么是头脑强大、内心坚硬的人，但少有头脑强大、内心敏感的人。最好的证据就是统治着文字和图像语言的美国市场了。愚蠢的高尚和卑鄙的精明如此紧密勾结，以至于现在要评价报刊、电影、书籍和电视节目的教育意义，我们只能说它们是一种针对"人类尊严"（一个不准确但可谓恰当的词）的大规模犯罪。

　　不幸的是，那些明白怠惰（或 unyn'e）在眼前诱惑着自己但却不甘懈怠的人，很快就会发现他和同代人之间的差距即使不是逐月，也是逐年扩大的。脑力劳动有一个特征，那

1　雅克·马里坦（Jacques Maritain，1882—1973），法国天主教哲学家，对《世界人权宣言》的起草产生了重大影响。

就是完成同样的任务所需的时间会越来越少；也就是说，人会培养出简化任务的能力，找到捷径。因此，人失去了对市面上现有图文信息的兴趣，于是出现了一个不算小的问题：我在别处也提到过，由高雅知识分子组成的新贵族是在有别于半个世纪前的领域内行动——当时，是"先锋"文学和艺术勾画了许多美好蓝图，却未能将其一一实现。

天性热忱勤奋，工作也足够努力，我似乎不必责怪自己怠惰了。不过，我却没有取得自己本应取得的成就，原因既在于受到的教育有缺陷，也在于抑郁的状态让我不可能对同时代的谬见做出任何有效抵抗。显然，这并不意味着假如我早年就披上自卫的铠甲，让自己像那时就醉心于柏拉图的一位熟人那样，不受二十世纪的任何事物侵染，情况就会变好。那会是一个错误而没有意义的选择。请特别注意（nota bene），这里应该提到的一个因素是历史的惊涛骇浪，它实在不利于形成更好的判断力。但只有怠惰的人才喜欢把责任推到外因上。

与包围我们的空虚缠斗没什么新鲜的，人类千年来都面临着类似的考验。然而，自恺撒的古罗马和希腊化文明时代以来，人类从未如此无助过。这些是科学革命的后果，它们是碎片化的，并以碎片的形式影响着大众的想象。大多数人可能都会在这样剥夺生命意义的压力之下屈服，或者顶多也就是在印度教、佛教和撒旦教传教士售卖的灵丹妙药中寻求安慰。

贪 婪

似乎从史前时期以来，就没有什么比它更普遍、更典型了。然而，尽管贪财总是驱动人们去征服、压迫，尽管它已经导致很多种动物灭绝，导致排入水和空气中的化学毒剂威胁着整个星球的安全，如今的贪婪却不局限于但丁熟悉的那些形式。在那个时代，这一缺陷只用于描述某个具体的人；现在，它却在独立于特殊个体存在的整个机制内蔓延（这一点也适用于其他几宗罪），但我们似乎很难为之定名，因为它们与人类的联系已被切断。比如，一家石油公司的油船污染了海洋，这难道不是贪财的后果吗？如果答案是肯定的，那么我们就从不存在个人责任，因而也不存在罪疚或忏悔的地方发现了贪婪。那些主管呢？但他们不是作为人，而是作为集体的机能而行动的，除了攫取利益之外别无目的。如果他们做出决定是出于任何谋利之外的目标，反而会受到惩罚。当然，他们可以辞职从事别的工作，不过这也不能改变集体的行为，那个集体只会屈从于外力。

这类公司中主管的情况也很可能代表了社会地位远低于他们的各色人等面临的问题。某个名叫琼斯或是杜邦的人私下向往着美德；他愿意吃草、喝山泉水、穿用线绳系在一起的麻袋装，然而无论他对圣方济各理想的渴望是多么真诚，他还是被"俘虏"了，而且没有回头路。

贪婪的这些非个体化的新形式，必要时倒可以解释为何它已经不再是一个文学主题。贪婪作为小说主人公的邪恶欲望，本身已有一段历史，大致近似于"现实主义"小说的历史。笛福、狄更斯、巴尔扎克和左拉在二十世纪初期还有追随者，主要是在美国作家之中。在俄国，贪婪（srebrolub'e）通过普希金的《吝啬骑士》在文学界崭露头角，也在陀思妥耶夫斯基的传记中（他想通过轮盘赌赢下一百万）、在他几乎所有作品中都占据了一席之地。我们见证的那场小说技巧革命，就发生在贪婪的集体（它是非常难以描述的）已经开始与贪婪的个体一起活跃的时候。但也正是对生活现实的逃避导致小说不再谈论金钱了。今天，当人类丛林的野蛮生长使我们震惊，由被动体验和个人印象占据的文学就避开了这些庸俗的问题：谁在通过什么方式谋生？谁在用什么方式赚钱？一个典型的事实是，美国知识分子的愤怒是与市场无关的，很少有例外，因为他们依靠大学谋生，忽视了市场这个最关键的问题，甚至反过来批判对市场自由的限制，尽管在现实中，那种自由只会有利于道德败坏的生意人。无疑，这里有一种强大的禁忌起了作用，它是最为神秘的社会恒温器，在它的力量之下，贪婪的一切后果所激发的革命怒火最终都会沦为商品，也就是说，反过来又成为贪婪的帮凶。

比起其他弱点，贪婪（以及贪婪的缺席）更容易引导我们去求助那些关于个人宿命的模糊法则。用金钱衡量的成败似乎并未与贪婪和吝啬构成明确的关联，不过也许中间人群，那些命中既不带财也不带穷的人，是最不贪婪的。对于这个群体而言，这一条原则基本适用：你会得到刚好够用的钱，但前提是你并不会特别为钱焦虑。

暴 食

想到祖先们曾沉湎于暴食和酗酒是让人痛苦的；总的来说，想到自己身上携带的基因都让人痛苦。意识到自己有斯拉夫基因就够让人郁闷了，"对腌黄瓜和高声喧哗的钟爱"沉重得像是不可逆转的报应；这种纵情飨宴造成的后果是避不开的，哪怕它们被体面地归因于各种地缘政治因素。只要简单算一算若干世纪以来，我们在宴饮上花去了多少时间，从而失去了多少思考的时间，就很能说明问题了。田园诗般的宴饮可能证明了我们对世界真实面貌的无力承受，以及对一个更温和的世界的渴望；与此同时，它又是自厌情绪的一个重要源头，因为对街头醉汉的厌恶似乎与对自己近期行为的厌恶合二为一了。诚然，低自尊不仅根植于此，还深深地扎根于集体的无能之中（于是只有个体是有活力的）；它带来了多疑的本能反应。自厌的对象又延及"他们"，到了每一个罪行累累的人身上。这就是为什么人不应该只注意到某种宴饮间嘈杂的交谈、愚蠢的自夸和信口胡诌。醉酒本身不如它揭示的内容那么重要。它所揭示的内容在各个民族间相差无几，只不过会包含某个特定社会的特征。后者才是低自尊的由来。

我一直努力避开暴食设下的陷阱，成效不一。我承认自己太现实了——我发现人可以"从敌人身上获益"；也就是说，一旦做得过火，我们便可以去思考那些随之浮出水面的问题。涌现出来的问题是本能反应、一时兴起、怨恨和自私，它们都太令人难堪了，让人完全不想了解。

色　欲

　　话题一转向放荡、淫乱，所有人都会竖起耳朵，但我却要提前泼一盆冷水。由于缺乏其他方面的吸引力，特别是写作这门艺术自身的吸引力，当今的写作者们正在竞相展现"真诚"。当然，基于这个原则，我们可以对高雅和低劣的风格做出区分。一个自重的作者不会堕落到采用这种方式，由此我们得出了美文学不值一读的结论，因为这个类别中只有极少数作家还留在高雅风格的领域之内。

　　长久以来，对人类幸福和自由的梦想，始终与一切禁忌和伪善两相对立，那种伪善倾向于忽视力比多对我们的控制。但消除伪善解决不了什么问题。D. H. 劳伦斯说亚当和夏娃在犯下原罪后的第一次性行为在生理上与之前的许多次并没有差别。差异在于他们现在看见了，也就是说感知到了自己的身体，也感知到了伴侣这一"他／她者"的身体；再者，二人都意识到了伴侣是有意识的。这就是为什么他们第一次有了羞耻感，一看到上帝就躲了起来。"谁对你们说你们全身赤裸的？"上帝问亚当。D. H. 劳伦斯寻求的是复原；他想让人类回归天真，回到品尝明辨善恶之树的果实之前的状态。在这里，我们不应该考虑能在多大程度上实现这一目标。《创世记》中这些元素的结合——男人和女人、禁果（或意识）、羞耻——教导我们在任何情况下，我们的言辞都无法栖息于伊甸园中，文学甚或一切智力活动的成果最多不过是占据了伊甸园边境上的一片区域，因此只能靠近纯粹生理维度的爱与死亡。

本世纪后半叶的性解放运动有几处让人疑惑的地方。它来得很猛烈，也许可以解释为对整个十九世纪（而非这场运动之前几十年）的回应，毕竟我的青年时代可不算是个禁欲的年代。我们必须承认风俗革命并非一夜之间发生的，要让所谓大众接受一个普世标准，有时得花上数十年。不过，即便承认了这点，"解放"一词中的狂热还是令人吃惊，仿佛它是"瘟疫时期的盛宴"，要么是由于死亡对个体的威胁更大了，要么是由于瘟疫即将摧毁整个物种。这种狂热的根源与其说是腺体，倒不如说是思想——后者装满了不断从外部轰炸它的变幻不停的图像，这些图像继而遵循自身形式的动态机制，换句话说，它们必然会越来越栩栩如生。这类狂热无法自制，很可能会自我毁灭，其结果是万念俱灰。不过它也可能预示了一场新的革命，是对天真和常态的渴望造成的一项矛盾后果。科幻作家已经写过很多这类视觉—听觉—触觉刺激下的代偿性释放了。

贝雅特丽齐是《神曲》中一个有力的象征，也就是说，她既是一个真人，也是一个理念（代表了真正的柏拉图之恋），且二者程度相当；要么，她二者皆非，因为她代替它们出现，使它们密不可分。在维吉尔结束自己的使命之后，即艺术天然的魔力消失之后，她接替了引路人的工作，引导但丁攀上了顶峰——字面意义上的，因为她将他带往人间乐土的那座山峰乃至更高处。

现如今人们对一切禁欲主义的敌意，甚至那种伴随嘲讽的愤怒，都足以揭示一个秘密。威廉·布莱克所称的"想象的神圣艺术"，听从性爱本能的召唤，同时又对生育本能怀有恶意，或者可以说是充满嫉妒。这种冲突是绝对严肃的，因为艺术要求其忠实信徒永远奋力追求而得不到满足，而且无视这些信徒的意愿，要求他们遵循它的清规戒律。有充足的证据可以证明这一点；此外，在这里，艺术家和某些有过神秘体验的人的生活也可一同作为证据，因为它们其实是一回事。一切"幻象"（visions），不论是梦中的还是醒时的，它们色彩和表现力取决于若干条件，其中一个就是情欲的能量。从吟游诗人吟唱的普罗旺斯淑女们，到她们的佛罗伦萨姐妹贝雅特丽齐，再到浪漫主义传记，这些"未得到满足"的爱证明整个二元的柏拉图思想传统（后来由阿尔比派复苏）是对我们天性中某些真相的回应。或许回应的不是我们的天性，也就是说，并非整个人类的天性？在两种极权社会中，"宽容放任"的总比"保守压抑"的更能长久，因为在前者中，想象的艺术会自行凋零。

1974 年

人间乐土

一切似乎都是崭新的，起初有些奇怪，是难以描述的稀罕，令人愉悦，也很美。我是一个小小的异乡人，在世界的入口前接受祝贺，沉浸于无限的喜悦之中。我的知识是神圣的……一切都安宁、自由而不朽。我对病痛、死亡和强征暴敛一无所知，没有这些，我像天使一样受到款待，沐浴着上帝造物的熠熠光辉；我在伊甸园的静谧中看见了一切；天地吟唱着我的《造物主礼赞》，他们为我谱写的旋律如此丰富，超越了献给亚当的歌。一切时间皆是永恒，是恒久的安息日……

我看见的谷粒是闪闪发光的、长生的小麦，它永远不会被收割，也永远不会被播种。我想，它的存在世世无穷。街道上的尘埃和石块，和金子一样珍贵。那些门本来是世界的尽头，透过其中一扇，我看见了葱郁的树木，它们使我喜不自胜。它们的芬芳和非比寻常的美让我的心跳跃不已，几乎喜极而狂，它们是如此奇妙的造物。那些人啊！噢，那些老人看上去多么可敬！不朽的小天使啊！青年男子像是光彩夺目的天使，还有那奇异的少女，多么像生命与美的纯洁象征！在街上翻滚、玩耍的少男少女们就像是移动的宝石。我不知道他们是否脱于凡胎，今后是否会死亡，然而一切都恒常有序，各就其位。永恒就显现于日光之中，万物背后皆有无限之道，它与我的期待对话，触动我的欲望。那个城市仿佛坐落在伊甸园中，又或许是建于天堂之上。那些街道属于我，神殿属于我，人属于我，他们的衣着和金银都属于我，就如同他们那闪亮的双眼、洁白的皮肤和红润的脸庞。天空是我的，日月星辰也一样，整个世界都是我的，我是它唯一的观众和享用者。

——托马斯·特拉赫恩[1]《第三世纪》

如此描述自己童年的作者逝世于 1674 年，终年三十七岁。直到二十世纪初，他都被人彻底遗忘了。他能跻身英语诗歌中顶尖的"玄学派诗人"之列，是由于 1903 年出版的一二十篇诗稿，还有在不久后的 1908 年出版的《沉思世纪》(The Centuries)。《沉思世纪》由一个个独立的散文体或诗体段落

---

1 托马斯·特拉赫恩（Thomas Traherne，1636—1674），英国诗人、牧师、神学家和宗教作家。本文摘选的《第三世纪》文段出自他的代表作《沉思世纪》。

组成，每一卷包含一百个段落，这就是为何出版商最早给它取了这样一个书名[1]。

特拉赫恩的书是一曲极乐的礼赞，颂扬着人类在尘世的幸福。在书中，世界是上帝赐予人类的礼物，在上帝的安排下，人生应该是无止境的狂喜。将《沉思世纪》归于灵修和神启文学一类（特拉赫恩是一位牧师）基本无益于揭示它的内容。其中的说理从"是"到"否"再到"是"，即它是次第展开的：如果人类能拥有完美的幸福（他能，但只有在天真的状态下，也就是童年时），那么无处不在且通常被认为是不可避免的痛苦，只要通过回到人之本初就可以避免；也就是说，找回失落的天真灵视（vision）即可，但它也需要满足一些先决条件。

在按天意安排的世界里，每件事物都由创世者精心构思，以给予人类至高的快乐——这个话题的抒情作品盛行于十七世纪，特拉赫恩并没有质疑这种传统，只是将它发扬光大了；不过，这类精神上与巴洛克音乐相通的宗教短文浩如烟海，正是这种随波逐流，导致他的作品湮没其间。今天，我们惊叹于他形式的质朴，这种形式能无比忠实地揭露内心体验；而想到自己被大浪席卷到了如此遥远的海岸上，我们也会满心恐惧。与二十世纪反差最鲜明的，当属想到时间的赐福是多么伟大时，特拉赫恩发自内心的快乐——日夜更替，阳光

1　"世纪"（century）的词源为拉丁语的 centum，意为"一百"。

丈量晨昏，四季轮回，它们是那么庄严灿烂。相比之下，对我们来说，时间（这是自然科学的功劳）已经基本成为生物概念，从生到死由无数并行而不可通约的过程组成：蜉蝣朝生暮死，其刹那生命与包含人类在内的其他生灵长短不一的生命相交。自然的多产，或者说以物种存续为名的"向着灭绝繁衍"，已经开始（读者肯定知道具体从何时起）在道德上触怒我们了，仿佛它预言了同样盲目的繁衍很快就会威胁到人类，成为神学的丑闻，而神学将无法摆脱这一矛盾：如果为了让生者活下去，我们也被迫将未生者排除在生命的盛宴之外，上帝又何必在我们身上注入性本能呢？既然在《沉思世纪》中人类还没有化作自然的一部分，那么不惧死亡的特拉赫恩又会身在何处？恰恰相反，每个人都是"独一无二"的，都是来自"混沌"的旅客，受到世间的热情欢迎；他愉悦地步入自然时间，就像愉悦地踏入节律之中一样。

那么，根据特拉赫恩的说法，我们能认识到天堂里的生活是什么样的。儿童天真无邪，于是可以通过五感得知世界本来的模样，接纳它一切的美。地球就是天堂——但因犯下的罪失去天真后，人类不再能理解这一点了。然而，如果他对自己的财富有所意识，克服了内心的邪恶，他就能实现生命的目标，即重获天真，于是他将再一次如童年时一般置身于天堂。

我为此感到疑惑。特拉赫恩提到了回归天真的障碍，也就是罪恶。我们可以接受他的这个假设：从远古时代起，罪恶就与自我意识的胜利画上了等号。然而，我的思想还是不由自主地受到了二十世纪科学的深重影响，因此我不能理解孩童无罪的依据，会质疑这种无辜是否为错觉。我们普遍接受一个道理（回头数数有多少作家就此分析过吧）：除了成为上帝，人类个体无论如何也不会满足——因为只有神祇才是纯粹而绝对的主体；只要他愿意，他可以将其他所有人视为客体，而且享有不会被他者的目光转化为客体的特权。因此，至少对成年人来说，罪人的身份意味着痛苦地意识到自己对世界贪得无厌，想要成为一切、占有一切——这种意识随即蜷缩于内心的绝望之中，反刍着自己的失败。是的，这就是问题，孩童是纯粹主体，是他自己的上帝，直到他发现自己的权力不是无限的，遇到了（事或人的）抵抗；他哭泣或纵声号叫，就是为了攥紧想象中的绝对权力。

那么，天真和罪恶的界线应该划在何处呢？如此反驳特拉赫恩，绝不算吹毛求疵。诚然如此，考虑到一个事实，我却不得不忽视它，那就是上文引用的句子说出了真相，实实在在的真相；我知道这点，因为我也曾身处天堂之中。七岁时乡下的阵阵回声、怡人幽香、万籁齐响和夏日晨光，虽然它们都发生在很早以前，宛如几个世纪前的事，那令人屏息的美却未曾减损一分。这是不是儿童对于权力的陶醉？为了尽可能礼貌地回答这个问题，我得说：不是。当反复使用"我的"一词，写下"天空是我的，日月星辰也是我的"时，或者称自己为"唯一的观众和享用者"时，特拉赫恩指出了问题的本质。因为不会被任何人和事物质疑的占有不是权力——权力为了证明自己的存在，只能借助行动。如果一切都属于我，那么我的"自我"就还没有觉醒；它还没有用任何一堵墙将世界隔离在外，于是人可以毫不夸张地宣称它每时每刻都在接纳着一切，阳光、色彩、声音和芬芳。有别于"非我"的"自我"不会出现，而这就是天真的基础。很好，那么抵抗又是怎么回事呢——外物的或人的？我们大概要在这里划分不同的层面，有些事情在这个层面会发生，换个层面却不会。小时候我肯定是个让人难以忍受的暴君，但把占有欲和对周围丰饶物质的无私悦纳（不加抵抗，也无从抵抗）混为一谈，也许我们就不太公正了。毕竟，一缕阳光扫过墙纸，会有什么抵抗呢？

认真一想，我们就会发现特拉赫恩就此问题提出了一个有力的论点：他提醒我们，地球不是赠予人类的礼物，而是赠予亚当一个人的。从那时起，每个人都成了这样一位亚当，塞内加也是这么看的："神独将我赐予全世界，又将全世界独赐予我。"（Deus me dedit solum toti Mundo, et totum Mundum mihi soli.）在这般充满爱意的结合中没有权力斗争，也没有对立。毕竟，他还能和谁竞争呢？不论是独自一人时，还是从自己的肋骨捏成的夏娃身上看来，曾经的亚当都感觉自己不是神，也不想成为神，否则哪里会存在危机呢？危机正始于撒旦的一句耳语："汝等便如神。"

现在，将地球描述为天堂需要极大的勇气。很不幸，称其为地狱几乎与称其为天堂一样合理，而我们知道这点很让人恼火。但若羡慕起特拉赫恩的时代，我们往往就会夸大其词，其实那是英格兰革命和内战的时代，激烈宗教纷争的时代——对此《沉思世纪》只字未提。

以下是关于阅读特拉赫恩的两件小事。第一件来自我的青年时代。他在英格兰也鲜有人知，更别说在欧洲大陆了。战前的法国，只有马赛出版的期刊《南方杂志》（*Les Cahiers du Sud*）关注过英语的"玄学派诗人"和其他时隔几十年才进入法国人视野的种种文学现象。我是那本杂志的热心读者，当时奥斯卡·米沃什为我一册册存了起来，用大包裹寄到维尔诺。我相信，1936年的我就是在那本杂志中读到了特拉赫恩的诗，它是用英语发表的，带有法语的逐字译文。

密茨凯维奇是我第二次接触他的契机。要解释原因，就得简要介绍一下美国斯拉夫研究的历史。哈佛大学于1896年首创了斯拉夫学，委任来自比亚韦斯托克[1]的侨民莱昂·维纳来教授俄语及其他斯拉夫语言。他的儿子诺贝特是有名的控制论创始人。第二个斯拉夫研究中心在伯克利：乔治·拉帕尔·诺伊斯从1901年起在这里教授斯拉夫语言。他最早是维纳的学生，后来又毕业于圣彼得堡大学。这位我后来任职的斯拉夫语言与文学系的创始人仰慕密茨凯维奇，迄今为止依然是他最重要的英语译者。他用散文体翻译了《塔杜施先生》。

---

1 波兰东北部的城市。

我不认识诺伊斯，不过在我的第一篇英语文章《密茨凯维奇与现代诗》被收入曼弗雷德·克里德尔在纽约出版的密茨凯维奇专题文集[1]后，我曾收到他的一封信。在那次研讨中，他描述了《塔杜施先生》让自己着迷的地方："类似孩童的视角，结合一种对其孩童视角的自觉。"在这里诺伊斯引用了特拉赫恩。于是，对诺伊斯而言，密茨凯维奇的诗又是一部关于重获极乐的作品。

　　从年轻、变老到最终死亡，这是一种非常平庸的人类生命形式；这种特征属于所有动物。把不同生命阶段汇集于一时才是人类特有的功课。当一个人切断与童年的一切联系而成为残缺不全的人，这就是他平庸的证据；类似地，一个思想者如果失去了想象力和情感，也和失去理性一样糟糕，这也是一种悲惨的生存方式。

　　　　　　　　　　　　——索伦·克尔恺郭尔[2]《非科学的结语》

　　有人善良，有人精明，也有的人时而善良，时而精明；但要在一件事中同时察觉到什么是精明的做法，又保持善良

1　《波兰诗人亚当·密茨凯维奇：专题文集》（纽约：哥伦比亚大学出版社，1951 年）。

2　索伦·克尔恺郭尔（Søren Kierkegaard，1813—1855），丹麦神学家、哲学家，被后世认为是存在主义鼻祖。此处上下两个选段都出自《非科学的结语》（*Concluding Unscientific Postscript*），由戴维·F. 斯文森和沃尔特·劳里的英译文转译。

的目的，就非常难了。有人天生爱笑，有人总是泪水涟涟，也有人的性情随时间改变，但要在一件事中同时看出喜剧和悲剧的一面是很难的。被悔恨的重负击垮而再度成为恶人不难，但在精神被击垮的同时放下忧虑却是很难的。只专注于一种思想而忘记别的不难，但在有一种思想的同时，头脑里也装着反方意见，让两种相反观点同时存在则很难。在七十年的生命中，体会过所有情绪，留下一些样本来随心挑选并不算难；然而，要拥有一种丰富而饱满的情绪，同时体会到相反的情绪，于是在赋予一种情绪表现力和感染力之时，那相反的情绪却渗透其中，成为弦外之响，这一点就很难了。以此类推。

——出处同上

1974 年

与切斯瓦夫·米沃什的一次对谈

蕾切尔·伯加什（以下简称伯）：你的新书《无法拥有的大地》（*Unattainable Earth*）包含了身在天堂和被驱逐的过程，就像你在书中所说："有人生来就具备人性，有人必须要自己慢慢获得人性。"你怎样解释有些人必须经历的那个缓慢过程？

切斯瓦夫·米沃什（以下简称米）：对我而言，创造性写作都是在弥补人的缺陷。为了成为好的艺术家，人不应该太像人。以此看来，一切艺术都有点不可信。这些想法折磨了托马斯·曼一辈子。

伯：你做过要让自己获得人性的决定吗？

米：不，并没有。我想，我曾为此努力过几十年。

伯：有效果吗？

米：自我评价太难了。你很清楚，我们不知道自己的美德和缺陷是什么。那是末日审判的内容，不是我们的事。

伯：你的诗很有哲学意味，我想知道，你怎么看待哲学家怀特黑德（A. N. Whitehead）的一个观点，即哲学与诗歌是类似的，二者都"试图表现被我们称为文明的那种至善"。

米：我研究过哲学和各种比较接近诗歌结构的思想体系。我们知道哲学不是追寻真理的方式；它的追寻可能是非常坦诚的，但它并不是比诗歌更能确保获得真理的方式。

伯：二者的追寻有相似之处吗？

米：从某种角度来看是有的。我个人不太喜欢写报刊文章或散文，而是追求一种更简洁精练的写作形式。我有些散文有明确的哲学意味。我的书《乌尔罗地》（书名借鉴了威廉·布莱克的神话[1]），在我看来就是一本哲学书籍。我非常感谢有哲学存在，想到上过的哲学课还心存感激。但对我而言，哲学的好处在于可以遗忘它。

伯：就像克尔恺郭尔一样，学习哲学是为了抛弃它？

米：可以这么说。

伯：你认为哲学和诗歌要做的是审视平淡无奇的事物吗？

米：是的。许多个世纪以来，哲学家们提出的一些问题无疑与人类的日常观察有关。有时，你会把平淡无奇的事物转化为一个哲学问题。在《无法拥有的大地》里有我的一首短诗《我之所有》。有一天早晨，我坐在大学食堂里聆听周围的人声。于是我写下了这首诗：

> "我的双亲，我的丈夫，我的兄弟，我的姊妹。"
> 早餐时我在餐厅里聆听闲谈。
> 女人的嗓音窸窣，在一个无疑必要的仪式之中
> 尽兴地发挥。

1　布莱克在《伐拉，或四天神》中构建了一个神话体系，"乌尔罗"是其中最底层的地狱世界，这里居住着行尸和鬼魂。

我侧眼瞥见她们翕动的双唇

为人生在世而喜悦。

一瞬间，与她们同在，于此世间，

赞颂那小小的、小小的我之所有。

　　这就是由平淡无奇的事物出发创作出的哲理诗。还有什么比在餐厅听到的对话更平淡的呢？

　　伯：在美国，诗人倾向于以自己为中心写作。我感觉你的诗不是那样的。

　　米：陀思妥耶夫斯基在某处说过，人最想做的就是谈论自己。我想这一倾向是源于文学在二十世纪的极度主观化，在西方尤其如此。这种主观化在我的故乡中欧（波兰、捷克斯洛伐克和匈牙利）不是特别强，因为还有历史经验来与之抗衡；个人出现在二十世纪的历史背景中，也出现在广义上的历史背景中，于是主观化的倾向就被削弱了。

　　伯：我会为你的新书取一个副书名叫"新智慧之书"。除了自己的诗，你还收入了引自其他作者的"题词"来回答一些重要的问题。是什么促使你去收集这些文字，把它们和自己的写作结合起来？

米：你的问题很有趣，也切中了要害。我一直在寻找限制更少的表达自我的形式。现在的诗歌领域对我来说已经有点逼仄了：为了抒情性的纯粹，很多技巧在诗歌里都被禁用，比如史诗基本上已经被人抛弃了。在《无法拥有的大地》里，我想通过混合诗体和散文体，结合我认为与这本书的情感基调和思想有关的其他诗以及其他诗人的诗，尽可能地多说一些。与此同时，像我之前说过的，我越来越不愿意写散文了。在我看来，报刊文章和散文的字数似乎太多了。

伯：小说呢？

米：对我而言，小说是一种诅咒。

伯：从你的诗作和书中的"题词"来看，我想，你认为对待罪恶的方式是拥有预见的良知，而非反思的良知。

米：是的。我经历过一段不断反思过往缺陷、罪恶和错误的痛苦时期。我的一个朋友，一位存在主义哲学的支持者，说我就是在享受罪念（delectatio morosa），这个术语描述的是修士们成天思考过往的错误和罪行，而不去做当下必须做的事。她说我们的过往不是静止的，而会因为当下的行为而不断变化。我们现在的所作所为可以反过来揭示自己过去的缺陷和成就；每一桩现在的行为都是在改造过去。如果我们把它们当作一种原动力，比如用来激励自己做好事，我们就能救赎过去，为过往的行为注入新的意义。

伯：那么你会认为好人的标准就是努力向善吗？

米：我不知道我们是否应该采用这个标准。我们往往容易被过往困住。我们不断地思考过去和未来。我们会回想自己以前是什么样，设想以后会变成什么样。我们不怎么会考虑当下。

伯：在书中，你说"自然很快就让我厌倦了……"之后，你又说"毕竟，自然不是我沉思的对象。我关心的是现代大城市中的人类社会，波德莱尔口中的'堕落动物的乐趣'"。引起你兴趣的是人类处理罪行的能力吗？

米：不，我说的是人类社会比自然世界更吸引我，说出这点在美国也许算是异端。

伯：在波兰不是吗？

米：在欧洲，自然世界已经失去了十九世纪初的浪漫气息。大自然母亲可不太善良。艾萨克·巴什维斯·辛格是我比较喜欢的一位作家，我对他有种亲近感。他一直因为世界的苦难（动物和人类的苦难）而反叛上帝。在我看来，自然不断地提醒我们，苦难和吞噬（动物吞噬动物）都是恒常的法则。我对自然怀有怨恨，因为自然界中一切近乎残忍、严酷的事物，我们在人类世界中也看得见。我觉得这太可怕了。或许人类对待彼此的方式有望比动物善良，但这只是空想。很多时候人类更坏，坏得多。

伯：也就是说，你说起自然时想到的是动物而不是树木和山峦。

米：我们谈论自然时很难只想到美。自然有无穷的美，我对此也非常敏锐。但比起万花筒一般变幻莫测的人类世界，自然界也同样有种单调感，有图式的重复。

伯：在《古稀之年的诗人》中，你说你的幸福就是活着。怎么解释呢？

米：那是一首关于青春永驻的浮士德式的诗。虽然已经到这个年纪了，我仍然很年轻，不会停止漫游和好奇。

伯：在那一首诗里，你也说为生命即将结束而悲伤。你会为自己的死亡哀伤吗？

米：我想自己对死亡是恐惧的。年轻时你可能比年长时更怕死，然而上了年纪的人一定会感到悲伤，因为你已经习惯了向前看、为未来打算，你意识到时间所剩无几——虽然我们肯定不会知道自己死亡的具体时日，但是许多计划也必然会搁浅。

伯：在《古稀之年的诗人》中，你还说"你一切的智慧都将归于虚无"，而之后你又说，自己在构建秩序来对抗虚无。这是一处有趣的矛盾。

米：我不知道这是不是矛盾，因为形式（form）就是对混乱和虚无的持久对抗。要是我有充分的智慧，我也不必不断创造形式来对抗混乱和虚无了。因为生命本身有无数的衍生方式，我们一直受到混乱和虚无威胁。我个人对二十世纪的感觉是，我们都被它淹没了。本世纪的种种恐怖和英雄事迹超出了我们的思考和构想。这个世纪很大程度上是无法形容的。同样的道理也适用于人类生活。我们处在自己的语言和历史无法控制的力量之下。也许这就是为什么今天每个人都想写一本长篇小说来讲述自己的生活。说到形式，人类生活的一切都是形式，或是在塑造形式；我们与世界产生联系主要是通过由词语、符号、线条、色彩或形状组成的语言；我们不是依靠某种直接联系进入世界的。我们人性的方方面面都需要中介，我们是文明的一部分，我们是人类世界的一部分。写作是一种长久的挣扎，是将许多现实元素转化为形式的努力。

伯：你怎么看行为的形式，比如道德行为和英雄行为？

米：行动大概很重要，但我不是一个行动派，也不该冒充这样的人。行动中也有很多错觉。

伯：我是从"激励人心的表现"这个意义上来考虑行为的。苏格拉底之死就是一个英雄行为的范例。在你看来，比起苏格拉底的对话录能传达的内容，苏格拉底的死所传达的会更多吗？

米：苏格拉底用生命写下了一种隐喻。当然，我们还可以找出许多在人类历史上浓墨重彩的类似例子。问题在于这类行为在多大程度上转化为神话。或许这种转化是必要的吧。

伯："转化为神话"是什么意思？

米：《约伯记》是围绕一个无辜的人和苦难的意义来讲述的。也许约伯受难的意义是创造一个寓言——《约伯记》的内容将约伯的故事转化成了一个神话。

伯：《约伯记》给出了一个答案：上帝知晓全部的现实，而我们只能知晓现实的碎片。你对这个回答满意吗？

米：满意。这是我的书中涉及的一个问题，还援引了奥威尔。我提出了关于过去的问题。如果过去只存在于人类记忆中，或随着人类记忆消失，或只存在于能被轻易损毁的记录中，那么实际上全人类和所有发生过的事件都会化为一团易变的、没有实体的迷雾。为了想象过去是真实的，想象那些死去的人（例如死于二十世纪恐怖形势下的人）是活过的，我们就得假想有一种无所不知的思想，能同时看见一切过去、现在和未来的细节。也就意味着不可知论者奥威尔似乎在寻找一个解决方案，而唯一的方案是基于上帝的客观现实。

伯：是什么促使你写下了《人间乐园》？

米：我写这首诗，是因为在马德里的普拉多美术馆看见了希罗尼穆斯·博斯[1] 的画作《人间乐园》。这幅画的神秘感让我惊讶。画家想表达什么？非常模糊。我们不知道它是对世间或色情的赞美，还是对罚入地狱的恐惧，说不定它还带有对世间享乐的反讽态度——这符合十五世纪的精神。我对那

1　希罗尼穆斯·博斯（Hieronymus Bosch，1450—1516），荷兰画家，画作以深入洞察人性欲望和恐惧著称。

首诗的兴趣很能说明我在这个话题上的模棱两可，也能说明整个二十世纪在同一问题上的模棱两可。历史上，比如在中世纪，曾有一种相当禁欲主义的眼光。但今天我们的态度是含混不清的。我们不知道。

伯：在书里你问："我爱上帝吗？爱她吗？爱我自己吗？"在我看来，有趣的是圣人们在自己的著作中那么生动地表达了对上帝的爱。不过我对爱上帝的意义感到困惑，我只能通过行动理解它。

米：我非常理解这点。这是一个老问题了——如何把我们对造物的爱，对我们能感知到的世界的爱，与上帝这一有别于世界的概念区分开。艾萨克·辛格是某类泛神论者，把世界等同于上帝。我觉得这是个相当棘手的问题。

伯：你的诗当中有一首我特别喜欢的《霍姆斯基神父，多年以后……》就涉及了这个问题。你说霍姆斯基神父拒绝向世界低头，你问道："那么我是在艰辛地对抗世界 / 还是在无意识间，我已认同它、属于它？"能说说你和他的不同吗？

米：让我们回到你的第一个问题。霍姆斯基神父是一位禁欲的宗教狂热分子，一个可能因为坚定不屈、拒绝向世界妥协而受人仰慕的人物。我选择了一条完全不同的路，身陷在所谓"生活的河流"中——获得了非常丰富的感官享受，与禁欲主义截然相反。那首诗就像是一个提问，我在问，做过那些事后，自己是不是就走向了魔鬼那一边，因为当今的世界是探索、好奇心和自由的世界，在这个世界中，一切似乎都是被允许的。我当时基本是站在现代世界的那一面来质疑自己。

伯：那你现在的立场是模棱两可的吗？

米：是的，我是个矛盾的人，我不否认这点。我一直在翻译法国哲学家西蒙娜·薇依，她就为矛盾辩护，我也不会假装自己的观点是统一的。

伯：你在书中展现出一种智慧，即区分什么是重要的，什么是无足挂齿的。通常是我们的性格（character）让我们拥有这种洞察力。你认为你的洞察力是来自于性格还是天赋（gift）？

米：我认为我们会为自己拥有的每一样天赋付出代价，所以我不会为自己的天赋骄傲，我知道它是有代价的。如果你所说的属实，那么我会感到很荣幸，而接受这种过奖之后，我会成为一个骄傲的人。但是我的缺点又会建立一种必要的平衡，所以听见你的褒奖，我也不会自我膨胀。

伯：那么你一定感觉为天赋付出代价也不错吧？

米：对，大概是的。

伯：你在一首诗中说，你不会告诉那些嫉妒的人自己付出了什么代价。你希望他们以为成就来得很容易吗？

米：让他们这么想吧。可以说在美国，我不应该被当成天赋异禀的人，因为在这个国家，关于作家和诗人有一种看法，我显然不符合：我从来没进过精神病院，我从来没吸过毒，我也不酗酒（我喝酒，但喝得很节制），所以我可能不太正常。

伯：你觉得作家在情感上一定是病态的吗？

米：不。我认为很多人在情感上是病态的，有极其复杂的情感，但我们对他们不算非常了解。如果发生在作家身上，这件事就会传播开来，人们就会知道。

伯：我在想你和罗伯特·洛厄尔[1]之间的差异。

1　罗伯特·洛厄尔（Robert Lowell，1917—1977），美国诗人。一生受困于双相情感障碍，几次入院。

米：有时我会羡慕洛厄尔。我会说："啊，他很聪明。他精神崩溃了，所以人们把他带到疗养院，他就可以在那儿平静地写作，而我遭遇危机时却只能正常活动。"

伯：你这样评论过自己的诗《紧身褡的扣钩》："那时我为她解开了紧身褡的扣钩，现在我为这个瞬间赋予了哲学意义。"你能设想在进行这个动作的同时为它赋予意义吗？

米：我们的意识和行动之间有某种双重性，这个问题是有趣又微妙的。我认识有些满脑子都是文学的人，他们做出任何行为，哪怕是写私人信件，都在想着艺术的世界。我们也可以想象，有些生理功能的实现伴有人们对其哲学意义的思考。不过，回到你引用的那一句话，我猜真正坠入爱河的人不会有这些想法。

伯：比方说，你能不能设想有人想要通过性关系让另一个人更亲近上帝？

米：我觉得不存在这类有意的设计。

伯：无意的成果呢？

米：有的。我的堂亲，法语诗人奥斯卡·米沃什，写过一本小说《爱的启蒙》（*Amorous Initiation*），在1910年出版。那个故事讲的是对一位美貌交际花的爱，发生在十八世纪的威尼斯。叙事者兼主人公慢慢意识到了世俗的身体之爱是通向上帝之爱的道路。

伯：你在书中说："当人们不再相信善恶有别 / 唯有美能召唤他们，拯救他们 / 于是他们仍会知道如何说'这是真的，那是假的'。"我们是否太过软弱，离开艺术之美就无法认识真相？

米：一位名叫谢尔久斯·布尔加科夫的东正教神学家说过，艺术是未来的神学。我不知道这是不是真的。我不太欣赏那种"艺术的宗教"。在二十世纪，我们见证了一种艺术崇拜的大趋势。艺术代替了宗教，而我对此持怀疑态度。然而，其中一定有些东西是可敬的——不是那些自命不凡的态度，不那么高贵的动机，自私的动机，或者那些吹嘘自己艺术的艺术家——因为在一个没有确信、没有牢固价值基础的世界，人们本能地转向艺术，把它看成神圣的，也许是圣灵启示的产物。

伯：你在《紧身褡的扣钩》中超越了什么时间、什么地点呢？[1]

1　米沃什在本诗题词中写道："我想要告诉他们什么呢？无非是我努力超越自己的时间和地点，追寻着真实。"

米：这首诗讲的是二十世纪初的年轻女子。在题词中，我用了一个那时所谓唯美颓废派风格的句子："你想要白孔雀吗？——我会给你白孔雀。"这里提出了一个严肃的问题，即我们都是风格的囚徒。我之前说过我们会创造形式，但形式会随着人类世界的改变而改变。要是我们去看1919年的电影，就会发现那时的女人和现在的女人很不一样——在时尚、风格和服装的作用下，连她们的身体也是不同的。我描写的年轻女子们受到那个时代风格的影响。同样的道理适用于绘画和诗歌的不同风格。我们的问题是看不见自己的风格，认不出它来。一百年后，我们的衣着、我们的时尚和我们的思维方式会受到轻视，甚至被当成笑话。在我写的这个片段中有一种怀旧情绪，一种摆脱形式和风格的中介，来与人类、与死去多年的女子们交流的渴望。

伯：在那篇题词中你写到了秘密、谜题和对真实的追寻。简而言之，什么是真实？

米：追寻真实就是追寻上帝。

伯：在同一篇题词中，你说："她已化作尘埃的肉体依然是我渴望的，如同对于那个男人一样……"你其实相信这点吗？

米：我之前说过，那首诗是在重构 1900 年左右的时代。我那时还没出生，但我想象我走在巴黎的街道上，把自己当成那些已经死去的男男女女。从哲学的角度，以及在冥思的情绪中，我们可以与他人共情。当普鲁斯特描写过去时，他所有的爱与妒忌都转化成了艺术，有了形式。艺术意味着距离和超然。但在现实生活中我们并不是超然的；我们受到自己的激情困扰，我们不能与其他人共情，我们嫉妒他们，想踹他们一脚。

伯：在收录于《拆散的笔记簿》的《存在》（Esse）一诗中，你站在巴黎的地铁里，为一位女孩的脸惊慌失措。你说："拥有。它甚至不是一种欲望。如一只蝴蝶、一条鱼和一块植物的茎，但更加神秘"。那个女孩下了地铁，你"……和无数存在的事物一起被抛在了身后。"促使你写这首诗的是不是一种失落？写完之后你是否感到轻松？

米：写之前肯定是因为失落，不过写完之后也没有感到轻松。

伯：这样一首诗写完之后发生了什么？

米：我记得自己草草地写下这首诗来表达失落和渴望，没有特别在意它。过了一段时间，它变得重要起来，因为我发现自己在其中表达了很关键的东西。

伯：我们把这份经历当作范例来稍做讨论吧。如果失落并没有减轻，写作对你个人究竟有什么影响呢？

米：我们之前谈过，写作是对混乱和虚无的对抗。写完这样一首诗后，我能轻松一天。我完成了该做的，对抗了虚无和混乱。对一天而言这就够了。

伯：你获得了诺贝尔文学奖和其他一些奖项，它们对你有什么影响？

米：它们以一种特别的方式影响着我。我不会因为获得了诺贝尔奖就改变对自己的看法。和其他诺贝尔奖获得者在一起时，我常常不由自主地想，他们应该是非常可敬的同伴。然后，我突然想起自己也是其中一员。随之而来的是一个现实的问题：我希望自己的作品受到评判的依据不是我的名气，而是它的价值。我会寻找和自己关系很近的人，这样他们会坦诚告诉我喜欢哪点，不喜欢哪点。

伯：在《无法拥有的大地》的最后，你说："不是为了使任何人着迷。不是为了流芳百世。"这是愿望还是决心？

米：这是个好问题。要百分百诚实地说，我倒是想让人着迷，但只针对我心中特定的理想读者群体，而不是全体读者。（挑选能欣赏自己作品的极少数妙人，可能是有点傲慢的。）不过我在书中那个地方想说的不是这个。我想说的是，如果你追求的是迷住读者，你可能就比较容易妥协，成为种种时代风尚的追随者。我说的"不是为了使任何人着迷"，是指我会坚守自己对秩序、韵律和形式的需求——就在此刻，在我自己的这页纸跟前——我将它们用作武器来对抗混乱与虚无。不使人着迷的意思是专注于自己的抗争，而不是我与读者的联系。

1986 年

第三部分

文学与作家

东西方之间的诗人

> 在这个世界上，艺术的王国在扩张，而健康和天真的王国在衰亡。
>
> ——托马斯·曼《托尼奥·克鲁格尔》[1]

很久以前的少年时代，我读了托马斯·曼写的《托尼奥·克鲁格尔》。那个故事写于"一战"前，而且是建立在当时艺术圈普遍接受的一个假设之上：艺术、文学与反常（abnormality）或病态关系密切，甚至就是后者造成的。从《布登勃洛克一家》到《浮士德博士》，曼在自己所有的作品中都忠于那个假设。关于艺术源泉的这种观点无疑也影响了

1　由 H. T. 洛–波特的英译文转译。

我同代的文学人士，但它似乎让我们感到被冒犯，于是我们鄙弃它，认为它含有明显的浪漫反讽[1]——太过颓废了。

我与阅读《托尼奥·克鲁格尔》那时相隔的不仅仅是流逝的时间。不幸的是，我必须说（用一个可悲的说法）：我的双眼见证过至少一部分属于二十世纪本质的恐怖。那样的经历可不会使得曼在小说中提出的问题堕入历史尘埃；恰恰相反，它让这个问题更加尖锐。现在我同意托尼奥·克鲁格尔的说法，即文学不是一种职业，而是一个诅咒；关于它的不健康，我还有一些补充论点。我甚至已经准备好对写作的艺术，尤其是对它在这个时代的变迁发动正面进攻了。

"艺术家必须是非人类、超人类，"托尼奥·克鲁格尔说，"他必须与我们的人性保持一种奇怪的、超然的关系。只有这样，他才会站在一个能有效再现、展示和描绘它的立场上——准确地说，他才会情不自禁这样去做。风格、形式和表现力的天赋，无非就是对人性冷静而挑剔的态度，你可以说那种贫瘠和荒芜是一个必要前提。"

我现在相信这些都是真的，而且比起青年时期，我对此有了更深的理解。那时"人性"对我而言是个抽象概念，而现在它却成了穿着条纹囚衣的消瘦囚徒，华沙犹太区街上的尸首，成了窗户中伸出来的一只握枪的手——随着坦克开火，它将变成一个大洞。面对此情此景，"冷静而挑剔的态度"就

---

1 即作者打断自己的叙事、承认自己在虚构故事的手法。

是严重的道德败坏，但是在曼眼中，正是这种道德败坏构成了艺术的基础。他的假设是有道理的，否定这一点无济于事。无所谓诗人或艺术家能否对自己保持同样的冷静态度，也就是说，将自己一分为二，一部分是即将被处以极刑的人，一部分是饶有反讽意味的超然观察者。从道德的角度看，那种距离是让人难以接受的，既然诗歌的一切都归功于这一距离，它在道德上就十分可疑了。

不过我并不想从道德原则的角度展开攻击。让我们同意曼的观点，假设艺术源于反常，有点像是不可告人的恶魔附体的产物，而道德的超然则构成了那种反常的一部分。就像我们经常听说的，艺术以自身的存在（esse）救赎了它源头上那些黑暗的、神经质的发作。顺便一提，我倾向于缩小考虑范围，说到"艺术"时指的就是诗歌艺术。它意味着将文字用某种方式组合起来，于是一个名叫"诗行"的单元不仅具有影响同辈人的力量，更是后世眼中某种必要而自然的东西，恰如贝壳上的螺纹。不过这里有一个前提条件，那就是诗歌语言和现实（永远是某时某地的现实）之间的关系，我们得承认它很玄妙。贺拉斯的模仿者如今只能创造出虚夸不实之词。此外，贺拉斯的例子能说明诗歌和现实的关系法则在每个时代都不尽相同，因为贺拉斯的诗中充满了会被同时期的人当作陈词滥调的哲学隽语。然而不管那种关系法则是什么，宣称"艺术即模仿"的古老理论似乎总是有道理的，只是我们已经不再因为艺术模仿了上帝之女（也就是"自然"），就像中世纪那样称艺术为上帝光荣的外孙了。到此为止，我在提出一种对遣词造句的艺术不利的论点时，考虑到了自己作为读者的印象和作为实践者的思考。我的论点是：在二十世纪的现实面前，诗歌乃至整个文学已经变得越来越无能了，这意味着它已经成为一种语言的自主活动，一种文体（écriture），因此它存在的理由本身就值得质疑了。

我眼里的现实是什么？可能与美国诗人想的不一样。我要讲一个也许极端却意义重大的例子。来到加利福尼亚后，我花了很多时间研究罗宾逊·杰弗斯。在我看来他是个伟大的诗人，被不公正地推下二十年代的神坛，近乎湮没无闻。杰弗斯意在违逆起源于法国象征主义的先锋潮流，用简洁明晰的语句在诗中描写了对他而言最真实的事物——家乡卡梅尔附近的太平洋海岸。然而阅读杰弗斯时，我发现虽然那些橙紫色的夕阳、鹈鹕的飞舞和晨雾中的渔船像照片一般被忠实再现出来，于我却仍然是纯虚构的。我对自己说，杰弗斯这个自称践行"非人文主义"（用他自己的词）的人，是在用生物教科书中的概念和尼采哲学虚构出的世界中寻求安慰。我还意识到自己有多么不喜欢自然。但这不是说我对山林河海的美无动于衷。简而言之，自然在美国诗人的想象中至关重要，经常被他们等同于现实——当我们列举自己生理性存在的种种基本事实，如"出生、性交和死亡"时，它肯定是非常真实的——但对我而言，在二十世纪，自然是一座巨大的博物馆，展览着前人传承下来的图像。诗歌与世界的斗争不可能在一间博物馆里发生。正是在加利福尼亚，我发现自己所处时代的问题可以被定名为"诗歌和历史"的问题，也许比在其他任何地方感受到的都更为尖锐。

因此，我听到了一个问题：我的意思是不是诗歌在直面历史这一恐怖的循环——大国之间关于人群、战争、屠杀和集中营的种种协定？不，完全不是，但不能否认那样的事件是对诗歌的考验：那样我们就知道诗歌能承载多少现实了。1939 年至 1945 年间，在波兰，在实行恐怖统治的城市，在犹太聚居区、监狱、灭绝营，反纳粹的诗歌不可计数，为托马斯·曼那个"艺术家必须是非人类、超人类"的论点增添了新的论据——因为那些诗的作者只是人类，而正因为是人类，他们在艺术上失败了，于是他们的诗作成了几千页惨烈的文件记录，但文件不是艺术。从我自己的情况来看，二者之间存在严重冲突。我那些曾经打动华沙地下读者的诗篇，在遥远的今天只让我觉得虚弱无力，而那些当年看上去意图晦涩而残酷、充斥着无礼嘲讽的诗，现在看来却很好。1942 年，我在华沙准备印一本地下诗集《无敌之歌》时，那种冲突也浮出水面。我狂热地坚持自己对质量的标准，拒绝发表那些未达到我要求的诗，因为它们用词平庸、韵脚陈腐，但同时我也清楚自己错了，那些坏诗才是最有效的情感控诉和武器。

我现在竟然从中看出了问题，这也许会让人惊讶。毕竟，"在战争中，缪斯沉默不语"（Inter arma silent Musae）——在拿破仑战争、美国内战和第一次世界大战期间，诗歌的痕迹是多么微不足道啊！对此我会回答，历史的类比是有欺骗性的，并且问题肯定是存在的。可以将它描述如下：在我们的时代，文字遭遇了一个伪装成极权国家组织的面貌出现的全新现象。我还认为不应该把上半个世纪的种种历史事件归入"过去"的门类，因为戴维·鲁塞[1]口中集中营的世界（L'Univers concentrationnaire）也许只是一头浮出水面的末世利维坦[2]最早期的形式。不论它是以纳粹还是苏联统治的形式呈现，人类第一次遇见它时，都会隐隐感觉到所有已知的人类和社会概念解体了，一个新的维度出现，不是因为那种罪恶之大，而是因为它非人性化的本质。以此缘故，在新的社会形式下语言会如何表现，是否有能力去适应它，这肯定是诗人面临的一个基本问题。

有一本书对这个问题给予了充分重视，挖掘得可能比许多做结构分析的复杂专著更深。它起初是我的波兰同事米哈乌·博尔维奇在索邦大学的社会学博士论文，出版于1954年，标题是"德占期死刑犯的写作"。借用从欧洲各地收集来的资料，作者分析了那些人留下证词，以及他们传播见闻的迫切需求。他们感觉到自己的所见所闻是全新的，完全不同于截至当时人们所知的现实。但如作者所说，他们做这件事，用的却是从先人那里继承的传统语言，它只适用于经历这些大

1　戴维·鲁塞（David Rousset，1912—1997），法国作家、政治活动家。
2　《圣经》中记载的怪兽。在托马斯·霍布斯1561年的同名政治哲学著作中，用来指代强势的国家。

事以前塑造他们的社会环境。如果我们把这看作语言和现实的斗争，作者收集的信息则表明语言失败了，退入惯用语和套语之中，仿佛它们提供了某种庇护。苏维埃监狱和集中营中诞生了丰富的文学作品（诗、歌和题词），这方面的研究者得出的结论很可能与博尔维奇的相似。

不过这与此时此地的诗，即与二十世纪最后二十五年内在美国、英国和法国写下的诗，又有什么关系呢？谈论这类诗时我应该恪守原则，只发表一则个人宣言：我在其中几乎很少能看到我个人认为是现实的东西。我推测这个世纪出现了一种事物，我们想为之命名却徒劳无功，在此我暂时称其为人与社会的新维度。我还推测，除非诗歌意识到这点，留在前线，努力理解这种新维度，否则就一定会缺少生命的活力，而它对于救赎诗歌与生俱来的反常和道德含混是必要的。在我看来，诗与历史的关系不意味着诗人应该不断通过想象来拜访那些围着钢丝网的人类苦难之地。我反对沉湎于过去，而且在写于加利福尼亚的诗作中，我花了很大力气抛开过去。然而，听到有些广为流传的对二十世纪前半叶历史事件的看法时——它们常常与历史真相相去甚远——我还是没法无动于衷。根据那些说法，历史事件有其自然进程，因为人无论在什么国家、什么制度下都是一样的。残忍的独裁者引发令人困惑的大灾祸，干扰了那种自然进程，但一切最后都会回归平衡，或者即使现在还未达到平衡，以后也会。我最近看到一张车尾保险杠贴纸，上面写着：同一个地球，同一种人性，同一种精神。这样的论调忽视了所谓"干扰"是某种新事物的初始阶段，而我们所有人，整个人类，都因为一个理念的贯彻执行而备受威胁：国家被认为是人类的所有者，拥有他们的身体和灵魂。由于这一国家肯定还是语言的所有者，可以为词语赋予它想要的含义，那么生活在不同政治区域内的人所拥有的明显相似点，很快就会减少到只有两只眼睛、一双手和两条腿了。目前受损最严重的还是一个千年来的信仰，即人类分子生来就拥有一个独立自主的运行轨道——人们甚至还造出了一个词组："人类之死。"

我抨击的对象不是西方诗人，而是当下的诗歌整体，因此也包括我自己。我认为自己的批评是对的。不过，如同我不喜欢的诗人马拉美所说，构成诗的不是理念，而是文字。和同时代的人一样，我也会听从一种风格的指示。要是我没有把自己看作一个好匠人，写下过若干令内行人满意的诗作，这个问题就是纯学术性的。但实际上，我觉得自己既有权发难，也应该成为抨击的对象。

如博尔维奇书中所示，是普通人而非艺术家在传达那些使人失去活力的、无法言喻的经历，使用的语言是从前人处继承的文体传统。多亏有曼所说的那种"冷静而挑剔的态度"，那些传统才会间或被艺术中断。本世纪的诗歌史是一系列接踵而至的突破，因而今天的诗歌语言已经和1900年的迥异了。但这些风格成为传统、变成共有财产的速度也与它们更新换代的速度不相上下。我们注意到，新发现会变成老生常谈，而这一点支持了"艺术即模仿"的理论。这就是为何今天，每当我们试图为官僚主义利维坦的新形式命名，我们都会说超现实主义和卡夫卡。

这里应该提到卡夫卡，因为在他的时代，出现了一种让人无法定义的社会变迁——尽管哲学家和社会学家为此提出了很多术语。不管卡夫卡那种神经质的核心是什么（他的性格证实了曼的理论），他仍然决意忠于现实。与此同时，他的作品证明所谓的现实主义描写已经走到了尽头，因为它只在描述者拥有（如我此前所说的）自身轨道时才有可能实现。和他笔下的主人公一样，卡夫卡无法行动；他是行动的对象。此外，控制他的力量不仅是万能的，更是无名的。人可以描述有形之物，但遇上一条要么隐形、要么形态不定的龙，就需要完全不同的策略了。卡夫卡运用了这样的新策略，用寓言和隐喻来替代对人物和事件的描述。对他之后的诗人而言，那是个格外重要的变化。

过去几个世纪，诗歌这种文学体裁一直有另一种体裁小说为伴。突然之间，诗歌成了孤家寡人。一切都在暗示小说的死亡，也许是因为它无法在老的描述式记叙体走上绝路后苟活吧。诗歌的孤独会带来严重的后果，但我们至今还无法理解它们。诗歌并没有超越小说，占据它当年大众体裁的光荣地位。事实恰恰相反，仿佛如今有教养的公众越来越少读小说，而小说身负的责难已经波及整个纯文学了。然而压根没人再读的诗歌写作和出版的数量却正在以骇人的速度增长。

语言从目标和责任中解放了出来，似乎开始了自说自话。不是要行动，而是成为行动的对象——卡夫卡认为这是悲剧，但是兴许在他死后半个世纪，我们会赞同波兰作家维托尔德·贡布罗维奇的一项远早于法国结构主义者的发现：不是我们在说语言，而是语言在说我们。

是的，不可否认，语言对我们施加的力量是本世纪的一项伟大发现。我们只能表达此时此地的语言允许我们表达的内容，不仅诗人，那些出于自身目的改变词语含义的统治者也明白这点。然而正是为了以现实的名义对抗那一局限，我才将矛头对准了文字艺术。因为虽然意识到语言的自主化趋势，我们也可以透过语言寻找一种有形的标准，它和认命式地宣称"这样的标准不存在"是两回事。当然，把现实引进讨论中后，我让自己遭受了诸多误解。我上过很多年的哲学研讨课，但也不可能说得尽"模仿"一词的内涵。我还会冒险引入那个现实主义的幽灵，以及通常随之而来的所有表述词。不过大多数所谓现实主义都和现实关系甚微，就像集中营大门上的标语劳动带来自由（Arbeit macht frei）和现实没多大关系。

总而言之，我年轻时反对过托马斯·曼在《托尼奥·克鲁格尔》中刻画的艺术家形象，反对他将艺术活动与神经质、与内在的"贫瘠和荒芜"联系起来。我曾相信强健和力量，甚至一度把诗人的典范想象成一个快乐的巨人。后来我意识到，快乐巨人的强健只是一种表象，用来掩盖附身的恶魔，而我自己也不再假装刚强了。我痛苦地体认到，诗人的盟友不是那些最高贵、最人性化的冲动，而是"冷静而严苛的态度"——即便他在诗中反对残酷无情。从这一认识中诞生了对诗歌的一种迫切要求：诗歌应该尽其所能向存在的高度努力，从而救赎自己的原罪。若说我认同托马斯·曼在《托尼奥·克鲁格尔》中所说的——诗歌是"一种对生活的报复"，我也不希望这种报复是以牺牲你我的人性世界为代价的。[1]

1977 年

1　本文由米沃什用英语写成。——原注

斯威登堡[1]与陀思妥耶夫斯基

问：你说可以写一篇名为"斯威登堡与陀思妥耶夫斯基"的专题论文。不过，各种语言的陀思妥耶夫斯基研究文献可谓卷帙浩繁，而且承认吧，迄今为止没人提出过类似的想法，这点肯定不能激发你的信心。

答：可以写一篇长文来解释为什么会这样。它会讲到二十世纪上半叶人类感知的"盲点"。最终，整个陀思妥耶夫斯基研究的圭臬，会以 1900 年和 1950 年这两个时间点为界。我说"圭臬"，是因为针对这位作者，能勾勒出阐释方法的奠基性研究著作是在这个时期写成的。在第一个时间段内，俄

1　伊曼纽尔·斯威登堡（Emanuel Swedenborg，1688—1772），瑞典科学家、哲学家、神学家和神秘主义者，代表作《天堂与地狱》。

罗斯象征主义兴起了，这会是文章里探讨的主要话题。

问：为什么它恰好发生在俄罗斯象征主义的时期？

答：不仅是俄罗斯的象征主义。不论在各国有多少变体，当时的象征主义一定对自身的谱系有敏锐的感知。我们学过，波德莱尔是象征主义的领袖。他的一部作品甚至被当成了某种纲领。（我在巴黎求学时不得不背诵它。）它就是十四行诗《应和》（*Correspondences*）。但这首诗的题目和内容都取自斯威登堡。巴尔扎克一代和紧随其后的波德莱尔一代都大量借鉴了斯威登堡，但是他们极少承认这点。不过，之后欧洲和斯威登堡发展起来的"科学世界观"就成了绝对禁忌，只有疯子，即他的追随者，新耶路撒冷斯威登堡教会的成员，才会研究他，这个教会主要在美国活动。别忘了，作为一种文艺运动，象征主义与"科学世界观"的清醒、持重结合得相当紧密，毕竟这些诗人、画家和评论家们在成长过程中都接受了实证主义信仰的熏陶。在反抗它们的时候，他们往往会在奇怪的方向上走得太远。不过，那时没人知道怎么理解斯威登堡这个极端的例子。那么，在 1914 年以前，俄国的陀思妥耶夫斯基批评家们完全无意了解这位伟大的瑞典想象力大师，这就很能说明问题了。

问：这是不是意味着，事情在某个时间点上发生了改变，如今人们对斯威登堡的感觉已经不同了？

　　答：我要举两个来自本世纪上半叶的例子来说明人们的这种困惑。1922年，卡尔·雅斯贝斯出版了一本关于精神分裂的书，在其中把斯特林堡、梵高、斯威登堡和荷尔德林当成典型的精神分裂者来分析。1936年，保罗·瓦莱里为马丁·拉姆关于斯威登堡的专著（它从瑞典语译成了法语）写了序。拉姆的书写得煞费苦心，有着实证主义的清醒，为了避免得出任何结论，已经到了无聊的地步；但是，读过它之后，你却再难认同雅斯贝斯对斯威登堡精神疾病的诊断。然而，这位可亲的斯威登堡，斯德哥尔摩社交界的宠儿，却描写了自己穿越天堂和地狱的旅行，并坚称他能在诸如花园漫步之时轻而易举地穿越到灵魂世界。于是瓦莱里迷惑不解，他拒绝承认斯威登堡是个江湖骗子，也不认为他疯了，而是试图解释他是游离在半梦半醒的特殊"状态"中。瓦莱里是个聪明人，但这个说法站不住脚；更有甚者，瓦莱里拆穿了自己，而且不仅是自己，还有同时代的所有人，承认他们有双重标准。因为一言以蔽之，他们差不多是这样认为的：只有"科学规律"的世界是真实的，但在那之上有一个由偶然现象组成的缥缈体系，那是人脑的创造，应该获得绝对宽容，因为它是随心所欲的，无关真与假的区别，只遵从它们那种形式（form）的律法。

　　受十九世纪科学阻碍，象征主义对自己缺乏信心。一段

258

时间过后，那深入意识层面之下的图像语言才成为心理学家和人类学家关注的焦点。如果我们讨论的是更广泛的领域，那种关注来得更晚。在这一情况下，只有这类文化现象——论争的战场从弗洛伊德和荣格的追随者之间转移到盎格鲁-撒克逊土壤上——才可能掀起一轮新的斯威登堡浪潮。让我们注意，斯威登堡几乎只用拉丁语写作，而虽然浪漫主义一代中有人精通拉丁语，欧洲大陆上的人阅读他却是通过少量的法语译本。随着懂拉丁语的人减少，他变得更加难以触及了。不过在盎格鲁-撒克逊国家，情况可不是这样。在那里，自十八世纪的早期版本伊始，他的译本就从未退出过图书市场。特别是在美国，他有一群仰慕者，其中一个就是哲学家、神学家老亨利·詹姆斯，那位哲学家及实用主义创始人威廉和小说家亨利的父亲。斯威登堡进入文学研究的轨道（这是晚近的事，而且只是间接进入），归功于威廉·布莱克日益增长的重要性——他在很多方面都受斯威登堡影响至深。不过"布莱克研究"真正的突增还是本世纪下半叶的事。

然而，我不认为现在任何地方有人开发出了帮助我们理解斯威登堡其人的工具。这里的关键是十七和十八世纪的科学革命及它带来的思想世俗化。斯威登堡是一位那时常见的综合科学家，身兼地质学家、皇家采矿委员会成员、物理学家和生理学家，他的观点在科学史上非常杰出。等到遭遇了一次内心危机，他突然意识到科学将带领人去往何方：基督教的式微及其更深远的后果——一切价值观的颠覆。走出这个危机后，新的斯威登堡出现了——一个通灵者、神学家。这里我们不必考虑"正常"和"反常"的界限在哪儿。若真正的精神分裂产生于人们与他人的交流切断后，那么任何对斯威登堡或布莱克是精神分裂者的怀疑都是毫无根据的。我们遇到的困难是，对于斯威登堡式的灵视（不论我们怎么称呼它）的形成，文学传统扮演的角色显然很重要，但却是难以界定的。十八世纪盛行乍看之下"真实"的旅行和冒险故事，那么它能借斯威登堡之笔带给我们灵魂世界之旅，也不令人吃惊。只不过这里的象征主义达到了极强的张力，而相比之下，1900 年前后的诗人那些丧气而主观的象征物就显得苍白乏味。虽然斯威登堡的语言（正如在他之前穿越超现实世界的但丁和弥尔顿一样）运用了意义固定的象征，他用这种语言描绘的整个体系却有着十八世纪理性主义的突出特征——正是这种融合使他的读者迷惑不安。

问：在这样一篇论文里，你会怎么讨论陀思妥耶夫斯基？

答：从两个方面。第一，斯威登堡对《罪与罚》作者可能产生的影响。第二，和斯威登堡的基督学类比起来，陀思妥耶夫斯基的基督学就没有那么晦涩了。

问：显然，我们需要知道陀思妥耶夫斯基是否熟悉斯威登堡的作品。

答：在列昂尼德·格罗斯曼的《陀思妥耶夫斯基专题文集》中——我在这里引用了一位权威——我们能看到这位小说家个人藏书的清单，其中有亚历山大·尼古拉耶维奇·阿克萨科夫[1]的书。他是名声较为逊色的那位阿克萨科夫，对通灵说感兴趣。陀思妥耶夫斯基在1876年的《作家日记》中描写过圣彼得堡的降灵会。不过我们感兴趣的是作为斯威登堡俄语译者的阿克萨科夫。1863年，《天堂与地狱》的俄语版在莱比锡出版；1864年，同样是在莱比锡，斯威登堡阐释《约翰福音》的五章论著的改写本或译本出版（很难确定是哪一种，因为已经找不到这本书了）；还是在莱比锡，不过是在更晚近的1870年，阿克萨科夫关于斯威登堡的著作面世。陀思妥耶夫斯基的藏书中留下了这三本书，而且既然集齐了它们，显然对这个话题很感兴趣。格罗斯曼在书单所附的评介中写道："尤其值得注意的是陀思妥耶夫斯基对斯威登堡的兴趣。""这些书可能启发了佐西马长老[2]对祈祷、地狱及我们与其他世界联系的神秘主义思考。"就我所知，还没有人采纳格罗斯曼教授的建议。

1　亚历山大·尼古拉耶维奇·阿克萨科夫（A. N. Aksakov，1832—1903），俄国作家、翻译、记者、编辑、官员和通灵研究者。
2　《卡拉马佐夫兄弟》中的角色。同句中的"其他世界"：佐西马长老认为上帝在不同的世界取种，在地球上播种，而地球上生长的种子只有在感受到自己与其他世界的神秘联系时才能生长。如果没有这样的感觉，人就会对生命漠然，甚至憎恨它。

问：对作家间相互影响的研究是个吃力不讨好的领域。连判断是什么媒介将某一思想传达给某个作者都是很难的。

答：确实。比如陀思妥耶夫斯基的藏书里还有两本法语版的巴尔扎克。早前，在他的青年时代，他读过一些巴尔扎克。虽然只获得过少量关于斯威登堡的二手信息，巴尔扎克还是非常欣赏他，而我们可以认为巴尔扎克诸如《塞拉菲达》《路易·朗贝尔》的"斯威登堡式"小说就是那个媒介。不过，还是让我们将探究的范围局限在陀思妥耶夫斯基的这部《罪与罚》中吧。1865 年，他在威斯巴登[1]开始写这本书，而他在海外逗留期间是出了名的渴求俄语书。很可能就是那个时候，他买来或是得到了一本不久前在附近的莱比锡出版的阿克萨科夫译斯威登堡。《罪与罚》的象征结构如此精致繁复，让人很难不想到斯威登堡的"应和"（阿克萨科夫把它译为 sootvetstviia）。根据斯威登堡的说法，这些都是宇宙和语言自身结构固有的"客观"象征。但我们还是把这个问题留给别人探寻，再缩小范围，把关注点限定在斯维德里盖洛夫（Svidrigailov）这个人物身上。从名字开始，他就是陀思妥耶夫斯基笔下最令人费解的人物之一，因为立陶宛王子斯维德里盖拉（Svidrigaila）怎么就摇身一变，成为俄国绅士（barin）

1　德国中部地名，黑森州首府，临近法兰克福。

了呢？高贵的陀思妥耶夫斯基家族的姓氏取自平斯克[1]附近的陀思妥耶沃庄园，它是 1505 年获得的封赏，而且该家族还在十六世纪大公国的犯罪史上留下了一笔。我们从一本他女儿柳博芙（或用她旅居海外时的署名"艾梅"）的书中得知——那是一本非常有误导性、充斥着愚见的书，但仍然包含着无价的童年回忆——陀思妥耶夫斯基曾经强调过自己是那个家族出身。斯维德里盖洛夫的姓源出统治大公国东部的王子（所以是斯拉夫而非立陶宛族），这可能暗示着作者对那个角色的认同感（虽然陀思妥耶夫斯基明显存在于他的所有角色身上）。我们也别太肯定地认为拉斯柯尔尼科夫是主角，因为主角也可能是他那阴沉的第二自我斯维德里盖洛夫。虽然从鄂木斯克[2]的监禁期开始，陀思妥耶夫斯基就对完全不受良心谴责的罪行非常着迷，但比起那位整本书里阴魂不散的邪恶相识，在刻画拉斯柯尔尼科夫时，作者似乎保持了更远的距离。人们甚至可以大胆断言小说中有两种罪、两种罚，而第二种罪行就是斯维德里盖洛夫的"应和"，等同于一种自身固有的负罪感。

斯维德里盖洛夫的问题源头是什么？他的良心确实背负着人命，但他只是看起来像个超脱善恶的超人。事实上，他憎恨自己的天性，因为在他看来，它只能作恶，而且他相信自己这样一个人应遭受永远下地狱的惩罚。也就是说，他犯

1　地名，位于今白俄罗斯。
2　俄罗斯西伯利亚西南部地名，陀思妥耶夫斯基在这里度过了四年流放生涯。

下了神学家认为违逆圣灵的首条罪状："对上帝的怜悯不抱希望。"斯维德里盖洛夫像幽灵一样穿梭于书页之间，仿佛已经超脱了生命。他准备着"去美国的旅行"，从他的口中说出，在陀思妥耶夫斯基听来，这趟旅行都象征着地狱之旅——我们会想起《群魔》怎样表现基里洛夫和沙托夫在美国的经历[1]。斯维德里盖洛夫想的当然不是什么旅行，而是执行对自己的刑罚，而最后他选择了自杀。他像极了斯威登堡笔下堕入地狱的人，甚至连两人姓氏首音节 Swed 和 Svid 的相似度也暗示着这点，可能是作者无意识间建立的联系。

斯威登堡的地狱是从"应和"中构建出来的；也就是说，被罚入地狱的人，周围的一切都是他们精神世界的投射，这是因为每件可见的有形物质在人类想象中都有其次要的，甚至可能更为真实的存在，在那里扮演着价值观的符号，即善或恶的符号。斯威登堡多次描绘的地狱之口，形似大城市贫民区的阴暗街道，尤其像他居住多年的伦敦。它们都是生时的画面，却已永久留存。与此同时，上帝不会将人罚入地狱。那些堕入地狱的人反感表现天国之乐的画面，而正是从阿克萨科夫翻译的那本书中，我们能读到他们逃离了耀眼魂灵的群落，寻找着自己的同类。在《卡拉马佐夫兄弟》中，通过佐西马长老关于地狱的教海，陀思妥耶夫斯基也谈到了一种对于"归属地"绝对自由的选择，不过这个词还是不准确，

---

1 《群魔》中，两人到美国体验工人的艰苦生活，遭遇了剥削者毒打、克扣工钱、失业、生病等状况。

因为实际上"归属地"只是内心状态的投射。

就我们的目的而言，重要的是斯威登堡作品中地狱的数量之大。有多少人，就有多少个地狱。我从书架上取下了陀思妥耶夫斯基阅读的那一本，引用一下它的译文：

> 每一种恶都有无数种形式，每一种善亦然。这是事实，但那些对每一种恶（对轻蔑、对敌意、对憎恨、对报复、对欺骗及对其他性质类似的恶）都只有一种简单概念的人不会理解；告诉他们吧，其中每一种恶之下都有许多种别，而每个种别中又有其他种别，多到穷尽一卷书也列举不完。地狱根据每一种恶的种别依序排列，我们简直构想不出比这更清晰、更井然的秩序了。因此，地狱显然是无穷多的。[1]

我们在小说中见到斯维德里盖洛夫时，他正在生命中寻找归属地来应和他的了无生趣、他的怠惰（acedia）。虽然富有，他却选择了装饰简陋的房间、臭烘烘的三流餐厅和脏兮兮的便宜旅馆。要是我之前说过斯威登堡的"应和"有其客观性，那么我得修正一下，因为某些现象不是黑白分明的，而它们的象征功能会随着与其他现象的联系而发生转变。《罪与罚》中的雨和湿气就是如此：对斯维德里盖洛夫而言，它们不会给人活力，而是令人沮丧，照应他内心的萧条和崩溃。

1　由萨缪尔·诺布尔牧师的英译文转译。

在这里，我想到陀思妥耶夫斯基写过一个压抑的故事《豆粒》（"Bobok"），讲述的是死者在墓地间的对话，其中的雨和湿气有类似作用，可作类比。

斯维德里盖洛夫对人死后的命运，尤其是自己死后的命运有一番独特的想象。以下对话发生在他和拉斯柯尔尼科夫之间，是世界文学史上最诡异的对话之一：

"我不相信来世。"拉斯柯尔尼科夫说。

斯维德里盖洛夫坐着，想得出神。

"要是来世里只有蜘蛛，或是那之类的东西呢？"他突然说。

"他是个疯子。"拉斯柯尔尼科夫想。

"我们总是把永恒想成难以理解的东西，某种很广阔的东西，无比广阔！但为什么它非得是广阔的？与此相反，如果它只是个小房间，就像乡村澡堂，黑暗又阴郁，到处都是蜘蛛，如果这就是永恒呢？我有时会这么想。"

"是不是因为你想不出比这更公正、更令人欣慰的情景了？"拉斯柯尔尼科夫说着，感到一阵悲楚。

"更公正？我们怎么知道呢，也许那就是公正的，你知道吗，我就想让它变成这样。"斯维德里盖洛夫回答，隐约露出了笑容。

这可怖的回答让拉斯柯尔尼科夫打了个寒战。[1]

1　由康斯坦斯·加内特的英译文转译。

问：我承认，因为引入了斯威登堡，我头一回感到这段对话不再那么像是陀思妥耶夫斯基不可理喻的幻想和阴森的妙语了。

　　答：即使如我所想，这是我的发现，我还是会把自己对陀思妥耶夫斯基基督学的观察看得比那个关于"影响"的问题更重。我待会儿会回到那个话题。现在，让我们继续之前的推理。在我看来，比起拉斯柯尔尼科夫，作者对斯维德里盖洛夫有更深层、更深刻、更潜在的认同，能证明这一点的是斯维德里盖洛夫自杀前的梦境。在梦中，针对儿童犯罪和强暴幼童的母题一再浮出水面。陀思妥耶夫斯基不是屠格涅夫所称的"我们的萨德侯爵"。我们不用在意那些把该母题联系到陀思妥耶夫斯基生平的谣言；针对儿童，尤其是针对小女孩的犯罪，在他的主角们看来是极度的道德败坏，我们只说这点就够了；我只需回顾《群魔》中的"斯塔夫罗金自白书"[1]即可。

　　在梦中，斯维德里盖洛夫首先看见了一个覆盖着鲜花的棺椁，里面躺着一个非常年轻的女孩，可以算是幼女。我们尽可以猜测这位年幼的奥菲莉亚因为他而溺死了。但第一个

1　"斯塔夫罗金自白书"原本是《群魔》初版第二部第九章中的内容，但因为其中的角色承认自己诱奸少女，迫于审查压力而删去。这一部分曾单独成书，后来通常作为全书附录出现。

梦只是铺垫，第二个梦更加可怕。在自己下榻的旅店中（这是他梦境的内容），他找到了一个小女孩，她年仅五岁，被人抛弃了，正在大哭。接下来，斯维德里盖洛夫梦见自己在行善，安抚了大哭的她，把她抱起来带进自己的房间，放到床上，还为她盖上了被子。之后他这关于自身良善的梦境就遭受了重创。斯维德里盖洛夫突然感觉她半眯着眼睛看着他，露出了交际花的目光。以这个梦为媒介，他的两种思想浮出了水面，可以概括如下："你触碰过的一切都已腐败"；"天真和良善只是幻觉，因为即使我们把它们归因于'自然'（Nature），'自然'却只承认那些符合其繁衍和死亡法则的冲动"。无独有偶，在《一个荒唐人的梦》中，主人公来到了人间乐土，却用自身的存在污染了未堕落的纯真人类。它与我提到的斯维德里盖洛夫的思想联系不算非常清晰，但它确实是存在的："自然"，也就是《地下室手记》中的二乘二得四，或是《白痴》中无情的机器（那段关于荷尔拜因的画作《墓中基督》的离题对话[1]）——只应该激励我们以它否认的人类价值观的名义起身反抗。斯维德里盖洛夫像是在对自己说："我体内只有横冲直撞的欲望，它们十分适应世界的秩序，但后者又太邪恶了，不可能是上帝的秩序，而且我知道自己不可能冲破这身皮囊的桎梏。"斯维德里盖洛夫是出于对自己

---

1 汉斯·荷尔拜因（Hans Holbein，1497—1543），文艺复兴时期画家，被称为"小荷尔拜因"，以便区别于同是画家的父亲"大荷尔拜因"。在《白痴》中，捷连季耶夫称《墓中基督》体现了"盲目的自然"将会战胜一切。

和世间万物的恶心而自杀的。用《卡拉马佐夫兄弟》中佐西马的话，他是那类"不能不带着恨意注视上帝……喊着生命之神应该被消灭，上帝应该毁灭自己及其造物"[1]的人。当然，读者很有可能从这种道德憎恶中体会到一丝思想的高贵，那就是为何斯维德里盖洛夫虽然受恶灵支配，却一般不会被当作不可救药的黑暗角色。

讲述斯维德里盖洛夫最后一夜的章节中，奸污幼女的梦境也具有"应和"的意义——它象征着他的负罪感，不一定源于某些做过的事，而只是源于他的本性。我们不知道斯维德里盖洛夫究竟做过什么，棺材里的小女孩是否曾受其害，那也不是重点，正如阅读"斯塔夫罗金自白书"时，读者也无法确定他奸污玛特廖莎的故事是不是编造的。我不想把这种手法——用梦与梦魇作为象征，比如伊万·卡拉马佐夫与魔鬼的对话——全部归因于陀思妥耶夫斯基对斯威登堡的阅读，因为没人能证明这类或那类借鉴。让我们继续说第二种思路吧。

问：是否应该依照格罗斯曼的推论，专注研究佐西马的教诲？

答：不，完全不是。我们要寻找的只有一个根本的相似点：思想环境。生于 1688 年（1772 年去世）的斯威登堡是

---

1 由康斯坦斯·加内特的英译文转译。

在对西欧十七世纪开始的大型工业革命做出回应。就像先于他的帕斯卡想为基督教写一篇辩护文，而《思想录》就是这种努力的成果。将情况稍做简化，我们可以说，斯威登堡在遭遇危机时，想知道针对科学衍生的诸多图景造成的压力，基督徒应采取的策略。在西欧，这场变革来得不算激烈，因为它是几个世纪以来缓慢发生的，但十九世纪的俄国知识分子突然面临同样的发展，接受的却是它们的聚合形态。陀思妥耶夫斯基确实想成为基督教的卫教者，但是那个敌人已经植入了他内心的堡垒。陀思妥耶夫斯基被频繁拿出来和帕斯卡比较是有原因的。不过我相信，比较他和斯威登堡的收获可能不亚于此，甚至还会更大。

理性主义对基督教的攻击，由不成气候的突袭发展成了公开的战争：它始于所谓的理性宗教，被一群自认是善良基督徒的人真诚地散播开来。对"索齐尼主义的凶兽"[1]发出警告的英国牧师们有充分的理由感到焦虑，比如，连约翰·洛克都有许多来自拉库夫的藏书[2]，只是他在公开场合矢口否认；而且他还读得很仔细，这点从他亲笔写下的旁批中可以看出。

---

1 由意大利神学家索齐尼叔侄创立的教派，反对三位神论，认为耶稣只是凡人，在圣母受孕之前并不存在，还认为上帝的全知能力仅限于未来一定发生的事件，不适用于未来可能发生的事件。这些理论与四世纪阿里乌教派的理论基础相合，在波兰影响颇深，下文中将会提到波兰有一所赫赫有名的拉库夫阿里乌（索齐尼）学院，拉库夫也印刷了很多在当时被视为异端的基督教神学出版物。
2 H. J. 麦克拉克伦在《十七世纪英格兰的索齐尼派》中指出了这点。——原注

实际上，欧洲世俗化进程的第一环就是十六世纪阿里乌异端教派的复兴，从那里延伸出了一条直线，通往所有宣称（无论是否公开）耶稣是一位高贵的梦想家、改革家和道德模范而不是神的论调。

斯威登堡理解了这个进程的本质，因为他的神学体系与自己成长环境中的路德教派及其他所有教派都有冲突，正好与阿里乌教派割裂圣三位一体的趋势背道而驰。斯威登堡指责所有教会虚伪，因为它们貌似忠于三位一体的单一神，但却在信徒中植入对三个神祇的信仰，而因为这是一种对理性的侵害，效果只会适得其反，引向一个彻底不信神的理性宗教：上帝即自然[1]。斯威登堡对《约翰福音》和《启示录》的重视说明他忠于一个可追溯至诺斯底派[2]的玄奥传统。"太初有道"，道就是基督，而斯威登堡宣布了那个重大秘密：我们天国的父是人类。听上去就像是我们读到了古老的诺斯底派文字。在那些古老的文字中，神的人性与现实世界统治者的非人性相对立，抑或是与耶和华对立；人不属于自然之神，正是因为他还有一位超越自然神的更高同盟，也就是神-人。斯威登堡的作品中没有这样的二元论，但它却可能存在于他隐蔽的体系之下。总的来说，如果一个人为《新约》各卷中

1　出自斯宾诺莎，原文为拉丁语：Deus sive Natura。
2　诺斯底（Gnostics，本意为"知识"）是许多古老宗教（包括基督教）的共同信念，相信人可以通过经验获得"灵知"。诺斯底通常认为有一位至高的神，从它身上流出了许多不稳定的神祇。在其最常见的二元论体系中，有两个主要的神祇，公元三世纪起源于波斯的摩尼教就是典型。

的《约翰福音》和《启示录》赋予了至高无上的价值，这可能就会引起我们深思，而有趣的是它们也是陀思妥耶夫斯基喜爱的书。

问：由此看来，把陀思妥耶夫斯基看作有摩尼教复兴思想的小说家，这似乎是一个很有前途的研究领域。

答：那是个太过宽泛而专业的话题。在巴赫金[1]以后，我们认识到自己正在处理一种新的小说体裁，即复调小说；我们不能认为每个人物的观点都出自作者之口，因为那些观点的内容会被与之对立的其他观点否定。诚然，瓦西里·罗扎诺夫[2]是很有说服力的：宗教大法官一角阐述了《卡拉马佐夫兄弟》的作者多年思考得出的最个人化又最令人绝望的结论。[3]然而宗教大法官相信世界尽在"伟大的虚无之灵"撒旦的掌控下；他决定侍奉他，因为以自然和人类社会的秩序作为评判标准，耶稣身上的神性太过虚弱，不足以改变生命的律法。

---

1 米哈伊尔·巴赫金（Michael Bakhtin，1895—1975），苏联文艺学家、文艺理论家、批评家、符号学家，苏联结构主义符号学的代表人物之一，其理论对文艺学、民俗学、人类学、心理学都有巨大影响。

2 瓦西里·罗扎诺夫（Vassily Rozanov，1856—1919），十九世纪末二十世纪初俄国文化复兴的主将之一，集哲学家、思想家、文学家、政论家、教育家于一身，被誉为"俄罗斯的尼采"。

3 《卡拉马佐夫兄弟》中，无神论者伊万·卡拉马佐夫以十六世纪为背景向弟弟阿廖沙讲述了一个虚构的故事，其中宗教大法官指责耶稣过分信任人类，给予了他们自由，而把他们变成幸福奴隶的教会才是真正关怀人类。

不过，让我们将宗教大法官的观点看作一极，而陀思妥耶夫斯基想在《卡拉马佐夫兄弟》中创造一个平衡力，即另一极，实现这个功能的是佐西马和阿廖沙。斯威登堡在这里很有用，因为他发现要减缓把上帝等同于自然的无神论的发展进程，只有强调神-人的概念这一种方式。陀思妥耶夫斯基做过同样的事，但他只在脑海中行动，而思想总是倾向于"二选一"的极端形式：要是耶稣死后没有复活，也就是说，若他只是凡人，那么地球就会成为一场"恶魔的杂耍"，而人就应该出于怜悯而成为宗教大法官，将处境悲惨的"叛乱的奴隶"改造为幸福的奴隶。

问：一些东正教作家将陀思妥耶夫斯基称为东方基督教有史以来最伟大的神学家。

答：这个观点站不住脚。安娜·阿赫玛托娃称托尔斯泰和陀思妥耶夫斯基都是"异端领袖"，我认为她说得没错。众所周知，在陀思妥耶夫斯基的作品中，所有的对立面都展现得淋漓尽致，但他却不知道如何塑造真正的好人形象，更别说神-人形象。他的整个思想发展可以被归纳为一个问题：他年轻时怎样理解基督，写最后一部小说时又怎样理解基督？

身为阅读乔治·桑和傅里叶的彼得拉舍夫斯基小组[1]成员

---

1 十九世纪四十年代的圣彼得堡进步知识分子文学讨论小组，创始人彼得拉舍夫斯基深受傅里叶影响。

时，陀思妥耶夫斯基和乌托邦社会主义者持相同观点，对他们而言，耶稣是一个道德理想，是他们那近在眼前、轻而易举就会实现的完美社会的先驱者。因此，形而上的方面被彻底忽略了。服苦役的经历使陀思妥耶夫斯基明白，很多问题取决于人们是否认识到这个方面。他 1854 年在鄂木斯克写给冯维辛娜的信经常被研究文献引用，但是看来很少有人注意到他在其中传达的一个重要而危险的决定。回顾一下那段文字：

> 关于我自己，我会告诉你，迄今为止我是一个时代之子，是深受不信和怀疑影响的人，甚至直到入土那天（我清楚这点）也不会变。对信仰的渴望给我带来了多大的折磨啊，而且还会继续折磨着我。我的心里有越多反面的观点，那种渴望就越发强烈。然而有时上帝会赐予我全然的宁静：在那些时刻，我会爱，而且感觉到自己被他人爱着；在那样的时刻，我会为自己设立一个信念，其中的一切对我而言都是清晰而神圣的。那个信念很简单：世上再也没有什么比基督更美、更深刻、更有魅力、更明智、更勇敢、更完善，而且——我既爱又妒地告诉自己——压根不可能会有。另外，如果有人证明了基督不是真理，而真理确实[1]存在于基督之外，那么

1　陀思妥耶夫斯基本人以斜体强调该词。

274

我会选择基督而不是真理。[1]

想想这是什么意思。信仰和理性经常被放在对立面，但把信仰和真理对立却实为罕见。我们知道埃克哈特大师[2]可不是赞赏理性的人，而他说过："要是上帝能远离真理，我会坚持真理，放开上帝。"陀思妥耶夫斯基身在西伯利亚时，克尔恺郭尔正在丹麦大力批判理性，但对他来说真理和信仰是属于同一阵营的。[3]陀思妥耶夫斯基的选择相当于将所有王牌发给了对手，也就是给了十九世纪的进步精神，只为自己留下了基督的形象，但那不过是一个对于生存而言很难舍弃的梦。不过梦的一大特征就是容易失控，很容易就失去自身的清晰轮廓。在我看来，这封信是一位潜在异端领袖的自白。

问：这样一个选择的后果会在什么时候显现？

答：不会立即显现。我会这样简要描述陀思妥耶夫斯基作品中基督形象的转变：最早，基督是乌托邦社会主义的道

1　由戴维·洛和罗纳德·迈耶的英译文转译。

2　霍克海姆的埃克哈特（Eckhart von Hochheim，1260—1328），通常被称为埃克哈特大师，神圣罗马帝国多明我会神学家、哲学家和神秘主义者。

3　"真理正是用无限的激情选择客观不确定之物的冒险"；"但是上述真理的定义等同于信仰"；"信仰正是个人内在的无限激情与客观不确定性之间的矛盾。"索伦·克尔恺郭尔《非科学的结语》，戴维·F.斯文森和沃尔特·劳里译（普林斯顿：普林斯顿大学出版社，1941 年），第 182 页。——原注

德领袖和理想；然后他消失了很长一段时间，只间接地为人所知，比如在《罪与罚》中索妮娅和拉斯柯尔尼科夫阅读《福音书》中拉撒路起死回生的段落之时，又或是在小说的结尾，农民和其他苦役犯因为拉斯柯尔尼科夫是知识分子，认定他是无神论者而憎恨他时；最后，基督重新出现了，成了斯拉夫派[1]乌托邦和沙皇专制的英雄。

在这方面，陀思妥耶夫斯基对描绘儿童的着迷有深长的意味。儿童社群是一个由不成熟的生命组成的社群，但是只要有一个成熟高贵的人出现，成功地把他们组织起来，他们就可以行善。他最早进行这种传教式的刻画，是在《白痴》中的基督式领袖梅什金公爵身上。旅居瑞士期间，他的身边围绕着一群孩子，他用自己的温和根除了他们的坏习惯，改变了他们对半疯的玛丽的态度。但是陀思妥耶夫斯基没能在梅什金身上达到目的。因为梅什金完全没有私心，就此而言他不算人类，而且他最终导致了周围所有人的毁灭。从他的例子看来，我们可能会质疑结合神性和人性两种天性的可能，而倾向于接受"幻影派"（Docetists）的观点——基督只是看上去拥有凡人的特质[2]。于是陀思妥耶夫斯基在《卡拉马佐夫兄弟》中又做了一次尝试。

---

1 十九世纪三十年代兴起的思想运动，与"西方派"相对，批判彼得大帝和叶卡捷琳娜大帝推行的现代化进程，反对西欧对俄罗斯的影响，倡导保护俄罗斯传统和乡村生活，宗教上维护东正教地位，宣扬俄罗斯神秘主义，反对西方理性主义。
2 基督教的"幻影说"认为，基督是神而非人，其人性只是一种幻影。

在那本小说中，有两个儿童社会的成年组织者。其中一位是宗教大法官，或者也可以认为是《宗教大法官传奇》一诗的作者伊万·卡拉马佐夫。注意宗教大法官多少次使用了"孩子"一词来指代他统治的人类。另一位则是阿廖沙与那十二位男孩的小集团，很明显是为作为神权社群的教会埋下伏笔。唯一的问题是，不论《宗教大法官传奇》的每个细节是多么精彩而激动人心，关于那些男孩的章节（连同那个将波兰人过度漫画式夸张的章节）在艺术上仍然是不足的、过度戏剧化的，它的不真实感冒犯了读者。尽管有这些章节存在，《卡拉马佐夫兄弟》却仍然不失为一部杰作，这更说明了陀思妥耶夫斯基的伟大。它实际上是一本关于权力的书。肉身之父（费奥多·卡拉马佐夫）的权力与精神之父（佐西马长老）的权力针锋相对，这种对立一直持续着。虽然怀疑论者列夫·舍斯托夫用 lubok（一种市场上售卖的廉价木雕）一词来形容佐西马和阿廖沙这两个角色，佐西马的生平却正因是仿照圣人传的体裁写成的才更具说服力。这种对立传达了一个道理：即使世俗权力（父亲）是邪恶的，反抗也会受到禁止，但若世俗权力之外没有精神权力，人们（儿子们）就会起身反抗。第二种对立关乎未来：一个与魔鬼做交易的领袖和一个只通过爱来行动的领袖。宗教大法官的广阔视野和在阿廖沙领导下行善的童子军团，二者之间的比例失调是非常刺眼的。艺术上的失败可以证明一些事：对那些怀疑东正教宣传者陀思妥耶夫斯基是在自欺欺人的学者，这可以成为一个关注点。

问：在斯威登堡的作品中，基督是否代表了社会组织的一个具体原则？

答：完全不是。但是宗教大法官抛向基督的指责，实际上是一个乌托邦社会主义者的指责，他曾梦想过自己的老师会愿意冲锋陷阵，却因为对方不想这么做而心怀怨恨。他又做了一个新的梦：也许在一个有人传播博爱美德的社会里，基督会成为模范——于是神之王国在地上的模范成了一个童子兵团。

问：我们应该为陀思妥耶夫斯基辩解：在世界文学史上再也没有一个小说家有如此巨大的野心。他继承了不那么精妙的小说体裁，到现在，他对诸如维克多·雨果和乔治·桑之类作家的钦慕还让我们发笑。不过，他却将这一体裁变作工具来表现关于人类命运的那些重要观点的交锋，而且在这个方向上步子迈得如此之大，以至于他的失败也是合乎情理的，因为小说只能承载有限的重量。比起小说家，神学家或诗人的优势是拥有更大的力量。

答：小说家陀思妥耶夫斯基为自己辩护得够充分了。我们在研究时也不应该完全忽略他还是写出了《作家日记》的政论家，但正是那种活动说明了他有多么依赖幻觉。

问：如果我对你的意思理解正确，斯威登堡和陀思妥耶夫斯基之间的相似之处导向了一种意识，它对精密科学发展必然会给宗教造成的后果异常敏锐。这就是他们之间的联系。也就是说，陀思妥耶夫斯基在与十八世纪形式的无神论相抗争。

答：老卡拉马佐夫的无神论是伏尔泰式的。而《群魔》中滑稽的自由派斯捷潘·韦尔霍文斯基，如果用当时西方的标准来衡量，就有点像卢梭浪漫故事中的人物。以工业革命为首的历史风暴滚滚而来，后果是宗教问题被磨钝了，那寥寥数人的声音仿佛是旷野中的呐喊。在十九世纪的纯文学中，没有人像陀思妥耶夫斯基那样把现在看来该说的话说得那么残忍，尤其是关于自然律法的无情，关于"二乘二得四"这一点。要去寻找他和斯威登堡的其他相似之处就不那么合理了，因为在面对种种形而上的难题时，陀思妥耶夫斯基的政治空想似乎为他提供了托词。

1975 年
于伯克利

德怀特·麦克唐纳 [1]

　　德怀特·麦克唐纳是个十足的美国现象——如果我们能把人称为现象的话。永恒荣耀的美国历来盛产私人出版的政治宣传册、读者仅千人的小型期刊，以及让绥靖派、良心拒服兵役者 [2] 和不同流派的无政府主义者之间锱铢必较的讨论会。这种传统变得越来越难以维系，因为如今，向公众传达信息所需要的资金越来越多了：举例而言，今天想要出版一本期刊的成本，与 1850 年根本无法相比。然而，这种传统却没有完全消亡。显然，从现实主义的角度来看，我们很容易宣称

1　德怀特·麦克唐纳（Dwight Macdonald，1906—1982），美国作家、编辑、评论家、哲学家，民主社会主义者，曾任《党派评论》编辑。《根源在人》是他在自己创刊的杂志《政治》上的一篇评论文章，后来也收入了他 1953 年出版的同名文集。

2　指出于个人良知、信仰或道义上的原因拒服兵役的人。

这种美国生活的潜流没有那么重要。然而现实主义评判经常会得出错误的结论。因为存在着一种美国人——完全自由的人，在任何时候面对任何事都能严格根据自己的道德判断做出决定——这个国家拥有过梭罗、惠特曼和梅尔维尔，我只列举了其中最伟大的几个。

从 1944 年到 1949 年，麦克唐纳出版了《政治》期刊。对广大的阅读群体而言，这是一本让人难受的刊物，一是因为它那内容丰富的专栏挤满了密密麻麻的小字，二是因为它那种怪异的引出问题的方式。因此，这本期刊的主要读者集中在纽约知识圈。它引介的一位作者是西蒙娜·薇依——在她赢得身后名以前。我相信，虽然发行量有限，《政治》在美国、英国甚至法国的影响绝非无足轻重。今天已经有了一群后马克思主义作家，他们想从根基开始谈起——也就是说直视当代世界的本来面目，而不是理所当然地接受某些通用的术语。《政治》就属于这一类。

《根源在人》（*The Root is Man*，1953）收录了麦克唐纳在《政治》上发表的文章，并附作者评介。评论中有他现在的，通常是修正过的观点。麦克唐纳甚至不惜加上这样一条注释："这一段现在看来就是一派胡言。"我们能追踪他思想的蜿蜒轨迹，那字里行间透露出的自由和人的气息让人振奋。多可惜啊，这些文字不能传播到波兰；与当地奉命遵循的风格两相对照，它们就能揭露许多不自由的本质：当它融进了血液，成了常态，才格外可怕。

书的开篇是 1944 年所作的对德国人责任的探讨。麦克唐纳非常了解马伊达内克集中营（它是最早向记者开放参观的集中营），了解集中营的组织、毒气室、焚尸炉和犹太人大屠杀，对于德国人集体有罪的论调，他持反对立场。在极权社会，个人什么也做不了。与其他民族相比，日耳曼民族不好也不坏。每个民族在相同境况下都可能犯下一切罪行。这样的观点可能会招来抗议。然而，让我们别忘了写作的日期。他反对的是爱国主义宣传下那种憎恨的疯狂，他敏锐地预见到它会转化成对善良、正直的德国人的爱——因为这就是事态发展的逻辑。在他看来，那种恨也好，爱也罢，都属于被人类最大的敌人（国家）利用的神话。对德国人"本身"的憎恨能为轰炸平民这一无意义的军事策略和"无条件投降"这一推迟而非加速战争终结的口号（麦克唐纳不喜欢罗斯福）提供正当理由。

在一篇分析后续事件的随笔中，麦克唐纳评论道：

> 1948 年至 1949 年冬苏军封锁柏林一事戏剧性地颠覆了美国空军和柏林人民这战时两大集体的角色。前者由刽子手变为救援人员，向后者输送煤和食物而非炸弹；后者在我们的媒体宣传中也变了质，再也不是一种极权体制懦弱的同盟，而成了另一种极权体制下的英勇抗争者。既然这些颠覆与这两大集体中人类自由意志的选择或行为几乎无关，这个事件就像是证明了我对集体责任概念的反对是正确的，多么讽刺

啊……

人类活在历史之中，但肯定活得极不自在。在最好的情况下（我的意思是古希腊城邦那样小而集中的社群），个人的欲望和他生活在社会中必然遭遇的事之间，总是存在着殊死搏斗。（把一个人像一捆货物或一具尸体一样四处拖拽，将他塞进某种让他不适应的意识形态或行动的背景中——委婉言之，这就是"历史"。）

为了阐释麦克唐纳怎样看待当今世界中个人的命运，我们可以摘录他根据奥威尔的报道（伦敦《论坛报》，1944 年 10 月 13 日）讲述的一个很有启发性的故事：

在法国被抓的德国战俘中混进了几个苏联人。有两个是不久前抓到的，既不会说俄语，也不会说俘获者或别的战俘能理解的其他任何语言。实际上，他们只能跟彼此沟通。一位从牛津请来的斯拉夫语言教授也完全不明白他们在说什么。结果一个在印度边境服过役的中士碰巧听到了他们的谈话，认出了那种他略知一二的语言。是藏语！询问过后，他得知了他们的故事。

几年前，他们在边境上迷了路，误入苏联，被征入劳工营，与德国的战争爆发后，又被送往苏联西部。他们被德国人擒获，送到北非；后被派往法国，在第二战场开辟之后调换到了一个作战小组，直至被英国人生擒。在整个这段时期，他们都只能和对方说话，对到底发生了什么事、谁在跟谁打仗都毫不知情。

如果他们再被征入英军，派去打日本人，最后流落到中亚的家乡附近，却仍然对这一切的意义都茫然无知，这个故事就完满了。

麦克唐纳写的文章都是一场场论战，你得弄清楚他是在对谁说话。他的对手是被他定义为自由主义工党（liblabs）的人。这些自由主义工党乐观地支持"建立在科学之上"的进步，制造着粉饰丑陋现实的玫瑰色玻璃。这不意味着他的话语中带着绝望或苦涩的语气，也不意味着他是现状的守护者。他的理想是基于个人自由的社会主义社会。然而，他反对十九世纪那种傲睨神明的妄想，那种在希腊人看来会导致英雄毁灭的傲慢。换句话说，他属于西蒙娜·薇依、奥威尔和加缪的那个大家庭。这是一种很难维持的立场，因为它自己为最浅薄的头脑提供了驳论——那些完全不懂其中差异、不懂其中涉及的基本议题的人会大吼："我们可告诉过你是这样！"——在波兰有一句类似的表达："胡说，我的好人啊，人得活下去，这就结了。屎在哪里都一样，只有苍蝇是不同的。"

麦克唐纳曾是一名托洛茨基主义者。他引用托洛茨基1939年11月（在《新国际》杂志上）发表的一篇文章开启了论战。因为基本没人知道它，这段引用还是应该再次见诸纸墨：

　　［托洛茨基写道］若这场战争会如我们坚信的那样激发一场无产阶级革命，它将不可避免地导致苏联官僚集团被推翻，苏联民主会在比 1918 年更好的经济和文化基础上重生。在那种情况下，斯大林官僚集团到底是一个"阶级"还是工人国家身上的寄生物——这个问题就自动解决了。届时每个人都会清楚，在世界革命的发展进程中，苏联官僚体制只是一次短暂的故态复萌。

　　不过，如果我们退让一步，承认当前的战争不会激发革命，却会导致无产阶级的没落，那么就还有一种可能：垄断资本主义进一步衰败，与国家政府进一步融合，一切仍幸存的民主制度被极权制度取代。工人阶级无力掌握社会领导权，可能会导致一个新的剥削阶级自波拿巴主义（Bonapartist）的法西斯官僚体制中诞生。一切迹象表明，这可能是一个衰落的政权，传递着文明消亡的信号……

　　无论第二种看法多么沉重，要是世界无产阶级被证明无法完成发展的进程交付他们的使命，我们也别无他法，只能公开承认基于资本主义社会内部矛盾的社会主义方案最后成了一个乌托邦。不言自明的是，我们会需要一个新的最简方案——保护极权主义官僚体制社会下奴隶的利益。

托洛茨基对无产阶级革命的希望没有实现。他那个悲观版的预言成真了。无产阶级要么会被职业革命者利用，传播苏联模式（麦克唐纳为这个政权提出了新名字：官僚集体主义）的共产主义；要么可以在一个良性的行业工会制度的框架下行动，此框架与社会主义口号之间毫无共同点。美国劳工联合会的建立者萨缪尔·冈珀斯就是个马克思主义者。"在七十年代早期，纽约就像巴黎公社时期的巴黎。"冈珀斯在自传中写道。然而，去岁之雪今在何方？[1]逃生之路的全面阻断，或用托洛茨基的话来说，由于"无产阶级的衰亡"，自由主义工党倚重的许多观点有待修正。

最重要的是，进步学说自十八世纪末势不可当地发展后，在马克思体系中臻于完善。麦克唐纳说："我们这些拒绝马克思主义的人也得感激马克思，因为他作品中的胆识以及思想的宏大让我们在区别自己与他的主张时，也可以更清晰地形成自己的主张；这就是一切伟大思想家对他的批评者所做的贡献。"尽可能精练地总结麦克唐纳的结论，我们可以说他看到了马克思思想的两面性：一方面，它将个人的解放视作革命的目标，因而反对国家政府（国家政府将被革命颠覆）；另一方面，它提出了那些将以"铁的必然性"[2]实现这个目标的规律。虽然他对历史的许多预言现在已经成真了，他作品中与十九世纪乐观精神紧密相连的道德内容却已然成

1　原文：But where are the snows of yesteryear? 出自富朗索瓦·维利翁 1489 年所作的《古美人歌》。
2　参见《资本论》序言，又译为"绝对必然性"。

为遗迹。

在很多国家，旧制度正在走向终结，但代替资产阶级的
与其说是工人阶级，不如说是一个新的政治统治阶级。整个
过程是自上而下，而非自下而上开展的，而且走向了民族主
义和战争之路。不是大众的解放，而是他们的奴役；不是自
由王国，而是必然王国。工人身上的镣铐日益清晰可见。曾
经，在资本主义制度下，它们被藏了起来。工人在市场上遇
见自身劳动力的买主，于是诞生了一笔交易。"古罗马的奴隶
是被铁镣束缚的，"马克思说，"雇佣劳动力却是被无形的线
套在了主人身上……定期出卖自身、更换雇主和劳动力价格
的波动既造成了他在经济上被奴役的处境，又隐藏了后者。"
现在没有"价格波动"，没有"更换雇主"。只存在一个主人：
国家政府。整个机制在希特勒的德国都是异常清晰的。此外，
马克思没有对战争这一文明史中的现象给予足够的重视。战
争自身已经成了目标。

> ……打一场现代战争所需的技术手段，其影响已经变
> 得比战争结局的政治影响更为重要了……强大战争机器的存
> 在，为了支撑它们而损毁的经济和社会机制，以及每个国家
> 对受到其他任何国家侵犯的合理恐惧——问题的关键在于这
> 些因素，而非资本帝国主义的扩张需求……也非苏维埃集体
> 主义和美国私营资本主义的"冲突"……这机器已经失控，
> 正在奋力自行其道。这又是一个"异化"的例子：人类的造

物发展出了自己的驱动力，反过来强迫它们的创造者接受它们的法则。

根据麦克唐纳的说法，如今"左派"的概念已经站不住脚了。一个"左派"必须明确自己是"进步派"还是"激进派"。进步派认为我们居住在一个由规律控制的单一世界，其规律可以通过科学方法寻索。我们发现的规律数量越大，人类影响环境的力量就越大：这就是进步。激进派则看见了科学的局限。他们认为世界不是单一而是双重的，其一是可以通过科学揭露的规律世界，其二是价值世界。

"说到'科学方法'，"麦克唐纳说，

我的意思是收集可测量的数据、提出假设来解释研究对象的过往表现，并通过它们是否能准确预测未来表现来对其进行检验的过程。问题的本质在于用客观方式——根本上说是量化的方式——接受或否定一个科学结论的能力。这些检验的结果是明确的：也就是说，人们承认存在一个不以个体观察者的意志为转移的普遍标准，它能迫使所有人接受任何符合这个标准要求的结论。

他接着说：

而我说的"价值判断"，是指涉及道德或审美的"好"

与"坏"概念的陈述。这样的判断总是模棱两可的，因为它涉及对本质上无法简化为统一可量化单位的事物进行定性区分；观察者的"个人感受"不止干涉了判断，更是这种判断的主要决定因素。因此，人根本不可能用解决科学问题的那种确定的方式去解决道德和审美问题，这就是为何一个时代可以建立在过往所有时代的科学成果之上，然而众所周知，在艺术和道德领域却看不到类似的进步。

进步派追随马克思和杜威，"两人都做出了无异于普罗米修斯的努力，试图通过从科学探索中得出价值观来统一两个世界"。价值观被认为是有欺骗性的：它理所当然地被认为只是一种映射，是科学知识能够发现的某种更深层次现实的反映；比如，这种现实在马克思那里是历史的，在弗洛伊德那里是心理的。价值观真实到可以成为现象，但它们是衍生物。

然而，科学却无法回答我们的基本问题：我们应该渴求什么，我们应该怎样生活？自由主义工党人士一听到这点就怒吼抗议，因为他们下不了台。将道德体系建立在科学原则上是不可能的事。

"最近我和马克思及杜威的追随者们谈论了价值观的问题，"麦克唐纳说，

> 他们一开始会假定人类追求的是生命而非死亡，富裕而非贫穷；做了这种假设后，他们当然就不难展示科学如何帮

助我们达到这个目的。然而如果这个假设遭到质疑，我们很快就会看清它是建立在其他假设之上的："人类"意味着"我们谈论的某时某地的大多数人"，而被这个数据化的方式定义为"常态"或"自然"的只是人们应该需要的东西。很好理解他们的答案竟然采取了量化的形式，毕竟科学只解决可量化的问题。但是如果大部分人想要的只是各自的价值标准，那么唯一的问题就是确定人们实际上要的是什么——一个确实可以用科学来解决的问题，但不是我们刚开始提到的那种科学。因为这个答案只是用不同形式将原来的问题再提了一遍：为什么人应该想要大多数人想要的东西？事实似乎正好相反：从基督到托尔斯泰、梭罗和甘地，那些塑造我们道德观的人通常想要的正是大部分同时代的人不想要的东西，而且常为此惨死。

请原谅我引用得太多了。重温以上段落都是出于实际目的。波兰人很可能没有读过麦克唐纳，而我想让他们对这些看似起源于柏拉图时代的争论有所关注，希望我能为煽动这火焰出一份力，让尽可能多的火花飞扬。

根据麦克唐纳的说法，人应该就此接受自己同时活在两个世界的事实。价值观和行动之源就在个人体内。自由意志虽然只能在相当逼仄的范围内起作用（因为人类也很大程度上遵循着决定论），但它确实是存在的。在我们的时代，价值观的历史相对性在道德和艺术领域都被过度强调了。我们一定不能忘记那些使自己能与过往文明中的民族建立联系的不变因素。

那么，这就是区分"进步派"和"激进派"的界线。应该补充一点：进步派中最始终如一的可能是正统共产主义者（比如，"异端"马斯科洛[1]劳心费神在这两个世界间维持平衡，这种努力就很难称得上成功）。不过，一旦跨越了那条界线，发现自己可以接受价值观的独立存在，我们就会面临几个古老的问题：价值观来源于何处？是什么在维系它们？西蒙娜·薇依或雅斯贝斯就会回答：除非你承认绝对者[2]，否则一切价值观都将消散如云烟。麦克唐纳拒不接受宗教。对他来说，以务实的眼光来看，价值观或多或少就是绝对的——如果这两个词没有自相矛盾的话；显然，我们能从中找出与老子而不是某个土星居民的联系。"根源在人。"在这里，麦克唐纳与加缪所见略同。

但是我们要做什么呢？麦克唐纳提醒我们，如果不能影响行动，最优秀的思想也没有意义。目标很明确：人类必须被归还给自我；而它的实现只能在这样一个社会：在此地人们之间能建立直接联系，因此这里的经济和政治机构要足够小，以便个人能完全理解自己的作用，在生活中扮演积极角色，用自由而不受强迫的意志塑造它们。麦克唐纳引用了马

---

1 迪奥尼·马斯科洛（Dionys Mascolo，1916—1997），法国"二战"抵抗组织成员、政治活动家和作家，1946年加入法国共产党，1950年被开除党籍。

2 The Absolute，指上帝。

克思年轻时的话："对黑格尔来说，起点是国家政府。在民主社会中，起点是人……人不为法律而生，但法律是为人而制定的。"当你回到基本点，你会觉得，个人在国家政府、党派或工会面前是否感到无能为力，这是无关紧要的。那么，我们到底应该做什么呢？麦克唐纳对当下采取更广泛行动的可能性持怀疑态度。他似乎认为我们现在活在一个预备期，而有一种领悟会非常缓慢地渗入我们的意识当中：各种各样的意识形态宣传都具有神话杜撰的性质。他用五个小标题总结了对"激进派"的建议：

1. 否定论。一辆汽车正全速冲往悬崖。路人看见靠路边坐的是激进派，对着他们轻蔑地大喊："呀，否定论者！看看我们！我们是有方向的，我们真的在成事！"

2. 非现实主义。"一战"期间，杜威曾力劝他的同胞参与其中。他的门徒伯恩从战争中看到了杜威的现实主义阻碍他看到的东西：一场大难，十九世纪梦想的终结。

3. 克制。对希腊人来说，"美德的几何"（用西蒙娜·薇依的话）是主要的议题。西方文明已经不能理解这点了。我们有必要承认自己的无知，活在矛盾之中，不要用包罗万象的体系来包扎自己的伤口。

4. 小。参与抵抗运动时，加缪发行了《战斗报》(Combat)，战后它达到了很大的发行量。加缪成了法国最具影响力的记者之一。然后他辞职了，因为如他在与麦克唐纳的对话中所证实的，在为大范围的公众写作时，他无法谈论真相。

5. 自私。"呸，你们就只想着拯救自己的灵魂。"但是拯救自己的灵魂难道不比失去它要好吗？而且什么是最重要的，不是赚得世界吧？[1]我们很难爱所有人类。它的范围太大了。让每个人问自己什么能使他满足，什么是他想要的，把它作为采取政治行动和实现政治道德的第一步。人类的直接联系应该取代抽象概念。

麦克唐纳被当成了怪人和空想家之类。我试着归纳"麦克唐纳主义"，背后确实是有一个隐秘的计划。我意识到对于无数波兰人、犹太人、捷克人、立陶宛人、乌克兰人——这类像小脂球一样漂浮在西方这一大碗汤上的人——这位美国激进派的许多观点听上去并不陌生。由于他们也不可能采取任何更为广泛的行动，他们肯定能欣赏他对大众意识渐变的推测以及他认为每个人（如果我们幸运的话，是三四个由友情相连的人）都举足轻重的信仰。麦克唐纳似乎寄望于隐藏在表面之下的发酵，它不是自动发生的，每个人都可以为此出一份力。汤因比[2]曾断言，数百万流亡者就像是后来成为基督教酵母的古罗马最底层公民，这说法大概不是夸张。然而，

1　《圣经》中三部《福音书》都提到了一句："即使赚得了世界，却赔上自己的魂（soul），又有什么益处呢？"由于《圣经》翻译的关系，在许多版本中"生命"一词替代了"魂"，但在没有严格宗教意义区分的时候，soul通常译为"灵魂"。

2　阿诺德·约瑟夫·汤因比（Arnold Joseph Toynbee，1889—1975），英国历史学家，是两次世界大战期间英国最重要的国际事务专家之一，著有十二卷《历史研究》。

既然迄今为止一切形式的行动似乎都导致了悲惨的后果，那么对新运动的这份期待也不乏意义。

1954 年

于布里孔特罗贝尔

杰弗斯：一次揭秘的尝试

　　这篇文章将要探讨美国人和欧洲人想象力的几种变体。在起步之前，我们最好考虑一下选择某个方向的几种动机。美国诗人罗宾逊·杰弗斯的作品（已经全部完成，因为杰弗斯生于 1887 年，死于 1962 年）正是那个决定性因素。当我开始翻译他的诗时，对这些作品的专注阅读引发的一些思考（人从未像做翻译时那样被迫全神贯注），不断通过异与同的交替出现，带我一步步深入美国、波兰、俄罗斯和法国现代诗歌史，并且由此触及诗歌中展现的一种文明的典型特征。这些想法构成了几条思路，它们在个人经历的影响下日益明晰，而罗宾逊·杰弗斯这一主题让我看清了自己一些模糊的意图，以便于解决一些很少见诸纸墨的难题。

　　不过，反过来，我们应该问，如果想要翻译某位诗人的作品，这意味着什么？其中蕴藏着什么？有的翻译工作是出于偶然或合约；但如果翻译是出于无法遏制的渴望，那么这"为什么"的问题就是合理的。最简单的回答是，一位喜欢这些诗作的读者想要看到它们在母语中哪怕并不完美的对应物，于是就做了翻译。细细想来，这句话其实在假设，这位发现者的乐趣若不与人共享，就是不完整的；既然他本可以只从属于那位诗人在自己祖国的仰慕者小圈子，这句话还假设如此构成的社群被认为是不完美的，而我们会寻找一个更完整的社群，其中有自己更亲近的人，因为我们都被历史的强大纽带联结在一起。最后，那个"丰富"自己母语的目标（正如老鼠辛勤地将自己找到的种子拖回洞中）让我们断定那位译者在自己家中，在他自小熟知的音声调之家中发现了一块"空地"，希望消除这种空旷。我们甚至可以猜想，在他初次接触原文时，他的母语作为永恒的背景，成了决定性因素：在这里，起作用的是惊异，一种闯进了母语尚未开发出的层面的感觉——也就是说，一种可能性影响了感受。因此，看似简单的断言其实一点也不简单，因为它简要地表现了个人与集体的关系以及此间产生的驱动力。

译者做决定之前要经过两方面的判断：被选作品，以及该作品获得新语言形态后进入的所谓文学生命。译者越清楚自己的目标，就越会仔细考量自己的行动，牢记一种语言中现存的一切合起来构成了一种情境，它会持续接受哪怕最琐碎的人类行为改造。当下的天平在过去和未来之间摇摆，往其中一方加入的每个小方块都至关重要。这一意志因素会让他陷入极大的困扰，导致翻译变成有意的行为。

十九世纪末，现代性的浪潮席卷欧洲，包围了波兰。最早的先锋运动领袖是西方大师波德莱尔、兰波和尼采。自那以后，革命和变革总是伴随着外国名人的监督，他们是根据某些团体和学校的喜好甄选出来的，但与此同时，这些新运动的内在逻辑也越来越强大了。在如今的二十世纪下半叶，这种可耻的照搬模仿是否还会出现？罗宾逊·杰弗斯会不会为新的潮流（这次是盎格鲁-撒克逊诗歌）树立准绳呢？

本世纪的诗歌受到了自身内在矛盾的残害，对此很多人要么已经理解，要么也有了直觉。两种受到同等认可的趋势彼此相交，频繁地相互破坏。这不是其中唯一的矛盾，而且一切艺术都是在不可能之下存活，但这一具体矛盾却证实了那些对诗人胡言乱语的指责和诗歌将死的预言。一方面，诗人显然不可能只做一个工具，将感官信息转化为拥有一定自主性的"实物"——因为他的想象力被人人都关心的理念熏染，如果退到这些理念绝对无法触及的空间，那么他就会让读者失望，失去他们的迷恋，只剩几位大鉴赏家的仰慕。另一方面，如果他打算利用自己身为人的一切特征，也就是智力、印象、情绪和激情，他就会情有可原地惧怕起思辨性思维带来的压力，毕竟它本质上不利于艺术，而是道德追求的同盟。然而诗歌首先是一盏驱散黑暗的明灯；诗人身居人类意识所能抵达的极限之处，而且虽然他的工具与哲学家的全然不同，但是当他抛却智慧，或只用它来建筑实验性的房屋时，他又会为其不足而受折磨：为何在面对一页纸坐下之前，他就要判断、鉴定、理论，而这些内容却不会渗透他的诗，那座神圣仪式的庙堂呢？为什么他的喉咙紧缩，为什么他无法大声说话？

在我接受文学教育期间，尽管文学领域硕果累累，当时的波兰诗歌还是呈现了一种奇特的二元性。抒情话语的运用相当广泛，在涉及政治话题时尤甚，复兴着浪漫主义者的热情。同一时期，也有无数与之针锋相对的纲领，它们源自对"词语之魔力"（要么是旋律感，要么是一个隐喻系统）的惊异——似乎词语是独立自在的，而且帮助诗歌摆脱了浅薄天性的需要，摆脱了它们对概念意义没完没了的关注。然而，这些语篇通常太像是押韵的新闻报道，而且（对于那些没有盲目服从其咒语和手势的人来说）在那种程式化的活动背后，极为传统的态度可见一斑。我料到会有人反驳，说我不够重视诗歌的多重层次，以及它通过微妙词义、语气传达的思想意义。当文学的水平低于某一时刻才智所能达到的最高值时，它就是不足的。我们瞬间就能看出这点。

只要阅读博莱斯瓦夫·莱什米安 1937 年写的《诗论》（*Treatise on Poetry*），就知道这所谓二元性不是我在信口胡诌。这本书为"被解放的词语"（抒情语言，即 langue lyrique）辩护，反对概念化的词语（科学语言，即 langue scientifique），反对莱什米安口中的"鼠王"[1]，或是新闻纪实式的去个性化。莱什米安说得不错；他有资格说这话，尤其因为他可能是那时唯一的诗人-哲学家，创造了一种世界观，即人只可能通过被解放的词语表达自己；于是他（在诗中）混合了多种元素，对此颇为自得。

很大程度上，我们可以将此二元性归结于法国的影响。自波德莱尔以降，法语诗总是心怀恐惧地向前奔逃，后面追赶的是古典主义的幽灵，它已经逐渐将诗歌降格为异常优美的散文；还有它那吓人的叔叔维克多·雨果的幽灵，他凭借过于雄辩的辞藻成为所有发散式文风的终结者。连法语这种语言——这最精准、最讲究逻辑的语言——的本质，都在让作家们奋起抗争，逼迫他们竖起"纯粹诗语之自由"的旗帜，反抗难以忍受的规矩。法国象征主义转而滋养了波兰文学、盎格鲁-撒克逊文学和俄罗斯文学，但它在各家文学中的反响不一，取决于历史和当地形势的推动力。出于某些我无意在此深究的原因，在波兰，它引起的反响几乎完全是美学方面的。通过对其音乐性、色彩及至关重要的氛围保持敏锐，诗人们忽略或简化了波德莱尔、兰波、拉福格（甚至维哈埃伦）创作中实际占核心地位的智识暴力（intellectual violence），即对文明的一套评价体系。然而，诗体刚被人们套上挽具，用来尽所谓责任，浪漫主义"本能反应"（automatic responses）

1　莱什米安用这个词来讽刺传统社会毫无想象力的恶毒和平庸。

的声音就出现了。虽然经历了诸多变迁，几十年间这两条道路还是并行不悖。

"二战"那些年是令人震惊的，赤裸裸的。发生的事件是如此恐怖，历史上几乎没有诗人面临过类似的情况；这种恐怖迫使他们要么重估艺术，要么承认艺术的无意义。现实对美学理论毫不留情。然而，那时自然而然落到他们身上的责任就像是绑在腿上的铅块，将人拽入浪漫主义的鬼魂居住的深渊，其时每个本能反应都会让人的智识卸下防备。如此失去力量的诗，随时会在政治迷信的作用下苏醒。在二十世纪，这种两难之境（正如本文中所呈现的全部矛盾）不是某个国家独有的特征，然而它在波兰一再卷土重来。我们不清楚是否存在解决方案，但无论是谁意识到只有当诗歌既不逃向难以言喻之境，也不做新闻宣传的装饰物时，它才能获救，他至少都会明白此事意义重大。它事关永远难以捉摸的人类命运；也就是说，（诗歌中的）思想有一片广阔的未来。

因此，重新开始是必要的。不过，我认为波兰诗歌像是个猎人，不只是弓被剥夺了，连制作它的木料和弦也未能幸免。在指出狩猎的对象和方式之前，我们理应先放一点东西到猎人手里。换句话说，必须先修复那个制造猎弓的作坊。战后不久，对塔德乌什·鲁热维奇的诗作，我表示了友好的欢迎，不是由于我认同他的狩猎，而是由于鲁热维奇仿佛在慢镜头影片中移动，又仿佛一个失聪者，拒绝接受任何自己——一个社会弃民——看来是过往奢侈品的事物。这一点非常可贵。鉴于我们明显需要一个新的开始，翻译作品的益处也是显而易见的。

在这里，要理解一个随着历史加速前进而出现的现象。人类越来越依靠蚕食自己为生，如果没有消亡或退回到石器时代，人类还会越来越大口地吞噬自己。也就是说，不论在哪一个时代、哪一个空间，人一旦暴露了自己的创造力，他所取得的成就必然会被全体同类仔细地研究，甚至情真意切地挪为己用。这种同一化趋势摧毁了文化中心的模式，这些中心过去通常坐落于几座西欧城市；它还摧毁了文学中"好"与"坏"的分野，引入双向交流和相互依存来取代模仿。亚洲考古发掘的成果、荷兰大师画作的廉价复制品和文艺复兴音乐的唱片都证实了这个运动的存在，欧洲人对美国文学的日益熟悉也是如此。同样不可避免的，是人们对中欧和东欧国家（举例而言）的历史和文学日益全面的了解；迄今为止，这种认识一直受到其异域情调的表象妨碍。在教条的作用下，它那向内通往历史、向外通往所有大洲的行进会被人为放缓，然而使用刹车的效果不会长久。

不过，不可否认，我曾漫游在美国、拉丁美洲和法国诗歌之间，也曾暂栖于中国诗歌，与其说是受到普遍的文化好奇心指引，倒不如说是希望确认在那里是否存在我们终将战胜诗歌沉疴的征兆。也有时，比如在我翻译的拉美诗人作品中，引起我兴趣的是他们的勃勃生气，它可以用来毒死耀武扬威的"鼠王"——在战后第一个十年期内，这"鼠王"曾自视甚高，坚信能用它挚爱的灰色覆盖一切。诚然，当我发现往波兰引进色彩缤纷的巴洛克建筑如同往纽卡斯尔运煤[1]般多此一举，这短暂的兴趣就消失了。出于某些原因，我没法对法国诗歌增进好感。它在专业化的完美主义中越陷越深，要么就是费力地追求"引人入胜"，实话说，这点在波兰诗歌传统中简直泛滥了。在波兰诗人身上，我能看到逃离危机的希望：如果有人像鲁热维奇那样，因为承受了太多折磨而咬牙切齿地发声，那会是个好的迹象；在法国人中，连圣琼·佩斯也被崇高的风格（la grandeur）限制在了一个粉笔圈内；要说巴黎为关于人类自由和责任的讨论做了新的贡献，那也完全是在诗歌以外的，而天生的诗人阿尔贝·加缪却用散文写作。

美国诗中富含养分，很有可能是因为它的发展与欧洲的并不相似，就像美国的整体发展也与欧洲的不同。它的诗歌曾两次参与欧洲事务。第一次是通过埃德加·爱伦·坡和他在塑造法国象征主义中扮演的要角。第二次是通过沃尔特·惠特曼，他在二十世纪初的影响扩散到了文学圈之外。加夫里洛·普林西普是贝尔格莱德的一位年轻诗人，和自己圈子里的所有人一样醉心于惠特曼。他在萨拉热窝枪杀斐迪南大公，引发了第一次世界大战。换句话说，诗人不应该受到轻视，

1　纽卡斯尔自古就是煤炭出口地，"往纽卡斯尔运煤"是英语中的俗语，其使用至少能追溯到十六世纪。

但要认为这是惠特曼的错又太夸张了。

　　其次，美国诗歌遭遇了自己的现代危机，它在很大程度上是由欧洲病毒引发的。一场名为"自由诗体"的战役正打得如火如荼，《圣经》和惠特曼的读者对此体裁应该不陌生。与此同时，法国象征主义也只能为这些纯粹的美式思维习惯而妥协：长久以来，他们一直在接受和拒绝那头大象之间举棋不定——这里的大象不是波兰，而是"庸俗"的工业社会；作为严谨禁欲的清教徒的后代，他们背负了宗教的沉重；他们的文学形式舍弃了基本的抒情性——罗伯特·勃朗宁引入了戏剧独白和对话，让面具派上了用场，这些面具向读者提出了智性的要求。[1]因此，在二十世纪初，相较于对波兰和俄罗斯诗人，对美国诗人而言，法国舶来品通过了一个完全不同的过滤器。比如，在他们看来，波德莱尔就不像是为痛苦的权利辩护的人，而更多是穿梭在但丁笔下地狱般的现代城市的旅人，这个地狱之城（cité infernale）的主题后来在 T. S. 艾略特笔下进一步发展。

　　众所周知，年轻的 T. S. 艾略特曾潜心研习儒勒·拉福格的作品，从他那里学到了反讽、情感的克制以及对口头语和流行歌曲的自由运用。不过，即使是这类对欧洲温和的借鉴也忽视了几位"天生"的优秀诗人，而且我得承认，尽管我

---

1. 罗伯特·勃朗宁完善了戏剧独白诗体，对英美现代派诗人产生了深远的影响。勃朗宁戏剧独白诗中的独白者并非诗人本人，而是戴着人物面具的不完美讲述者。

曾特别喜欢美裔欧洲人，对他们颇有亲切感，后来却慢慢地更欣赏别人了。自命清高——这个时代所有艺术无处不在的管家——往往是一种良性的力量；不幸的是，在它的激励下，却出现了过多的顺从，至今仍是如此。它在绘画中主张非具象化的图像，到了把人的胳膊和腿都当成坏品位标志的地步。在诗歌领域，它促使人们沉浸在语言的实质（substance）中，甚至于把平实的交流称为错误。我们不应该低估这类约束的好处，毕竟它迫使人奋力挣扎，防止了千篇一律。但它频频奖励那些软弱枯竭、退出大局而沉湎于自身苦痛的人。而那些扎根祖国的美国诗人一心关注着有形的真实世界，不会被潮流吓倒。其中一个就是罗宾逊·杰弗斯，他把对潮流的怨言发展成了极度的蔑视。人们可以说他的艺术纲领过时了（如果那不是唯一可能的纲领）：艺术家用技艺武装自己，直面现实存在，而这种技艺必须是好的。他知道自己不能写尽现实，失败在所难免，但定义他作品的不是诗歌形式或画布尺寸之内的封闭系统，而是面向客体或存在（不论我们如何称呼它）的目光。杰弗斯在一首对话体诗[1]中表达了这点。在这首诗中，一位诗人抱怨"我恨自己的诗"，因为它们是"靠不住的软弱铅笔""破碎的镜子"，与"万物的光彩"相比只显得无能——仿佛人可以捕捉"狮子的美，野天鹅的羽翼，羽翼翻腾的风暴"。对此杰弗斯回应道：这种怨恨只不过是自怨

---

[1] 即《爱那野天鹅吧》。——原注

自艾，是对自己可鄙主观性的怨恨，它真有那么重要吗？"世界这只野天鹅"永远不会成为猎人的猎物，但人应该爱那"能听见音乐和羽翼轰鸣的／头脑"，爱那眼睛，因为它们能够记忆。"爱那野天鹅吧。"也就是说，要么靠近客体，要么远离客体，走向怀疑（它随即导致人去塑造"理想客体"，因为它们至少是可掌控的）。在这里，杰弗斯谈及隐藏在现代艺术原理中的本体论选择的必要性。看起来，只有人选择了野天鹅而非自己，才能战胜将诗歌降格为语言实验室习作的那种二元性。那头野兽太不同寻常了，我们必须要竭尽全力，于是就不在乎那些要我们警惕堕落（即警惕通俗意义上的陈述句）的规则了。

杰弗斯只能在一个方面成为标杆：顽固。凭借这种态度，他努力给予诗歌最大限度的智识客观性，让其中充溢着他那建立在对"永恒之物"（Permanent Thing）的崇拜之上的世界观。但是当人们对物的理解不同了，把他的方法机械地迁移到别处将无济于事，而杰弗斯注意到的那个"物"太让人绝望了，以至于无法吸引任何人。无疑这就是为什么在美国，尽管杰弗斯比同时期的威廉·福克纳更直率残忍，却没有模仿者。只在这一个方面，在他的攻击力方面，杰弗斯为我注入了力量，因为如果在地球上彼此独立的各个地点，都出现了对二元性的诗歌的类似厌恶，那么这里面就有些深意了；它是人尚未受到自身错觉之害的有力证明。

在他的《诗选》引言中，杰弗斯说：

很早以前，在写出这本书中的任何一首诗之前，我已经清楚诗歌如果想存活下去，就必须夺回它匆忙之下拱手让给散文的力量与现实。那时的法语现代诗，以及最"现代"的英语诗，对我来说都像是彻头彻尾的失败主义者，仿佛诗歌惧怕着散文，迫切想通过放弃自己身体的方式从胜利者手上救出自己的灵魂。它变得越来越无足轻重、荒唐、抽象、不真实、怪异；它甚至不是在拯救自己的灵魂，因为这些品质基本上是反诗性的。它必须要重拾实质和意义，找回物理和心理的现实。自那以后，这就成了我最基本的感受。它促使我去写作记叙诗，从当代生活中寻找主题；去呈现现代诗普遍回避的那些生活面貌；以及去尝试用诗体传达哲学和科学观点。我想的不是为诗歌开拓新的领域，而是为它夺回从前的自由。

以及显然不可避免的修正：

　　另外一条对我的成长影响至深的原则来自尼采的一句话："诗人？诗人撒的谎太多了。"这句话深深印在我的脑海中，那时我十九岁；十几年过后，它才起了效果：我决定不在诗句中撒谎。不捏造我没有感受到的任何情感；不假装信仰乐观主义、悲观主义或不可逆的进步；除非我自己确实相信，否则便不会妄自谈论一件受欢迎的，或被普遍接受的，或在知识圈内风靡一时的事；不轻易相信。这些否定式限制了话题范围；它们只适用于我的情况，我不会劝别人采纳。

他没有劝别人采纳这些否定式，但却在另一处评论道，有时诗人间撒谎成风，然后"它就被称为一项诗歌传统或新运动了"。

杰弗斯拓宽了诗歌的权力范围，同时对散文敬而远之。他从来没有草草写下任何小说，没有从事新闻报道，而且除了几次罕见的例外，也几乎没有写过评论文章。有一次被朋友逼着写，他还做了一份声明，在这里我将全文引用，因为它恰当地补充了我的论点：

> 我保证过要在这页纸上写下只言片语。当我考虑该写什么时，有许多话题出现了，但每个话题都应该通过诗句来表达，或者已经在相关诗句中表达过了，抑或对诗体而言太过琐碎，不堪其用。然而有人既写诗也写散文，都写得很精彩。这是一个专家的时代，在写作上除外。在这里，因为工匠不专攻一项，所以作品是有所专攻的。领先于时代的埃德加·爱伦·坡阐述过这种趋势，说实际上不存在诗歌，只存在抒情诗。这一信念成了正统。亚瑟·西蒙斯[1]已经把它说得够漂亮

1　亚瑟·西蒙斯（Arthur Symons，1865—1945），文学批评家，著有《象征主义文学运动》，曾把许多法国象征主义者的作品译介到英语世界。

了；如今没人能像但丁一样把自己的世界写入诗作——他可以像巴尔扎克一样把它放进一系列长篇小说，但在一个过分复杂的世界中，诗只能谈论本质问题；它已经退回到了象牙塔中，"在那里歌唱，无视街头的种种声音"。显然，人想表达的，比能在象牙塔里歌唱的内容丰富，因此只要这个概念还存在，诗人就必须为自己的思想寻找别的容器。那些本可以填满诗句的内容流进了散文体小说、批评和哲学中。也许它们在那里更加自在，但这种外流可能会将诗歌变成对音乐的低劣模仿。将所有谷子存进一座谷仓自有其理由，这应该就是我作为散文作者唯一的一次亮相和最终的谢幕了。

杰弗斯对诗歌提出的要求，跟我在与诗友交谈时曾提出的一模一样。当然了，我之前对此一无所知，那时我连杰弗斯这个人都不知道。我相信，要跳出"纯抒情诗"的粉笔圈非常艰难，在诗人的技艺和读者的品味里——哪怕是那些我们渴求的理想读者——天然存在着完全客观的障碍。因此，那些不能经由诗句表达的想法会将我推向散文；不止一次，我悲哀地证实了本世纪的读者已经彻底丧失了专注的习惯，而那是读懂诗歌必不可少的。也就是说，读者不断听人重复一个观点，即诗歌只是内心难言状态的反映，于是便不再习惯专注了。诗歌多么容易消隐无踪啊，但其中精练、浓缩的内容被作者冲淡，放进一篇文章中，却能得到广泛认可。

"把所有谷子存进一座谷仓"是艰苦繁重的任务，看上去杰弗斯必然会失败？在他去世时，他的作品已经进入大学经典书目，在研讨会上被人分析，但我估计文学教授们不会支持青年批评家德怀特·麦克唐纳 1930 年的（也是当时被广泛接受的）那个判断，即杰弗斯是美国有史以来最伟大的诗人，他的广度远超同时代太过地方主义的罗伯特·弗罗斯特；也远超 T. S. 艾略特，因为艾略特太智性了，而且对此不加掩饰，像一个囫囵吞下了所有智慧的学生。美国诗歌走上了一条杰弗斯不想看到的路；它越来越稠密，在微观世界的领域内追求强度，而它的帮手则是通常伴随"深不可测"的诗作而来的批评方式：结构主义和精神分析。虽然没人否认杰弗斯是个伟大的诗人，他的名气却逐渐衰落，而我既已决定要谈到他的创作，我至少不会向他憎恨不已的潮流致敬。让我们承认吧，杰弗斯使我们不安，用他所做的迫使我们反思一个人为了获得会怎样失去，得失去多少。他的长篇叙事诗本质上是角色深陷于悲剧情节的诗体小说，也可以说（或许这更接近真相）是不为舞台而写的悲剧，需要读者全情投入，精神强大。人类是一种无用的激情[1]，这一发现并非来自法国：杰弗斯更早发现了这点，从中得出了一些激进的结论；即便在二十世纪黑人文学盛行的背景下，他那充斥着通奸和谋杀的世界也以残忍著称。在我看来，这些长诗每一首整体而言都

1　"L'homme est une passion inutile"，出自萨特。

是失败的，也就是说障碍比诗人的意志更为强大。然而，若不是那种对包罗万象的渴望，那些片段和短章也不会存在——是它们确保了只要英语尚存，杰弗斯在其中就永远有一席之地；而且我斗胆预测他现在的名声衰落只是暂时的，缘于文化的精微之处面对"浑然一体"的作品时体会到的恐惧。

重要的是这种全速冲击的特质，它的冲力，与年轻的杰弗斯在加州登山时所追求的相差无几。他不甘接受诗歌逐渐被削弱，于是按照自己的思想、目光和想象在诗句中构建了一个地球，而不会满足于那些碎片，那些印象的碎屑。要说但丁可以在天堂和地狱的纵线上树立起自己的宇宙，他的继承人如若不能构建符合当代人理解的宇宙——也就是说，如果他回避直截了当的宣言：我信仰的是这个，不是那个——就太丢人了。于是，真相是不论我们写到杰弗斯的哪一点，都应该带上副标题"世界观与诗歌"。让我们略过迄今为止已被学者开垦过的不起眼的小块田地（这当然是无可指摘的），那些学者甚至能将托尔斯泰的观点提取出来，就为了能单独剖析他的"艺术"。让我们回归那种古老而可敬的方法："诗人说……"即使我们对这种方法的运用不那么天真，甚至时而一意孤行。自从诗歌开始采用预言家的晦涩语言后，现代批评界提出了无数精妙的观点和令人惊骇的微小发现，于是对很多人（包括我）而言，上述方法着实让人大舒了一口气。

勇敢而诚实的杰弗斯不愿在他研究的"事物"（即太阳系一颗小行星上的人类命运）中加入任何他尚未证实的内容。

他的世界观可以阐述如下：他拒不接受含混不清的信仰，那些信仰被普遍接受，只是因为它们予人慰藉。绝不妥协的极端立场是他的典型特征。这些立场是：1. 摒弃基督教；2. 摒弃所谓的世俗人文主义和进步观。显然，这里出现了一个问题：还剩下什么呢？只有斯宾诺莎的上帝即自然（Deus sive Natura）和命运（Fatum）。

这点非常令人不悦，引人排斥。当大多数人都自认为是基督徒、进步人士、人文主义者、马克思主义者，如此等等，杰弗斯的诗就必须要付出代价——这是他参与的那场游戏的部分规则。

但这里会闯入很多别的问题。从哪里？怎样？为何？杰弗斯是否比别人更勇敢地审视着生活在这一科技时代的人共有的宇宙图景？曾有一长串人物见证过宗教信仰不断加剧的困境——从帕斯卡与蒙田的怀疑论斗争，到克尔恺郭尔认为基督是一块绊脚石[1]，到尼采宣称"上帝已死"，再到当代，鲁道夫·布尔特曼关于"基督教去神秘化"需求的声明和论文在新教神学家中间引起大辩论——杰弗斯是不是其中的一环？那些无神论者和不可知论者，他们虽然认识到自己只是为了

---

1 《哥林多前书》中，保罗说："犹太人要的是神迹，希腊人求的是智慧。而我们却是传被钉十字架的基督，这对犹太人是绊脚石，对外邦人是愚拙。"（和合本修订版 1:22）原文"Scandal"（可译为"丑闻""耻辱"）一词源出古希腊语，在《圣经》中通常译为"冒犯"，在詹姆士一世钦定版中又译为"绊脚石"。对克尔恺郭尔而言，基督被钉上十字架这件事是一个基督徒必须克服并转化为信仰基石的障碍。（见约翰·厄普代克《无从相比：克尔恺郭尔新传》，《纽约客》2005 年 3 月 20 日）。

自身利益重构犹太-基督教体系的历史概念，因此他们的信仰并不比基督信仰更擅长抵御有害悖论的侵蚀，却仍然信仰着进步（总是如此，不管发生了什么）——杰弗斯是不是戳中了他们的痛处？又或者，杰弗斯是不是来自新英格兰的清教徒，渴求过上帝之国，却在来到太平洋沿岸后，发现那个空中楼阁般的承诺未能兑现而幡然醒悟？又或许他首先是爱默生、梭罗那个圈子的超验主义传人，在对丑陋的工商业漠不关心的自然中找到了慰藉？无论他是什么，如果不把每条线索厘清，沿着它们所指向的地方循踪，我们就会毫无头绪——那些地方是美国，不仅是杰弗斯的美国，还有他父辈和祖辈的美国；是欧洲，但不局限于过去的两个世纪；还有某些作家，当我们想要再现"伟大的宇宙"（the great All）在人类修正之下不断变化的图景时，那些作家的作品对我们最有益处。

在这一背景中巍然而立的不是哲学家，而是美国和波兰的两位现代文学巨匠：赫尔曼·梅尔维尔和齐普里安·诺尔维特。两人都被脖子上的套索勒得近乎窒息，只因为他们出生在那段时期——梅尔维尔在1819年，诺尔维特在1821年：那套索即是物质的进步，加上它带来的邪恶代价。梅尔维尔来自美国村谷，初来乍到，英格兰对他而言就是《雷德本》中港口区（格拉斯哥[1]）的肮脏茅舍；《以色列·波特》中的"死者之城"或《皮埃尔》中的纽约，正像诺尔维特写伦敦和

---

1 原文标注，此处保留。《雷德本》的故事发生在利物浦。

巴黎阴暗街道的那些诗歌，只不过梅尔维尔写的是散文体。二人都试图理解基督徒这一修饰词被用来形容人类对物的主导时真假各有几分。二人都甘愿自毁声名，不再写可读性强的作品，而选择了象征及反讽的寓言——到了梅尔维尔谜一般的最后一部长篇小说《骗子》(*Confidence Man*)中，密西西比河上的蒸汽船"忠诚"号与诺尔维特故事中的"文明"号汽船几乎一模一样。只不过诺尔维特没有作为普通船员随捕鲸船出海，没有积累起有关天气、海陆怪兽和草木的知识，是这些构成了梅尔维尔笔下丰富的内容，让他每次最疯狂的离题都具备教科书般的精准。诺尔维特只能远远仰慕着心爱之人，他没那么幸运，能在马克萨斯群岛的一个岛屿上抛弃一艘船，更别说在温和的食人族中间生活几个月，有住民们出于待客之道分派给他的法亚韦为伴，立即爱上了她。[1] 于是，他无法彻底谴责白人、基督徒和当权者的邪恶力量，用先于基督纪元的那个天然乐园来对抗它，也不能剥掉同代人的披风、长裙，让他们将罪恶与美德的道德观连同外衣一并抛弃，接纳与之迥异的：文身的裸体、天真、互爱以及恬淡寡欲的生死观。但诺尔维特听见了废墟中的话音，而那不利于一切内心之善的十九世纪的现实，对他而言正是历史进程中的一刻：离开耶稣的殉难和古罗马的殉道者墓窟，走向"地球上不再需要殉道"的明天。

1　都是梅尔维尔小说《泰皮》中的情节。

勒紧梅尔维尔和诺尔维特咽喉的套索是一样的，但两人奋力用不同的方式为自己松绑；我们暂且不去评判谁的方法更好。只强调一点：对受浪漫历史主义（除此以外，不管我们喜不喜欢，还有从中衍生的马克思主义）影响至深的波兰人而言，不论在波兰还是整个欧洲，基督教和历史进程的结合（诺尔维特绝不是其中的一个例外）都是司空见惯而容易理解的，但他们很难深入理解不在意历史的希望[1]，或至少对基督教《新约》抱有怀疑的作家。

杰弗斯对前基督教时代思想的回归（它首先是对斯多葛派的回归）在波兰读者身上激起了充满敌意的条件反射，这一点会让人不禁自省。不能排除这一交会是诺尔维特与梅尔维尔的交会——通过各自的代表实现了。不论蒸汽时代已经过去了多久，如今，以"人与历史"问题为重的人和专注于"人与自然"问题的人正在展开一场交锋。

谈及杰弗斯的哲学内涵，也没有违背我为诗歌一辩的本意。出于此心，我别无他法，只能证明把抒情语言（langue lyrique）像正在消亡的印第安部落保护区一样，作为诗歌的独有财产搁置在一旁（如同在两次世界大战之间的法国，皮乌斯·塞尔维安[2]在那些科学的装饰下所做的），对诗歌是无益的。只有当诗人参与人类为动词生存的意义而陷入的挣扎（只

1　影射《圣经》，指在意人类的救赎。

2　皮乌斯·塞尔维安（Pius Servien，1902—1959），罗马尼亚裔法国作家、语言学家，以对诗歌格律的数学研究闻名。

要人还活在世上，挣扎就无法停止），诗歌才是必要的，而一篇文学领域（准确说来是比较文学领域）的论文，只有超出文学范畴才能尽到自身的义务。

在这篇文章快要写完的时候，我读到扬·约瑟夫·利普斯基对最新一卷鲁热维奇诗作的评论。他写道：

> 顺便一提，我想要大家注意到一种惊人的连贯性：在它的作用下，当代抒情诗正在创造着自身的灵视（vision），承担着数个世纪的传统为哲学家保留的角色——与此同时，那些创造也好，个人的解答也好，呸，甚至那些系统阐述（奇迹中的奇迹），回归的往往不是距离我们最近的十九和二十世纪哲学传统，而是更遥远的希腊时代，也就是欧洲思想诞生之时。

这个角色是数世纪以来还是相对晚近才专属于哲学家的？另外，一个令评论家满意的、全然不顾国际诗学准则的现象正在出现。这种准则表面上仍在更新，但是在杰弗斯青年时代就已成为正统的那些规定仍在其中发挥着作用；抒情（lyric）一词尽管能作为便捷的商标使用，却在身后留下了那个准则的种种残迹。而无论战后波兰诗歌中兴起的真正重要的东西是什么，它或多或少都有意地打破了那些残余的传统，不再轻易受到"抒情"的范围限制。无论如何，尽管我们可能会为这些道路将通往何方而争论不休，我引用的这几句话还是论证了一种亲缘关系。

现在应该很清楚了，我将诗歌看作宗教的补遗（它与被当成宗教的诗歌截然相反），属于广义的宗教（不论它是否起源于 religare，即束缚）；与此同时，人们渴望的那种融合可能是有神论的，也可能是无神论的。从宗教（religion）一词中可以看出思想的肌肉和神经，这也是为何它比世界观（Weltanschauung）一词要好。若是逃避参与人类联合的根本事业，诗歌就将变成一种娱乐，走向消亡。然而杰弗斯的诗不是那样，这也是为何我要用与之匹配的严肃态度来对待它。

1962 年
于伯克利

论亚历山大·瓦特的诗

关于我的朋友亚历山大，我想写的很多很多。我想梳理一下自己的想法，但最终认定自己是做不到的。做不到是因为负担太重：他的生平会引出二十世纪最敏感、最曲折的事件。它还揭示了身体痛苦的奥秘，以及面对这个世界的秩序，我们宣称的抗议是多么无力。有几个时期我几乎每天见到他。这可不是件易事：无力做任何事，只能作为见证人参与。我仍然满怀羞怒，无法平静地谈起这件事。我还没有忘记那几个波兰作家，他们把这位约伯称为装病的人、骗子艺术家，而我们站在一旁，亲身见证它发生，为那刻入生命的暴虐震悚。

是什么样的奇迹使得一位诗人在五十岁之后，尤其是在那些病痛稍解而头脑清明的稍纵即逝的片刻，创作了这样高质量的诗？几十年以来，瓦特在文学圈的崇高地位实际上是一位言谈家而非作家的地位。他被打上了"小说家和翻译家"的标签。马雅可夫斯基客居华沙时写下的随笔中有这样一句话："瓦特——天生的未来主义者。"然而这也是他通过私下交往得出的结论，是一种深深扎根于二十世纪的思维方式凭直觉做出的猜测。

我的看法是这样：瓦特对二十世纪的认识无比广博，于是他只得噤声。一位左翼知识分子——随后堕入深渊七年。陀思妥耶夫斯基的四年苦役，在那些关于他的书中被描绘成一段重大经历能彻底改造作家的典型例证，但瓦特告诉过我他自己在俄罗斯和苏联的亚洲地区服苦役的经历[1]，我敢说他的认知更深，更加可怖。它是无法磨灭的，它需要被表达，于是他产生了用散文体写一部巨著的意愿。那本该是一部大全（summa），既悲天悯人又能条分缕析。这样的书他是写不出来的。首先，他那富有文化教养的、挑剔的、苛刻的头脑给自己提出了太高的要求；他构想的这本书，大概没人能写出。其次，他才刚刚开始着手写作，旧疾又复发了。然而，如果不是长期与自己宏大的构想缠斗，他很可能就写不出那些诗了。他的笔在写散文体故事时受制于自身智识那些吹毛求疵的要求，但在他草草写下旁批时，却短暂地获得了自由。

1　瓦特在战前波兰和苏联古拉格的经历载于《我的世纪：一位波兰知识分子的漫长旅程》，这是二十世纪六十年代中期与米沃什一系列对谈录音的文字记录，那时瓦特正与致残的神经病痛艰难斗争，长期承受剧痛。瓦特在生命的最后十年回归了诗歌，使之成为他一生旅程中积攒的苦涩智慧的载体。——原注

他的天性谨慎至此：比如说，他会害怕应邀做讲座，因为尽管完全没有必要，他还是必须为此准备到别人做不到的程度；认识他的人都知道，只要装作无意地诱导他，他就能口若悬河地用波兰语、俄语和法语说上一两个小时。他用磁带录下了许多故事和回忆，它们囊括了他波澜壮阔的一生中的大部分经历。那是一座储量丰富的矿山——不过对于我，他首先还是一位诗人。

有一个古老的譬喻：艺术是患病的贝壳生出的一粒珍珠。还有一个，说它是被剜去了双眼而婉转歌唱的夜莺。当代诗人既耻于使用古老的比喻，也耻于自己的感受。他们任由自己被整天设想着增加新规的人恐吓，那些规矩对想要谋求大学教职的人来说倒是高明又便利，但对于相信诗人和理论家可以在同一个个体身上共存的人来说却是致命的。我曾强忍着敌意阅读各类结构主义者的作品，他们宣称是语言在控制我们，而不是我们在控制语言；这感觉，正如一头狼读到戴眼镜的体面淑女撰写的论文，内容是教它怎样设陷阱捕猎。瓦特跳出了文学风潮的条条框框；它们最多能引他发笑。不可能出现别的情况，因为他的每首诗都是草草写下的批注，其时他感觉时间短促，这一刻天恩骤降，让他在下一次被病痛击倒前，在下一次数周、数月被止痛药磨钝了头脑前，能自由地记下一点东西。有悖于当今近乎公认的准则，他的诗是大大方方的自传；它是他苦难的速记。雅罗斯瓦夫·伊瓦什凯维奇称它为"我们这段历史的荆棘丛"。要说瓦特的诗"当代"得令人震惊，全无浪漫主义者自传中流畅的抒情风格，那是因为这位"天生的未来主义者"身上具有这个时代的一切冲突和病痛。如与朋友相处时一样，瓦特在他的诗中是完整的。他很明智，但那种智慧过于尖刻，他孩子气，自我中心，容易情绪高涨、激情四溢，用令人毛骨悚然的幽默戳破自己那些玫瑰色的气球，爱打趣，会恐惧地哀号，既会恐吓残忍的上帝，也会接受他的审判，既是信仰者也是无信仰者，既是基督徒也是非基督徒，是这个时代的罪恶，也是五千年间大事的见证者，血液中记载着所罗门王在床上对示巴女王说的话。那些诗浓缩了自嘲和根据梦的逻辑构建的悲剧；他诗作的缘起应该是在梦中：有些只是他写下的梦，虽然如我们所知，每个梦境都经过了修订，只在非常有限的层面上证明了自发写作（écriture automatique）是可行的。"被解放的词语"本来有望开花结果，但在未来主义（按瓦特的说法是达达主义）的早期尝试之后，又被斯卡曼德派和先锋派波兰诗歌奴役了几十年。我译成英语的瓦特诗作让伯克利和旧金山的年轻人着迷不已，因为它们很滑稽——就像喜剧组合马克斯兄弟的电影。然而，真正吸引那些学生的也许是他们在当代滑稽文学中少见的哀中作乐：充满能量的内容，一部分被感知的真理。

"他既不高居庙宇之间，也不困守在自己选择的陋室中。"瓦特希望为后世留下一部伟大的散文体作品；那些梦中造访的受了冤屈、侮辱、折磨的面庞要求他这么做。这不是说他不知道自己诗作的价值，但他似乎把它当作一场伟大抗争的某些阶段。我们可以说诗是他生命破碎的节奏，是那不断向苦痛献祭、被苦痛窃取的时间强加于他的，所以他力所能及的只有简短的随笔。有时，诗人会因为专注于一种体裁、反复打磨而创造出杰作，但那令人目眩神迷的奇迹很可能更常出现在转瞬之间。

二十世纪波兰诗歌正在形成新的等级体系；不止一个曾饱受推崇的人失势，而另一些人正在青云直上。我会把瓦特的诗放在这个新体系的上层，我做此评价并非因为他刚刚离世不久。我不信任所有的先锋做派，不信任唯美主义的最新变体，因为那些东西不是为了人民而写的。评判标准是如此混乱，以至于瓦特高度当代化、技术精湛而滑稽的诗作，表面上却仿佛那些懦弱空虚者的表演：换了形式手法，却仍无话可说。但最终人们却会看出，一种普遍的悲伤在他自我的悲伤中找到了倾泻口，发现它盘根错节的典故之下隐藏的简单轮廓，他的几首诗还会进入流行诗丛，与《关于 1519 年在索卡尔被鞑靼人杀害的弗里德鲁希》[1] 并列，这是任何诗人所能想象的最高成就了。

不，我们这个时代的真相不能用史诗、《战争与和平》或

---

[1] 十六世纪诗人米科瓦伊·森普-沙钦斯基（1550—1581）被收入各大文集的诗作。这首诗的英语译文 "About Fridrusz Who Was Killed by the Tartars at Sokal in the Year of Our Lord 1519"，见于《波兰的不朽杰作：波兰诗歌的前四个世纪》，波格丹娜·卡朋特翻译、编辑（安娜堡：密歇根拉夫出版社，1989 年），第 203—209 页。——原注

是深刻的社会学分析来描绘。最多是一些一闪而过的领悟、支离破碎的词语和简短的句子：

> 西西里的旅程
> 让我欣喜的色彩——
> 蝴蝶从它们身边振翅飞走
> 　　　　带着憎恨。

> 我画的花——
> 别把它们放进花瓶：
> 　　　　花瓶会碎。

> 我划船渡过的风景——
> 博斯恐怕不能忍受：
> 他没受过这般痛苦。

堂堂正正的私人化？还是说，透过这种私人化表达出了极为普遍的感受，只是在这个例子中，它并非对一个反色彩、反鲜花、反风景的世界的客观描述，而为那个世界赎罪的是瓦特（因为欣喜、画画和划船的正是"我"）？

我建议未来的研究者关注瓦特诗歌的广度：从《圣经》中先知的哀恸，到他那些格言中数学般精确的机敏才思。瓦特不是没想过诗歌技巧，他并非没有不懈追求一种属于自己的技巧，让它灵活到能适应自己的各种目的。他意图让诗歌具有更强的包容力（capacity），而这种特质可能会被抒情的"纯粹性"彻底摧毁，就像被喋喋不休的饶舌摧毁一样。交谈时他跟我提到过这点，大致正如他在伦敦杂志《诗外楼》（*Oficyna Poetów*）今年五月刊（这一期主要刊录他的作品）中所描述的："……我那些所谓形式主义的兴趣，目标似乎只是让自己守在散文体散文（但愿不是诗化散文！）和诗体诗（绝对不能是散文作家的诗）的狭窄边界之间。"

如果要向一位完全不熟悉瓦特的波兰读者介绍他的诗，我会用一些技巧简单、在主题上将历史事件与《旧约》母题联系起来的例子。比如关于他流放亚洲经历的《希伯来旋律》：

> 我们坐在巴比伦河岸，精疲力竭，
>
> "唱啊！"——卫兵大喊着——
>
> "现在就唱，生气勃勃地唱
>
> 一首锡安战歌，还有献给耶和华的哀恸圣歌。
>
> 让奴隶的音乐爱抚我们的双耳！"
>
>
> 我们唱——
>
> 如若我们的歌是毒药！
>
> 我们唱——
>
> 如若它的歌词是匕首！
>
> 我们唱——

如若我们的歌是诅咒——

不是欢愉，不是自由，不是祝福！

他们如何识得耶和华，巴尔的崇拜者们，

他们怎知锡安歌曲甜美的内髓！

我们中有人曾对陌生人歌唱，

公正的主让麻风病麻痹了他们的双唇，

他们的竖琴被砸得粉碎，枝形烛台碾作尘埃，

屋宇也蒙受弃置之辱。[1]

　　接下来，我会介绍一首写于监狱的关于夜晚的诗，出自
《夜曲》（*Nocturnes*）：

　　　　　　　　　　　　　深邃的午夜在说什么呢？

　　　　　　　　　　　　　　　　　　——尼采

夜在说什么？什么都没有。

夜

有一张嘴

被灰浆封缄。

白昼——唉，当然了。它喋喋不休。

没有停顿，没有犹豫，没有一秒

1　由米沃什和莱昂纳德·内森的英译文转译。

深思熟虑。它还会继续如此喋喋不休

直至崩溃，死于

力竭。

然而我听到夜里的

一声尖叫。每一夜。在著名的

卢比扬卡监狱。

多么美丽的女低音。一开始

我以为是玛丽安·安德森 [1]

在演唱灵歌。但那是一声尖叫

连求救都不是。其中

音头和音尾

混在一起，听不出

音尾在哪里结束，

音头从哪里开始。那

是夜在尖叫。

那是夜在尖叫。

虽然它的嘴被灰浆封缄。然后

白昼开始唱特啦啦 [2]

直至崩溃，死于

力竭。

1　玛丽安·安德森（Marian Anderson，1897—1993），美国二十世纪最著名的
　　非裔女歌手之一。
2　Tralala，俚语，用来表达欢快的心情。

夜——它不会死亡。
夜不会死亡，
虽然它的嘴
被灰浆封缄。

之后是《复活节》（"Easter"），标题影射了 1943 年华沙
的春天。

一辆双马车中
坐着一位正统的老人
头戴高顶黑色大礼帽
驶离犹太会堂
摇摇摆摆，自言自语：
我是国王，我是国王，我是国王。

男人站在双列队伍中
女人从窗户向外看
儿童悬挂花环
宪兵跪在街上。

随后耶和华伸出手
从他头上扫掉高顶帽
放上了一只荆棘冠。

于是那正统的老人

驾着双马车

径直驶入了天堂。

烟雾笼罩城市上空

吊死的儿童的花环

女人躺在街上

宪兵站在双列队伍中。

之后是一首关于他自己疾病的诗，疾病被写成了一种从
外部施加的刑罚，如同一座监狱，于是个人与历史融合了：

在我痛苦的四壁上

没有门，也没有窗。

我只听见：卫兵在墙外

来回踱步。

他那沉闷空洞的脚步

丈量着看不见的时长。

现在还是夜晚吗，或是已经破晓？

我的四壁内漆黑一片。

他为何来回踱步？

他要怎样带着镰刀找到我，
既然我这痛苦的牢房之内
没有门，也没有窗？

岁月一定在某处飞驰
逃离生命那燃烧的灌木丛。
而在这里，卫兵来回踱步
——一个幽灵，长着一张盲目的脸。

现在，最后，是时候介绍波兰诗歌史上唯一一首讲述基督出于对人类的怜悯不愿复活的宗教十四行诗了：

来自亚利马太的那人 [1] 将他放进坟墓，
盖上一块岩石。
然后坐下忏悔，默默流泪，
为那只是幻觉的希望？

夜晚，两位炽天使到来。
他们翻开那块岩石，说："复活吧，主啊！"
对他伸出手，让他复活，和他们一起走，
让主的复活实现。

1　即"亚利马太的约瑟夫"，据福音书记载，他是负责将耶稣下葬的人。

"我不会复活！"他对他们说，"我不会复活，直到
人类也一并
从死亡和痛苦中解脱。"

那个约瑟夫早已停止忏悔。
化作了尘埃……但基督还在等待
人类的解放。

　　我不认为以上引介是不必要或没道理的。今天的人写诗
太过晦涩迂回了，仿佛不明白一切水落石出时，诗的意义在
于为我们的共同命运命名：我们都是帕斯卡笔下被打入地牢
的人[1]。我希望人们注意到，这里引用的诗作里绝无当代虚无
主义思想中那种世界的贬值。瓦特不是虚无主义者；也就是
说，他不会贬低现存事物的价值，不会因为主体（我，我们，
他们）被迫受难而对现存事物施加报复。他的诗中永远存在
自然、建筑、艺术品、人生乐事和一代代人幸福常新的辉
光——那是一种虽然个人或集体的命运让我或我们无法尽享
其乐，却依然不受污染的光彩。我认为这正是瓦特诗作的成
熟之处，让他有别于一干沉浸于自怨自艾而不自知，还假托

1　帕斯卡在《思想录》中打了一个比方：有一个地牢中的人，不知道自己是
　否被判了刑。他只剩下一个小时来探寻真相，如果他得知了结果，还可以
　提出上诉。但由于他不知道判决是否已经作出，他放弃了真相，而用游戏
　去打发时间，就是"违反天性的"。整个故事象征人类的堕落和受罚。

人类之名审判上帝的人——从智识水平看，这是一种只适合十四岁孩子的消遣。正是受难者瓦特的哀诉——因为它太个人化了，太明显地依附于特定的"我"或"我们"——使他免于使用那些非个人的概括形式（人走着，人活着[1]，人包括，人不包括，诸如此类）和伪哲学。我认为，他对现实的崇高表达敬意和惊叹的小随笔可以算作他最伟大的成就之一；它们像是钢笔速写，如《在酒吧，塞夫尔-巴比伦站附近》（"In a Bar, Somewhere near Sèvres-Babylone"）——但这首诗的技法华丽又精妙，而我保证过要从最简单的开始谈起。引用相对较短却毫不逊色的那一类就够了。在《歌》中，瓦特用一句格言证实了我刚才"用主观表现客观"（与那些喜欢泛泛而谈地书写愤慨和厌恶的诗人正好相反）的说法。这句典出安德鲁·兰《荷马与人类学》的格言是这样的："最客观的艺术，本质都是干净的。缪斯是一群少女。"紧接着是一处从我熟悉的观景点看到的风景，在格拉斯附近的梅斯吉埃尔（La Messuguière），一个作家聚居地：

多么美，肺部
呼吸急促。手还记得：
我曾是一只翅膀。
蓝色。金红色的山巅。

---

1 One walks, one lives，影射海德格尔贬低的无人称反身形式。

那片土地上的女人——

小小的橄榄。在一只宽大的茶碟上

一缕缕烟，房屋，牧场，道路。

路的交错，噢，人类至善的

辛勤。多么炎热！树荫的奇迹

复归。一个牧羊人，绵羊，一只狗，一头公羊

都笼罩在镶金的钟下。橄榄树

在扭曲的仁慈中。一株柏木——它们孤独的牧羊人。一
座村庄

坐落于卡布里悬崖之上，受瓦顶

庇护。还有一座教堂，它的柏木和牧羊人。

年轻的日子，年轻的时代，年轻的世界。

鸟儿在聆听，专注地沉寂。只有一只公鸡

在下面的斯贝拉塞德村里打鸣。多么

炎热。葬身异国是苦涩的。

活在法国却很甜美。

——《漫游者之歌》[1]

活着很甜。我正在走向死亡，但世界的年轻人还活着。
走在巴黎街上，我也驻足片刻来观赏一位画家的画作，它们
捕捉了一些看不见却真实存在的东西（《在展览会上》）：

---

1 由米沃什和莱昂纳德·内森的英译文 "Songs of a Wanderer" 转译。

我们的世界。那么小，
一把吉他
也足够
使它充满声响——
只要演奏者是爱。

爱不可见，
却存在着。

吉他旁是盛苹果的扇贝盘
——尊贵的标志
由塔罗牌可知；
恶-善的实现；
赫斯珀里得斯的果子，
但不是金子做的，
相反——是色彩，
来自我们的世界，
它那么小，
一把吉他
也够了，
等等等等。

这些都是可见的，

除了爱。

它不可见，

但它却存在于

圣奥诺雷市郊路

一位美术经纪人的

小型展览会上。[1]

年轻诗人以为简单就是缺乏原创性，一行诗中的词语如果不能"惊异彼此"就一定枯燥乏味。这种想法并不让人意外。要拥有瓦特那种轻盈的笔触，那种自发速写现实环境的天赋（歌德称诗不可能脱离现实环境[2]），人必须要经历过许多事，有能力完成许多事；只有那时，最平常的词也能达到效果。不过还是继续展开我的论点吧；我会引用以下诗句来证明瓦特的缪斯是一位少女：

所以你的世界又变得纯粹了，像一位年轻母亲的乳房？

背叛、鲜血和恐怖的痕迹都抹去了吗？

1　由米沃什和莱昂纳德·内森的英译文转译。

2　歌德："……但［诗］始终必须针对某种情况而作。换句话说，现实必须为之提供机遇和材料。一个具体事例会变得笼统而具有诗意，正是因为诗人的处理。……现实启发了它们。它们建立在现实之上。我不喜欢基于虚无的诗。"参见 *Revisiting the French Resistance in Cinema, Literature, Bande Desinée, and Television (1942–2012)*. Christophe Corbin. P. 41。

我畏葸地站在它面前，触碰它的门环，

但我不敢敲门。我像是个穷客人。——

受邀来衬托这幢屋宇的辉煌，

然而他谁也不认识，谁也不认识他。

阳光下的花园刺眼得仿佛创世之初，

在这扇大门前，连我——幽灵一般——也没有影子。

　　有人会喜欢他那种文风"贫瘠"的诗，有人则喜欢"丰饶"的。迄今为止，我特地只选了第一种来反驳一个观点，即他的诗是遍布巴洛克装饰的热带丛林（但瓦特确实亲切地谈起过巴洛克）。如果说第二种初读之下颇有难度，也要记住它们叙述的是经过改造、升华的真人真事，常常因其幽默而越显庄严。为瓦特的诗作评时，我们可以将每一首都联系到某年某日发生的事。因此，《回家》（"这可怜的脑袋里如此空空：一碗小麦奶油 / 排到我时餐厅已售罄"）改写了在阿拉木图一座广场上踉跄穿过淤泥与积水的一夜。而《地中海之歌》里"摆着伏特加和黄瓜的茶炊旁围坐的三个好伙计"是正在签署亚基尔将军死刑令的斯大林、伏罗希洛夫和卡冈诺维奇。和妻子一起漫步牛津的故事，在他们碰见一只乌龟后变成了一段不可思议的滑稽戏：那乌龟纡尊降贵，同他们分享了一些自己祖先的故事（它才293岁），然而得知瓦特（我故意没说"诗中的我"）在哈萨克斯坦沙漠的伊犁河地区吃掉了它的亲戚后，它大发雷霆。一位在普罗旺斯省街上遇见的斜戴帽子的猎人最后变成了猎户座，象征死亡。连在华沙发生的一件小事也在乔装下回归了（不安的良心），鹿就是瓦特自己：

我记得

一头自吹自擂的牡鹿，为他的项链得意，

阳光下的露水中一条变幻的彩虹；

他走过瓦里库夫街，有一扇窗开向夏日芬芳，

开向一行紫丁香和开花的栗树，

窗前坐着一位男孩。他戴着无檐便帽，

黑眼睛哪儿也没看。我记得

牡鹿笑话他，他的话中有那么多讥嘲，

男孩回到了房里，

着了恼。

——《来自地中海岸的梦》[1]

　　我现在的任务不是提供一把钥匙，毕竟每个人都可以自行选择一把，而且每把都一样好用；那不是关键。我只是想强调瓦特的想象力一直扎根于戏剧化的情节，（幸运的是）不必"被解放"，也就是说它无须唾弃自己。那么，在理解它时，我们

1　由米沃什和莱昂纳德·内森的英译文"Dreams from the Shore of the Mediterranean"转译。

也就应该避免使用太过复杂或浮夸的术语。我选的这些诗足以代表他吗？不一定。我可能还更喜欢其他的，那些句子更长、节奏更慢或节拍更强的，就像《漫游者之歌》的开头几行：

对一切活物感到恶心后我退回了岩石世界：
　　在这里
我想，解脱之后，我会从高处观察，
　　　　　　但不会感到骄傲，那些
纷乱纠缠的事物。[1]

　　写这篇文章，目的是解释为何我们这个友人小圈子对瓦特惊为天人——除开寻常的人性考虑，我们更知道自己说的是谁。这个圈子很小；波兰出版了两卷瓦特的诗（1957年的《诗集》和1962年《地中海组诗》）；在侨民读者中间，诗人瓦特从未存在过，他们从未听说过他。一期《诗外楼》和几卷诗集可能会带来变化。不过，瓦特的诗还需经历漫长的时间之旅，一时的品味不足挂齿。鉴于我不想用辞藻华饰结尾，就随意翻到《地中海组诗》中的一页吧：

于是我蹲在九重葛下，它
　　　　来自采石场，那里

1　由米沃什和莱昂纳德·内森的英译文转译。

赤裸的阿尔忒弥斯们梳着船帆一般的发式，挂满珠宝，

拉开金色的弓射向我们，从高处

审视着我们的痛苦。审视痛苦——

永远从高处。如果不是从高处看，痛苦又是什么？

一片出奇洁白的云

飘走了。

——《来自地中海岸的梦》[1]

1967 年

于伯克利

1　由米沃什和莱昂纳德·内森的英译文转译。

贡布罗维奇 [1] 是谁？

诗 圣

贡布罗维奇死后，我们眼前出现了一幅生动而令人痛苦的画面。我们习以为常的万能习俗（Form）托举着他精神的遗骸，转了个圈，将其送去以往的天才们栖居的远方。鉴于我自己也在其中出了力，写了一篇相当抒情的讣告，我必须赶紧抵制这种习俗的枷锁。因为我们国家的传统在此获得了一场太过明目张胆的胜利。生时他是个小丑，死后他立即成

1　维托尔德·贡布罗维奇（Witold Gombrowicz，1904—1969），波兰小说家、剧作家和散文家，与卡夫卡、穆齐尔、布鲁赫并称为"中欧四杰"。1939年流亡南美，1963年回到欧洲。代表作品有《费尔迪杜凯》《横渡大西洋》《巴卡卡伊大街》等。

了国王之灵 [1]，因为我们对国王之灵有很大的需求。生时他是个疯子、纨绔子弟，自命不凡而傲慢；然而在他死后，我们却听到平科教授指挥一场合唱："我们为什么要爱维托尔德·贡布罗维奇？"

合唱团应和道："因为他是诗圣。"

这种过去曾受贡布罗维奇嘲笑的诗圣游戏，有其长久以来不可变更的规则。你会以为留下一部杰作就够了。不是这样的！诗圣自己必须是光辉伟大的英雄人物；要是他驼背，在竖立纪念碑时，这点就会被巧妙地遮掩过去。反之亦然：那些质疑他诗圣地位的人感兴趣的不是他的诗，而是他生平的细节。博伊-耶伦斯基曾领导过一次反"铜像塑造者" [2] 的运动，很有启发性，因为它彻底失败了。要是他活得更久，就会看到塑像活动虽然没有在美感上有所增进，却更加壮大了，毕竟现在国家政府也加入其中。几年前，一本在波兰出版的书被返厂销毁，就是因为其中有一些关于"诗圣亚当"不那么英雄的记载。第二版面世时已删去了那部分内容，此中详情肯定会成为行业机密，待老一代密茨凯维奇学者奄奄一息时再传给青年学者。记住这一习俗的力量，再看到那些根本

1　影射尤利乌什·斯沃瓦茨基（1809—1849）未完成的同名玄学诗作，该诗追溯了欧洲（尤其波兰）领袖的历史之灵在各个时代的化身。

2　塔德乌什·博伊-耶伦斯基（Tadeusz Boy-Żeleński，1874—1941）是一位多产的法国文学翻译家，译作囊括风格迥异的作家，如拉伯雷、拉辛、巴尔扎克和普鲁斯特等等。他认为部分学者在密茨凯维奇身上浇铸了一尊无瑕的铜像，而他希望将诗人从人们虔诚的崇拜和民族主义的意识形态中解脱出来。

瞧不上作家维托尔德并试图贬低他的人钻研他的私人信件，我们还有必要惊讶吗？

出于对贡布罗维奇和他精神胆魄的尊重，我们必须帮他摆脱这些极其可悲的身后纠葛。要做到这点，我们必须想一想，他的作品是多么令人不安、引人深思而又晦涩朦胧，包含了多少无法解决的谜题，其中能留给人们竖立铜像纪念碑的材料少得可怜——毕竟这位作家曾在许多场合宣称软弱是他的立身之本。谁知道呢，也许有时我们必须赞同那些承认自己不懂贡布罗维奇的人，而不是那些坚称他作品中一切都明白晓畅的聪明人。因为贡布罗维奇探求的是本世纪乃至古往今来都难以理解的问题。

旁枝末节

如今已经不流行用文学作品对灵魂的益弊来评判它们了。然而，我得承认当今波兰文学的趋势极其有害，而我负有的责任一直沉重地压在我心头。毕竟阅读维特基耶维奇、贡布罗维奇、姆罗热克、博罗夫斯基、安杰耶夫斯基和鲁热维奇肯定不会让年轻人积极地看待世界。那就是为什么1970年3月的一个清晨我步入伯克利的讲堂，发考卷之前，我对学生说，他们应该把维也纳精神病学家维克托·弗兰克尔的《活出生命的意义》当作解毒剂来读。我还对他们简要解释，在书中的第一部分，他们会读到作者被囚禁于奥斯维辛的经历，证实他们从博罗夫斯基处得知的事；在第二部分中，他们会读到对"意义疗法"原则的阐释。之后，学生写了三个小时考卷，主要是关于贡布罗维奇的。这些只能通过译本阅读他（他们几乎全是英语或比较文学专业的学生）的美国年轻人都非常聪明。窗外闪耀着加州春日的阳光。坐在前排的年轻男子赤裸的大脚黑黝黝的，皮肤上磨出了老茧。穿长裤的长发女孩们边写边挠着背和脚跟。人们对文学研究有很多种设想。然而，走到生命尽头的陀思妥耶夫斯基只在意一件事："真理（是否）在我这边。"说到底，给学生上课的时段就应该是意义治疗的时段，是对意义的探寻。这意义不能依靠命令强迫人接受；它必须由每一个人从自身利益出发，依照自身的命运去发现；而那个引导讨论的人务必保持极大的克制，付出多少，就索取多少。"贡布罗维奇是我在阅读亨利·米勒和阿娜伊斯·宁之后最大的发现。"一位女学生写道。好吧，这不是说我也要成为米勒的仰慕者。还有一位十九岁的学生写的是"贡布罗维奇《宇宙》的政治内涵"，特别从莱昂一角身上看到技术型社会的结构僵化让个体陷入了想象力的错乱。"有的作品是一支舞蹈，我惧怕那种让我揭示它思想内容的任务。"另一个人写道。长久以来，我遇到了许多各自迥异的解读。有一本在教堂义卖上出售的埃及解梦书，在"关于学校的梦"这一条目下写着"无聊至极，失去健康"。然而，在极少数情况下（集合各种有利因素），教室也会成为教员和学生（一方塑造，另一方被塑造）相互影响的场所，在这里，某种存在得以显露，人际教会[1]的仪式被人们自愿接受。这段关于一个加州清晨的枝节内容不会白写的。维也纳医生弗兰克尔的名字之后还会出现。

庄园生活

在贡布罗维奇身为波兰大庄园少主的那个历史时期，该制度的"常态"正在沦为笑柄和耻辱。其实，作为在本地传统中扎根最深的社会集团，庄园主在波兰能这么长时间维持它那尊贵而忧郁的光环是很令人吃惊的。显克维支在二十世纪的门槛上还写了《波瓦涅茨基一家》；维森霍夫的小说及其他颂扬乡绅阶级安乐窝的作品都是在二十世纪写成的。左派对地主阶级、庄园所有者的抨击完全没有切中要害。这些农业工厂（自种植园经济兴起后已存在了几个世纪）从人类劳动中获利不是唯一要考虑的问题。对人的剥削、弱者对强者的依赖历久不衰，而我们今天的任务不是要以公平社会的名义发表各种演讲。然而，每一天庄园都强调着在餐厅或客厅聚集的那类人和在田间、厨房活动的次等人、卡利班[2]们的区别，而这种割裂被波兰文化中的田园情结掩盖了。诚然，历

---

1 贡布罗维奇《婚礼》中的新宗教，用所有人和人际关系的元素创造出神。
2 莎士比亚剧作《暴风雨》中丑陋而凶残的奴仆。

史的精神长期以来对这种制度相当友善。迄今为止，我们从未考虑过那些为索普里厝沃村[1]预备饕餮盛宴的劳动者。我认为还有一个具体原因导致了这层面纱的存在——它是通过草坪、花丛和蔬菜园的象征意义来表现的，仆人区则隐匿其后。庄园在最底层重建了所有阶层中都有效的基本模式。仆人不仅必须为主人工作，对主人的依附也迫使他们对后者脱帽致敬，露齿而笑以表善意，而姑娘们则会在被主人拇拧时急切地咯咯巧笑。在更高之处，小乡绅也会对大地主脱帽致敬来讨取欢心，而大地主又会费劲地溜须拍马来赢得权贵的注意。这种模式看上去牢不可破；它又传到了现在的官僚体制中，因为不管战前还是战后，只要去过波兰机关的请愿者都很清楚：讨好我们依附的人，甭管依附我们的人死活。

总的来说，贡布罗维奇所经历的是这样：我，维托尔德·贡布罗维奇，是一个人，是我自己，但我不被允许做一个人，做我自己，因为我被划入了阶级。我成了维托尔德少爷，我属于尊贵者，但低微者不把我看作我自己，而是将我当作少主人。在贡布罗维奇关于同农夫之子游戏和对仆人区着迷的自白中，可以找到理解他整套哲学的关键。要说儿时养成了对阶级施加于自己的衣着、姿态和习俗的耻辱感，他当然不是唯一一个。然而，其他人干脆选择了逃离庄园，抹去它的痕迹。贡布罗维奇有独立的思想，他很快就得出结论，如

1　亚当·密茨凯维奇《塔杜施先生》故事发生的乡村庄园。庄园宅邸被视作波兰乡绅阶层贵族文化的中心，提供了一种感伤怀旧的模式。

果一个人驼背了，假装自己没有驼背也无济于事；相反，以驼背的身份讲述自己，才有可能挺直人性的脊梁。后来，他用这种方法阐释波兰民族性与众不同的（或者说是同一个？）驼峰。他的所有书都围绕着一个轴心，它将尊贵和低微连成一个互为解释的整体。那些雨中光着脑袋站在庄园府邸门廊前的农民，使戴帽打伞的主人的尊贵愈发膨胀。只要与乡下粗人之间还存在身体距离，主人就始终是主人。被粗人触碰之后，他就失去了主人身份，失去了瞬间从他体内流走的高贵血液。贡布罗维奇后来用其他对比概念丰富了自己的对立体系：成熟与不成熟，或老年之丑陋与青春之美；父国与儿国，或两者之间的斗争。尊贵者受自身的虚伪——即形式（Form）虚伪——压迫，渴望着低微，正如低微者想要成为尊贵者；成熟的人梦想从稚拙中获得新生，正如不成熟的人不自觉地渴望向成熟的人屈服；年轻人模仿着成人的姿态，但介意自己皱纹的老者却会宠溺年轻人。客厅里的少主坐在代表父国的丑陋、成熟的成年人之间，想着仆人的食堂和农场工人的房舍，想着低微，想着儿国。甚至艺术家贡布罗维奇也意识到形式（Form）让他僵化，剥夺了无限的可能（因为它是一项选择），于是渴望着垃圾、龌龊及一切"不艺术"的、无意义却存活着的事物。

贡布罗维奇哲学寓言（他创作的全部作品都是）中的行动要么发生在庄园大宅和旅店内，要么在受到旅店-妓院威胁，被它揭露和证实的庄园大宅内。只需简要研究就能证明这点。

《费尔迪杜凯》：学校和年轻人的公寓就像是一个引子，此后主人公逃进真实的波兰，在那里有被压迫的乡村和傲慢的城市之分，还有庄园里的主仆之分。

《勃艮第公主伊沃娜》：庄园以童话宫廷的形式出现。

《婚礼》：亨里克梦见自己的家族庄园被改造成了一间旅店，未婚妻变成了事事皆通的荡妇。它整体是一个关于波兰的隐喻吗？要么是庄园，要么是旅店？

《横渡大西洋》：大使馆成了庄园。皮哈尔、男爵、丘姆卡瓦则是来自旅店的角色。冈萨雷斯的农庄精确对应波兰庄园。嘉年华之旅。

《色》：德占期的波兰庄园。有些人声称环境背景（我说的不是情节线；它们的目的不同）"不现实"，这只能证明他们从未到过战时的乡村。

《宇宙》：扎克帕内的家庭旅馆，但那顿野餐太像庄园宅邸的出游活动了，至关重要。

《轻歌剧》：革命前夕和期间的喜马拉雅宫，然而这是一场男仆的革命。对庄园主人而言，它是一场仆人、乡巴佬的叛变。第一幕中，男仆亲吻了（不是比喻！）主人们的靴子。

还得加上短篇小说，尤其是在《科特伍巴伊女伯爵家的宴会》中，优雅的上流人士吃的是"花菜"（那个无地贫农之子[1]）的身体。

1　在这篇小说中，优雅的上流人士吃了一朵花菜，与此同时一位姓"花菜"的贫农之子死于力竭。

人际的

贡布罗维奇生活的时代，不论是定量还是定性地看，都迥异于此前的时代，其特点是"传染"事件的普遍性，个人和集体癫狂的普遍性。他继承的波兰遗产本可能成为巨大的负担，对很多人来说都是如此；然而，他不是无意识地接受，而是专注于此，这种遗产就成了他最宝贵的财富。将贡布罗维奇和萨特之类的西方作家对比，就会暴露出那些作家历史文化经验的贫穷，一种用理论弥补的贫穷。在这方面，这位波兰乡绅准备得更为充分。贡布罗维奇的精力都花在了自我疗愈上，一般说来那会比疗愈一个抽象的世界更成功。他的写作与所有西方同一级别的作家作品相比，那种冷静，那种古典的克制和语言的和谐都是十分显著的。毕竟，又是那位萨特在《新左翼评论》中提出，今天已不可能出现"天真"的小说，他认为贡布罗维奇将自己的小说塑造成自毁的"地狱机器"，由此给我们提供了未来"分析式"小说的模板。

我们不应该过多考虑美学价值。艺术家-工匠当然必须清楚怎样正确调色，然而，是别的东西决定了他是什么样的人："真理（是否）在他这边。"当然，把贡布罗维奇的作品简化为一副概念的骨架是不恰当的，因为他的思想，正如所有真正的作家的思想，控制着他笔下自生的内容，也反过来被它控制。尽管如此，他的作品还是为同时代的人提供了一些议题，其中有一些是清晰可辨的，但必须记住，我们对其中很多元素的"理解"永远是不完整的，它们对于作者来说也不算非常清晰。

我，一个违背自身意愿出生的人，被抛进了世界中，没有任何依据可以宣称在"我"之外存在任何事物。我只能接触到关于自己智识的证据。（贡布罗维奇总是顽固地重复着：笛卡尔、康德、胡塞尔。）我也没有依据可以宣称宇宙中存在着任何客观定律、任何"法则"，连因果律也不行。但那些看上去真正属于我的东西也不是我的，因为我与人们难分难解，不断被他们塑造；唯一的现实就是人际的现实，人们永远在创造着彼此，只有人会成为人的神。我，贡布罗维奇，乡绅之子，波兰文人，想抛开乡绅身份和波兰历史传统强加给我的面具，成为我自己，然而这样一来，通过突破现存的形式（Form），我也不完全是"我自己"，因为每一次反叛行为都会衍生出新的形式。

在自己的所有作品中，贡布罗维奇对《婚礼》的评价最高。在这一新版的《哈姆雷特》中，一切都发生在梦里，而且到头来，有什么比梦境更接近"思想内在"呢？亨里克一直意识到自己在做梦，然而他的意识浑然无力，什么也不能改变；亨里克参与了行动，或者说他被人施加了行动，而该发生的都发生了。我的所作所为都是胡闹，但我却不能采取别的行动，因为我发现自己身处人际的现实之中（更糟的是它存在于我自己的脑海中），它迫使我这么做——这样的意识正是二十世纪精神分裂的本质，这一病症在技术文明社会的日常生活中很普遍，也常见于群众运动以及制造恐怖的活动。因为在狱卒和集中营卫兵中，施虐狂的人数有限；大多数人只是例行公事的官吏。《宇宙》也可以被解读为一场朝向梦境的逐步堕落。头脑保护自己，拼命保持清醒状态：只因为看见一只吊在铁丝上的麻雀[1]，就用种种旁证构建了一个体系，这是多么荒谬啊。但只要朝这个方向走出一步就够了，证据会越积越多，自行构成一个逻辑自洽而且能得出明确结论的体系。因此，举例而言，一旦注意力被引导到犹太人或托洛茨基主义者身上，就会出现许多间接证据来说明他们是万恶之源。头脑听信"旁证"的倾向使因果律成了笑话，并且让自己身在梦中，永远无法醒来。

因此，贡布罗维奇的论点与当今前所未有的人口密度，与那种人对人持续的施压是相称的——一种可以称为"乱伦"的压力，因为那个词象征着与近亲之外任何人之间关系的不可能。到底哪里存在与超人类世界乃至与自己的一对一关系呢？宗教中吗？然而一个不信上帝的人之所以不信，是出于对信仰者的反对；另一方面，一个信仰上帝的人相信，是因为反对那些不信上帝的人。《色》中的那位信仰天主教的夫人临死前没有看十字架，而是盯着无神论者费雷德里克，想向他证明信仰是可能的；他是她的神。原因在于向一种费解的"现实"求助时，我们的脑子里装的只有人脸的影像。

---

1 《宇宙》一书中，主人公维托尔德和朋友看见了一只挂在铁丝上的麻雀，此后他们不断碰到类似的"神秘"征兆，主人公因而产生了强烈的执念。

我的一个学生正确地指出，论起悲观主义，贡布罗维奇比维特基耶维奇走得更远。在维特基耶维奇的作品中，好歹还有一些"具体存在"，那些"单子"[1]为"生存"一词的定义惊得目瞪口呆，而每一个"单子"内都含有一个不可侵犯的"我"。维特基耶维奇恐惧的社会水平化（social leveling）（他似乎从列昂季耶夫处借来了这份恐惧，但他更喜欢引用后来的斯彭格勒）代表了某种程度上来自外界的威胁；相比之下，对贡布罗维奇而言，社交的本质使得人要去控制、影响他人，于是"我"就成了不可得的虚假之物。

二十世纪证实了贡布罗维奇的想法。人们陷入集体狂热，却相信自己是在行使自由意志，认为得到了专属于自己的启示，然而实际上，他们对政治宣传和广告有样学样的依赖都可以用高级计算机算出来——没有什么比目睹这一幕更让人抑郁了。对我们这个美丽时代而言，浓缩了人性的集中营既是一个范例，也是一种模板。也是从这里伊始，贡布罗维奇笔下反复出现的主人和奴隶之间相互依赖的博弈找到了极端的终极形态。不过，尽管二十世纪证实了《婚礼》作者的观点，却也没有彻底做到这点。那位经历过奥斯维辛的精神病学家维克托·弗兰克尔医生没有忽略刽子手和受害者都得忍受

---

1 Monad，影射近代德国哲学家莱布尼茨的一个哲学概念。莱布尼茨认为，单子是能动的、不能分割的精神实体，是构成事物的基础和最后单位。单子是独立的、封闭的，没有可供出入的"窗户"，但它们通过神彼此互相作用，并且其中每个单子都反映着整个的世界。

的一项骇人仪式（看来无一例外）。对身为精神病学家的他而言，那个重大的转折点是自己收到了另一个囚犯的条纹囚服，那个人已经顺着高高的烟囱消逝了，而他在囚服口袋里发现了从希伯来语祈祷书上撕下来的一页，上面写着"以色列啊，你要听"（Sh'ma Yisroel）。这是一段对上帝的一切安排全然接受的祷文。其中有什么含义呢？就像约伯一样，他也大受触动：我不知道它的意义，是因为我不能理解上帝的判断，但即便我的意识无法理解，这一意义确实存在。在这里有一个问题：直到生命尽头，那个囚犯的思想是否还被人牢牢控制，以致他留下了一页希伯来文作为对抗？还是说这里产生了真正的一对一的关系？弗兰克尔医生相信后一种猜测。不过，如果我们接受贡布罗维奇的假说并由此推导出结论，创作者贡布罗维奇本人就不再清晰易懂，因为他对真实性的追求和对"形式"的抗争，将会显得"无非是"人对人施压的后果。贡布罗维奇在《一种自白》（A kind of Testament）中承认过这种冲突，同时强调了"艺术来源于冲突"。

请勿触碰

贡布罗维奇的作品在二十世纪算是特立独行，因为其中没有一点关于性交的描写。这得归功于他那优雅的古典口味和对潮流的鄙夷。不过，我们却应该注意到其中连触碰都没有。人触碰人只是为了用权势为自己鼓劲，去侮辱那些被触碰的人（用手指"duknięcie"［碰］，用马刺"wrzepienie"［重击］，将手指放进一个被绞死的人口中，持刀一击）。《轻歌剧》中的阿尔伯丁卡梦见"被触碰的女人的生活"，但实际上却只有一个可鄙的小偷在抓她钱包的时候碰到了她。人永远身处人群，永远向彼此暴露，因而被剥夺了任何除支配关系之外的接触。这一点对他们的身体和灵魂都适用。因此，虽然贡布罗维奇质疑我们的意识信息以外一切事物的存在，他却对一事毫不怀疑：痛苦，这种他者之痛让现实回到世界。但如果一个困囿于自身痛苦的人，遇上的同类总是要么支配他，要么被他支配，而且之后永远不会与他交会（不论在小说或戏剧的角色之间，还是在角色与作者之间），他又怎么可能快乐呢？我说的"交会"是例如索尔仁尼琴和《马特廖娜的家》中老妪的关系。读索尔仁尼琴的书时（我没有高估他的角色，因为他代表的是自己国家那群渺小无力的少数者），我将他和今天的法国作家做了对比。不知怎的，我想起一位苏联士兵的话："法国人穿着丝绸，但他们输掉了战争。"如果文学的去人性化成了当代的一场竞技，那么穿着时尚的丝绸（也就是说，醉心于怎么说话，而不是说了什么）的法国人离获得金牌也不远了。这是一块令人蒙羞的金牌，像索尔仁尼琴这样的作家哪怕出现一个就足以让他们羞愧。贡布罗维奇与他们不同；他曾将自己的独特归结于对痛苦的敏锐，这使他不会干出用结构主义理论来构思作品的蠢事。然而，某种意义上说，这是一种负面的优势，因为除了《日记》中的几页，他完全无法利用自己的敏感创造出有艺术性的东西。在陀思妥耶夫斯基的作品中，斯塔夫罗金遭受的诅咒和折磨是他孤立于世的原因，而事实上，维特基耶维奇的内心肯定也住着一个斯塔夫罗金，因为他小说和剧本中的所有人物都是无窗的单子。他们愤怒地抵撞着自己的犄角，但他们的泛性恋既缺乏性欲（eros），也没有精神的爱（agape）。在这方面，贡布罗维奇与维特基耶维奇相似，区别只在于维特基耶维奇笔下可能带来塌天大祸的性，在贡布罗维奇那里是个隐喻，象征摧毁人类单子自主性的封建主仆关系。也许我们只配拥有畸形的作家。但畸形永远都应该被称为畸形。

一切取决于你的思想

要对美国年轻人解释贡布罗维奇不是那么难，因为他们用得最频繁的一句俗语就是"一切取决于你的思想"。多少个世纪以来，哲学家们试图证明我们无法谈论客观世界的存在，这一难题以这句话的形式渗透了他们那毛发浓密的脑袋。这就是当代印度教和佛教成功的原因，它们是不信神的宗教，缺乏造物主与宇宙或是主体与客体之间的对立。因为贡布罗维奇赞同的那种哲学确实与对东方影响的接受有关，虽然他这样执拗地忠于西欧的人一定会为此愤愤不平。我很抱歉必须要用到一些哲学理念，但我不得不在这里引用一段荣格："精神的存在是我们唯一能直接认知的存在，毕竟只有那些先形成了精神影像的东西才能为人所知。只有精神存在是立即可证的。甚至可以说，在没有呈现出精神影像时，世界几乎等于不存在。这是一个西方还未完全认识到的事实，只有极少的例外——比如在叔本华的哲学中。然而叔本华也是受了佛教和《奥义书》[1]的影响。"

我承认自己无法理解东方的智慧，但我同样可以引用荣格为自己辩白。他断言，西方头脑在试图理解那种智慧的本质时会遇到难以克服的困难，要是它认为自己已经理解，那可就大错特错了。这就是为何那么多美国年轻人成了哲学折中论（syncretism）的受害者。把东方引入讨论是恰当的，因为有它的持续存在（尤其是在加州）作为对比，可以凸显贡布罗维奇思想的几个特征。

思想的内在……众所周知，患有被害妄想的人会把最无辜的手势、词语和眼神当成他人陷害自己的证据。我们口头上会说他们的现实感混乱，言下之意是存在一种被他们的思想错误解读的现实。但如果我们怀疑"正常人"和精神错乱者之间的差异是一种程度或方向上的差异，怀疑思想总是被

1　古代印度教哲学思辨作品。整句话引自《荣格选集》，即 *The Collected Works of C. G. Jung*, 2nd ed., eds. Sir Herbert Read, Michael Fordham, Gerhard Adler, William McGuire-exec. Ed.; trans.R.F.C. Hull (Princeton: Princeton University Press, 1969), vol. 11, 480–81. ——原注

放任自流（这就是《宇宙》的精髓），又会怎样呢？贡布罗维奇开的药方是尽最大可能磨砺意识，增强自我（ego）。"我思故我在。"他的思想彻头彻尾是西方的。一个佛教徒也从同样的假设开始——对他而言，"现实"和神明都是大脑里的映射——但会宣称任何想要依靠磨砺意识、增强自我来自救的人都是疯子，因为这样的人堕入了那个自我制造的幻觉，让自己深陷于苦痛的轮回。佛教徒寻求的解脱与磨砺出的敏锐意识没有丝毫关系，而且正是要摆脱自我才能进入另一"界"，这对在另一种传统中成长的我们来说就非常费解了——除非我们假装理解自己不懂的事。

这里有太多思路，我必须要给自己设下一些限制了，因为我不是在写需要干巴巴的术语和长句的专业论文；只有以行数计算稿酬时，它们才是有用的。我只想让读者关注贡布罗维奇那些看似直白的寓言之下隐匿的复杂性。

在犹太-基督教传统中，"思考的我"找到了一种攻击自己、对自己做出不信任裁决的方式。罪恶的概念等同于自爱的概念；自爱是我们的天性，从中衍生出了天性和天恩的对立。当代文学有时也在延续这个传统。看看加缪的《堕落》吧。除了罪的概念，另一种方式是通过批判"思考的我"假定的独立性，去动摇我们立足的地基。我以为我的所感所思皆属于我，但实际上它压根不是我的，因为我受到了引导和影响（被潜意识、被我所属的阶级，等等）。贡布罗维奇的策略接近于弗洛伊德主义者和马克思主义者的策略；他和他们的不同点在于，他们在当下和过去之间建立了因果联系（疾病的历史，社会的历史），而他的专长在当下，也就是说，在思想通过人际接触、通过不断的角色扮演而创造的种种幻影之中。很抱歉，这就是我无法理解贡布罗维奇的地方了。他这以火灭火、用意识来探索意识定义的人，是在寻求一种"解脱"。然而若是如贡布罗维奇的作品所示，幻影是避无可避的，形式（Form）永不止歇地衍生出形式，"解脱"又是什么呢（真理，真实性）？比如《色》中邪恶的弗雷德里克究竟是谁？如果不是他身为成熟男子的丑陋、他身体的缺失所造成的痛苦让他变成了犯罪者、皮条客，让他（在旁证的支持下）撮合了一对青少年情侣卡罗尔和海尼亚，在想象中策划了一整个场面，我们会说他是一缕游魂。那个由性无能男子的色欲、由替代性的封建权欲创造的场面获得了独立性，制定着自身的规则，乃至于"为了增添滋味"和对称性而添加尸体，如年轻的斯库齐阿克的尸体。

　　文学的任务不是回答问题，只要提出问题就够了。这是毫无疑问的。然而作者会寻找答案，因为要是不寻找，他就不会提出问题了；读者也在寻找着。书位于两者之间，就像是一则证据。贡布罗维奇有着可笑的说教热情，仿佛是一位要传播重要真理的老师，这也给了我们对他做字面解读的胆量。他引用最频繁的作家大概是莎士比亚和陀思妥耶夫斯基。我非常遗憾自己从未和他探讨过陀思妥耶夫斯基，而如今我再也不会知道要是他听见自己在写作技巧上（尤其是他的中心问题）和《地下室手记》有许多共同点会作何反应。陀思妥耶夫斯基的主人公兼叙事人反抗着"理性的"人类活动和目标对自己的制约，它们与他的自由意志产生了冲突。作为被蹂躏的生命，他选择了苦难——但要让它成为彻底有意识的苦难。他磨砺着自己的意识，但它只揭露出他对他人不可救药的依赖，而那正是他反抗的——他甚至也依赖着自己痛斥、调侃的读者，为了他们而装腔作势。《地下室手记》描述了一个发疯的自我；它通过归谬法提出了反证。对陀思妥耶夫斯基而言，这是通向塑造阿廖沙·卡拉马佐夫和佐西马长老之路的一个阶段。

　　然而还有一种可能的解决方案：创作行为。作为将意识发扬光大的人，创作者贡布罗维奇出现了，就像是一个超级弗雷德里克，安排着自己创造出的场面，他的"地狱机器"。无疑他成功了。他创造的作品成了他的启明星，它也创造了他，而在生命终结时，他成了自己庄园的主人。不过，普日贝谢夫斯基[1]的宣言和"艺术宣教"才过去不久。我不会贸然宣布艺术能不能"拯救"什么。有很多否定的声音，尤其是在如今，艺术这一概念似乎正在解体。不管怎么说，只有当艺术不局限于自身时，它的救赎力量才会显现出来，贡布罗维奇对此非常清楚。"幸运的是，文学并非纯粹的艺术，超出

1　斯坦尼斯瓦夫·普日贝谢夫斯基（Stanisław Przybyszewski, 1868—1927）于1899年发表宣言《悔罪经》，宣称艺术是地位卓然的"至高宗教"，艺术家是它的"祭司"。

了艺术的范畴……"他在《一种自白》中说道。

"一切取决于你的思想"这句格言在我看来是不可靠的。客观世界很可能有自己的分量和规则，其中就有通过"形式"共同塑造人的规则。即便"形式"总是在内心影响我们，激发出我们思想中的幻影。贡布罗维奇提供了一些积极建议，我们应该加以考虑。

> 赤裸
>
> 我拒绝一切秩序，一切概念
>
> 我不信任一切抽象，一切信条
>
> 我不相信上帝，也不信理性！
>
> 受够了这些神！给我人类吧！
>
> 让他像我一样，苦恼而幼稚
>
> 困惑而不完整，黑暗而籍籍无名
>
> 那么我就可以和他跳舞了！和他一起玩耍！和他打架！
>
> 向他伪装！讨好他！
>
> 强暴他，爱他，用他锻造出
>
> 全新的我，于是我可以通过他成长，用这种方式
>
> 在神圣的人类教堂中庆祝我的婚礼！
>
> ——《婚礼》[1]

1　由路易斯·伊里巴内的英译文转译。

欢呼啊，永远青春的裸体！

欢呼啊，永远赤裸的青春！

——《轻歌剧》

　　每一种信仰行为都会在我们心中激起热情的反应，因为我们想要拥有信仰。克拉辛斯基[1]的《非神圣的叙事诗》中，无神论革命者潘克拉西看到天空中的十字架，大喊"加利利人胜利了！"[2]后逝世，这与其说是一种辩证逻辑，倒不如说是在为整部剧极度悲观的内容赎罪。我引用的贡布罗维奇片段是以他作品中散发出的能量为基础的。如今，对赤裸的年轻人的歌颂毕竟是他的作品中最浅显易懂的方面了，因为卢梭的高贵野蛮人又流行了起来。可想而知，那种歌颂一定会得到一位洛杉矶心理学家的认可——他让一群赤身的男女进入温水泳池，鼓励他们彼此抚摸、触碰和拥抱，用婴儿语交谈，以此来重获天真（以及性能力）。然而，在贡布罗维奇的作品中却不可能找到任何让人乐观推断永远赤裸的青春终会胜利的证据。《费尔迪杜凯》中三十岁的主人公在平科教授手下被迫堕入了不成熟，让人发现年轻人不论是顺从还是叛逆，都完全受到成年人操控。在学校里，理想主义者西冯和龌龊的

1　齐格蒙特·克拉辛斯基（Zygmunt Krasiński，1812—1859），波兰影响力最强的浪漫主义诗人之一。《非神圣的叙事诗》（Un-divine Comedy）标题是对但丁《神曲》（Divine Comedy）的影射。

2　"Vicisti, Galilaee!"据说是罗马皇帝"叛教者"尤里安（331—363）临终前的一句话。尤里安曾宣布同基督教决裂，这句话相当于承认了基督教的胜利。

米恩图斯构成的两大派系执行了看似由上面制定的青少年行为规则。精心培养的美德模范是粗鲁混子存在的理由，反之亦然，正如在关于哲学家的那个故事中，综合学家菲利陀尔和分析学家"反菲利陀尔"[1]紧密相连，不能独立存在，正如在贡布罗维奇作品中，信仰者需要不信者，而要不是信仰者的存在，不信者就会悬浮在虚空中。和成年人一样，年轻人也囿于形式的法则，而有一件事可以用来证明他们的优越，那就是他们的柔软，他们的可塑性，于是与年长者相比，他们总是带来希望——但恰恰是他们那天真的不完整性诱惑了年长者，让后者想要在他们身上施加影响，正如《色》中的海尼亚和卡罗尔诱惑了弗雷德里克。

那么，从所有的抽象、信条、思想中解脱出来的，年轻、稚拙而对乐于接受一切的人又是什么呢？我刚刚想到自己很久以前，准确说来是在 1956 年春天写下了《诗论》（*A Treatise on Poetry*），其中有一个相当特别的观点。在里面，城市、社会、首都，都被公租房窗前的一个女孩忧郁的目光打败（我现在依然能从火车窗口看见她，在圣拉扎尔车站烟雾缭绕的空气中，她坐在镜子前，用卷发夹卷起头发）——也就是说，被一个具体的人打败。由此出现了一个结论：

---

1 《费尔迪杜凯》中插入了叙述者"我"讲的一个故事《孩子气十足的菲利陀尔》，讲述莱德大学的菲利陀尔教授和科伦坡的莫姆森（外号叫"反菲利陀尔"）教授之间的斗争。

人从墙壁、镜子、窗和画中，

撕开布和银的窗帘，

走了出来，这赤裸的凡胎，

准备好迎接真相、话语和翅膀。

哭吧，共和国！高喊出"跪下"！

用扩音器试验你的魔咒。

听啊——钟声嘀嗒，

你的死期将近，来自他的手中。

　　不幸的是，也许那些卷发夹中藏着一丝反讽（对时尚的亦步亦趋）？从所有枷锁中解脱的人类，要么是从未实现的计划，要么什么也不是，是"反人类"（anti-man）。亨里克·斯科利莫夫斯基在《当代艺术中形式的二律背反》（"The Antinomies of Form in Contemporary Art"）中将贡布罗维奇笔下弄臣的角色和莱谢克·柯拉柯夫斯基的弄臣相类比。然而，我们要注意到柯拉柯夫斯基笔下的弄臣和神父是密不可分的，不亚于贡布罗维奇的菲利陀尔和"反菲利陀尔"。没有神父，就没有弄臣。与此类似，在他那本谈论十七世纪基督教的浩瀚巨著中，柯拉柯夫斯基将宗教意识和与教会的约束力对立起来，但这种意识也或多或少是由教会约束力从反面培养起来的，而且反过来冻结在其中，以待将来对抗它。

　　《轻歌剧》中的阿尔伯丁卡（集女孩和男孩于一身；对比

马塞尔·普鲁斯特笔下的阿尔贝蒂娜）梦想着赤身裸体，然而沙姆和费卢莱特（成年人，社会）却狂热地用昂贵的衣物包裹她的身体。革命过后，一切都陷入了混乱，人们穿上旧华服的碎片，这时看上去已死的阿尔伯丁卡却从棺材中容光焕发、洋洋得意地出现了。"欢呼啊，永远赤裸的青春！"如在翻阅贡布罗维奇的其他书时那样，魔鬼发出了桀桀的笑声。从他脸上的表情来看，我们推断出他们会马上为她穿上衣服，天啊，他们会为她穿衣，而且比两个白痴沙姆伯爵和费卢莱特男爵做得有效多了。

　　我们不妨冒昧揣测，有几个波兰作家在西方声名显赫是误读的结果。这不是说他们不配拥有名气，而是说，他们不是因为自己最应该被欣赏的地方而获得赞誉的。只有一个穿了衣服的人才能脱掉衣服；只有相对于神父，人才能成为弄臣。但是西方世界已经摆脱了上帝、父国、维多利亚时期的道德、理性，甚至最普通的体面原则。它是姆罗热克《探戈》中的斯托米尔家。然而，在这一次愉快的行动结束后，只剩生活的赤裸，它看上去肯定不那么可爱，因为它的名字是虚无，乌有（nada）。这就是为何如今西方人对衣袍、仪式和新的神职体系产生了怀旧情绪；也就是说，怀念那些会赋予他们力量，让他们在谋杀他人时坚信自己是在行善的原则。对那些贡布罗维奇接触过的法国知识分子而言，他们所处的形势是更有利的，因为数代人以来，他们一直在练习为人脱衣，自己却从未脱掉衣物：一项雅各宾派美食家的例行公事。贡布罗维奇在《日记》中不是写到过吗，有一次他在巴黎的晚宴中开始解裤子，人们都从门和窗户逃走了。

不过，真正为贡布罗维奇作品定性的不是他和那些人的冲突。为它定性的是他对波兰风俗、传统和那些传统尊崇的不容置疑之物的抵抗。它们的力量，它们在历史中的根基，它们在信条和抽象概念中重生的能力是外国人不可能理解的。而贡布罗维奇正在松开它们的束缚，他是一个"反菲利陀尔"，其存在的理由就是波兰的菲利陀尔；而且他试图影响外国读者，后者正苦于缺乏束缚而甘愿去崇拜百般折磨我们的事物。而我怀疑那读者在为贡布罗维奇寻找一张标签时，只会看到他"进一步"解开并销毁了所有衣袍，这种"进一步"是那么新颖，那么让人兴奋，让贡布罗维奇比起同级别的西方作家来说思想更为尖锐、复杂而井井有条。然而这可能是错误的：贡布罗维奇不是笼统地进了一步，而是只针对波兰文学进步，通过抵抗和敌对的方式。甚至是通过颂扬乡绅，自己内心的乡绅。他想成为反乡绅而不是知识分子，不是谴责乡绅的布若佐夫斯基。他需要那个乡绅。贡布罗维奇最享受的不外乎和他的波兰读者竞争比试，宣讲道义。

总 结

我内心与贡布罗维奇的争论持续了很长时间，而现在我那显而易见的不忠让自己不安，因为我此刻正在书写它，然而不久前，我本来还可以和他讨论此事。究其所以，这种争论可以归结为不同的性情。尽可能简要地描述它：让我着迷的是苹果——苹果的重要原理，它的规则，它内在的和属于它的苹果的性质。与之相异的是，贡布罗维奇的作品中强调苹果是一个"心理事实"，是苹果在意识中的映射。这两种不同的性情很可能就是人类思想史中的一条基本分界线。然而贡布罗维奇的作品还有一种意图超越意识、超越那个自动陷阱的不懈努力。他的能量（"让新的乐音回荡"）谴责了当代文学中大难临头式的、邪恶的绝望，他还控诉法国新小说不忠于现实。实际上，关于动物和人类的痛苦，能用来验证现实的痛苦，他写下了最富有生机和激情的文字，它们似乎又重新采信了那些客观原理——苹果和世界的原理。

这是我唯一的忠实之道：揭示贡布罗维奇的作品中还有多少有待理解的内容。希望评论家们也去这样做吧，而不是挖掘他生平的细枝末节。你们拥有一个作家，尽情庆祝吧！把你们那些高贵的传记留给另一类作家——他们的作品如同患了佝偻病，需要用传奇生平来装点。

1970 年
于伯克利

论创作者

> 有创造力（creative）是一个受评论家影响很大的夸赞用语。它大概想表达有原创性之类的意思，但这个词之所以受青睐，可能是由于它更模糊、更不平常（参见"开创性的"[seminal]）。它被恰当地称为"一个华丽、全面而无意义的词"，而且据说"饱受推崇，成了从教室到广告公司里最具决定性的赞词"。
>
> ——H. W. 福勒《现代英语用法词典》

有时候，一个词的发展历程可以让我们看到它广泛传播的那个世纪或时期的问题。Creative 这一英语单词意思是具有"创造力"（creative ability）这项才能。这一人类品质的概念很可能是相当晚近才出现的。我们在任何美德的名单上都找不到它。让我们注意，它不同于曾经的工匠和艺术家需要的那些品质。天赋、聪颖和娴熟的技艺曾意味着人能完成自己想做的事；也就是说，重点在于通过恰当的方法追求一个具体目标。曾几何时，一个对自己的创造物引以为傲的金匠，不会把它们当作体内某种广义的创造力的结晶，而只是把它看作优良技艺的成果。毫无疑问，诗人认为自己拥有的也不是一种广义的创造力，而是写诗的天赋。诚然，"有创造力"和"创造力"这两个词的历史应该追溯到浪漫主义激变时期，尤其是在诗人中间。在此过程中，他们受惠于一个词：poiesis，创造；希腊语的 poiein 是个高贵的动词。《旧约》的希腊文译本，即七十子译本（Septuagint），开头是这样：En arche epoiesen ho theos ton ouranon kai ten gen——起初神创造（epoiesen）天地。

在英语中研究"有创造力"（和"创造力"）的概念发展是最容易的。法语熟练地使用着拉丁词源的词，没有合成出诸如"创造性艺术""创意写作"的丑陋词组。然而我们还是能从中看见这一概念的影响力渐增；一个很有说服力例子就是 Évolution créatrice（创化论）这一书名——英语中是 Creative Evolution，波兰语是 Ewolucja twórcza。说到波兰语，我们得注意到林德词典中找不到 twórczość（创造力）一词。但是还不到一百五十年后，波兰领头的文学杂志就成了《创造力》（Twórczość）月刊。

在这段引言之后，让我们回到过去，关注工业革命前的欧洲社会。出生在那时的孩子，哪怕是男孩，未来的命运也更取决于家族地位而非星相，尤其是在他选择职业时。我们可以猜个八九不离十：贫农之子会继续犁地，而乡绅之子会去参军以及监督雇农劳作。有一些职业是对商人之子开放的，因为贸易和商业不需要代代传承；此外，艺术实践与贸易牵连颇深。木雕师、建筑师、画家和音乐家都出生在城市家庭，不是贫农的小茅屋，也不是宫殿，例外极少。然而，一个男孩通过学艺，究竟会当上烘焙师、鞋匠、画师还是风琴师，很大程度上取决于街坊邻里之间的亲友关系。神职阶层为各类人才提供了重要的出路，尤其是修道院，在那里修士们需要专精园艺、音乐、手抄本的誊写和绘制插图。不过总的来说，纵向和横向的社会流动性都不广泛；于是，形容词有创造力作为对一个人择业能力的正面评价，彼时不会出现，也无人理解。

后来发生的变化从十九世纪的城市街道可见一斑，对此我们中的一些人可以通过经验得知。两排公寓楼，大门开向环绕着楼梯井的庭院，这样的房屋为无数人提供了庇护所，每一个楼梯间四面都挤满了大量逼仄的公寓房间，在高楼层尤为拥挤。租客大多靠在工厂、商店和办公室贩卖劳动力或做点家庭手工业谋生。要是有张调查问卷，它也会告诉你，他们或他们的父母很可能是从乡下或小城市迁移而来。住在低楼层的人是极少数，他们是投资商人、小型工厂和餐厅的老板以及"高学历"职业的代表：医生、牙医和律师。整条街上很可能找不到一个有资格被冠以"艺术家"头衔的人。仅有的候选人是一位在旅店里演出谋生的小提琴手，以及一位偶尔会在慈善音乐会上充当歌手的律师的妻子。不必争论这条我草草勾勒的街道是不是——或在多大程度上——已成为过往云烟。人类社群的历史有一个特点，即会同时存在多种社群结构，所以并没有真正的异国情调。无论如何，抛开这点那点的具体改良，我们只需要关注那条街上公寓楼中的几个角色，想想他们的命运，就会发现我们并未远离十九世纪的模式。住在五楼的裁缝难道不会用自身的存在提出一个问题：身为裁缝意味着什么？如果有人当了裁缝，那么这是不是一个永恒不变的选择？因为起初怯怯地注入他体内的裁缝本质逐渐侵蚀了他的个体性，使其成为一个理想的裁缝？而住在他们楼上那个从事公共建设的劳工，一个郁郁寡欢、戴着工帽的人，经常在拿到工钱的那天喝得酩酊大醉，殴打妻子——他是否一向如此，他可能成为别人吗？提出这些问题是很难的，因为我们一遇到表面上一目了然的事情就容易缴械，但它们却在十九世纪时被系统阐述出来，成了马克思所有事业的驱动力；然而，直到今天，它们还在等待着一个不含糊的答案。社会主义的目标应该是让人们不再"僵化"在他们的社会角色中；也就是说，每个人都能发展人的特质，只会附带履行职业责任。从这一视角出发，为了寻找这类未来公民初现的预兆，马克思赞赏了美国人，因为在欧洲，血统和阶级差异让脑力和体力劳动泾渭分明，只有美国人不受这些偏见束缚，一生中可以依据形势从事各种不同的工作。

十九世纪的反动派说：对啊，继续往前啊，让人们转过头，不去面对现实。教会每个人识字，让他们相信人人平等；你会知道自己要对付的是什么样的异想天开。但最后除了奢望，你什么也给不了他们，因为他们还是会用眉心的汗水来谋生，比起知道自己只能满足于零星所得、不能有更高期望时更加痛苦。

……工业和技术发展，政务和战争向纯技术转型，技术取代了艺术，怪诞的机器随处可见，无数人被无可奈何地铐在上面，仿佛被铐在流放地的独轮车上。这无数的人从前对上帝的世界惊叹不已，在此尽情欢庆，用诗歌的梦和传奇故事装点它，现在却劳作、吃饭，一边诅咒过去、怨恨现在，一边像守候晨星一般守候着新生活，等待着其余那些不可计数的人加入他们那已然无比庞大的队伍，于是全人类将无一例外能够正确地握住线头、转动纺车，为此他们晚餐能多得一磅肉，外加夜晚有一张床垫可睡，有一床被子可以御寒。这众多的人像影子一样穿梭着，怀里抱满了一摞摞小册子，里面向他们宣扬劳动之乐，教他们热爱这些机器，对他们耳语黎明将至，其他国家还在过着无意义的生活的人会和他们一起分享幸福与狂喜。里面还讲述有朝一日他们会怎样推翻官方的等级制度，怎样为他们制造舒服的双层床铺，怎样喂饱他们——等到所有人都有了工作，就没人会忍饥挨饿了，那将是幸福的一天，届时一切渴望都将平息。

——瓦西里·罗扎诺夫

《历史进程说》,《俄罗斯新闻》(1892)

　　由于对未来不抱任何美好的期待，罗扎诺夫对俄国知识界的政治热情做出了一种令人恼火的回应。急躁的彼得堡年轻人问："应该做什么呢？""你是什么意思，应该做什么？如果现在是夏天，便采莓子来做果酱；如果是冬天，便就着果酱喝茶。"罗扎诺夫的以上预言成真了，不过正如通常的预言那样，没有全部成真。诚然，数百万劳动群众诅咒过去，而且要么不喜欢，要么实际上怨恨着当下。但不论工业化呈现出什么模样，都随处可见觉醒的个人抱负，尽管没人知道它会带来什么后果，它还是应该被看作一种有利因素。

　　长期以来，劳动都被看成是必要的，是亚当背负的诅咒，如果工作的人有梦想，也是梦想着更好的、收入更高的工作，而不是完全自由的时间。我们的想象力甚至没有合理构想过，要是生存必需品这一重负突然消失，人应该做些什么，就像那个故事里的贫农，当被人问起如果当了国王会做什么，他回答说，会整天吃撒了脆猪皮的小米粥，然后威风凛凛地督促手下上工。贯穿整个二十世纪，"自己的"时间——要么是通过缩短付费劳动的工时，要么是靠投身"创造性"职业来获得——这一概念逐渐得到了重视。

　　在本世纪的最后二十五年，人们观察到了以下现象。越来越多的人完成了高中学业，这成了常态（比如在美国），而不再是少数人的特权。师生的数量增加，直接导致了高中水平的下降。然而，不管年轻人在那里接受的是什么教育，在学生时代，他们至少感觉自己理论上有选择职业的自由；他们甚至会把各种职业列成一张表，在下方空格里填上一些单调乏味且会导致某种从早到晚定时奴役的工作。各种自身的（比如缺乏能力）和外部环境的因素迫使这些年轻人中的大多数降低了要求。有的人会获得补偿性的满足，与命运和解；有的人去了工厂、商店和办公室工作，对"体制"（不论它到底是什么）产生了或强或弱的怨气。然而最有意思的还是那些没有放低要求，从事"创造性"工作的人。

保险公司职员弗兰兹·卡夫卡没把坐在办公桌后消耗的时间当作他"真正"的职业；这里应该提到他，因为他是现今仍广泛存在的双面人生的一位庇护者。现代文学（让我们把它当成一种模式，它在这里可以代表绘画、音乐等）的胜利主要得归功于那些"副业"是写作，在公众面前的身份却是官僚、教师、自由职业者之类的人。在这种拥有双重职业的人中间出现了最多的"创作者"；如果把他们放在中心，涂上深蓝色，我们可以画一张示意图，越往两侧，创作者出现频次越低。右侧，到了边缘上，颜色会稀释到接近纯白：他们是完全以书本稿酬为生的知识分子。例如在 1939 年前的波兰作家联盟（Professional Union of Polish Writers）中，用笔养活自己的人占比微乎其微，而他们更可能是记者而非纯文学作家。左侧的颜色会淡化，是因为有自信将自己的第二职业当作"真正"职业的人在减少——一直到最边缘那些很难归类的情况，比如有人脸皮薄，抽屉里藏着十年前写的诗或小说。

在自由市场经济中，能写书养活自己的可能性几乎为零。那极少数的例外（畅销书）证明了这个规律；毕竟，内行人都知道，连广泛的赞誉也基本只会以学术奖金、阅读会的邀请、讲座、电影改编等形式间接带来利益。因此，将来在许多国家，我们那张图表的右侧几乎不会有浅蓝色，而是会越来越白。另一方面，随着过双面生活、拥有双重职业的人增多，我们会得到一个近乎黑色的中心，而这片深色会向左侧扩散；换句话说，会有越来越多的人认为自己的精力应该被用于更高的目标，而有报酬的工作只值得耗费一小部分精力。

夜里，卡夫卡在纸上奋笔疾书。他的继承者中有大量献身于各类艺术、自称艺术家的人。他们不会将自己局限在一项专长中；他们会写一首诗，然后做一个金属雕塑，画画，或在陶轮上塑制泥坯。这似乎表明关于所谓艺术的观点是易变的，它的重点正在从最后的成果（作品）转移到活动本身：做你想做的，只要你能做得有创造性。

那么，我们应该把谁算作艺术家呢？这是一个令人困惑的问题。技艺精湛的钢琴家是创作者吗？演员呢？交响乐团成员呢？爵士乐队呢？建筑师呢？戏剧和电影导演的自视甚高是否合理？芭蕾大师呢？舞者呢？哪怕把自己限定在最传统的定义中，在这一概念下加入纯文学、造型艺术和作曲，我们最后也会发现，在每一个工业化国家，创作者都组成了一支大军——比起社会上的其他人，他们对自己的权利有明确的意识。

几年前，巴黎一家文学期刊在作家中间做了一次问卷调查，让他们设想出版市场组织结构怎样改变会对从事文学职业最有利。问卷的结果并不出人意料，而且在其他国家的首都也会得到同样的结果。反馈中表达的抱怨和期盼可以被转译为一份清晰的纲领。那些问卷的反馈者说：我们在写作，但没人想阅读。为什么会这样？因为出版商讨好读者的低俗品味，而且即便出版了我们的作品，也不会去费心宣传。要是出版商不受资金因素影响，一切都会不一样。那时，艰涩的诗也好，实验散文作品也好，都会大量发表。如果这意味着出版社应该领取国家津贴，或干脆成为国有资产，那有何不可呢？我们还可以加上一句，我们配得上社会全力以赴的保护，社会应该给我们发钱，因为我们是其文化的创造者。

考虑到出版社在自由市场经济中的境遇（用我一个熟人的话说，它们的负责人"正在失败之下堕落为野兽"），这是一份相当合理的纲领，只有一个弱点证明调查参与者没有对它的可行性做出清醒的评估。强制发行他们的诗歌和小说（社会主义制度下经常是由公共图书馆来执行）确实能提高印量；然而，没有什么政府宣传能说服公众去消费如碎纸饼一样不可食用的商品。另一方面，人无法对社会养活创作者的这一诉求挑刺，除非他质疑他们的根本信条。

　　一个职业军团发展到几十上百万的人数，想获得服役的薪俸，但条件是这种工作不接受基于供需变化的评估。那么，谁来决定是否需要这些工作呢？显然是创作者自己。从中得出一句极端但逻辑通顺的结论，那就是我们会来到一个组织合理的国家，属于它那支创作大军的人员，不论是否像陆军军人那样穿戴制服和肩章，至关重要的是，他们都会得到薪俸和退伍后的养老金。然而谁来决定这个军团的准入呢？是那些遵从内心声音，受召唤而来的人吗？

　　如果一些此前尚未命名的新现象顶着旧名字出现，许多高贵的习俗就会磨钝我们对它们的敏锐度。我们把所有时间花在一座想象力的巨型博物馆中（马尔罗[1]所说的想象力博物馆），与各种各样的文明赠予我们的昔日名作为伴，了解了这些作品都是在什么样的条件下产生的：通常是为一个公认的最高目标做出的牺牲，是舍弃物质享受，承受羞辱、诋毁和饥饿；那些人类重大精神成果的作者如传说中的鹈鹕，实实在在地用自己的血滋养了下一代。想想这是怎样的落差吧：零星几个名字世代流芳，而无数曾鄙夷、羞辱他们或压根不知道他们存在的人身名俱灭。谁会在意卡夫卡任职的那家保险公司呢？要不是陀思妥耶夫斯基成了此人的阶下囚，谁还

1　安德烈·马尔罗（André Malraux，1901—1976），法国作家、艺术理论家，曾任法国文化部部长。

记得圣彼得与保罗要塞的指挥官（纳博科夫将军[1]）呢？司汤达在奇维塔韦基亚做领事时是否好好履行了职责，这还重要吗？文艺复兴时期，这一点就广为人知：艺术家对同时代人的影响力实在惊人，因为与他相比他们就像可怜的影子，而他的笔或笔刷一动，就能决定他们是名垂千古还是湮没无闻。在那座想象力博物馆中漫步太有启发性了，如今的管理者也知道应该付给创作者酬劳，以维护这一建筑的声誉。

如果有人属于这个阶层，一种健康的自卫本能反应通常会阻止他对形容词创造性限定的职业表达怀疑，以免自绝生路。在欧洲，人们曾把它们都归在德国教师们强势输出的文化（Kultur）一词之下，而这个词本身（它甚至一度被虚心受教的斯拉夫族群用来描述刷牙这一习俗）就能让怀疑论者闭嘴。因为抵制文化的赐福是丑陋的。欧洲居民可能更难摆脱种种默认的原则。例如，其中一条就是文学和艺术作品具有教育意义。这一条距离管理者对创作者的要求已经不远了——如果创作者想要配得上金钱和荣誉的话。在美国，形势要明朗得多，纯粹得几无杂质，因为那里压根没有文学和艺术发挥教育作用的传统，而且有可观的公共基金（市场确实是艺术最糟糕的赞助者）用于资助创造力。当一个人驻足在堪称现代建筑奇迹的恢弘剧院和博物馆建筑前，他很难不去思考"它们在为什么服务"，即在为什么样的剧场演出、画展、音

1　伊万·纳博科夫，作家弗拉基米尔·纳博科夫的祖先。

乐会和诗歌之夜服务。

有些描述人类活动的旧词现在还在使用，但它们的意思早就变了。比如狩猎。生存必需，对肉类的需求，与之相关的危机、冒险、仪式、咒语，等等，为狩猎蒙上了一层普通运动和游戏中没有的庄重色彩。后来，猎人带着长矛去猎野猪或熊的时候，即使他已经不是出于生存必需而打猎，这种感觉依然存在。然而，背着半自动步枪到森林里待上几天的绅士就不像猎人，而更像邻村的偷猎者——因为在后者身上，激情和获得肉的需求幸运地重合了。而那位猎人（cacciatore）呢？他的形象在我脑海中挥之不去。他从圣方济各曾独自隐居、与鸟儿交谈的地方出发，沿着通往亚西西的路从容漫步。那是在秋天，打猎的旺季，鸟儿迁徙的时节。猎人打完猎，正在凯旋的路上，并且——尽管我不是女人，我也想斗胆用上这个表述——洋溢着令人厌恶的男性气质。他的肚皮上绑了一个弹药袋和一根腰带，腰带上悬荡着十几只小得可怜的鸣禽尸体，都被挂着脖子。这终归还是打猎，只是更像都德的《达拉斯贡城的达达兰》中的形象。这本书很值得一提。小城达拉斯贡的猎人们每逢周日便成群结队地出行，但是他们非常清楚附近只有一只野兔，已经被他们打得遍体鳞伤了。然而这项活动，包含清理双筒步枪、穿规定的服装、集合、在茬地间鱼贯潜行时保持警惕等，比任何战利品都更重要，而且理论上也不能完全排除获得战利品的可能，最后一只野兔还和他们达成了默契。各类创作者的数量反常地快速增长，背后可能隐藏了一个苦涩的秘密，于是他们的队伍就相当于塔拉斯孔数以千计的狩猎俱乐部，因为要是那只野兔已经死了，又会发生什么呢？

我听到有人说："这不公平。"如果从事创造性职业的人在增加，那么考虑到真正天才的稀缺，我们每走一步都不可避免遇到不成功的尝试，这就是为什么我们会做出如此苛刻的评价。不过归根结底，如今妙趣横生，时不时还精彩绝伦的诗、画、雕塑和小说既不比过去多，也不比过去少。除此之外，拿创造力和打猎相比是否正确？在我们看来，那些作家和艺术家追逐的猎物是什么？

不幸的是，在漫长的考量之后，我决定反驳这些说法，提出以下论点——

论点一：那只野兔已经不在了。它是自然死亡的。这是个放之四海而皆准、贯穿所有秩序和体系的比喻。这完全不意味着它预言了狩猎仪式的衰亡。相反，"它只是在表演"，这样的意识散布越广，人们就会越发频繁地将手指放在嘴唇上："嘘，别暴露了秘密。"也就会出现更多的仪式和激情，乃至狂热。

论点二：每一年都会出现更多的创作者，而他们作为一个社群（创造性知识分子）的胜利是不容置疑的，也就是说他们主要的经济来源会是国家或市政拨款。

论点三：雇用他们的方式将取决于公共基金管理人，也就是掌权人的策略。大致说来，有两种主要策略，它们还有无数种排列组合的形式。要么释放一只机械兔子（政治-教育目标）来开发利用被压抑的精力，保证一段时期的利益，因为每个追逐它的人都会相信自身角色的重要性。要么，为了安心，他们会允许创作者"自由实验"而使后者失去写作能力，因为兔子不再存在了，此方式就可能将他们引向彻底的表达障碍，变成头朝下倒立，扮演蜥蜴、椅子，诸如此类。

若是试着去为这些论点建立理论基础，我们就会误入歧途，陷入关于某些基本原则的争论，也不太可能成功。另一方面，如果我们诉诸眼前所见（一匹马就是每个人眼中的样子），我们就会遇到一个障碍，即时间以几何增速流逝，十年前存在的事物失去了意义。那么，让我们将讨论限定在这几项观察中。

缪斯的信徒追逐的猎物——如果能随心所欲地选择一个词组来定义它，我会用人类实在（man's substance[1]），或者也可称为实在性（substantiality）；也就是说，关键在于确认一种具体的信仰，但不是刻意为之，因为只有在缺乏信仰时才能确定信仰是什么。人在形式和混乱之间、和谐与不和谐之间、被定义和未定义之间的持续斗争能帮助我们理解它是什么——归根结底，它正是人类与虚无的压力之间的斗争，因为这种虚无损毁了人类对自己在地球和宇宙中位置的信心。人们可以把荷马的诗节和荷兰静物画都看成赐福的行为，于

1　Substance，哲学术语，源自拉丁文 substare，表示独立存在的、作为一切属性和万物本原的东西，是所有事物存在的最终根据和原因。

是荷尔德林那句人诗意地栖息于大地之上才得以实现。实施这类行为的能力，不以任何假设（postulates）或意志的努力[1]为转移。读者对有艺术价值的小说兴致缺缺，以此为鉴，过去几十年（现在仍是如此）在缪斯辖地发生的事间接浮出了水面。要是创作者不再赐福，并且因为他不相信现实，也不再矢志维护自己及其笔下事物的实在性，那么读者、观众和听众会注意到如此关键的缺陷吗？当然，出现了一些技术超群的作品，但它们的技术，例如叙事结构，正是一种病征：它是从意识到梦境（通常是噩梦）的转移；换句话说，三维的物体分解了，失去了轮廓。带有清晰政治倾向的作品仍保留了某种程度的和谐与实在性；然而，它们的短命说明了我们在此面对的是猎物的替代品。

杰作的诞生总是带着一点神奇色彩，文化艺术部简直可以号称奇迹部。同样神奇的是把"生产"和"文学"联系起来，因为当谈到"文学生产"时，我们暗示杰作是可以大规模生产的。不过，这个词和这类词的使用自有其道理；它们算是标志着一种从质到量的转变。创作者作为一个群体开展行动，宣称他们有权拥有一部分社会收入。也有人把类似的群体定义为"无产阶级""流氓无产阶级"和"小资产阶级"，我们没理由对这个阶级或阶层的特征视而不见。

它最大的特征是有限的独立性，这是有历史原因的。诗

1　Efforts of will，通过自我控制和决心来实现目标或克服困难的过程。

人、音乐家、画家和雕塑家一直依附当权者，也非如此不可，因为对权力的追求和维护会耗尽人所有的时间和精力。一般来说，有艺术气质的人命中既不带权，也不带财。然而在思想控制方面，他们也只会被赋予执行者的角色，相比之下祭司、神学家和后来的科学家倒是可以制定许多训谕和禁令。诚然，我们知道许多艺术与神学，或者艺术与早期科学和睦共处的事例，比如莱昂纳多·达·芬奇就身兼画家与自然观察者；然而，它们鲜少是平等的同盟关系。

　　独立性的不足未必等同于对个人或机构的依附，因为其实还有另一种依附关系：采用了他所属时代的风格，而且只能在这个风格的范围内臻于完美的人，不会飞越他的时代和地区。虽然纯粹的思想探索（神学、哲学和科学）也有一定的风格（语言），它却没有这么明明白白地标注着年代；要证明这点，我们可以将三段论或是 1650 年的数学模型与当时的诗画作品对比，后者的美虽然号称是永恒的，却似乎还是会因为暗示了作品的创作年代而受益。希波的奥古斯丁[1]也好，哥白尼也好，我们提到文明史的转折点，会使用当时的思想家的名字，却不会用哪怕最赫赫有名的艺术家的名字。他们不会修建房屋，那不是他们的工作；地基和墙都是别人建立的。

1　希波的奥古斯丁（Augustine of Hippo），即"圣奥古斯丁"，出生于罗马帝国统治下的北非努米底亚王国，基督教早期神学家，其思想影响了西方基督教教会和西方哲学的发展，并间接影响了整个西方基督教教会。主要作品有《上帝之城》《基督教要旨》《忏悔录》等。

尽管在思想上依附于他们成长的社会，创作者也不时反抗，然而因为他们之中少有一流的头脑，每个人更像是在普遍认可的水平线上，充当多种势力争夺的媒介。对待艺术职业保持一种匠人态度，其实有利于打磨出好技艺，而后来对大写的"艺术"的那种崇拜则是混乱的迹象。

基督教与希腊文非同寻常的结合推动了我刚刚提到的那种人类实在性的发展。它延续了多个世纪，一直到我们时代的初曙，即十八世纪。我们在学校里学过，浪漫主义是感性在反抗十八世纪理性的冷漠。这就说得太简单了，不过只要能把反方定义得更准确，它还不是最糟糕的系统性阐述。在物理和机械学成为所谓科学世界观的同时（1769 年，瓦特获得了蒸汽机活塞的专利），普罗米修斯的希望却汹涌而至，个中原因我们至今理解甚微。"连根消失吧，你这世界的肿块！"这希望的潮涌（它会是通过蒸汽和电力实现精神救赎的预言吗？）不仅仅是科学革命造成的结果，还与它持续处在无比复杂的对立关系中，这就是为什么虽然它在文学和艺术中拥有一种形式，被称为浪漫主义，却还是不能通过确凿的定义与启蒙运动及其遗产划清界限。那时候，似乎"自由的曙光"会为"想象力的神圣艺术"（布莱克）带来胜利，而诗人会成为"律法的制定者和文明社会的奠基人"（雪莱）。要找寻定义的话，可以说浪漫主义是史上第一次给予创作者独立领袖和思想家地位的运动。可惜他们对自己的高度评价并不完全符合真相。在这些创作者得意扬扬的想象中，浪漫主义实际上是一场自卫运动：整个希腊–基督教文明都在奋起反抗一股孕育在它子宫里的、最终可能摧毁它的力量。另一场启蒙运动，与这场更加著名的科学启蒙运动争相斗法，为浪漫主义者提供了智识武器。新柏拉图主义者，"神秘学派"成员，斯威登堡，圣–马丁，雅各布·伯默[1]的评注者们（即哲学家和神学家，而非诗人和艺术家）是第一批通过更古老的符号和神话语言来反对科学（以及古典主义）语言，向它提出挑战的人。

因此，浪漫主义者对中世纪和文艺复兴（莎士比亚、炼金术士）的迷恋背后有更为深沉的因素，也就是一种对回归家园的渴望，不过，不一定是回到如诗如画的过去。然而这并未发生，"科学世界观"在决斗中获胜了。在周围环境的压力下，创作者逐渐抛弃了基督教–柏拉图传统的财富，在一段辉煌而短暂的浪漫主义大爆发过后，就安于完善形形色色的反讽和讽刺了，这样的情况一直持续到现在。浪漫主义者和后浪漫主义者们的天才毋庸置疑；但后来的事实证明，他们的独立性和抵抗是微不足道的，他们在灵魂国度的权力野心鲜少有充分的依据。少数强大无畏之人被阐释成了某种模样，为的是既避免得罪进步人士，也让他们的名字可以出现在上流社会中。光说这是怎么做到的，就能为不止一项研究提供足够的材料。比如，密茨凯维奇曾将自己最伟大的诗歌和写

1　雅各布·伯默（Jakob Böhme, 1575—1624），德国哲学家，基督教神秘主义者，路德宗新教神学家。伯默对后来的德国唯心主义和浪漫主义产生了深远的影响，黑格尔称他为"德国第一位哲学家"。

出中世纪道德剧《先人祭》的能力归功于他那个省"粗俗的迷信";在沙皇大赦政治犯后,密茨凯维奇,这个勇气非凡、受犹太教神秘哲学影响并从圣马丁处借鉴哲学思想的人,被塑造成了人民的领袖。神秘主义预言家布莱克也是被清洗得干干净净,所有关于他的最具洞察力的作品都被移出了参考文献目录;他已经彻底里外颠倒,人们从他的作品中读出了有悖于他初衷的内容,这样他就可以成为自由派和左翼教授的同盟。每个人都知道可怜的果戈理身上发生了什么:由于早早遭受了虚无的魔鬼(或称为实体的衰弱)折磨而领先于时代,他只能眼看着自己被改造成宣扬社会理想的讽刺小说家,因为那就是别人想要的。

以上观察仅仅意在证明创作者与他们所处世界的智识体系是相似的,而"科学世界观"的胜利预示了他们渴望的猎物将迅速消失。让我们诚实地指出,这一情况打击了一些虔诚信徒,他们那种启蒙只能通过艺术实现。显然,创作者的骄傲一旦被浪漫主义唤醒,就不会认输。在蒸汽和电气的时代,他们已经在为自己的权利提出新的根据。他们说,如果宇宙完全没有任何超验意义,如果人只是一个莫名其妙的意外,在绝对孤独中对抗着冷漠的无垠虚空,因为连他的才智也背叛了他,站在自然或历史不可阻挡的规律那边,那么人类可以依靠的就只有自己双手和想象力的创造。创造性行为获得了独立,脱离了所有被理性的进步秩序垄断的话语,接近那些黑暗的幻象——它们通过五感的错乱(兰波)、大麻,或者最重要的是，通过句法、音象（melopeia）、乐声和色彩中潜在的无数组合形式得以见光。

约五十年前，只要一个人反对一味抨击旧章旧习，认为它最终会导致贫乏，导致智识的混乱，都会被贴上"反动派"和"过时内容捍卫者"的标签。可惜通过实验，现在人们可以向自己证明，若象征和神话的语言被剥夺了其存在的最深层意义，却依然若无其事地荣耀加身，会发生什么情况。追求用其他方式无法传达的真理曾是它存在的理由，而不论那种真理叫什么名字，不论它过去多么受到珍视，一种自说自话的、其象征和神话在某个封闭体系（诗和画作）之外没有任何意义的语言，会渐渐失去一切魅力，受到它应得的惩罚：漠然。他人的漠然——可别把创作者自己算进去。因此，创作活动的结果不再是它的目标了（因为结果必须有一定的客观性，即是为别人存在的）；行为本身成了目标。它也被认为应该受到社会的奖赏。

"那么，我们应该怎么办呢？"
"从头开始重新考虑一切。"

1975 年

第四部分

两幅肖像

齐格蒙特·赫兹

　　齐格蒙特是一只嗡嗡作响的蜜蜂，寻找着生命的甜蜜，也寻找潜藏在历史大事件背后的魔鬼信仰：这两者之间很难和谐统一。他成长于二十世纪二十年代的波兰，在那时看来，一切后来发生的事都是不可思议的。他来自一个颇有声望的家族，我猜那些战前认识他的人能从他身上看出许多受宠的显贵家族独子常见的性格特点。一位英俊男子，相当富裕，会从手艺精妙的裁缝那里定制衣衫；咖啡馆和舞厅的常客，喜爱社交，人缘上佳：他可能是众人眼中典型的纨绔子弟，不过他那受过良好教育的开明父亲（罗兹的一位社会工作者，也算是个文人）将对书籍的热爱传染给了他。完成学业并在炮兵学院服完兵役后，齐格蒙特在卖烧碱的索尔维集团做文职。他有一份体面的收入，买了车，旅行过，生活过。

他遇见了一位刚刚完成法学学业即在律师事务所闯出名气的年轻女子，和她结了婚。佐西亚是个可爱的女人，她的美貌与超凡的美德共存，这点齐格蒙特可能一眼就看了出来。他才思敏捷，感情用事，而且我认为他还有一种非常快乐的气质，从不为自己得到了别人没有的诸多物质和幸福良心不安。他的怀疑主义和某种内在的自由主义使他免于深刻的内省和本世纪的意识形态侵扰。他天性好静，避免卷入政治。

当两大极权国家签订充斥着分赃条款的《苏德互不侵犯条约》、发动"二战"时，齐格蒙特三十一岁。分赃实现了，在"任何形式的波兰都将不复存在"（Nikakoi Pol'shi nikogda ne budet）这一口号的作用下，近150万波兰公民被遣送到了苏联腹地。其中就有齐格蒙特和他的妻子，他们被送去马里自治共和国[1]伐木。在他后来的谈话中会反复出现那段伐木工人的经历。他们从一个不复存在的国家被送到北部的森林，撞见了一堆堆因为缺乏运输工具而被弃置多年、朽烂不堪的木材，正如伐木的库班哥萨克人业已腐烂的遗骸——这场面可没有让新来者高兴起来。

1951年我与齐格蒙特相识时，他已随安德斯军团[2]经历过从伊朗、伊拉克到意大利战役的大规模迁徙，在那之后，退

---

1 现称马里埃尔共和国，是俄罗斯联邦的一部分，属伏尔加联邦管区。
2 苏德战争打响后成立的波兰部队，得名于指挥官瓦迪斯瓦夫·安德斯。1942年后曾经到达过中东，其中还有很多人以波兰第二军的身份参加过意大利战役。

伍的炮兵中尉赫兹在罗马加入了一个三人组织。该组织成立了一个出版社，正式名称为"文学会"（Instytut Literacki），但却以其《文化》（Kultura）期刊的刊名为人所知，而且很快就搬到了巴黎郊外的迈松拉菲特社区。我显然无意在这里撰写《文化》的历史，但不可避免要谈谈自己的几个观察。

对于我们想要保存现实的意图来说，时间是一个夙敌，它不断在现有的层面上叠加新的层面，所以我们无可避免地会不断在回溯中重构过往。1951 年发生在波兰的暴行已经超出了我们的想象，但比起西欧精神（或至少是巴黎精神）那时正在经历的阶段，它的原因倒是更容易理解的。如果我们相信为这种精神代言的笔杆子的说法，它那时正沉湎于生死存亡的忧郁中，哀叹自己失去了机会，因为解放这块大陆西部地区的是错误的（即资本主义的）军队。少数几个结结巴巴地指出这也许是好事的人都被斥为美国间谍，受到社会排挤，还被拖进了法庭。对戴维·鲁塞的审判就是在那时进行的——他曾是希特勒集中营的囚徒，《集中营的世界》（*L'Univers concentrationnaire*）一书的作者。他有胆量揭露苏联也有集中营，于是《人文》杂志就以诽谤罪起诉了他（到底是通过什么杂耍般的法律操作，我已记不清了）。在这样的情况下，流亡者期刊《文化》举目无依；换句话说，这种境遇截然不同于 1831 年后的流亡者境遇，彼时的欧洲精神把他们当作自由的捍卫者来欢迎——自由往往远比政府的非难更重要。在二十世纪，只有五十年代末，或再加上六十年代，才解除过这个禁忌，也就是说，人们不情不愿地承认流亡者期刊不一定是流氓无赖、法西斯和间谍的匪巢，甚至还能把它们的供稿人邀请到自己家做客。

所以齐格蒙特难以避免地陷入了英雄的处境之中，因为尽管他天性不喜如此，却有过一些启发深远的旅行，对于圣日耳曼大道上那些漫步者滑稽可鄙的思想，他自然是不屑一顾。也因为如他这般的老手，当时基本都正忙着在这个"西方"赚钱，毕竟这里也不是最糟糕的地方，但他却加入了一个明显专注于不现实目标的组织。更糟的是，他这样一个注重私人生活的人，如此热爱自己的财物和生活方式的人，却闯进了一个公社。这个词如今具有极为丰富的含义，也许应该把它换成法伦斯泰尔[1]。这不会改变一个事实：《文化》是一项疯狂的事业——因为缺钱，似乎它的成员只有一同居住、饮食、工作，仅仅满足于每个人的最低需求，它才能存活下来。我猜齐格蒙特很多次都想离开了。考虑到他与人相处的天赋，他的语言知识，他的能量和勤奋，他应该无论在哪里做什么事都能成功。然而他投入了感情。奇迹中的奇迹，那个可称为公社或法伦斯泰尔或集体农庄（kolkhoz）的《文化》社群竟然存活了几十年。

我们友谊的开始。《文化》的初代选址，一间出租小屋，

1　原文为法语：phalanstère，法国乌托邦社会主义者傅里叶构想中自给自足的基层组织。

丑陋而不便至极，在科尔内耶大道上；巴黎郊外冬季的严寒，装满煤块的大肚皮锅炉提供的少得可怜的热气；那一带的大街，栗树夹道，绵延几公里，层层叠叠的枯叶，还有让人想起十九世纪的特维尔或萨拉热窝的某些地方。就是在那儿，齐格蒙特见证了我遭受的痛苦，知道那绝不是想象出来的。虽然有人会说，如果一个受辱的人感到痛苦，那是他自己的问题，因为他活该为自己的骄傲受到惩罚，然而这么说也无法减轻那种痛苦。

我在科尔内耶大道开始写作《被禁锢的头脑》，但其中漏掉了一些最简单的问题，因为我确实无人可问。要是我站在阵线的另一边，我就不仅受益于物质特权，更获得了道德特权，到底有什么不可思议的魔法让我从那里逃离，成为每个人眼中的可疑人物呢？毕竟，在那里只要不是完全赞同他们，只要写一篇"道德（或我们现在说的异见者）论文"，然后致力于翻译莎士比亚，就足以被称为体面人了。第二个问题可能也是一样的：动物是否有权逃离一片变更了所有权的森林？欧洲精神对此有现成的答案，它举着一把双管霰弹枪守卫站岗；那个欧洲精神化身为我那艾吕雅、阿拉贡和聂鲁达的巴黎，不久之前，我才和他们举杯共饮。因为齐格蒙特也知道我糟糕的经济状况和签证麻烦——它们已经让我与家人分离三年了——他认为我的境遇糟透了。他悉心看护和照料我，不论我什么时候进城，他总会确保我身上带着几个法郎吃午餐和买烟。在接受资助的当时，我太沉湎于自己的麻烦了，不够珍视那些馈赠，但我从未忘记它们，而且在之后的很多年，我对他的喜爱中总是带有一些平凡的感激。

齐格蒙特那时候已经发福了，但还是精力充沛，身强体壮。他是个老饕、美食家、酒徒，更是个谈话家，是友善快活的化身，充满社交激情。我说"激情"是因为他似乎有个永不出错的嵌入式雷达，指引他与别人建立温馨的关系，指向欢声笑语、小道逸闻。他绝对受不了与世隔绝。他散发着那么温暖的气息，在科尔内耶大道那间阴郁的小屋内，他往往能驱散火炉带不走的寒意。他过分起来常常让我恼火：他总是突然走进烟熏火燎的书房（因为我在那里居住和写作），坐下来径直开始一段对话；他这么做的欲望压过了不打扰我的决心。

"切修[1]，别说话，你会说蠢话的。写作吧。"齐格蒙特的建议非常中肯，我后来常对自己重复这句话，它针对的是我为了泄愤而发表偏激观点的恶习。他的建议还尤其针对我与《文化》在那时算不上和睦的关系。毕竟我们是一群先天秉性和后天教养都不同的家伙，我们在不同人生轨迹的交点相会，不可能全无摩擦，而我的挑衅要负主要责任。从齐格蒙特的建议可以看出，他没有任自己被表面印象迷惑，因为他能分清我口头和书面语言的区别。他宽容前者，信任后者。

我那时并未把齐格蒙特当作朋友，当成自己选择的、应

1　切斯瓦夫的昵称。

该从智识层面上理解的人。他更像是被分配过来的同班同学，分配过程中没有我们的参与。我只能为自己那些教条主义的吹毛求疵寻找别的同道中人。在我眼中，齐格蒙特是战前知识界的标本，是由《文学新闻》（Wiadomości Literackie）、《理发师》（Cyrulik）、《针》（Szpilki）塑造的，继承了博伊和斯沃尼姆斯基《纪事周报》（The Weekly Chronicles）中的哲学，而我却正在奋力摆脱战前波兰的两种形态——自由派和"民族"派。结果又是这样，智识层面的友谊和爱经常出现戏剧性的转折，而那些建立在更难以捉摸的"意气相投"之上的却更为长久。毕竟我们不会停滞不前；我们在变化，齐格蒙特和我——我认为那个变化的方向让我们走得更近了。

身份危机是每个人生命中的一道坎，我们会将自己砸得粉身碎骨。想要知道自己是谁，应该在某个群体——哪怕只是一个小群体里——扮演什么角色，以及别人怎么看待自己：人的职业在其中的作用哪怕不是至关重要，也是尤为显著的。这也是为什么我从来不建议已经身处某种职业的人从波兰移民——尤其是作家和演员。毕竟我自己就必须改换职业，接受在周围人眼中我只是一名大学教授的事实。在那以前，我已经积累了许多有趣的经验。这些困境不是此处的重点，不过有一件事还是让我非常伤心：一位被引荐给我做翻译的年轻作家曾直言非常愿意翻译我的作品，但如果这么做，他就完全不能出版自己的作品了，因为"他们"控制着文学期刊。几年后，听说一家著名的巴黎出版社把我的新书（《故土》）

交给了一位来自华沙的党内作家鉴定，我实在禁不住苦笑——当然，总比十九世纪法国警察在沙皇的使馆内收集流亡者的信息要好。不过，我还是别夸大这些困境了。1953年，我代表法国在日内瓦获得了"欧洲文学奖"，但法语评委们肯定知道我的作品是从波兰语翻译过来的。是成功吓倒了我，因为就在那时，我意识到为外国人写作时我不知道、也不可能知道自己是谁，我必须要结束自己的法语职业生涯。这类冒险只能降低我的抱负。我选择了自己的语言，一门在世界上还不为人知的语言；也就是说，我选择了齐格蒙特口中"维什兰[1]诗人"的角色。

联系到自身的冒险经历，我能根据自己的观察总结出齐格蒙特的内心激战，因此对他愈发尊敬。手上捧着《文化》年鉴和文学会出版的书籍的人，以及那些今后会捧着它的人，应该想一想厨房的锅，为早餐、晚餐和夜宵做准备的那三四个人同样要负责编辑、校对、发行，要洗碗、购物（幸运的是，在法国它是一项简单的任务），然后把这些家务量乘以日复一日、经年累月的时间。还要想想包扎绳、包装纸，想想拖着、抱着包裹交付邮局。齐格蒙特的身份危机与他此前的自我放纵不无关系，也就是说，与他对自我意志不情不愿的清洗有关。要是他热衷于克己，要是他是个意识形态狂热分

---

1 Vistulania（或拼作 Wiślanie），中世纪早期的西斯拉夫部落，居住在维什拉河盆地，位于今波兰南部。

子，他会更容易进入经理、帮厨、发货员和搬运工的角色。但他和思想观念的关系一直不算热络。他极有礼貌，为人忠诚，只对人敞开心怀，而不是对那些在他看来只是抽象概念的高远目标。他应该是谁，他的熟人（也许还有他本人）是怎么看待他的呢？是一家运作良好的大型企业的总经理，桌上摆着好几台电话，有一堆秘书和要开的会议，在自己的别墅中做一位慷慨大方的主人，艺术家的恩主，艺术品收藏家，孤儿院和医院的捐赠者。无疑只要他在合适的时机起步，这些都可以实现。与此同时，一年年时光飞逝，他却一直在装包裹，用手推车将它们运到迈松拉菲特车站，装上火车，再到圣拉扎尔车站卸货，购物，做饭，诸如此类。

只有当一个集体存在得够久，它才恰好凭借自身的幸存，在回忆中变得像一首田园诗。实际上，它的日常生活充斥着人与人之间的紧张关系，而由于对个体的人非常敏感，齐格蒙特遭了许多罪。毕竟人不是那么容易接受自己在集体中占据的卑微位置，而且，虽然明显有人需要承担身体最强壮者的任务，但它对自制力的要求可不低。齐格蒙特几经挣扎，寻求过解决方案，最后，艰难地接受了一个几近无名的工作者身份——那就是他成熟年岁的实质。

我得再次说到时间带来的曲解。要是人们相信五十年代的华沙媒体，《文化》就成了一个由美国人提供设备的强大机构，几乎相当于自由欧洲电台，拥有在波兰出版书刊所需的人员规模（每个人根据自身情况判断具体数量）。波兰的来访者震惊地发现这种描述和现实大相径庭，又是一例让传说的编造者本人最终信以为真的杜撰。然而今天，当《文化》走过了三十年历程，尽管那时对它形象的描述有误，对它重要性的形容放到现在来看却不再是夸张。因为《文化》无疑已经在寿命和影响力上超过了1831年以后大移民潮的任何成就，在波兰文学史，或简而言之，在波兰历史上留下了一个章节。看啊，今日在来世的草丛间嗡嗡飞舞的蜜蜂齐格蒙特成了一位历史人物。不过，在他做出人生选择时，他并不知道自己会有今日。那整桩事业可能彻底崩溃、烟消云散，又或许欧洲多变的、不可预测的政治环境可能会终结这样的实验。

身体肥胖的人能体会深沉的情感吗？齐格蒙特既细腻又暴食，既有人情的周到谨慎，又爱欢声笑语。随着肚皮越长越大，他变得像扎格沃巴[1]了。马雷克·华斯科[2]叫他"叔叔"。不过扎格沃巴的嘴可能没有长成他这样：很有肉感，有点像婴儿的嘴，随时准备接受一个安抚奶嘴或一大口烈酒，骚动不安又紧张兮兮的。他生来就是享乐主义者，受到快乐原则的支配。他在这个世界找到了相当丰富的乐子。主要是沾他的光，《文化》公社厨房里的日常所需变成了美味佳肴、饮酒作乐，因为至少在食物上他们不用节俭。客人（从四面八方，

1　显克维支广受欢迎的"历史三部曲"中大腹便便、爱讲笑话的福斯塔夫式贵族人物。

2　马雷克·华斯科（Marek Hłasko，1934—1969），作家，其小说作品充斥暴力情节，以此表达对社会深刻的疏离。

从欧洲各国，从波兰，从美国不间断地来访）安抚了他对社交聚会的激情和对人脸、性格和个人经历的无限好奇。带着包裹前往巴黎的旅途给了他与人会面饮酒、闲话和观察人群的机会。就这样，通过遵从自身天性，齐格蒙特发掘了自己真正的使命和天赋。找到之后，一切都进入一个清晰的模式，命运这张拼图的散乱碎片如今拼成了一个整体，一开始以为是无可奈何的选择，现在却成了最雄心勃勃的事业。

简而言之，齐格蒙特是个职业慈善家，广交天下好友，而他与人为善的能力在"波兰和国外"之间的那块特殊区域得到了最大限度的发挥。齐格蒙特活在维什兰，呼吸着维什兰；他为那里正在发生的一切感同身受，愤懑、欣喜和羞耻，他把自己的关切当成一种病，只是无药可治，他已不再抵抗了。照他的惯例，这种对波兰的长期忧虑也是呈现在具体的事情上的：收入水平、物价、劳工环境、个人自由与否；简言之，就是真实人类的命运，那些人他要么知其姓名，要么是对其日常生活有详细的（尽管是通过想象得来的）了解。有时他会突发奇想要积极参与某事，提供帮助。有无数人多亏齐格蒙特才获得了学术奖金、在巴黎的落脚地和海外的邀请函。他谋划有成，审慎地决定着自己的行动，要调动谁，通过另外的某个人去找谁——比如有一次，他缠了我很长一段时间，直到我同意和一位年轻的女艺术家一同去见那时的现代艺术博物馆总监让·卡苏，而她立即坐到了这位巴黎权威的办公桌上（而且如愿以偿了）。还有多少类似的谋划，多少电话、催促和提醒！仿佛齐格蒙特有天曾对自己说："我就是这样了，没有更光明的未来在等着我，那么就让我们多行善事，尽力而为吧。"如果我没有强调他在《文化》的政治形象中扮演的角色，那是因为支配他的是自己的同情、愤怒和怜悯，是对高尚者的惊叹和对卑鄙者的厌恶——也就是说，在他身上，一切的源头都是道德反应。随着他在道德上成熟，扩张个人活动的范围，他作为激励者、中间人和为独立思想服务的杰出公关的角色也在快速成长，于是我可以毫不夸张地说他的存在改变了《文化》所在的那幢房子，让它有了人性。

一个怀疑论者。他不相信人们可能改革一个由邻国坦克护卫的体制。对那些他帮助过的人，他几乎不抱幻想，他从他们身上看出了心胸狭窄的迹象，辨别出了在为几个铜板你死我活的斗争中养成的习惯。然而，他毫不怀疑要是自己在那儿生活，也可能像他们一样，可能像他们中的很多人一样做出可鄙的事，谁知道呢。齐格蒙特一向为生活在法国而满足，也为在那个他不抱多少期望的西方不必依附任何人而满足。普瓦西大道上的《文化》杂志那幢小楼已然发展成了一个机构，已然富了起来，拥有一间大阅览室和波兰艺术家的画作，就像在两场世界大劫的间隙从海的漩涡中浮现的岛屿，而怀疑论者齐格蒙特常说希望自己不必活着见证下一场大劫。

我出于极度自私的理由为齐格蒙特而哭。世界上还有什么事比几个好友手牵着手，一起创造出一个电路，感受其中流通的电流更好吗？对我而言，自1960年从那里移居美国后，巴黎就只是一个小小的朋友圈子，但最主要还是齐格蒙特把我们聚在一起，是他的电流让我们感受最强烈，而现在，我们仿佛身在梦中一般，将手伸向彼此，却无法接通电流。我那个加州以东的参照点不再清晰了。对于突然降临在我身上的空洞感，也可以提出另一种解释。二十年来齐格蒙特都是我忠实的通信人。他热忱地实践着一门今天已几乎被遗忘的艺术；他的书信才华横溢，聪颖过人，不时逗得人捧腹大笑，不过占主导的还是他那阴森的华沙式幽默。从信件中我不仅得知了我们巴黎好友的消息，还听来了各种各样揭露波兰日常生活的华沙八卦，因为齐格蒙特的雄心是尽知天下事——要说经过这么长时间的流亡，我却有种从未离开过波兰的感觉，那主要是他的功劳。

我们很可能是被同样深陷维什兰泥淖的处境联结起来的，他是通过阅历的激情，而我是通过语言，这种处境在他和我身上都同样复杂，我恨，我也爱（Odi et amo）[1]。他热衷于结交艺术家和作家，但我从未在他身上看到丝毫的势利；依我说的话，他天生爱管闲事，是艺术家的保护人，这源自他对这类生物的好奇心。他懂这一类人，而且好脾气地观察着驼子们列队行进，看他们颇有几分优雅风度地驮着形状各异的驼背四处转，时常觉得自己不如别人而备受折磨。齐格蒙特对此发表过一句格言：每个多情的女人都梦想当尼姑，而每

1　出自卡图卢斯的《诗篇》。

个尼姑都想成为多情的女人；悲剧演员都想逗人发笑，喜剧演员则都渴望着扮演哈姆雷特。我一抱怨，他就会提醒我这点，权当安慰。无论如何，在他看来我都算是一个好看的驼子了，也就是说，他从我身上看到了一些正常的表现。实际上，我们的友谊恰恰是在文学之外得以巩固的。他对"哲学化倾向"（他把我的散文也算在其中）的抱怨丝毫没有让我不快。我写许多东西是出于内在的需求，但并非意识不到智识的楼宇只有相对的重要性，所以齐格蒙特的声音——代表了普通读者的声音——无疑给了我一点警醒。

"切修，为人民写作！"然而齐格蒙特说的"为人民"写作是什么意思？他认为《伊萨谷》是我最好的书。他的许多信都在劝告我："你什么时候写写杜霍波尔派[1]啊？"有一次我从美国来到迈松拉菲特，坐在桌边时，我提到了一种自己在英属哥伦比亚亲眼所见的杜霍波尔派仪式，齐格蒙特对荒诞不经的场面的热爱得到了巨大满足。但我没有听从齐格蒙特的请求，仍然继续写"哲学化"的东西——《乌尔罗地》，结果又听到他说："你为什么不为人民写作？"当时已是 1979 年夏，齐格蒙特动过了手术，身体日益虚弱。我没有引用自己的诗（也许太难了？）来为自己辩解，而是反问他："我翻译的《诗篇》呢？那不是为人民译的吗？"他想了一秒。

1　源自俄罗斯的教派。杜霍波尔派拒绝接受东正教，生活在乡村社群中，协作劳动，拥有自己的口头文化传统。

"是的，"他说，"那是为人民译的。"

如果无人为我们的成败挂怀，那它们还有什么意义呢？当朋友遭遇坎坷时，齐格蒙特会为他们伤心，当他们过得顺心时，他又为他们欣喜。在他最后的信件中有一封是喜气洋洋的，因为查普斯基[1]终于在绘画市场上"获得青睐"，在自己的暮年开始卖出大量画作。现在我不禁想，见证了我人生起落的齐格蒙特，是我最想用一纸佳音来取悦的人，仿佛我曾在低谷时害得他担惊受怕，对他有所亏欠。活在这样一个流动的、急躁的文明中，头衔、名望和名气瞬息万变，我们却学会了珍惜个人关系，当齐格蒙特这样的人过世时，这个道理马上就变得显而易见：如果我们没有一个可以在他面前哭泣或吹嘘的人，那么一切都会失去意义。

齐格蒙特从不生病，保持健康到七十岁，他觉得那本身就是一种成就。在这里我必须提到不久前在耶伦斯基家的一场晚宴，当时其他人都喝红酒，而齐格蒙特一个人喝干了一瓶伏特加。我打车捎他到圣拉扎尔车站，他晃晃悠悠走上楼梯，尚能自控。第二天我问他为什么那么做。"测试一下。我行不行。"与此同时，他却恬心禁欲地思考着时间的稍纵即逝，为之伤神，但不是为了他自己。他还得操心自己收藏的那些糟心玩意儿该怎么办，因为作为一个无可救药的亵慢之

1　约瑟夫·查普斯基（Józef Czapski，1896—1993），波兰画家，二十世纪二十年代曾在巴黎学习。

徒、一个乖张的嘲弄者，他收藏了一大批各个年代的军功章，比如沙皇"表彰镇压波兰叛乱"（Za usmirenie polskogo miatezha）奖章。什么样的波兰博物馆会为这样的馈赠感到高兴呢？

在还没有出现病征时，他就在结算自己的账目。所以他得知自己长了肿瘤后等待手术期间寄过来的信并未让我吃惊。我无意利用他的信件，那是隐私。我只允许自己引用这封1979年7月22日的医院来信：

> 我们的祖国不存在[1]大事。暂时而言，很平静。几乎什么都没有发生。从手术的角度来看，似乎几天之内，一切都变得像矮人一般大小。精神上，我感觉很棒。我活了七十一岁，考虑到波兰的环境，我直到1939年都算是活得很奢侈了——三十一岁前，我已经拥有三辆汽车，之后是那场静坐战，我能说什么呢，你了解那个延续至今的时代。
>
> 这是真的：1939年后是集体农庄。在我叔叔位于斯坦尼斯瓦沃夫的家，在马里苏维埃社会主义自治共和国，在军中，之后是在《文化》，度过了剩下的三十二年。我认识了成百上千的妙人，如果我不做这个小办事员，而是索尔维的总经理，就办不到这点了。我从未对任何人做过真正可鄙的事，我挺有用，我对一些人提供了重要的帮助，我有一小群可以仰仗

1　原文即为英语：non existing。——原注

的人。所以有什么问题呢？我不会像你一样在文学史中留名。那又怎样？我没有资格。你会留下名字，那又怎样？

我还像以前一样感觉良好，希望直到最后也能保持好的状态吧。我甚至有点惊喜，因为最终看上去我是有"性格"的；那是厚颜无耻的废话，我没有。极有可能的是，在这样痛苦的情况下出现了某种鲸骨，让一个人保持身躯挺直，要么就是鲸骨消失，人化成一摊烂泥。我很幸运，最终发生的是前者。

并非所有事都对他失去了意义："至关重要的"是他对妻子的感念。他拒绝一切忧伤，立即自我安慰道："不过话说回来，我为什么一定会翘辫子呢？毕竟它也不是必然会发生的嘛。"

想想吧，在医院病床上，他还和往常一样计划着自己快乐的恶作剧："要是最坏的情况发生了，就胡闹一番。我会请求——不是亲自请求，不过在巴黎一切已经安排好了——帕维乌·赫兹会在《华沙生活》（*ycie Warszawy*）上发布一则讣告，在圣马丁教堂[1]预订一场弥撒。我可不听谁'病了''不在城里'又或是'有要事在身'。它会是一场热闹的盛会。"

写过世的友人是很令人难过的：一个主体本来与另一个主体有过联系，虽然他不完全理解那个人性格中的秘密，还

1　位于华沙老城区，"二战"期间被德军摧毁，战后重建。

经常用"客体化"的目光看它，但它还算是一种交流，每一种判断都还能接受修正。然而突然之间：一个客体。当这个独一无二的生命被归入"普遍"和"典型"名下时，从外部对人类个体所做的描述中令人尴尬的残缺，对神明视角的僭用，或干脆是一种极权主义的介入——那就是文学的虚伪之处。文学本应该"从中心"描述人类，实际上却遵从了形式的律法，为了把他拼成一个整体而建构了此人。没什么好隐瞒的。我眼前不是齐格蒙特，而是他的肖像，我在将那些理应能代表他的细节拼在一起，只为极少量矛盾的细节留出了空间。一件罕见的事：作为一个可敬的好人度过一生。因为我理解这是件稀罕事，所以建构的需求指导着我写作。然而对我来说最重要的是齐格蒙特身上剩余的主体性，他的胃口，他吞下一整杯威士忌的贪婪，他的笑话、谋划和胡闹：所有的动作，残缺，以及变化，正是通过这种变化，在他自己和他人不知不觉间，他的使命完成了——我们中有谁能预料到，远远看来，齐格蒙特也开始变得像一尊塑像了呢？

1980 年

约瑟夫·萨奇科神父

我又得写一篇讣告了。我至少得提供尽可能丰富的信息，以避免常常侵害这种体裁的程式感。一切都要围绕几个日期说起，让我们从最近的一个开始吧。

巴黎天主教使徒协会（Pallotini Fathers）的出版社——对话出版社（Les Editions du Dialogue）——社长约瑟夫·萨奇科神父于 1980 年 8 月 26 日溘然长逝，时年四十七岁，这是他宣誓加入天主教使徒协会的第二十八年。就在当天巴黎时间的早晨，我从加利福尼亚给他打了电话，因为他自 7 月 18 日戴高乐机场一别后音信全无，让我深感不安。他告诉我自己延长了在瑞士的假期，在那里完全没有动过笔，还说有一封信已经在路上，他感觉非常棒，已经准备好出发工作了。问他有没有带上治疗心律不齐的德国新药，他说有。之后我们讨论了印刷和出版计划。实际上，他正打算去奥尼[1]，去使徒协会出版社的印刷厂送由我翻译、他作前言的《约伯记》校样。几小时后，他在奥尼逝世。恰好在我接到电话通知后，他那封写于 8 月 20 日的信也翩翩而至；信是喜气洋洋的，赞美了瑞士的风景："唉，再也没人想雇我当牧羊人了。我太老了。"

在很长的一段时间里，我对萨奇科了解粗浅，所知的不过是一些传闻，因为我们在六十年代的几次会面都只是社交场合。要是我继续住在蒙日龙[2]，没有搬到加利福尼亚，情况肯定就不一样了。因为不在巴黎，我错过了叙尔库夫路天主教使徒协会出版社的草创阶段，多亏了约瑟夫·萨奇科，它逐渐发展成了今天的模样——而且将会继续长存：一个波兰人在巴黎创立的机构，理论上毫无存在的可能，却从小礼拜堂里的讲座和作家之夜中诞生了；为了这些场合的需要，那座小礼拜堂也被改造成了会堂。我没有见证这位主办者的起步阶段，比如他委托了艺术家来创作：扬·勒本斯坦的天启主题彩色玻璃窗覆盖了礼拜堂的一整面墙，阿琳娜·沙波契尼科夫的耶稣面部雕塑挂在正面墙上。我不太了解的还有每周举办一次的晚会，演讲者和听众不分波兰来客和流亡者，齐聚一堂。在七十年代，有一次我在那群听众面前朗读自己的诗作，他们使我又惊又喜——他们出奇地年轻，主要是来自波兰的

1　巴黎西北郊的市镇，属法兰西岛大区瓦兹河谷省。
2　巴黎东南郊的市镇，属法兰西岛大区埃松省。

学生。我们的合作与友谊可以追溯到那时；这种合作愈发紧密，友谊愈发深刻，我们会相互倾诉生活中鲜少分享的秘密，于是对我而言，这个人的突然消失就是一段刚刚开始的长对话在一个词中间令人痛苦地戛然而止。

我会讲述那段时期他的种种生活细节，我们为修改我的《圣经》译本一起度过的时间，以及在我们闲暇时关于许多事情的对话。约瑟夫·萨奇科是在克拉科夫出生的。他在瓦多维采[1]度过了天主教使徒协会的见习期。他在克拉科夫研习神学，之后被送往瑞士，就读于弗莱堡大学，在那里写了关于海德格尔的博士论文，论文不久后在巴黎出版：《马丁·海德格尔的美学》（巴黎：大学出版社，1963 年）。我的那本上有一段注明日期为当年圣诞节的献词："献给一段美妙的友谊"——友谊确实发生了，但却是在之后的十年间。完成学业后，他受命在巴黎建立一个天主教使徒协会中心。此时他内心的挣扎开始了，他那无比深沉的气质也许有一个解释：他的生命是一场持续的斗争，是与自己的持续角力。他违背自身意愿做了组织者。不同于许多人，对他来说，成本估算、采购、订立合约和通信不是精力的释放，而是一种负担。他的上级做出了正确的选择，因为叙尔库夫路上的那幢建筑取得了超出预期的成功，但萨奇科为此付出了不小的代价。他接受上级命令，尽其所能地完成自己必须做的事；然而回顾这一切

1　波兰南部城市，距克拉科夫约 50 公里。

起步的那些年，他认为这些事吞噬、榨干了他。从我们的交往中，我能领略到他的精确、勤奋和罕见的专注天赋，只是这些品质增加了每日劳作的时长，而且谁知道负荷过重是否加重了他的心脏病呢。他梦想能有自己的时间，还感觉已经扼杀了自己的哲学事业。对话出版社虽然有个法语名字，却为波兰语服务，出版宗教文稿、教皇通谕、声明及宗教相关书籍，主要是译自其他语言的书。萨奇科拥有一颗哲学的头脑，这和拥有哲学知识完全不同，在那些以哲学在大学里谋生的人中间也不常见。这一特点对他出版书籍的质量产生了积极影响，不过却与他的编辑角色不太契合；因此，他默默地反抗着这一枷锁。

对我们这些朋友来说，直到我们逐渐习惯他本来的样子，不再为了切合俗世之人的模式而去改变他的形象前，萨奇科都是相当奇怪的一类神父。显而言之，神父（也包括波兰的神父）的形象在不断转变。从前，在十八世纪，他是会阅读伏尔泰的文雅的僧侣（labuś）。接下来的那个世纪之初，如我们从《先人祭》中得知的那样，不止一个希腊天主教神父在住处存有"绿林小说"。后来，天主教与波兰民族性的等价让神职人员越来越远离对那些宗教不利的世俗创造。在我的青年时代，除了拉斯基的小圈子和《词语》（Verbum）期刊，教会就算没有与国家政府分离，也与知识圈分离了，这是个颇具政治意味的既成事实。我和当年的同事都想不到自己将来能和一个穿法衣的人亲密无间地交往。简单地说，那是另一个社会阶层，也是另一个阵营，几乎没有文人、艺术家和知识分子会对它产生丁点同情，而且它还从政治右派的声望中受益。战后几十年来发生的巨变，最早大概是在亚当·米奇尼克的书《教会与左派，一场对话》中获得了定义。然而政治上的重新结盟只是巨变的一大方面。教士阶层社会地位的改变显然是更为重要的。

一直以来，包括在今天，都存在这样一些投身于科学或艺术的教士，他们严格区分着这些职业和神职。这种在两条平行线上取得平衡的做法有其悠久的传统。由于约瑟夫·萨奇科在巴黎的晚宴上和我们"别无二致"，让人完全感觉不到他的另类，人们可能会以为这多少就是他解决问题的方式——两极化。但这种印象是错误的。他确实遵循新例不穿法衣，但这可不意味着他想方方面面和别人一样，向俗世屈服。第二次梵蒂冈大公会议后，他一直在寻找与俗世之人交往的模式，发现它一点也不简单。萨奇科从没想过要看起来像别人。他风度自然，无须在有人讽刺他的职位和职业时奋起自卫。然而，他隐藏了自己还没完全克服的羞怯，这与其说是个性，倒不如说是他对僧侣和"社会"之间距离的理解。

这份羞怯绝对不是我的捏造。我谈起他时不只是把他当作一个朋友，他的缺点我很清楚，也谅解了。我对他的感受中还包含一层微妙的意味：尊敬，向权威鞠躬致意，因为他的一言一行极为可敬，因为他内在天性的正直。换言之，说我崇拜他一点都不夸张。于是在听到他承认自己曾经害怕我时，我差点吓坏了，不过也被逗乐了。"怎么可能呢？"我问，"你是不是在想，我是个无知的神父，而他是知识和文学家族里走出的人？是这样吗？"他没有反驳。也许在这里，我发现了我们俩合作融洽的秘密。那时我对文学疑虑渐增，在所有关于创作的理论中，我只相信最老生常谈却也确凿无疑的那一种：灵感。它赋予了创作者媒介、工具的角色，而我们很难理解为什么一支铅笔、一把刷子或锤子（或者说得崇高一些，一张里拉琴）会要求获得尊敬。而且灵感有高下之分。我对二十世纪产生的灵感缺乏尊敬，又希望自己有点用，因而那时已经转向翻译《圣经》文本了。也许更好的是一个人在文学中如鱼得水，能在其中找到自身的价值尺度。然而对我而言，人类的伟大与作家的技巧几乎没有相通之处。我容易受到约瑟夫的称赞影响（谁不容易受到称赞的影响呢？），但我会把它搁置在一旁，这样我就会相信他喜欢作为人而非缪斯仆人的我。反过来，对他来说，我又是那个拽着他走向自我觉悟（self-realization）的人。萨奇科完全不像那些抽屉里藏着手稿、默默做着成名美梦的人。还没在世间留下痕迹便会消失得无影无踪，这种想法让他痛苦，但他只会在建议、请求和出版社有需求时（这是最管用的）才会写作。我的请求促使他写下了《乌尔罗地》的序言；自《诗篇》起，一系列由他发起和委托的《圣经》翻译给他带来了写作序言的出版责任：对羞怯而言，这是寻找遁词的最佳方式。那个夏天我们还试着录了几段对话，结论是我们应该多录一些，把其中内容编纂成一本书。在我们的最后一次通话中，他还热情地重提了那件事，我发现他认真地考虑过这个项目。

那些对他知之甚少的人从他的外表能猜出什么呢？他是黑发、黑眼睛，相当常见，尤其是在波兰南部；不是高瘦型，而是身材结实，中等身高，急脾气；热血中带着一抹忧郁。一位细心的观察者肯定能注意到他的脸上交替掠过的阵阵电流，内心的紧张，也许还有某种长久的痛苦。萨奇科对此三缄其口，不喜欢将别人的注意力吸引到自己身上，所以只有少数几个人知道他有多么痛苦。我不知道他容易抑郁乃至绝望的全部原因，对他而言，它们都是很难克服的。其中一个原因是缺乏"留给自己"的时间，但是我认为最主要且能涵盖其他原因的，是他热情接受的使命和桀骜不驯的能量之间的矛盾。有的人遵守教会要求的军事纪律不费吹灰之力，有的人则一直在与之缠斗。与此同时，萨奇科不能想象自己脱离神职，也没有寻求过任何折中方案："我像狗一样忠于神职。"他在一封信中写道。他背负了自己的十字架，但那也是为何他将苦难看作基督教思想的核心。他的《约伯记》序言也谈及了这点。

我写这些主要是为那些从没见过，也将无缘见他的人，所以我还要加上一些他日常生活的细节，让人更容易想象出他的样子。叙尔库夫路上的天主教使徒协会之家是一个修道院式的社群，人员很少，有积极的入世导向，因此每个成员都被分配了另一项工作。这个中心管理着位于巴黎西北面奥尼市镇的地产，包括一家印刷厂和一所法语高中；它出版了波兰流亡者的期刊《吾家》（*Nasza Rodzina*）；如我此前所说，它经营着一家出版社；它组织讲座和作家之夜。建筑内有两座小礼拜堂，有办公室、私人套房和一个餐厅，僧侣们每日三次聚集在这里。但不只是僧侣，还有波兰来客：总有波兰的天主教使徒协会人员或一些俗世之人来访，后者主要是教授和学生。这个组织的热情好客以及与卢布林天主教大学（KUL）的联系，几乎把叙尔库夫路变成了一座夏季的山间旅舍，人们就像在旅舍里一样相互照面；几年前，我在那儿坐下吃晚餐时，感觉就像回到了维尔诺斯特凡·巴托里大学的"门萨"，因为我从前的同学就坐在身旁：KUL的文学教授伊雷娜·斯瓦温斯卡，以及同样在KUL的古典语文学教授莱奥卡迪亚·玛伍诺维奇——他现已不在人世。约瑟夫·萨奇科正是在这个地方度过一整天，早早起床，尽量不熬夜，尤其是在生命最后几年患上心脏病之后。为免有人用大机构的模式来想象对话出版社，削弱我对他工作超负荷说法的可信度，我必须在此补充：在很长时间内，它就是个一人组织。我不会假装能为叙尔库夫路上的公社如何分配任务写一部编年史。最后几年情况好转了，因为萨奇科有了高效的KUL古典语文学系毕业生（不然呢？）达努塔·舒姆斯卡协助。

不论人内心的孤独是什么样，拥有家庭总是好的。萨奇科在使徒协会的社群中找到了它；他被爱着，人们喜欢他。还有我们，也就是一群朋友，在我们中间，他充当着知心人和护理人，而他去年秋天送别的齐格蒙特·赫兹则担任了光荣的欢宴大师。由于对隐秘的苦难经验老到，萨奇科愿意聆听别人的困扰，而且（有什么可隐瞒的呢？）在一个文人和画家组成的圈子里不难找到严重的案例。他主动的体贴和细致让他在不少事情上发挥了积极影响。齐格蒙特这个用表面的粗犷来掩盖易激动倾向的人挚爱着萨奇科，享受和他一起谋划怎样治愈他人的苦恼。他每天早上给这位朋友打电话，一股脑儿倒出自己收获的过去二十四小时的新闻、闲话和逸闻，它们会遇到一双乐于倾听的耳朵，因为那位听者具有幽默的天赋。第一次心脏病发作后，萨奇科就成了齐格蒙特关心的对象。齐格蒙特会责骂他不留心自己的健康，操劳过度，勤奋得犯蠢，连沉重的行李箱也要自己去拖。直到最后，出于真心的忧虑，他开始将禁止自杀的基督教道德作为自己的终极劝诫手段："要我来教你这点吗，神父？"要是齐格蒙特还活着，他有可能会阻止萨奇科到瑞士旅行，提醒他上次去那儿的悲惨后果和气压变化带来的有害影响。

他和俗世之人的相识与友谊，帮助天主教使徒协会中心在巴黎取得了成功，但约瑟夫没有提前为此制订计划，它们是自然发生的。我曾开玩笑说，他没注意到自己解决了不基于领土的现代教区的问题，有了自己的教区，它虽然小，但质量绝对不差。它由拥有各种宗教职务的人组成，包括自称无神论者的人；然而，我们的牧人，一个信仰坚定的人，却不是灵魂的渔夫，也不会表现得像个传教士。关于他的沉默，我思考了很多。毕竟，自幼年起就身在修道院社群中，身旁围绕着形形色色的人（因为选人的标准肯定不只是智识水平），这种生活肯定使他的涵养接受了诸多考验，也许就是从那时起他学会了沉默。他的沉默不只是一种宽容，不只是出于对不同观点的尊重而避免说教。它干脆让潜在的异见和口角的根源都变得不重要了，将它们送入了另一维度。同样被忽视的还有神之选民和弃民、纯净者和罪人之分。对他而言，救赎的秘密在于痛苦的真相：人承受了多少苦难。

他生于 1932 年，属于新波兰时期成年的一代，一个要论述普遍野蛮化的悲观主义者可能会在他的论点中找到矛盾之处。与萨奇科交往的人会倾向于相信波兰大众文化有某种贵族特性，它受到了形势的压抑，但会不时冒出头来；也许其中甚至还有某种贵族式的人本主义，如今它的力量远比过去强大——在那时，贵族曾宣称拥有维护它的权利。而现在从人民的下层土壤中常有伟大的人格喷薄而出，在萨奇科的例子中，它来自克拉科夫。

写一个过世的朋友让人心感宽慰。通过专注在他这个人身上，我能强烈感受到他的存在。只是我希望当自己放下笔，他还会继续陪伴着我。我们不会再编纂出一本哲学对话录了，但我向他保证，我会继续翻译他视若珍宝的《圣经》。

1980 年

于伯克利

第五部分

诺贝尔奖获奖致辞

1

　　许多人赞美神赐的生命无比复杂，不可预测。此刻我出现在这个讲台上，想必可以为他们提供一个论据。学生时期，我曾读过一套在波兰出版的系列丛书——《诺贝尔奖得主文选》。我还记得那些字母的形状和纸张的颜色。那时我以为诺贝尔奖得主都是作家，也就是写大部头散文作品的人，哪怕在得知他们中间也有诗人后，我也久久不能摆脱那种观念。当然，1930年我在我们大学的评论杂志《母校维尔纽斯》上发表第一批诗作时，并无意于作家的头衔。此外，很久以后，通过选择孤独和献身于一项奇怪的事业——即身居法国、美国，却用波兰语写诗——我努力维持着一种理想的诗人形象：这诗人若是想出名，也仅仅希望在自己出生的村镇扬名。

　　我儿时读过的一位诺贝尔文学奖得主大大影响了我对诗

歌的认识。那位作家就是塞尔玛·拉格洛夫。我尤其喜欢她的《骑鹅历险记》，它让主人公扮演了双重角色：他是飞翔于云端俯瞰地球的人，但与此同时，他也能看清地球的每个细节。这种双重视角或许是诗人这一职业的隐喻。十七世纪诗人玛切伊·萨尔别夫斯基曾以卡西米尔的笔名享誉欧洲，我在他的一首拉丁文颂诗中也找到了类似的隐喻。这位诗人曾在我的大学教诗学。在那首颂诗中，他描述了自己如何骑在珀伽索斯[1]背上，从维尔诺飞到安特卫普去拜访诗友。和《骑鹅历险记》里的尼尔斯·霍尔格松一样，他也看见了身下的河湖与森林；也就是说，那是一张地图，囊括了杳渺却又具体入微的风景。此处涉及诗人的两大特性：目光的贪婪，以及对于描绘所见之物的渴望。然而，任何认为写诗即"看见与描绘"的人，都应该意识到自己已被卷入一场与现代性的争论——现代性正痴迷于有关特定诗歌语言的无数理论。

每个诗人都依赖于用自己的母语写作的一代代前人：他继承了他们精心打磨的风格和形式。与此同时，他又感到那些陈旧的方式不足以表达自身的经历。在摸索着寻找最适于自己的风格时，他听见了来自内心的警告，提醒他拒绝假面和伪饰。然而当他奋起反抗，他又陷入了对同代人、对各

1　希腊神话中的双翼飞马，从美杜莎的血液中诞生，后被希腊英雄柏勒洛丰驯服。柏勒洛丰骑着他前往奥林匹斯山时，从马背上摔了下来。珀伽索斯也是缪斯女神的朋友，通常指代"诗人的灵感"。

种先锋运动的依附。唉，第一部诗集刚刚出版，他就发现自己落入了圈套。他原以为最具个性的那部作品，油墨尚未干透，看上去就已和别人的风格交缠难分了。唯一能消除隐隐悔意的办法就是继续追寻，发表下一部作品，但届时一切又会重演，于是那追寻便永无止境。有可能就是这样：当他将这些仿佛蛇蜕的书抛在身后，不断向前逃离过往所做的事，他就获得了诺贝尔奖。

究竟是什么样的神秘冲动，使人不愿安于前人的成就呢？我认为是一种对现实的追求。我给了"现实"（reality）一词天真而庄严的含义，与近几个世纪以来的哲学辩论无关。它就是骑在鹅背上的尼尔斯和骑在珀伽索斯背上的拉丁语颂诗作者所看见的地球。无疑，地球是真实的，而且任何描述都无法写尽她的丰饶。做出这种断言，意味着预先驳回一个我们今天常听到的问题："什么是现实？"因为它和本丢·彼拉多的问题"什么是真相？"如出一辙。如果在我们日常讲到的诸多对立元素中，生与死至关重要，那么真与假、现实与虚幻也应被给予同等重视。

2

我深受西蒙娜·薇依的作品影响，她曾说过一句话："距离是美之本源。"然而，有时保持距离几乎是不可能的。正如我一首诗的标题所说，我是"欧洲之子"，但那是个苦涩、讽刺的自白。我还写过一部自传，它的法语译本名为《另一个欧洲》。无疑存在着两个欧洲，而我们这第二欧洲的居民注定要沉入二十世纪的"黑暗之心"。我不知道要如何谈论广义上的诗。我只能谈论与具体时空环境相遇的诗。今天，从某个角度看来，我们能辨认出一些历史大事件的轮廓，它们的致命程度超越了已知的一切自然灾害，但在当时，诗歌没有做好应对这些灾难的准备——不管是我的还是我同代人的，不管是传统的还是先锋派的。我们如盲人一般摸索自己的路，承受着我们这个时代的头脑借以自欺的所有诱惑。

要区分现实与幻觉并不容易，尤其是当人们生活在这样一个时期：两百年前，亚欧大陆西边的小半岛上开始了一场剧变，只用了一代人的时间，就使得科技崇拜席卷了整个星球。在欧洲的某些地区，堕落的思想，如人对人的统治权，类似于人对大自然的统治权，已经导致一波又一波革命和战乱，摧毁了千百万人的肉体和心灵。在那里，抵挡各种思想的诱惑尤为艰难。但也许我们最宝贵的收获不是对观念的理解（我们接触的是它们最具体的形态），而是对那些防止人们自内部崩溃并屈从于暴政的事物报以尊重和感激。

正因为此，有些生活方式和习俗制度激起了邪恶势力的震怒——其中最重要的就是人与人之间的有机联结，它们仿佛是自发形成的，由家庭、宗教、邻里与共同传统维系。换句话说，那就是一切凌乱的、不合逻辑的人性，经常因其狭隘的情感依附和忠诚而被认为是荒谬的。在许多国家，传统公民社群（civitas）的联结正在逐渐遭受侵蚀，人们不知不觉地被剥夺了应享的权利。但也有些地方并非如此；到了存亡攸关之际，一种由这类联结所构成的价值观突然显现，保护了那里的人们并让其焕发活力。那就是我家乡的情况。我感觉这是一个恰当的场合，让我提及自己和朋友们在我那一部分欧洲所获得的馈赠，并且祝福致意。

生在一个自然环境符合人本尺度、多种语言与宗教共处了几个世纪的小国，是一件幸事。我指的是立陶宛，一个神话与诗歌的国度。我的家族在十六世纪时就说波兰语了，正如很多芬兰家庭说瑞典语，爱尔兰家庭说英语；所以我是波兰诗人，而非立陶宛诗人。但立陶宛的风光，也许还有它的精神，从来没有弃我而去。能在幼年时聆听拉丁语的礼拜祷词，在高中时翻译奥维德，接受罗马天主教会的教义和护教学训练，也是好事。在维尔诺这样的城市接受中小学和大学教育，更是命运赐予的福祉。一座将巴洛克建筑移植到北方森林的奇异之城，一石一瓦都诉说着历史；一座拥有四十座天主教堂和无数犹太教堂的古城。从前，犹太人称它为"北方的耶路撒冷"。到美国教书后，我才深深意识到我已经从我们那所古老大学的敦厚石墙中，从熟记的罗马法中，从古老波兰的历史与文学中汲取了多少东西。波兰历史与文学的自身特点让美国年轻人感到惊奇：一种宽容的无政府主义，一种能平息激烈争吵的幽默，一种有机的社群感，以及对任何集权的不信任。

在这样一个世界中成长起来的诗人，理应是个通过沉思抵达现实的人。有种父权制对他来说应该是亲切的：袅袅钟声，寺院斗室内的静谧，任何来自同类的压力和无休止的索取都被隔绝在外。如果桌上留有几本书，它们探讨的应该是上帝造物最晦涩的特质，即存在，esse。然而，突然之间，这一切都被历史的残忍行径否定了——历史已具备了一个嗜血神祇的特征。

诗人在飞翔中俯瞰的地球发出一声呐喊，这呼喊的确发自深渊，它不容许自上而下的观看。由此出现了一个无法解决的冲突，无论如何，它都真实得可怕，让头脑日夜不得安歇：它是存在与行动的冲突，或者说，在另一层面上，是追求艺术与团结人类同胞之间的冲突。现实需要一个名字，需要词语的描述，但现实又是难以承受的，一旦接触它、让它靠近，诗人的嘴甚至发不出约伯的控诉。与行动相比，一切艺术都不值一提。让现实留存在善与恶、绝望与希冀的古老纠缠中——这种接受现实的方式，只可能借助于距离，只能翱翔在它上方，不过这样就像是一种道德上的背叛。

这就是诗人们发现的二十世纪冲突的核心矛盾。这些诗人活在一个被罪孽和屠戮污染的地球上，其中的一个，那个写了几首诗作为纪念与证言的诗人是如何想的？他认为它们是痛苦矛盾的产物，他宁愿不必书写便能解决问题。

3

　　所有只能在追忆中造访故里的流亡诗人都有一个永恒的主保圣人：但丁。然而佛罗伦萨的数量增加了多少啊！有个相对晚近的发现，即掌权者不仅通过审查制度的禁令，还能通过改变词语的含义控制语言——如今诗人的流放就是它造成的结果。一个奇异的现象出现了：一个被禁锢的社群，其语言发展出某些长久的习性；整块整块的现实因为没有名称而不复存在了。有些理论把文学当成写作（écriture），当成独立自主的话语，在这些理论和极权国家的壮大之间，似乎存在某种隐秘的联系。无论如何，国家没有理由不宽容"实验文学"的创作活动，只要它们能自成一套封闭在其自身边界内的参照系。只有当人们假定诗人会不断尝试挣脱他人的风格，寻求现实，他才会被认为是危险的。如果在一个房间里，人们一致保持着缄默的密约，那么一句真话听起来就像一声枪响。说出真相的诱惑就像剧烈的瘙痒，它会成为一种执念，让人想不了别的事。然而，我们并不确定他的动机仅仅是对事实（actuality）的关切。他也可能渴望逃离它，躲到别处，在别的国家、别的海岸，暂时重拾他真正的使命——那就是思考"存在"（Being）。

　　那种希望是渺茫的，因为无论身在何方，那些来自"另一个欧洲"的人都会发现自己的经历让他们与新环境多么格格不入——而这又会成为新的执念。随着大众传媒不可思议的飞速发展，我们日益缩小的星球正在见证一个无法定义的进程，它的特点是拒绝记忆。当然，千百年来，占据人群主体的文盲对各自国家和文明的历史知之甚少。而当代的文盲能读会写，甚至还在学校里教书。对他们而言历史虽然存在，却是模糊的，是一种奇异的混乱形态。莫里哀成了拿破仑的同代人，伏尔泰成了列宁的同代人。

更有甚者，过去几十年发生的事件如此重要，对它们的认知或无知将决定人类未来的命运，然而它们却在消散、褪色，失去了连贯的逻辑，仿佛弗里德里希·尼采对欧洲虚无主义的预言真真切切地实现了。"虚无主义者的眼睛，"他在1887年写道，"不忠于自己的记忆：它任由记忆失落、凋零……他不为自己做的事，也不会为人类的整个历史而做：他任由记忆凋落。"

今天，我们被关于过去的虚构包围，这些虚构违背常识，有悖于我们对善恶的基本认知。《洛杉矶时报》近日有篇文章说，否认发生过纳粹大屠杀、声称那不过是犹太人捏造宣传的书已经超过一百本，各种语言的都有。如果连这样疯狂的事都是可能的，难道大脑就不可能永远彻底失去记忆吗？它带来的危险，难道不比基因工程和毒害自然环境更甚？

对于来自"另一个欧洲"的诗人，"大屠杀"（Holocaust）一词所包含的事件是现实的，它在时间距离上如此之近，让他不敢奢望自己能从对它的记忆中解脱出来，或许只有当他翻译大卫的《诗篇》时能得到片刻缓解。他感到焦虑，因为"大屠杀"一词的意义在逐渐发生改变，已经开始只属于犹太人历史的范畴，仿佛受害者中不存在几百万波兰人、俄罗斯人、乌克兰人和其他民族的囚徒。他感到焦虑，因为他在其中察觉到一个凶兆，即在这不远的未来，历史将沦为电视上的信息，而真相由于太过复杂，哪怕没有被完全消灭，也会深埋进故纸堆中。还有其他的事实，离他那么近，离西方却很遥远，在他的头脑中证实了 H. G. 威尔斯在《时间机器》中的预言：地球上住着一群白昼的孩子，他们无忧无虑，被剥夺了记忆，于是也就失去了历史，在遭遇地下洞穴的居民（即黑夜的食人族之子）时，毫无还击之力。

我们被技术变革的浪潮席卷着向前，意识到我们的星球正在成为统一体，而我们为"国际社会"（international community）的概念赋予了重要的意义。国联和联合国成立的日子是值得铭记的。然而，与另一个年轻人很少知道却理应年年回顾的哀悼日相比，它们的重要性就相形见绌了。那是 1939 年 8 月 23 日。两个独裁者签下了一项协议，其中规定了一条秘密条款，由此私下瓜分了几个各自拥有首都、政府和议会的邻国。该协议不仅仅开启了一场可怖的战争；根据它重申的殖民原则，各民族只不过是可供买卖的牲口，完全属于它们此时的主人。它们的国界、自决权和签发的护照都不复存在。今天的人们竟会在嘴边竖一根手指，悄声谈论四十年前的独裁者如何推行这一原则，这一点着实令人费解。

不同民族之间能否和睦相处——从未被承认或被公开谴责的反人类罪行是摧毁这种可能性的毒药。有几本波兰语诗集收录了我已故的好友瓦迪斯瓦夫·塞比拉和莱赫·毕沃华的诗，并且标注了他们的卒年：1940年。但可笑的是，那些诗集不能写明他们是怎么死的，哪怕在波兰人人都知道真相：他们与几千个波兰军官有着同样的命运，被希特勒彼时的同谋缴械，拘押，在一个乱葬坑中永眠了。西方的年轻人，哪怕学过一丁点历史，难道不应该知道，1944年在华沙这座被合谋宣判灭绝的城市有20万人遇难？

两个种族灭绝的独裁者已经不在了，但谁知道他们是否取得了比其军队更长久的胜利？尽管有《大西洋宪章》，有一个信条还是在欧洲一分为二时得以确证：一个民族哪怕不算纸牌或骰子游戏里的砝码，至少也是买卖的对象。波罗的海三国不在联合国内，这是两大独裁者遗产永不褪色的记号。战前那些国家都加入了国联，但1939年协议的秘密款项让它们从欧洲地图上消失了。

但愿你们能原谅我把记忆像伤口一样赤裸裸地揭开。这个话题与我对现实一词的思考不无关系，这个词常常被误用，但永远应该受到尊重。各民族的控诉，比我们在修昔底德[1]著

1　修昔底德（Thucydides，约460 BC—400/396 BC），古希腊历史学家、文学家、"雅典十将军"之一，著有《伯罗奔尼撒战争史》。

作中读到的更为奸恶的协议，枫叶的形状，海上的日出日落，因果的基本结构——我相信，不管我们称之为"自然"还是"历史"，它们都指向另一种隐蔽的现实，尽管有着巨大的吸引力，成为一切艺术和科学最重要的驱动力，但还是让人琢磨不透。有时候，我以为自己参透了"另一个欧洲"的民族遭受苦难的意义——苦难让它们成为记忆的承载者，而没有前缀词的那个欧洲和美国拥有的记忆正在逐代衰减。

也许创伤之外再无记忆。至少《圣经》这本讲述以色列苦难的书是这么告诉我们的。这本书长久以来使欧洲各族得以保有一份延续感（sense of continuity）——这个词不应被误读为当下流行的术语历史真实性（historicity）。

三十年海外生涯中，我感觉自己比西方的同事（不论是作家还是文学教师）享有更为有利的条件，因为不论是最近还是许久以前发生的事，都在我的头脑中呈现出轮廓清晰而准确的形态。西方受众遇到波兰、捷克斯洛伐克或匈牙利的诗歌、小说或电影时，也有可能凭直觉感受到类似的敏锐意识，它长期对抗着审查制度施加的种种限制。因而记忆是我们的力量；它帮助我们抵抗一种话语，当那种话语不能在树干或墙壁上找到支撑，就如常春藤一般重重缠绕。

几分钟前我说过，我想要消除矛盾，弥合诗人对距离的需求与对团结人类同胞的渴望。但如果我们把诗人这一职业比作在地球上空飞行，就不难发现其中必然包含矛盾，在那些诗人相对较少落入历史陷阱的时代也是一样。毕竟，怎样才能既翱翔于云端，同时又看清地球上的每个细节？不过，在岌岌可危的对立均势之中，借助于时间流逝所造成的距离，一种平衡得以实现。"看见"不只意味着眼前所见。它也意味着在记忆中留存。"看见与描绘"也可能意味着在想象中重构。由于神秘的时间而获得的距离，不应让事件、风景和人物变作越来越淡的一团影子，相反地，它应该使它们显露无遗，使得每一个事件、每一个日期都意味深长，并作为人类堕落与人类伟大的永恒标记而持续存在。生者从永远沉默的逝者手里接过一份嘱托。只有准确地如实重构那些事，从虚构和传说中挽救历史，他们才算完成了使命。

于是，在永恒的当下被俯瞰的地球，以及在重新找回的时间中长存的地球——它们都能成为诗歌的素材。

4

我不想让人觉得我一心埋首于过往，因为事实并非如此。和所有同时代人一样，我感到绝望和日益逼近的厄运牵引着我们，我谴责过自己曾屈从于虚无主义的诱惑。然而，在更深的层面上，我相信自己的诗保持了清醒，在一个黑暗时代表达了对和平与正义之国的向往。在这里，我应该提到那位教会我不要绝望的人。我们不仅从故乡的土地、河湖和传统，也从人那里接受馈赠，尤其是当我们年轻时就遇见了一位有影响力的人物。我很幸运，我的远亲奥斯卡·米沃什，一位住在巴黎的隐士和预言家，几乎将我视如己出。至于他何以成了一位法语诗人，可以通过一个家族以及一个曾经名为立陶宛大公国的国家错综复杂的历史加以解释。不论如何，最近我们可能会从巴黎的媒体上读到一些话，惋惜半个世纪前这一至高无上的国际殊荣没有颁给一位和我同姓的诗人。

我从他那里学到了很多。他让我对《旧约》和《新约》的宗教有了更深刻的见解，培养了我为一切思想议题建立严苛、严肃的等级体系的需求，包括属于艺术的一切问题——他认为把二流作品和一流作品相提并论是头等大罪。不过，聆听他的教诲时，我主要把他当作一位热爱人民的先知，用他的话说，那是"被怜悯、孤独和愤怒耗尽的古老的爱"；而且，出于这个原因，他试图向一个奔向大劫的疯狂世界发出警告。我从他那里得知大难将至，也得知他预言的大难只是将会演出至末日的大戏的一部分。

从十八世纪科学选择的错误方向——一个造成了滑坡效应的方向——他找到了更深层次的原因。他有些像他之前的威廉·布莱克，宣告新时代将会到来，被某种科学知识污染的想象力将再次复兴，然而他相信，并非所有科学知识（尤其不包括未来人类创造的知识）都是污染物。我在多大程度上按字面意义理解他的预言都没关系：有一个大致方向就够了。

奥斯卡·米沃什和威廉·布莱克一样，都从伊曼纽尔·斯威登堡那里获得了灵感，这位科学家比谁都更早预言了人类的失败，它就隐藏在牛顿的宇宙模型中。在这位堂亲的影响下，我也仔细阅读过斯威登堡，而且没有用浪漫主义时期的常见方式来解读他。那时我绝对想不到，会在如今这个场合首次踏上他的国土。

我们的世纪行将结束。很大程度上是由于受到上述人物的感化，我不敢诅咒它，因为它也同样是信仰与希望的世纪。如今有一种深刻的转型正在进行着，对此我们几乎毫无察觉，因为我们就身在其中，但它时不时会通过一些震惊世人的现象浮出水面。借用奥斯卡·米沃什的话来说，这种转型与"空前活跃、生机勃勃、饱受折磨的劳苦大众最深的秘密"有关。他们的秘密，一种对真正价值的隐秘需求——找不到自我表达的语言。在这方面，不仅大众传媒，知识分子也要承担起深重的责任。

然而转型还在进行，让人无法做出任何短期预言，而且，尽管有这些恐怖和危险存在，我们的时代依然很可能是人类上升到新的意识层面之前所必经的艰苦时期。之后将会出现新的价值序列，而我相信自己曾潜心研习的西蒙娜·薇依和奥斯卡·米沃什会收获他们应得的认可。我觉得我们应该公开承认自己对某些人的倾慕，因为比起指出那些我们激烈反对的人，这种方式更有力地表明了我们的立场。由于诗人的职业恶习，我的想法迂回曲折，但我仍希望在这次演讲中，我的是非观表达得足够明确，至少在继承对象的选择上是如此。因为我们所有在场的人，不论演讲者还是聆听者，都只不过是连接过去与未来的纽带。[1]

1　本文由米沃什翻译的英文稿转译。

人名、地名译名对照[1]

（按字母顺序排列）

A

Abramowicz, Ludwik 卢德维克·阿布拉莫维奇

Aksakov, Alexandr Nikolayevich 亚历山大·尼古拉耶维奇·阿克萨科夫

Albertynka 阿尔伯丁卡

Altaria 阿尔塔利亚

Alter, Vickor 维克托·阿尔特

Ancewicz, Franciszek 弗朗齐歇克·安切维奇，又名 Ancevičius Pranas 安切维丘斯·普拉纳斯

Andrzejewski, Jerzy 耶日·安杰耶夫斯基

Antokol 安托科尔，即 Antakalnis 安塔卡尔尼斯

Antuk 安图克

Aušros Vartai 黎明门

B

Baczyński, Krzysztof 克日什托夫·巴琴斯基

Baczyński, Stanisław 斯坦尼斯瓦夫·巴琴斯基

Baggins, Frodo 弗洛多·巴金斯

Bakszta 巴克什塔

Balčikonis, Juozas 尤奥扎斯·巴尔齐科尼斯

1　译名已有通译的常见人名、地名不在注释范围内。

Barańczak, Stanisław 斯坦尼斯瓦夫·巴兰察克

Basanavichius 巴萨纳维丘斯

Bekiesz 别基耶什

Bellay, Joachim du 约阿希姆·杜·贝莱

Białoszewski, Miron 米龙·比亚沃谢夫斯基

Białystok 比亚韦斯托克

Bobty 博迪

Bociański, Wojewoda 沃耶沃达·博恰尼斯基

Bolesław 博莱斯瓦夫

Bouffałowa hill 博法沃瓦丘，又称 Tauro Hill 陶罗丘

Borowski, Tadeusz 塔德乌什·博罗夫斯基

Boruta, Kazys 卡济斯·博鲁塔

Borwicz, Michał 米哈乌·博尔维奇

Boy-Żeleński, Tadeusz 塔德乌什·博伊–耶伦斯基

Böhme, Jakob 雅各布·伯默

Brie-Comte-Robert 布里孔特罗贝尔

Bujnicki, Dorek 多雷克·布伊尼茨基

Bujnicki, Teodor 特奥多尔·布伊尼茨基

Bulgakov, Sergius 谢尔久斯·布尔加科夫

Bultmann, Rudolf 鲁道夫·布尔特曼

Bumppo, Natty 纳蒂·班波

C

Carcassonne 卡尔卡索纳

Carmel 卡梅尔

Carnohora Mountains 恰尔诺古拉山脉

Carpathian Mountains 喀尔巴阡山脉

Cassou, Jean 让·卡苏

Chrobrze 赫罗贝日

Ciumkała 丘姆卡瓦

Cracow 或 Kraków 克拉科夫

Czapski, Józef 约瑟夫·查普斯基

D

Dalven, Rae 蕾·达尔文

Danecka, Sitka 希特卡·达内茨卡

Daudet, Alphonse 阿方斯·都德

Daukantas, Simonas 西莫纳斯·道坎塔斯，又称道夫孔特

Dembiński, Henryk 亨里克·登宾斯基

Dęboróg, Jan 扬·登博鲁格

Dmowski 德莫夫斯基

Dnieper 第聂伯河

Donelaitis, Kristijonas 克里斯蒂约纳斯·多涅莱蒂斯

Dorpat 多尔帕特，即 Tartu 塔尔图

Dostoevskaya, Liubov 柳博芙·陀思妥耶夫斯卡娅（"艾梅"）

Druskininkai 德鲁斯基宁凯

Druzyno, Anna & Dora 安娜和多拉·德鲁日伊诺

E

Ehrlich, Henryk 亨里克·埃尔利希

Ejnik 埃伊尼克

Ela 埃拉

F

Firulet 费卢莱特

Fonvizina 冯维辛娜

Foothills St 山麓街

Frobenius 弗罗贝纽斯

G

Gajauskas，Balys 巴里斯·加尧斯卡斯

Gałczyński, Konstanty Ildefons 康斯坦蒂·伊尔德冯斯·高钦斯基

Garnett，Constance 康斯坦斯·加内特

Gediminas St 格季米纳斯大道

Gessen，Seigei 塞尔盖·格森

Giedroyć，Jerzy 耶日·盖德罗伊奇

Ginzburg，Alexander 亚历山大·金茨堡

Gombrowiczm, Witold 维托尔德·贡布罗维奇

Gompers，Samuel 萨缪尔·冈珀斯

Grossman, Leonid 列昂尼德·格罗斯曼

Gucevičius，Stuoka 斯图奥卡·古切维丘斯

Gustaw 古斯塔夫

H

Halpern 哈尔佩恩

Henryk 亨里克

Herbert, Zbigniew 兹比格涅夫·赫贝特

Hertz，Paweł 帕维乌·赫兹

Hłasko，Marek 马雷克·华斯科

Hollingdale, Reginald John 雷金纳德·约翰·霍林戴尔

Hostowiec, Paweł 帕维乌·霍斯托维茨，或 Jerzy Czesław Stempowski 耶日·切斯瓦夫·斯坦鲍夫斯基

I

Iwaszkiewicz, Jarosław 雅罗斯瓦夫·伊瓦什凯维奇

J

Jabłkowski Brothers 雅布科夫斯基兄弟

Janicius 雅尼修斯，即 Klemens Janicki 克莱门斯·雅尼茨基

Janowski, Stanisław 斯坦尼斯瓦夫·亚诺夫斯基

Jarra 亚拉

Jaspers，Karl 卡尔·雅斯贝斯

Jaszuny 雅舒尼

Jaworski, Iwo 伊沃·亚沃尔斯基

Jędrychowski, Stefan 斯特凡·延德里霍夫斯基

Joziuk 约祖克

Jurbork 茹博克

K

Karsavin，Lev 列夫·卡尔萨文

Kaufmann，Walter 瓦尔特·考夫曼

Kazlauskas 卡兹劳斯卡斯

Kiejdany 基日达尼

Kierkegaard，Søren 索伦·克尔恺郭尔

Kirillov 基里洛夫

Klaipeda 克莱佩达

Kłok，Sora 索拉·克沃克

Kołakowski，Leszek 莱谢克·科瓦科夫斯基

Kołomyja 科沃米亚，或 Kolomija 科罗米亚

Kontrym 康特里姆

Kornhauser，Julian 尤利安·科恩豪泽

Krakinów 克拉基努夫

Krasiński，Zygmunt 齐格蒙特·克拉辛斯基

Kridl, Manfred 曼弗雷德·克里德尔

Krynicki，Ryszard 里沙尔德·克里尼茨基

L

Lagerlöf，Selma 塞尔玛·拉格洛夫

Lamm，Martin 马丁·拉姆

Lande，Jerzy 耶日·兰德

Lang，Andrew (A. Lang) 安德鲁·兰

Lebedys，Jurgis 尤尔吉斯·莱别吉斯

Lebenstein，Jan 扬·勒本斯坦

Legaciszki 雷加奇什基

Leontiev，Konstantin Nikolayevich 康斯坦丁·尼古拉耶维奇·列昂季耶夫

Lerner 莱纳

Leśmian，Bolesław 博莱斯瓦夫·莱什

米安

Lot 洛特省

Lowe，David 戴维·洛

Lowell，Robert 罗伯特·洛厄尔

Lowe-Porter，Helen Tracy 海伦·特蕾西·洛－波特

Lukauskaite，Ona 奥娜·卢考斯凯特

Lwów 利沃夫，或 Lviv 利维夫

Ł

Łobzowska 沃布佐夫斯卡

Łódź 罗兹

Łotoczki Street 沃托奇基街

Łukiszki 伍基什奇

M

Maigret，Jules 儒勒·迈格雷

Małunowicz，Leokadia 莱奥卡迪亚·玛伍诺维奇

Maritain，Jacques 雅克·马里坦

Marmeladova 马尔梅拉多娃

Markulis 马尔库里斯

Marysia 玛丽西亚

Massis，Henri 亨利·马西斯

Matryosha 玛特廖沙

Meister Eckhart 埃克哈特大师

Meyer，Ronald 罗纳德·迈耶

Michnik，Adam 亚当·米奇尼克

Międzyrzecki，Artur 阿图尔·明齐热茨基

Miętus 米恩图斯

Montgeron 蒙日龙

Montparnasse 蒙巴纳斯

Morton, Józef 约瑟夫·莫顿

Mrożek, Sławomir 斯瓦沃米尔·姆罗热克

Muratov, Pavel 帕维尔·穆拉托夫

Mykolaitis-Putinas, Vincas 文卡斯·米科莱季斯－普季纳斯

N

Nalewki 纳莱夫基街

Niemen 涅门河

Niemenczyn，涅门申，立陶宛语作 Nemenčinė，内门奇内

Niewiaża 涅维阿热河

Nowicki 诺维茨基

Noyes，George Rapall 乔治·拉帕尔·诺伊斯

O

Ogly，Czebi 切比·奥格雷

Osny 奥尼

P

Pac-Pomarnacki, Leopold 利奥波德·帕茨－波玛纳茨基

Pancracy 潘克拉西

Pascal, Blaise 布莱兹·帕斯卡

Paszkiewicz，Dionizy 迪奥尼齐·帕什基耶维奇，或 Dionizas Poška 迪奥尼扎斯·波什卡

Pawlikowska，Cesia 切西娅·帕夫里科夫斯卡，原姓 Sławińska 斯瓦维尼斯卡

Pawlikowski, Przemysław 普热梅斯瓦夫·帕夫里科夫斯基

Pet. "佩特"

Petkus，Viktoras 维克托拉斯·佩特库斯

Petrażcki, Leon 莱昂·彼得拉日茨基

Pimko 平科

Pińczów 平丘夫

Piotrowski, Adrian 阿德里安·彼得罗夫斯基

Pióromont 皮乌罗蒙

Piwowar，Lech 莱赫·毕沃华

Plečkaitis, Jeronimas 耶罗尼玛斯·普莱齐凯蒂斯

Princip，Gavrilo 加夫里洛·普林西普

Pronaszko, Zbigniew 兹比格涅夫·普罗纳什科

Przybyszewski, Stanisław 斯坦尼斯瓦夫·普日贝谢夫斯基

Pudovkin 普多夫金

Pychal 皮哈尔

Q

Quevedo，Francisco 弗朗西斯科·克韦多

R

Radziwiłł, Janusz 雅努什·拉齐维乌

Raków 拉库夫

Rastignac 拉斯第涅阿克

Redburn 雷德本

Rodziewiczówna 罗杰维楚芙娜

Romer 罗默

Rousset, David 戴维·鲁塞

Różewicz, Tadeusz 塔德乌什·鲁热维奇

Rudnicka Wilderness 鲁德尼茨卡荒原

Rutski 鲁茨基

S

Sadzik, Józef 约瑟夫·萨奇科

Safjaniki 撒夫亚尼基

Sakharov, Andrei 安德烈·萨哈罗夫

Samogitia 萨莫吉提亚

Sarbiewski, Maciej 玛切伊·萨尔别夫斯基，即 Casimire 卡西米尔

Sebyla, Władysław 瓦迪斯瓦夫·塞比拉

Sejny 塞伊内

Serbiny 瑟比尼

Sesemann, Vasily 瓦西里·泽塞曼

Sęp-Szarzyński, Mikołaj 米科瓦伊·森普 – 沙钦斯基

Sharansky, Natan 纳坦·夏兰斯基

Shatov 沙托夫

Sierakowski, Zygmunt 齐格蒙特·谢拉科夫斯基

Skarga Courtyard 斯卡尔加庭院

Skolimowski, Henryk 亨里克·斯科利莫夫斯基

Sławińska, Irena 伊雷娜·斯瓦温斯卡

Słonimski, Antoni 安托尼·斯沃尼姆斯基

Słowacki, Juliusz 尤利乌什·斯沃瓦茨基

Smerdyakov 斯乜尔加科夫

Smetona, Antanas 安塔纳斯·斯梅托纳

Sozzini, Lelio & Fausto 莱利奥和福斯托·索齐尼

Spengler, Oswald 奥斯瓦尔德·斯宾格勒

Spéracèdes 斯贝拉塞德

Srebrny, Stefan 斯特凡·斯瑞布日尼

Sruoga, Balys 巴里斯·斯罗加

Stasiły 斯塔西维

Stempowski, Jerzy 耶日·斯特姆鲍斯基

Stomma, Stanisław 斯坦尼斯瓦夫·斯托玛

Straszun 斯特拉岑

Sukiennicki, Wiktor 维克托·苏凯尼茨基

Suwałki 苏瓦乌基

Swedenborg, Emanuel 伊曼纽尔·斯威登堡

Syfon 西冯

Symons, Arthur 亚瑟·西蒙斯

Syrokomla, Władysław 瓦迪斯瓦夫·西洛科姆拉

Szapocznikow, Alina 阿琳娜·沙波契尼科夫

Szarm 沙姆

Szatan 沙坦

Szetejnie 谢泰伊涅

Szpyrkówna 什佩尔科夫娜

Szumska，Danuta 达努塔·舒姆斯卡

Ś

Śniadecka，Ludwika 卢德维卡·施尼亚黛茨卡

Świaniewicz，Stanisław 斯坦尼斯瓦夫·施瓦涅维奇

T

Terentyev 捷连季耶夫

Toynbee，Arnold 阿诺德·汤因比

Traherne，Thomas 托马斯·特拉赫恩

Trakai 特拉凯

Trask，Willard R. 维拉德·R. 特拉斯克

Trocka 特罗茨卡

Trynopol 特里诺波尔

Tusculum 图斯库鲁姆

Tuskulany 图斯库拉尼

Tuzigoot 图兹古特

Tyszkiewicz Palace 蒂希基维茨宫

V

Vandée 旺代省

Vaugirard 沃日拉尔路

Verhaeren，Émile 埃米尔·维哈埃伦

Verkhovensky，Stepan 斯捷潘·韦尔霍文斯基

Vincenz，Stanisław 斯坦尼斯瓦夫·文岑茨

Vorobjovas，Mikalojus 米卡洛尤斯·弗洛布约瓦斯

W

Wacek 瓦切克

Wadowice 瓦多维采

Walicόw 瓦里库夫

Ważyk，Adam 亚当·瓦日克

Werki 维尔基

Weyssenhoff，Józef 约瑟夫·维森霍夫

Wędziagoła 文兹亚戈瓦

Wiener，Leon 莱昂·维纳

Wiener，Norbert 诺贝特·维纳

Wilbur，Earl Morse 厄尔·摩尔斯·威尔伯

Wilenka 维伦卡，或 Vilnele 维尔内尔

Wilia 维利亚，或 Neris 奈里斯

Witkiewicz，Stanisław 斯坦尼斯瓦夫·维特基耶维奇

Wołokumpie 沃沃库姆皮耶

Wroblewski，Bronisław 布罗尼斯瓦夫·弗罗布莱夫斯基

Wuwim，Julian 尤利安·图维姆

Z

Zagajewski，Adam 亚当·扎加耶夫斯基

Zagłoba 扎格沃巴

Zagórski, Jerzy 耶日·扎古尔斯基

Zakręt 扎克伦特

Zarzecze 扎切奇

Zdziechowski, Marian 马里安·兹杰霍夫斯基

Zieliński, Tadeusz 塔德乌什·杰林斯基

Zinoviev, Grigory Yevseyevich 格里戈里·叶夫谢耶维奇·季诺维也夫

Zosia 佐西亚

Zwierzyniec 茨维日涅茨

Ż

Żejmiana 热梅纳河

Żeligowski, Lucjan 卢茨扬·热里戈夫斯基

Żeromski, Stefan 斯特凡·热罗姆斯基

Żórawce 茹拉夫切